U0478076
UI DAHAN
万人敬仰的英雄名将，她是名不见经传的妙手神偷。
局，缭绕不绝，爱情、迷情、虐情，扑朔迷离。
绵无绝期！退退退，无路可退，终成死局！
，携手共进，谱写最纠结的大汉乱世奇缘！
角逐，破镜重圆，生死相随。
人，赴汤蹈火，付出生命也在所不惜，
爱情！
梦回大汉
玉清秋◎著
中國華僑出版社

图书在版编目（CIP）数据

梦回大汉/玉清秋著. —北京：中国华侨出版社，2012.12

ISBN 978-7-5113-3118-2

Ⅰ.①梦… Ⅱ.①玉… Ⅲ.①长篇小说—中国—当代 Ⅳ.①I247.5

中国版本图书馆 CIP 数据核字（2012）第 292306 号

●梦回大汉

著　　者/玉清秋
策　　划/周耿茜
责任编辑/高福庆
责任校对/孙　丽
装帧设计/玩瞳装帧
经　　销/全国新华书店
开　　本/710 毫米×1000 毫米　1/16　印张/18　字数/300 千字
印　　刷/北京中印联印务有限公司
版　　次/2013 年 2 月第 1 版　2020 年 5 月第 2 次印刷
书　　号/ISBN 978-7-5113-3118-2
定　　价/48.00 元

中国华侨出版社　北京市朝阳区静安里 26 号通成达大厦 3 层　邮编：100028
法律顾问：陈鹰律师事务所
编辑部：（010）64443056　64443979
发行部：（010）64443051　传真：（010）64439708
网　址：www.oveaschin.com
E-mail：oveaschin@sina.com

目录

第一章　诡异穿越

我叫韩真真。是个剩女，28岁了，还没嫁出去。如今世道，这样的女人和丢在地上的易拉罐一样多。

我没什么特长，用网络上的话来说，没钱，没才，没貌，而且还没死。

20岁那年，我遇到了一个哥哥，他说："我带你闯荡江湖吧。"我信心百倍地跟着他闯荡了几个二线城市，最后，他进了局子，我幸免遇难，唯一的收获便是学得了一手不错的盗术。

28岁这一年，我站在一座不知名的桥上，想，眼角的那一抹细纹果然比昨天更明显了些，她们说雅诗兰黛的效果不错，但要花去我一个月的生活费。我透过桥上的不锈钢看到自己的脸，心想，本来引以为豪的大眼睛，如今也有缺陷拿不出手来。我已经成为名副其实的大龄剩女。

我爬上栏杆，想看看风景，一个人跑来，直呼："你是韩真真吗，快跟我走吧，你有个亲戚快死了，有遗产要留给你。"

当时的我用比"神九"发射还快的速度，跃下栏杆，第一时间赶到了医院。病床上，看见一个满脸皱纹的陌生老头，身上插满了管子，极虚弱的样子。我酝酿了许久，终于挤出两行眼泪，扑入他的怀里，梨花带雨哭了大约20分钟，直到雪白的床单被鼻涕眼泪染湿一大片，身后的医生拍拍我的肩说，他已深度昏迷，听不见。

我一抽鼻子，说："遗产呢。"

走来一位律师模样的人，查验了我的身份后，从怀里摸出个信封来。

"这便是遗产，你叔叔留给你的。"他说。

我接过信封，掂量了下，打开一看，却是一个古色古香的青铜镯子，上面刻着看不懂的花纹和文字。我上下翻动前后左右仔仔细细地观察了一遍，抬头木然问道："就这个?"

"是的，你叔叔就留给你这个。"律师很肯定地回答。

像是从头到尾地被浇了盆冷水，透心凉。

原本以为要发一笔横财，结果只得了个莫名其妙的青铜镯子。郁闷，即便我不懂历史，也知道历史上根本没有哪个朝代会用青铜铸造镯子。好吧，我甚至怀疑，这是不是某个旅游景点中的劣质纪念品……

正郁闷着，一侧躺在病床上的老人，忽地睁开眼睛，一个鲤鱼打挺从床上坐

起，还未等大家反应过来，一把抓紧我的手。我吓得腿脚发软，浑身血液凝固，其他人也发出惊呼，一时难以接受深度昏迷的老人为何突然惊醒。

那老人枯井般的眼神直勾勾地望着我，直让人心里发毛。我吓得语无伦次，只道："叔叔……放开我……"

他抓住我的手却更紧，指尖在我皮肤上掐出深深的痕迹。我痛得眼泪直流，努力挣脱，却无济于事。

但见他干涸的嘴唇轻启，口中喃喃道："反者，道之动。弱者，道之用。天下万物生于有，有生于无……真真，回去吧……回去吧。"

"什么？"我惊魂未定，结巴着问。

他的双眼却陡然冒出一阵精光，转瞬即逝："只有你救得了他……救得了他……"

"救谁？"

他却不再回答，眼中的精光泯灭，抓住我的手也渐渐松开，终于，身体像泄完气的皮球一般，嘣，倒回了床上，竟就这么两眼发白，没了活气……

我吓得傻了整整5分钟，护士医生们在我面前乱成一团，我却毫无知觉，直到有人扶我出了医院的大门，才回过神来。

此时的天色已经暗下，街道上鲜有行人。

低下头去，看着手中的青铜镯子，竟有似曾相识的感觉。

又有声音空灵地响起，像是有人在很遥远的地方说话。竖起耳朵听去，隐约听到几个字。

"真真，真真……"

一股凉气从脊梁嗖嗖往上窜，原地转了三圈，朝着空荡荡的街区仔细看去，却不见异常。

心脏骤停了三秒，又忽地狂跳起来，低头看着镯子，莫名的恐怖开始包围自己。没多想，便将手中的镯子猛地朝地上一扔。那东西触到地面，"咣——"发出尖厉的金属撞击声，又在地上滚了三圈，最后在一个角落里停了下来。

我想撒腿就跑，身后，却又隐隐响起那个空灵的声音。

"真真，真真……"

腿如灌铅，再难举步，回头看去，那镯子阴阴地贴着冰冷的角落，墨绿色的表面，发出诡异的光芒……

头皮发麻，冷汗涔涔，脚步却不由自主地朝它迈去，蹲下身来，手缓缓朝它伸去，待碰到那青铜表面，突然，一股寒意从指尖瞬间传入，迅速窜进血管与皮肤，竟有被闪电击中的感觉。我一惊，神经瞬间抽紧，却不料，这股寒意竟突地变成了灼热，而且，愈来愈强烈，似是有千般热量源源不断涌入我的身体，危险扑面而来，我条件反射式地想抽出自己的手，却无奈那铜镯竟像一个无形的铁钳，牢牢掐住我的手指不放。

我失口惊叫起来，那镯子却已由绿转红，刹那发出红光来，周围的背景被这红光打散，竟开始模糊一片……

不知是痛，是酸，是冷，是灼，电流般不断涌入，充塞着我的胸腔、脑袋、心脏、血管……下一秒便要爆炸似的。我想大声疾呼救命，喉咙却干涸着发不出一点声音。渐渐地，身体竟凌空而起，无力地荡漾在空中。

“反者，道之动。弱者，道之用。天下万物生于有，有生于无……”

“真真，回去吧……回去吧。”

不知是哪儿传来的魔咒，一遍又一遍地在我耳边响起。突见那镯子如光球爆炸般发出万丈光芒，顿时，我的身体如簧般弹射出去，接着，似是掉入一个深渊，朝着黑暗之中急坠而去……

眼前一黑，终于晕了过去……

我再次睁开眼，发现了两个事实。

第一，我没死。

第二，我掉进了一个战场。

眼前一片刀光剑影，我目瞪口呆，不能动弹，我想逃，却发现没一点力气抬脚。一个人朝我撞来，回头看去，是一个古代士兵打扮的男人，正与另一个古代士兵打扮的男人打得火热。他回头看到我，赤红的嘴唇迸出一句话：“真真，快逃!”

可就是这句话害了他，对面的男人一刀斩下他的脑袋，只见那圆鼓鼓的球上残留着惊异的表情，在空中划出一道弧线，最后落到我的脚边。

我天旋地转，决定就这样晕过去，可是我倒在地上，发现自己居然没有晕，于是我挣扎着起来，想要逃命。那个杀红了眼的男人朝我冲来，银光刺得我睁不开眼睛。我干脆闭上眼，心里默道：“再死一回吧。”

我睁开眼，发现我居然仍没有死。

那个男人停下脚步，拿着刀，俯视着我。

我看清了他，他真高，大概有1米9了吧，衣架子真好，穿着一件全身是血的盔甲还那么有风度，五官像雕刻一般轮廓分明。我咽了口口水，心想：“帅哥啊。”

一只大手将我像拎小鸡一样擒起，扔进了另一个男人的怀里。

“带回营再说!”

……

我朦朦胧胧做了个梦。

身在一座很破的屋子，有个穿着古代服装的老人，在我眼前飘过，我追出门去，老人不见踪影，却看到满天的风雪，天地间尽是白茫茫的一片。

“反者，道之动。弱者，道之用。天下万物生于有，有生于无……”

昏昏沉沉，似睡非睡，终于醒了过来，却是一身冷汗，这才发现双手双脚全被捆了个结实，帐篷里昏暗一片，只有惨淡的月光。

我想，这里是地狱吗？

身边一个人踢了我一脚。“真真，你也被抓了？”

我朝他看了眼，是个长相普通得不能再普通的男人，只不过身上的衣物和古装戏里差不多。

我的脑子快速转动，分析自己的处境。

我恐怕是穿越了。

苍天，走哪门子霉运？见了个莫名其妙的叔叔，收了份莫名其妙的遗产，结果就穿越了？

郁闷，我真的很郁闷。

淡定，要淡定。

清了清嗓子，问了每一个穿越古代的姐妹们都会问的一个问题：“大哥，敢问这是什么朝代？”

昏暗中一片沉默。

我忍不住踢了他一脚，他终于开始说话。

此人说话前言不搭后语，逻辑混乱，但总算是听明白了大概。

我所处的时代，应该是西汉年间，他说什么元狩四年，依稀记得这应该是汉武帝的时期。我魂穿过来的身份，是匈奴左贤王身边身份低微的侍女，昨晚汉朝名将霍去病带领部队越过离侯山，渡过弓闾河，几乎全歼了匈奴左贤王部，我跟着这批倒霉的弱势群体，一起进了霍大将军的俘虏营。

我于是又问了另一个弱智的问题：“大哥，这里，我也叫真真吗？”

又是一阵沉默。过不久，他长叹一口气，估计是觉得我脑子撞坏了，缓缓道：“你叫真真，今年 20。”

郁闷，真真，连个姓都没，比上一世还微不足道。

我情绪有些低落，想自己果真倒霉，穿越都那么窝囊，穿成了个奴才，现如今，还成了俘虏。

好吧，往好处想，汉武帝是不是，霍去病是不是，有机会见识下这闻名遐迩的英雄人物，算是收获。而且，听这人说，我只有 20 岁，比上世白白赚回了近 10 岁，算是返老还童。

想着，心情平复了许多，于是干起了正活。

只花了不到一分钟，我便解开了身上的绳索，接着，便去解那位大哥的绳索。他惊异地望着我，说不出话来。

盗贼的首要素质就是要学会在任何情况下，别人都没办法捉住你。在这里，手指虽然比原来的我生疏了些，但还管用。

昏暗中，突地围上一圈黑影，细细看去，竟是与我相同际遇的男男女女们，手脚被缚，一脸苦相，但此时的眼中，散发着渴求的光芒，似是在说，救救他们。

我来不及多想，连忙解开众人身上的绳索。一群人个个充满感激地连连朝我磕头，场面甚是感人。我心潮澎湃，本想发表一番慷慨激昂的演说，但终还是忍住了，只朝那帐篷的窗户指指。大家心领神会，手脚并用地朝那洞口爬去。

一群人鬼魅般爬出帐篷，那守门的哨兵可能没料到我们会逃，正睡得踏实。跳出窗子，发现月朗星稀，一片戈壁风光，一行人畅通无阻朝黑暗中潜去。

那人激动地握着我的手，热泪盈眶："真真，谢谢你。"

"你"字还没说完，他突然顿住，然后两眼一白，嘴角流出血来，朝我的怀里倒来。

我脑子嗡嗡作响，手脚僵硬地接住他，他却顺着我的身体朝地上滑去。我见到他背后插着一支箭，才反应他死了，惊恐地朝前望去，一群手持弓箭的士兵，在风中悍立，眼中精光毕露，似是来自地狱的死神。

人群中不知谁凄厉地大喝了句。"汉军来了！"

顿时，队伍像是炸开了锅，四下逃窜。那汉军确实训练有素，带头的军官只是轻轻用手作了个手势，士兵们便意领神会，有条不紊地封住了几个要口。那些俘虏们如没头苍蝇般乱窜，一一落入了汉军手中，没出几下，便被一一捆了个结实。

我来不及多想，也扭头就跑。人群乱作一团，黑暗中，沙土飞扬，哭喊声一片，正脑子一片混乱，头上却不知被谁狠敲了下，眼前金星乱舞，痛得在地上直打滚，一根绳索朝我头上套来，我哇哇大叫，声音在风中稍纵即逝："救命啊！"

……

嘣，嘣嘣嘣！

俘虏们，个个如掷入分类垃圾箱的袋子般，被汉军们抛挤在一个角落中。我强力克制住自己，不断在心里对自己说："淡定，淡定。"

灯光摇曳中，一个面目狰狞的军官走上前，恶狠狠道："是谁带的头？"

人群一片沉默，忽地，所有人齐刷刷地把手指指向了我的鼻尖。我的心嗖地提到嗓子眼，差点没呛口气晕过去。

翻脸比翻书还快，真是世态炎凉。

军官走上前，细细打量了番我，嘴角泛起阴冷的笑容。

"你好大的胆子。"

我挤出一个笑，辩解道："大哥好，我只是在想，俘虏也是人，长夜漫漫，大家待在一个房间，难道不是件很无聊的事？我们出去透透气，赏赏月景，感受大自然的美妙……你说，好不好啊？"

他一把捏紧我的下巴，"小妞，还嘴硬。"

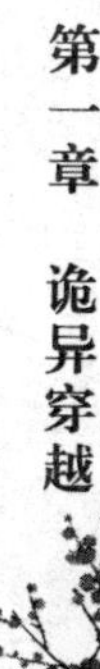

我痛得眼泪直流，求饶道："大哥，你长得那么帅，心肠一定很好，怎么那么凶?"

他一把将我从地上揪起，将我重重地摔到身后士兵的脚下，然后喝出一句："拖出去斩了!"

我傻在那儿，还未反应是什么状况。两个恶狠狠的士兵却已上前一把架住我，直直地将我朝外面拖去。

我这才急得哇哇大叫，一边挣脱一边哭喊救命。

真是狗血的穿越，连明天的太阳都没看到，就这么命丧黄泉?这大汉朝是什么社会啊，有没有法制啊，说杀人就杀人啊。惨，果然惨到家了。苍天哪，我不要死，我不要死。

漫漫星空下，一把明晃晃的大刀架在我的脖颈上，透凉的感觉如刺。

"等等，大哥。"我转头望着两名刽子手。那二人原本想一刀了事，脸色一闪，停下动作，双双朝我看来。

我咽了口口水道："今天天气不错啊，呵呵。"

二人面面相觑了下，估计是觉得我脑子吓坏了，其中一人道："阎王那儿的天气更不错，姑娘，一路走好。"

只见夜空下，寒光一闪，那刀锋电闪雷鸣般朝我的命门而来，眼见着要落到皮肉上，我突地一缩脖子，身体灵活地朝左边一晃，那刀竟生生地砍了个空。

一刀落空，那刽子手傻了下，不信似的朝自己的刀看了下，又朝我看看，大喝一声，又砍过来。这回，我往右边一躲，又未让他得逞。这一来一去，他砍了好几回，我就躲了好几回，急得他怒色渐聚，狂喝一声："放好你的脑袋。"

我神志不清地笑了起来，连声说："好好，对不起，大哥，不躲了不躲了，这回让您好好砍。"

他示意帮手按住我的身体，又深吸口气，抡起刀再次朝我砍来，

其实，我的双手在与他俩扯皮的过程中，已经快速解开背后的那个死结，而彻底解放出来，下一秒，我便可以先袭击制住我的那个家伙，然后再对付那个持刀的刽子手，活下去的一线生机就在眼前……

正在我准备出手袭击的那千钧一刻，身后忽地传来一声充满权威的低喝。

"放开她。"

这一变故，让情节直接峰回路转，刽子手的刀在半空停了下来，而我出手的动作也僵住一半，时间停止在这0.01秒，看上去，更像是电视机卡壳的画面。

一个古代将领打扮的男人缓缓走上前，站在我们面前，他的脸庞很陌生，但表情很严肃。

刽子手一见他，立马就跪下道："参见游将军。"

游将军瞟了我眼道："你们退下，这个女人交与我处理。"

"但将军，此女犯例，已是死罪……"

游将军冷眸一扫，那两人顿时吓得脸色苍白，再不敢多说什么，连忙躬身退下，茫茫草原上，只留下我与他二人。

我这才意识到他救了我，一时感激涕零，难以言表，半晌才支支吾吾说出话来："帅哥，你真是见义勇为的好男儿……"

我话未说完，他却打断我道："真真，大人要见你。"

我木木答了句："什么？"

那人似乎有些惊异于我的反常表现，又上前补充了句："大人要见你！"

见他的样子，应该是认识我的。我努力在这世的脑袋里寻找有关他的记忆，却理不出一个头绪。

那人见我搔首抓耳的样子，不耐烦了，伸出手朝我抓来。

我下意识地朝后一躲，他一见，脸上隐有怒色，恶狠狠道："跟我走！"

说着，只一把擒住我的手臂，朝反方向走去。

我被迫跟上他的脚步，脑子快速转动。

大人？听上去好像是重要人物。真真在这个时空里，似乎不是一般人。

……

二人在夜幕中快速前进，月色忽明忽暗，广阔的空间像个大盒子。

不远处，又出现了一个身影，挡住了我们的去路，笑眯眯道：

"游将军，这是去哪儿？"

我脑子发涨，定睛看去，等等，我好像见过他。呃，1 米 9 大个子，那个在战场上抓我进营的家伙。

正犯着嘀咕，"1 米 9"却已走上前，目光炯炯地打量了我一番。我抬头看他跟瞻仰烈士纪念碑似的，脖子发酸，干脆低头不敢看他，只听到我身边那位被称为"游将军"的男人说道："霍将军好。"

霍将军？难道他就是传说中的霍去病？我忍不住又抬头望去，恰好与他的目光相遇，月色下，他脸上的血迹没了，有张好看的脸，但却咄咄逼人。我再次被他的气焰打败，低下头去。

"游将军，这么晚还不睡，这个女奴是谁？瞧她的打扮，是匈奴人吧。"

游将军迟钝了下，声音发虚："回霍将军，是李敢将军派我来挑一名女奴。"

"噢？"他的脸上显现戏谑的表情。

游将军干笑了下。我心想，那李敢将军是不是就是他嘴中的"大人"？

我胡思乱想着，霍去病却上前一把捞起我的下巴。我吃力地抬着头，脖子绷得生疼生疼。他微微一笑，似乎满意我的长相，吐出一句让我即刻晕倒的话：

"替去病禀报李将军，此女我先收下了，改日，在下定奉上 10 名年轻美貌的少女送到李将军府。"他说着，根本没给游将军回绝的余地。历史上，霍去病凭着汉武帝的宠爱，极其娇纵任性，这一看，果然不假。

我双腿发抖，身子又像擒小鸡般被他拎着，朝星火点点的方向走去，可怜兮

兮地朝离我愈来愈远的游将军看去，只见他表情复杂，眼神中隐约有种担忧。

嘣一下，我被扔进了一床大被子上，痛得眼泪直流，但意识到情况非常不妙。

眼前的男人高得像座山，烛火摇摆，他的脸忽明忽暗，透着淫笑，一步一步向我逼近。

郁闷！一到古代，连自己都来不及看上自己相貌一回，就被传奇历史人物先来个霸王硬上弓，悲剧性沦为二手货。在古代，女人的清白就像是你混入股市想捞一把的本钱，我的情况是，还没进市，就先清仓大甩卖了。

我定下情绪，准备发表一番感人至深的演讲：

“霍去病将军。其实，我是很崇拜你的，你横扫匈奴的事迹感动了无数少女少妇们的心。在我心目中，你像太阳一样光辉，像月亮一样美好，像花钢岩一样雄伟，像神一样高高在上。能得到你的垂青，我一时情难自控，感激涕零。不过，虽然我很想委身于你，但，首先，我没洗过澡，大大地影响将军的观感，其次，我……我这几天……也不太方便。我想，将军虽然行军打仗寂寞难耐，但也不急在这一时，是不是？”

他的脸上忽然闪过一丝不经意的惊异，似乎是被我的话触到了什么，皱起眉探上头来又细细看了我许久。其实他的睫毛蛮长的，眼珠子隐隐发亮，有种特别的温柔。

我咽了口干沫，他却问道：“你从哪里来？”

“啊？”我脱口而出。

“你从哪里来？”他又逼问。

“哪里来……”我额头冒汗。这个问题有点难回答。气氛忽然冷静下来，我呆呆望住他，他也呆呆望住我。

我最终鼓起勇气，回答：“我从左贤王这里来……”

他又探上几分，鼻尖快碰上我的鼻尖，他的呼吸带着强烈的男人味，我闭上眼睛，再不敢看他。

过了许久，他忽然发声：“左贤王长何相貌？今年贵庚？”

“呃。”我头脑再次发涨。左贤王被他打得落花流水，他还问这么低级的问题干吗？他在试探我吗？我该如何解释从现代来的事实？

“我是王府最低级卑奴，没……没见过左贤王。”想了一个很好的理由。

他勾起嘴唇，淡淡地看了我一眼：“你叫什么名字？”

“韩真真。”

“你在王府做了几年？”

“3年吧。”

“做何事？”

“嗯……扫地……”

他传出调侃的笑声："扫地？有趣。"

我被他笑得莫名其妙，也配合着笑了下。

他的手摸上我的脖颈："真真，你想不想活下去？"

"呃……"

"想活下去，就依了我，说不定，还有几分活路。"

我被他的气焰烧得满脸通红，真想不到传说中的民族英雄霍去病竟是个乘人之危的大色魔。我终于无法控制我内心对他的鄙视，咬牙切齿朝他抛去一个正义的眼神："霍去病！我建议你改名字，叫霍有病！花痴病！"

他笑眯眯，脸皮厚得要死。得寸进尺，手指像蛇一般探进我的衣领："好啊，知道我有病，给我解毒怎么样？没洗过澡是吗，我就喜欢这种带着骚味的小野猫。"

我来不及反应，他却一下撕开了我胸口的衣服。我只觉胸前一凉，吓得目瞪口呆。

他朝我吻来，我决定运用葵花宝典中一个极其狠毒的招式——釜底抽薪。

我用力朝他下身踢去，却意外发现从丹田处源源不断有热力涌向我的腿部。我突然发现，自己在这世的身体竟然是有武功的……

因为有内力，这记杀伤力明显远远超出自己的想象。只听沉闷的一声呻吟，他脸上顷刻现出一个被毒蛇咬中的痛苦表情，扭曲成奇怪的形状，双手闪电般抚住下身，从床上滚落到地上，整个人像缩成一团的刺猬。

我来不及多想，爬了起来，便朝门口逃去。在离门帘还有 0.01 毫米的时候，后脚被一只大手扯住，身体不受控制地向前倒去，重重地摔在地上。

我提气运功，身体神奇地在空中反转一圈，竟一跃而起，用另一条没受到禁锢的腿，朝他的脸上踢去。他这回有了防备，只轻轻一摆头，便躲过了我的攻击。我虽没踢中他，双腿却得了自由，定下身形，条件反射般挥舞着双手，竟化作一个猛虎长啸，飞身朝他攻去。

他身体一倒，柔软轻巧地滑向我的下盘，同时，又突挥掌击中我的腿部。强大的力量传来，我在空中一时控制不住，失落在地。他长身一跃，泰山压顶般整个罩住了我的身体，又手脚并用，将我的四肢牢牢禁锢在身下。我试图挣扎，他却冷笑着探到我的耳边，低语道："一个扫地的，却有这般武功，真是出乎意料。"

我又气又急，只低沉着咆吼："霍有病，放开我。"

"我为何要放开你？"他似乎觉得这份调侃很有趣，来劲了。

"你若敢动我，我将你千刀万剐。"

"好啊。"他若无其事，嬉笑着打量着我的前胸。我忽然意识到自己胸前半缕布也没有，瞬间脸色煞红。

"霍有病！霍有病！霍有病……你这个大混蛋。"我真急了，眼泪盈眶。

他啧啧地摇摇头，"唉，发育不全，平得如这塞外的草皮似的，你有 15

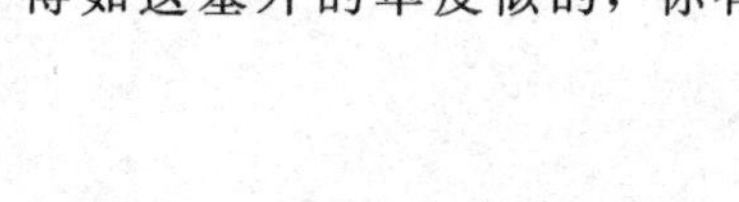

岁吗?”

我努力挣脱开手，想朝他挥去一个电视剧中女主角经常会做的动作——扇耳光。

手在空中，却被他捕捉住，轻笑道：“身子那么瘦，力气倒挺大的，没几分姿色，还强悍得跟男人似的，小心嫁不出去。算了，本将军委曲求全，勉强收了你的身体了。”

他说着，便要来拉扯余下的衣物。我闭上眼睛，心里倒平静下来。

罢了，女人总是弱者，任人宰割的分，穿越到这世，倒霉到家了，就当再死一回好了。

看着我忽然不挣扎了，他反而停了下来，我睁开眼睛，看到他正怀着有趣的眼神，似笑非笑地望着我。

“上吧，有病先生，就当我被毒蛇咬了，被野狗欺侮了。不就那么一层膜的东西，你既然是性饥渴，喜欢就拿去吧。”我忽然风轻云淡。

他探究似的望住我，眼睛眯成了一条线：“有趣的女人。”

我重新闭上眼。但凡穿越过来的女主角，在这些古代男人眼里，都是有趣的女人，没什么稀奇的：“你还不上？快快了事，我还想睡觉呢。”

他大笑，拍拍手从我身上起来：“算了，本将军对你这种丑女，其实也没什么兴趣。”

我愣住，他却突逼上我的脸，戏谑道：“不过，你说得对，你的确很臭。”

话音落下，他不管三七二十一，忽地拎起我的身体，刷刷刷大步朝门外走去。我像只装满东西的塑料袋一般在他手里晃来晃去，连挣扎的兴趣都没有了。

眼见一片月色下，湖光粼粼。

他擒着我到了湖边，我有种不祥的预感，身体却已划出一个漂亮的弧线，从他手里嘣一声掉进了湖里……

我连着吃了好多口水，无助地在水里翻腾了好几周，终于像一只煮熟的水饺一样浮出水面。

幸好是夏季，否则自己不淹死也得冻死。我用手大力抚去满脸的水渍，朝岸边那个一脸得意扬扬的男人看去。我气得心里直打鼓，但仍控制住镇定，说什么也不能表现出惊慌失措，来配合他的得意扬扬。

他笑道：“真真姑娘，好好洗洗吧。这里月色撩人，风景优美，说不定还能汲取些天地精华，让自己长得漂亮些。本将军累了，就先睡觉去了。”

我湿漉漉站在水里，心想，他这是放我走吗?

才想着，他的身影却已消失在黑暗中。我在水里待了半晌，终于努力爬出来，身体像个大字，平躺在草地上。一轮明月当空，我呆滞着朝夜空看去。脑子里一片空白。

夜空里，几乎没有星星。我想自己的命运和这颗星差不多，被强大的现实压得喘不过气来。

没头没脑地被遗产，没头没脑地被穿越，结果掉进古代战场，不到一天，见识了无数死人，遭遇到了数位汉朝大将军，经历了跌宕起伏过山车般的情节，鬼门关前来回数趟。郁闷，整个比美剧还惊险。

我眨了眼皮，闭上再想。

看过一遍电视剧《汉武大帝》，现如今，才特别感激这位伟大的导演，拍出这样的巨作来充实我这类人的文化知识，让我这种半文盲，穿越到这混乱的朝代里，也不至于对那些历史人物事件一无所知。

隐约记得霍去病横扫左贤王这一战，应该是汉朝对匈奴作战的收关一战，这一战，标志着匈奴的彻底失败。值此之后，匈奴再无力侵扰汉朝疆土，这一战，也让年仅 22 岁的霍去病被汉武帝刘彻封为大司马，与他的舅舅卫青并驾齐驱。一想到方才那霍去病的嘴脸，心里便耿耿于怀。什么东西吗，上天如此不公平，竟让这种禽兽不如的人平步青云。不过，如果没记错的话，这家伙 24 岁就翘辫子了。想到这里，又觉得蛮解气。

又想，方才那位游将军提到的李敢，如果没记错的话，应该是大将军李广的的儿子，他想见我？见我干什么？我对他而言，有什么价值？

我睁开眼睛，忽然顿悟过来。

这一世界中原来的真真肯定与李敢将军有着某种联系，而且，这种关系需要掩人耳目。郁闷，这古代果然危险得很。

那，这种联系到底是什么呢？努力寻找着过去的记忆，隐约又浮现出之前做的那个梦，一间昏暗的屋子，一个古代老人的幻影，一场铺天盖地的雪……

这个梦这么奇怪，应该和自己之前的记忆有关。可能是古代真真在脑海里留下的记忆片段吧。

我下意识地摇着头，想让自己清醒一点，努力在梦中能够看清那个老人的脸，或是想起他说的话。但每每一想到这个关口，心跳便加快，浑身肌肉抽紧，头痛欲裂，似是再也不能往下想去。

终于对自己的失忆作了妥协，缓缓闭上眼睛。先不想了，如今这当口，如何在这世道上活下去才是首要考虑的问题。

我猛地睁开眼睛。放下所有的揣测回忆，终于作出一个最现实的决定。

逃！

我从草地上跳起，拔腿便往草原深处跑。我不知道正确的方向在哪里，反正，朝着那星火点点的军营反方向跑就是了。我跑啊跑，风刮得我脸凉凉的，仔细闻着还有股血腥味，我还是跑啊跑，腿酸得要命，不记得自己跑了多少步。

我终于体力不支，弯下腰来大口喘气，然后抬头一望哭了。

眼前，仍然是那片池塘，远处，仍然是那片星火点点。

终于，我艰难地接受了一个现实：在这片草原上，如果没有向导，我会迷路。

难怪那家伙放心将我放在这里洗澡，因为他知道，我根本逃不出去。

我气得哇哇大叫，用最后剩下的一点力气，对地上的杂草进行了一番激烈而愤怒的“拔草运动”，然后死尸般地滑向地面，欲哭无泪。

边上却传来一个不紧不慢的声音。

“吵什么，吵得我睡觉都不安心。”

我一个寒战，弱弱望去，却见那家伙竟没有走，只是躺在一块大石头上，闭目养神。

我呆了半秒，迅速将双手在胸前一抱，朝后倒退一步。

完了，这色狼果然没想放过自己。

霍去病伸了个懒腰，从石头上起身，懒洋洋地走上前，上下打量了番我，眯着眼道：“你洗完了？”

“是的。”我干脆回答。

“真真姑娘洗澡真是与众不同，围着池子跑了几十圈。”

我朝他瞪去。“你管得着吗？”

“那在下先回营睡去，你若想睡这荒郊野岭，我便依了你。只是刚刚昨晚死了许多亡魂，正瞅着投胎呢。我先走一步。”

“等等！”我脱口而出，话一出口，却又后悔了。

我这是在求他吗？郁闷，十万个不情愿。

他玩味似的看着我，我被他盯得发慌，寒战袭来，“啊欠”一声打了个大喷嚏。

他似笑非笑地看着我，我生硬地转过身去，再不愿意直视他。

身后传来温暖，我意识到一件带着体温的衣物盖在了我的身上。我一个激灵，触电似的想逃，他却从身后搭住我肩，在我耳边语道：“傻子。”

我还未反应他这一句“傻子”是什么意思，身体却已不由自主地被他拖着往军营的方向而去。

十万个不情愿，减少到了十个，我的骨气无迹可寻，只得随他走去。

我在思维的碰撞、情绪的纠结、梦境的混乱中，呼呼大睡了一晚，待睁开眼，见到头顶依旧是那随着风微微颤抖的帐篷顶部，外面仍是士兵们列队的吆喝声以及咣咣作响的兵器声……

一颗心落到了谷底，看来，我还身在古代，要命的是，还在这“大色狼”的营帐中。

挣扎着起身，骨头咯咯作响，我看到床边有一盆水，探脸望去，盆里倒映着我这世的脸庞。我看了一会儿，漠然地转过身，呆呆地坐下。

连自己都对这张脸无动于衷，可以想象它对男人的吸引力。但往好的地方想，在这混乱的朝代，大众脸反而可以避免一些不必要的麻烦。

我洗了把脸，一个声音在背后响起。

“真真姑娘，霍将军令，全军在积土增山及姑衍山，举行祭天封礼和祭地禅礼。请姑娘速速收拾下。”

我整理了下走出帐篷，只见白晃晃一片逼面而来，不由得倒吸了口冷气。

只见眼前密密麻麻全是荷枪实弹的古代士兵，个个表情肃穆，僵硬如铁，队列严谨，步履整齐划一，朝着一个方向而去，长龙见首不见尾。这气势磅礴，凛冽如寒风，震撼如惊雷，比任何一部好莱坞大片都要惊心动魄。

远远地，一列将领骑马而来。带头那人正是霍去病，只见他身着银白色铠甲，雪白的披风随风起舞，俊脸透着一股难得的英气，鹰眼射出让人不寒而栗的神采，我不由得心跳加快了几分。

心想，这家伙虽然色字当头，但不可否认的是，他真的很帅。这份帅并不是源于他的五官有多么的标致，而是那份仿佛与生俱来的英气勃勃。想起从前的电视剧上，有无数明星演绎过这位历史上的大英雄，但此刻见到他真人，却不得不感叹，至今还无人表现出他本人的这份非凡气质。

我正处于花痴状，一行人却已到了我的跟前，头顶空落落地传来声音。

“这位女子相貌平平，不过行事作风却别有一番风味。李将军果然眼光独特得很。”正是那条大色狼的声音。

我吃力地抬头望去，见到霍去病正对一个年轻的将领说着话。那将领一脸清秀英武，却也是个不错的美男子。

忽然想，他可能就是传说中的李敢将军。少年的他过不久便要被这姓霍的射死在猎场里，还被汉武帝生生地隐瞒了实情，算是个悲剧人物。

但他昨天说要见我，到底是为了何事？

正迷惑着，那李敢开了口：“霍将军英明神武，将军看上哪个女人，便是哪个女人的福分。将军的女人，属下不敢妄想。”

见他一脸低微，我心想，果然人比人气死人，同为阳光少年，一个飞扬跋扈，一个却只得低三下四。

霍去病轻笑，“李将军言重，李将军若真喜欢，拿去便是了。”

李敢连忙摇头道：“属下不敢。”

“哈哈哈！”霍去病仰天长笑。

正在此时，却见一匹快马疾驰而来，一个士兵从马上滚落，在霍去病的马前抱拳禀报。

“报，长将军李广自尽了。”

他这一声报，所有人都傻了下，而那李敢却是面色一阵青一阵白，身下的马匹受惊似的扬了下前蹄。

父亲突然离世，这对谁来说，都是个打击。但他还算镇定，竟不发一言，看

来，经历战争洗礼的男人，果真比一般人要淡定许多。

霍去病面色严肃道："细细道来。"

那士兵道："卫将军调李将军与赵将军到东路袭击匈奴军，却在沙漠中迷失了道路，最终未参加战斗。卫将军责问于二人迷路的原因，李将军说'我的部下无罪，迷路的责任在我'。他又对部下说'我与匈奴大小作战七十余次，好容易有机会跟着大将军直接与单于作战，但大将军把我调到了东路，本来路途就远，又迷了路，天意如此呀。况且我已经六十多岁了，实在不能再去面对那些刀笔小吏'。说完就自刎了。"

话音落下，一阵寂静。

我又朝李敢看去，但见他脸色已煞白，眼眶中隐约带泪。

历史上，正是因为这件事，李敢耿耿于怀，最终因此得罪了卫青，导致了霍去病对他怀恨在心，一箭射死了他。

原本只是历史上的几行轻描淡写的文字，但真正亲身经历这一切，却不由自主被这凄惨的情绪所感染。痛失亲人的难过，不是随随便便可以忘记的，换成是我，早哭得天昏地暗、恨得咬牙切齿。而这李敢却仍要维护军法的森严，保持将领的威信，生生将满腹仇恨积压在心底。此刻，我才深深感受到，做个古人，在这样的皇权军权至上的年代多么不容易；人在这里，微不足道于极致！

我又朝霍去病看去，想，这当口，作为人道主义关怀，也至少要安慰李敢几句，没料到这家伙竟就冷血地抛下一句："出发！"调转马头就走了。

我傻在那儿，心中感慨，人冷血可以，冷血成这样，实在佩服。不说李敢是他出生入死的战友，哪怕是我这样一个与他素未相识的女子，也替这场面难过，他竟然一句话也没有，就走了？

我怜悯似的朝李敢看去，却不料正巧遇上他也朝自己看来，眸中精光一闪，我心凛了下，忽然觉得李敢的眼神很复杂、很奇怪，却又说不出是什么感觉，喉头滚动了下，一种不舒服的感觉包围了全身。

第二章　我是细作

为庆祝这次战役的胜利，霍去病在狼居胥山积土增山，举行祭天封礼，又在姑衍山（狼居背山附近）举行祭地禅礼，并登临瀚海（今贝加尔湖），刻石记功，然后凯旋还朝。

另一支队伍则由名将卫青带领，从定襄出塞，北进1000多里，与匈奴伊稚斜单于所率主力相遇，经过激战，大败匈奴单于，斩获19000多人，一直追到真颜山赵信城，也胜利班师。

两支队伍浩浩荡荡从东西两路分别回朝，我却心挂着李广的死，以及李敢最后那意犹未尽的眼神，耿耿于怀。

被人扔上一辆马车，晃晃悠悠总算坐定身体，见车上一群年轻的女奴。

有的蓬头垢面，有的稚气未脱，还有的神色漠然、目光呆滞。

正前方，却见是一个妙龄少女坐在我的对面。她年纪十六七岁，衣着与我相仿，肤色是健康的栗色，眼亮如星，美貌明显比我高上几个级别。

她见到我，脸上现出奇怪的神色。我忽然觉得，她似乎是认识我的。

马车开始震荡，也开始了我胃里翻江倒海的历程。从门帘外扔进几块干饼，女孩们一拥而上。我不顾一切，眼明手快，抢到半块饼，正想塞进口里，却见那妙龄女子只是冷眼旁观，于是将饼掰了一半给她。

她朝我奇怪地鼓了下嘴，委婉地拒绝。

我开始狼吞虎咽，她在一旁观察着我的吃态，嘴角浮起嘲讽。

估计她是在想，同为匈奴的俘虏，我竟这般没有气节，随随便便要了仇敌的食物。

我迅速吞下半块饼，想发表一番关于民族大团结的言论，但话到嘴边，还是咽了回去。

天色暗下，大队人马开始休整。外面寂静下来，只有偶尔的马嘶声。

车上的姑娘们都睡了。那名妙龄少女却没有睡意。

我探上身去，一脸正经耳语道："朋友，我们逃吧。"

她一怔，若有所思地朝我看来，我屏住呼吸，朝她友好地笑了下。她凝视着我，在我脸上寻找着答案。

我神秘兮兮地坐到她一边，严肃道："朋友，你看，我们若是进了长安，成了那霍有病的女奴，丢了清白不说，连基本的人权也很难享受，我相貌平平也就算

了，姑娘你这么美，完全可以嫁个优质男人过下半辈子。我们若是一起逃，也好有个照应。”

她无语看着我，半晌没反应。

我觉得她被我说动了，于是又凑上前，眼神晶亮：“怎么样？考虑一下。”

她想了想，咧嘴一笑：“好啊！”

……

我俩从马车上蹿下，发现大部分的人马都已休息入睡。出乎意料的是，这女子竟也有武功。我们二人身轻如燕，徒手击晕了几个防卫，偷了两匹快马，马不停蹄地一路狂奔，很快逃出了危险地带。

这一带离长安似乎已经很近，民风与民房都已是中原地区的模样。我们在一个村子附近停下步伐，我握住那女子的手，用无比激动与真诚的语气道：“朋友，谢谢你。我们就此别过，可否告诉我你的姓名，以后有缘再聚。”

黑暗中，她的眼神透着一股精光，我看到了一个诡异的笑容。

却听她冷冷道：“你不会想知道我的名字，因为……因为，接下去，你马上将会要恨我！”

话音落下，我只觉一个拳头朝我脑门击来。我来不及反应，只见眼前金星一片，身体软绵绵地向地上倒去……

我睁开沉重的眼皮，一阵强光刺得我眼泪直流，我酸酸地闭上眼，却听到一个声音在耳边响起：“报大人，她醒了。”

一只大手捏上我的脸庞，我清醒过来，这才发现自己手脚被缚，而眼前的男人，正是……

“李将军！”我嘴皮子喃喃。一抹阳光刚刚照在我的脸上，难受得要命。

李敢拍拍我的脸颊，他的眼神触目惊心。“图在哪儿？”

我眯眼看去，看到后面还站着两个人，一个是那位游将军，一个是马车上的妙龄女子。

这回是彻底清醒过来。快速分析自己的状态。

情况不妙，所有的迹象表明，想找我的人，并不是善类。

此刻的自己，应该身在长安吧。李敢？他不是刚死了父亲吗？这当口上，他却这样迫不及待地要找到自己。他口中的图，是什么意思？难道，这图比他的父亲还重要吗？

我回过神，木木回了句：“将军，我可以问几个问题吗？”

“是何问题？”他有些不耐烦。

“敢问，我以前跟将军是什么关系？我替将军找的是什么东东？”

他脸色一变，似是被我激怒了，抡起手便朝我的脸庞狠狠扇了一掌。我痛得眼泪直流，哇一下哭了出来。

这一哭，倒是镇住全场，我却越哭越起劲，一边哭一边直嚷："将军，麻烦你告诉我下好吗?"

他眼见要气晕过去，强忍着情绪道："真真！你少装蒜！我派你在匈奴左贤王处潜伏了那么久，上回你才回信说，已有了长生图的消息，这回你却翻脸不认人？你是想独吞宝藏吗？你快说，到底把图交哪儿去了？你若不说，我将你千刀万剐!"

他的一番解释，让我恍然大悟。

原来我是他派往匈奴的细作，目的是找到什么长生图，难怪他急不可耐地要见我，之前被那姓霍的打乱了心意，这回，他是如何也不会放过我的。但是长生图，苍天哪，我哪来什么长生图？我什么也记不得了。

等等，照现在的情形，我若是解释什么穿越失忆，鬼才会信我，接下去可能等待我的全是酷刑加暴打。我革命意志这样薄弱，绝对吃不消。唯一的方法就是将错就错，可能还有一线生机。

我鼓起勇气，用影后级的演技，风轻云淡地笑道："将军放心，图在！只是你得先放了我。"

他捏住我的下巴，恶狠狠道："你这是在与我交易吗?"

我直视他的脸，一字一句道："你若杀了我，就连交易也没了是不?"

"我不杀你，我会一点一点折磨你，直到你说出图的下落。"他果然也是个狠角色。

我冷冷道："你大可试试。"

他的最终目标是长生图，他不敢拿它来与自己赌。对付这种利益之徒，只有点中他的死穴才行。

李敢迟疑着，无数个表情在脸上闪烁，内心估计在作着剧烈的思想斗争。

终于，他落定一个狡黠的笑容，朝身后二人使了个眼色。二人上前，将我从刑架上放了下来。我揉了揉发酸的四肢，伸了个长长的懒腰："好累，先让我睡上一觉，明日带你们去找长生图。OK?"

一天的时间，对我这样资深的盗贼来说，足够了。

飞檐走壁是我的强项，掩人耳目更是我的专长。古代将军府里那些肉眼凡胎的小喽啰们，根本入不了我的法眼。我轻轻松松地从厢房里逃出，自由自在地穿越在金瓦红墙之间，还顺便在花园一隅小憩了一把，摘了几朵红花闻了闻大自然的味道。

我像风儿一样，游走在古代长安的大街小巷，虽然是夜晚空无一人，但看着那倒退而去的古色古香的建筑，我的心情仍旧雀跃。牛吧，这可是两千多年前的长安，有哪个3D电影有这般效果?

身后传来紧密的跑步声，我意识到李敢的人定是追来了，连忙躲进一侧小巷。

一群黑影在我眼前掠过，空气里传来余音未了："她就在附近，给我搜!"

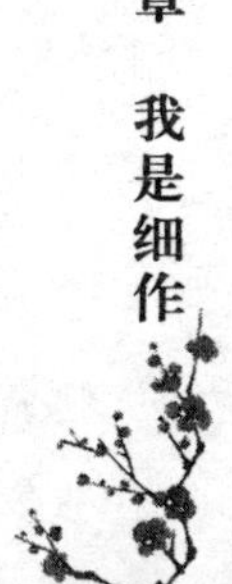

我长吸一口气，猫捉老鼠的游戏我最爱玩了，姑奶奶陪你们玩一把。

我前蹿后跃，那绝顶的飞檐走壁之术在我这世高强的武功底子下，得到了充分的发挥。没过多久，我便逃出城去，隐没在暗黑的丛林之中。

第三章　破庙一夜

我找了个山洞，呼呼大睡了一晚。晨光照进洞里，醒过来，听到外面鸟鸣声声，水流潺潺。总算自由了，一身轻松。

我伸着懒腰走出洞口，长长吸了口清新不带污染的空气，随便做了第八套广播体操，决定先下山去找点东西吃。

我走着，悲剧性发现白天的山路和我夜晚见到的完全不一样，我愈走似乎离山下的城镇愈远，愈走愈发现自己进入的不是山下，而是一个山谷。

终于消化完肚里最后的那半块饼，再无力气迈步，抬头看去，发现四周群山环绕，绿野重重，仿佛置身于一个硕大的绿色大锅底部。

我直愣愣站着，发了一会儿呆，接着，躺到了地上。

迷迷糊糊地又似要睡去，耳边忽然响起了一个声音。

“反者，道之动。弱者，道之用。天下万物生于有，有生于无……”

缥缈悠远，似是从地狱里传来一般。

“真真!”又是一个很远的声音响起。

铺天漫地的白色，一片冰天雪地之中，眼前人影攒动，呼唤着我的名字，却看不清楚是谁。我努力伸出手去，却见一白须老人，忽向自己凄怆一笑……

刷下睁开眼睛，只觉胸口心脏急急跳了几下，待回上气来，竟如被人掏空一般地恐惧。

我从地上一跃而起，朝四周看去，除了风吹草动，什么也没有。

冷汗从额头上涔涔冒着，明明是接近六月的天气，却觉着寒意十足。

为何这个声音似曾相识?从穿越那日起，便如魔咒般萦绕于耳。努力寻找着有关的片段，痛苦立马袭来。我冲到溪边，为自己洗了个冷水脸，这才安定下来。

老人、长生图、魔咒这三者之间到底有没有联系?我的前身是否真的寻到了李敢口中的图?她又将它放到哪儿去了?

身后的丛林隐约传出人声来，我心中大喜，想这下有救了，拨开灌木探出头去，却傻住了。

眼前是个大潭子，碧波荡漾。潭子里，一男一女赤裸着身体在水里嬉戏。只见那男人正是霍去病，那女人则是一年轻美貌的妙龄女孩，二人假打假闹，欲迎还休，那“大色狼”满脸淫笑，嘴里一边叫着“宝贝”，一边对着那女人雪白的肌肤，又是亲又是咬。那女人在他怀里咯咯直笑，直嚷：“你真坏。”

这幅画面比顶级片还顶级。看得我面红耳赤，连忙转过头去，半天没敢回头。

听着那“大色狼”说：“宝贝，想死我了。”

那女人道：“哼，将军的女人比天上的星星还多，哪会想我。”

“谁说的，所有的宝贝里，我最疼你啦。”

“你还说，昨日我还见你和真真在一起。”

“那是本将军寻她有事商量呢。”

“呸，商量到人家房里去了吗？”

“小东西，吃醋了不成？来来，让我亲一口。”

又是一阵水声哗啦，随之传来二人的喘息呻吟。我实在受不了，一头栽进草堆，抚住双耳，什么也不听。

霍去病！不！霍有病！不不不！大色狼，超级恶魔。真想不到，这样的传奇人物，竟是个人神共愤的花花公子，简直恬不知耻到极致。

行军打仗，还不忘抢他人的女奴来个霸王硬上弓，回到都城才几天，又肆无忌惮到处泡妞。看他那贼眉鼠眼、一脸淫贱的样子，真是恨不得上前去扇他两耳光。

我越想越气，牙齿咬得咯咯响，却也努力控制住自己快要抓狂的心情。就这么生生地撑了差不多快半个小时。释放开双耳，转头望去，却见那女人已从水里出来，穿戴完身上的衣物，朝那家伙妩媚地一笑，抛下一句：“将军，我先回去啦。”

他在水里一脸满足的样子，唇角一勾，朝女人抛去一个飞吻：“宝贝，再会。”

女人的身影走远，他却吹起了口哨，在水里搓洗起来。

我的脸一定变成了愤愤的青色，有种为天下女同胞除害的壮烈心情。我的脑子快速转动，忽然灵光一现，目光转向了一侧那家伙挂在树上的衣服。

我带着爽朗心情，在山间撒开步子，快乐奔跑。风将我手中的衣袍吹得鼓鼓作响，像那家伙的无力乞求，终于找到了一处幽深的万丈悬崖，将手中的衣袍抛撒出去。布料如蝴蝶翩翩般在空中张开翅膀，随风起舞，画面无比美丽，我从未觉得这般解气过。

我支起腮帮子，笑眯眯地看着衣袍飞舞消失在悬崖深处，满意地拍拍双手，哼着歌曲朝丛林深处走去。

夜色暗下，天边闷雷滚滚，一场大雨将至。

我寻到一处可遮风的破庙，进门朝积满灰尘的神仙恭敬地拜了几下，然后找到一处干燥的草堆上躺下，脑海里联想着那家伙从水里出来发现衣服不见的狼狈样，一边笑，一边慢慢闭上眼。

一记闪电掠过，天色瞬间变得雪亮，惊雷随之跟来，只听噼噼啪啪的雨点开始击打破庙的瓦砾，整个世界陷入了一片水色。

我迷迷糊糊地睁开眼，忽然见闪电之间，一个黑影在庙门口突现，如地狱魔鬼。我吓得腿脚发麻，刷一下从地上跃起，定睛看去，却见那黑影蹒跚着步子朝里面走来。

待他走近，我才看清是谁。

只见霍去病光着身子，不，确切地说是双手捂住一片树叶遮着重要的部位，颤抖着站在我面前，浑身已被雨淋透，水滴接连不断地从头发上掉下，顺着光洁结实的胸膛滑落。

我见到他几乎全裸的模样，来不及脸红，忽然哈哈大笑起来。

他的脸色由白转青，似是很愤怒，正想说什么，却"啊欠"打了下喷嚏，我却笑得更厉害了。

他气极，伸出手指正想指着我大骂，那树叶却因这个动作松落开来。他一见不妙，连忙将手缩了回去，只是嘴上恶狠狠道："是你偷去我的衣服吗?"

我笑得直不起腰，想这回飞扬跋扈的大将军可是糗到家了。我怎会放过嘲讽他的好机会呢。等等，让我好好想想如何来挖苦打击他。

我定下笑声，起身绕着他走了一圈，啧啧道："将军的身材不错，只是臀部的赘肉多了点，想必是女人的屁股摸太多了吧。"

"你!"他意识到我肆无忌惮的目光，急了，连忙一个转身，却不料手忙脚乱中，绊了一跤，整个人朝地上倒去，摔了个狗啃泥。这一摔，更是春光乍现，给我来了个三百六十度全景。

我眯起眼，抚唇叹道："我在想将军战场上英勇神武，以为将军那儿……也是胜人一筹，今日见来，也不过如此吗。哈哈。"

他胡乱地拔了一些草盖住下身部位，支支吾吾道："不许看!"

"将军原来也懂得害羞，我以为，凭着将军这份超级无敌的色胆，什么场面没见过，还怕这作甚?"

他总算是定下情绪，红着脖子嚷道："韩真真，你凭何拿走我的衣物，快把它们还给我!"

"哈哈!"我笑得肚子疼，须臾，摊摊双手，无奈道，"真不好意思，方才我路过悬崖，一不小心全掉下去了。将军要不自己去找找?"

"你——"

"不过我替将军想想，也没什么大不了。将军艳名远扬，都城里谁人不知，就算是赤身裸体走在大街上，群众们也不觉得有什么奇怪，只恐怕还会赞叹将军展现人体美的勇气，再颁个奖给你呢。哈哈哈!"

"韩真真，你跟我有仇吗?"

"仇，哪会有仇，我韩真真对将军的敬仰犹如滔滔江水，连绵不绝。再说将军是这大汉王朝的明星人物，我哪敢得罪。将军，你千万不要这么想。"

他坐正身体，语气平缓下来："我知你对我耿耿于怀，算我对不起你吧，我

俩扯平了行不，你先替我去寻些衣物来，我得赶回城去。明日，母亲与我约好相亲之事呢。”

“我实在佩服将军，明日要相亲，今日还有空与女人厮混。”

他一时语顿，过了半晌，只听他道：“好了好了，韩真真，我知你看不惯我，就当我求你一回，快替我去寻些衣物来。”

我朝庙外看了下，只道：“已经天黑了，雨下这么大，我到哪儿去寻？若是在山间迷路了，岂不更惨？”

他怔了下，似乎也觉得这说得有道理，只咬牙切齿道：“韩真真，我真被你害死了！”

我瞪他一眼，想：“我就想害死你，你还指望我救你不成？”

气氛沉默下来。

雨越下越大，狂风吹进了庙门，卷起了一地乱尘。

“有没有火？”他咕哝着吐出一句，“冷死了。”

我其实也意识到了这一点。

夜晚的山间是极冷的，更别说这风雨交加。只是，这里潮湿一片，哪来的火种。

“没！”我悻悻答了句。

他似乎也顾不得恬耻了，光着身子便在庙内东翻西找。我见着一个裸体男人在我面前晃来晃去，说不出的难受，刷一下起身，嚷道：“一边去待着，身材那么差，还在我面前晃来晃去，扎眼得很！”

他意识到我的情绪，坏坏地探上身来，“在下的身子真有这么丑吗？”

我全身鸡皮疙瘩都竖起来，连忙转过身，只道：“丑死了！”

其实，我说这话是言不由衷。可能是因为长期征战，他的肌肉线条优美、轮廓分明，黑暗中还闪闪发着光泽，与21世纪的男模绝对有的一拼。这话只是将将他而已。

他的双手却勾上我的身体，一张“臭嘴”贴近我的耳边：“火种就算了，我俩抱着取暖如何。”

我一把推开他，低声咆哮：“有病先生，麻烦你自重一些，再这么下去，不光是花柳病，恐要得艾滋病了。”

他逼上我的脸，我无路可退，他却只轻轻地在我鼻尖勾了下，笑眯眯道：“有趣的女人。”

我正想说什么，他却放开了我，转身又开始在庙内翻找着。我看着难受，从身上脱下外罩的纱衣，扔给了他，结巴道：“你……把那儿遮上。”

他转身拾起纱衣，贼贼地朝我看了眼，也没多说，真就用纱衣在腰间扎了个结，总算是雅观了许多。我长舒一口气，躲进角落，扔下一句。“我先睡了。你离我远点！”

第四章　相亲大戏

“反者，道之动。弱者，道之用。天下万物生于有，有生于无……”

“万物生于有，有生于无……”

一位长须古代老人，若隐若现，魔咒如影随行，我的身体似在空中飘浮着，难以自禁，努力想伸手朝他摸去，却永远与他保持着距离。我想开口问“你是谁”，声音却似卡在喉咙口，怎么也出不了，身子却像是落入万丈悬崖，不断地坠落下去。

我挥舞着双手，拼命地抱住一棵大树，心才安定下来。那句魔咒又重新响起。

“反者，道之动。弱者，道之用。天下万物生于有，有生于无……”

在昏昏沉沉中，我终于醒了过来，却已是满额头的冷汗。

晨光照进庙宇，天晴了，四处是清新的鸟鸣声。

定睛看去，吓得脸色发白。只见自己梦里抱住的不是一棵“大树”，却是……

怀里的男人睡得正酣，嘴角还挂着淡淡的笑容，似是极为满意的表情。

我“啊”一声怪叫，一把推开他，触电般地从地上跃起，上上下下看了一圈自己的身体，发现毫发无伤，这才放下心来。

晕，定是昨晚太冷了，下意识地抱着他睡了。

要死，恶心到家了。抱着这种臭男人睡觉，而且还是个半裸体。这……这……怎么洗也洗不干净了。浑身上下一股骚味。

他被我一推，醒了过来，迷离着眼睛，饶有兴趣地打量着我。我朝他直跺脚，直嚷：“看什么看，有病先生，别自以为是，我跟你什么关系也没有。”

他勾起唇角，笑眯眯道：“你才自以为是吧，以为本将军要对你负责不成？”

“呸，我才不要你负责。”

“孤男寡女，共处一室，若是传出去，你真恐怕嫁不出去吧。”

“我嫁不出去也与你无关，我终身不嫁也不嫁你。”

“哈哈，你大可放心，本将军一点娶你的兴趣也无，都城里哭着喊着要嫁我的女人，多得去了，我稀罕你作甚？”

“你……”

我正想指责他，庙外却响起一个严厉却又冷冰冰的声音。

“都城里要嫁我儿子的女人是多，但今日这个，你给我好生看看去！”

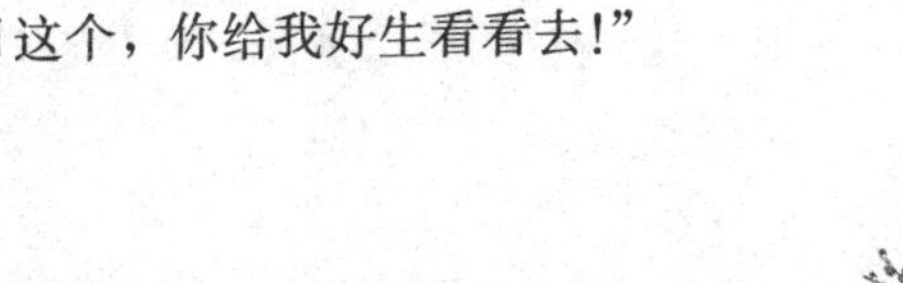

随着这声音渐近，一位中年少妇气势汹汹走进门来，身后跟着一群侍女。原是霍去病的母亲卫少儿，知他一夜未归，寻到这山上来了。

侍女们一见到霍去病几乎全裸的模样，个个吓得花容失色，连忙捂眼背过身去。卫少儿却已脸色大变，指着霍去病的鼻尖颤抖着道："你……你……彻夜不归，原在这荒山野岭与女人做苟且之事……堂堂大汉骠骑将军，当朝侯爷，你……你成何体统！"

见她一脸暴怒之色，估计平日里对这儿子的行径就已经不满，再见霍对她一脸恭敬的模样，想必也是怕这母亲三分。

果然，她继续吼道："你虽立下战功，但也是仗着陛下对你的几分宠爱，才有扬名立万的机会。你有恃无恐，染指都城里众多名媛不说，已过弱冠之年，却不好好寻个妻室，每日在外花天酒地，你对得起陛下对你的浩荡龙恩吗？"

一番正义凛然的教育，让我听得热血沸腾，只差是为她抚掌叫好。朝那家伙看去，却见他挤眉弄眼，一脸风轻云淡的模样，气得我刷下起身，对着卫少儿嚷道："请夫人为小女子做主！"

卫少儿原本对我一脸蔑视，听到我的话，表情略略闪了下，问："你有何委屈？"

"小女子原本在山里迷了路，偶遇侯爷，本想求他助我一臂之力，却不料……却不料……"我眼中带泪，做出一番可怜状，故意说不下去，心里抱定拉这大色狼下水的信念，只想再将他一军。

卫少儿立马明白过来，怒目朝霍去病看去。霍去病傻了，从地上跳了起来，哇哇大叫："我可没对她下手！我俩什么事也没……"

"侯爷……你……"我颤抖着手指，"昨夜小女子宁死不从，你却霸王硬上弓，事后又说要对我负责，你，你怎可如此……如此出尔反尔？"

"混账！"卫少儿忍不住了，上前重重给了他一个耳光，打得他俊脸煞红，牙齿咯咯作响。

"人家一黄花女子，你就这么把人清白掳去，还让她怎么活！"卫少儿的声调震得庙顶嗡嗡作响。

霍去病恐怕要气晕过去，指着我的脸半晌回不上气来，只见他又是跺脚又是甩袖，在原地踱了三圈，忽然停下步子，抚掌道："好啊，母亲大人，儿子本不是无情无义之人，就让儿子带着这女子回府，做个侍妾，也好给她有个交代。"

什么？侍妾？我脑子当头一棒，没料到他竟回马杀一枪。我来不及反应，一侧的卫少儿发了声："倒也是，女孩子家没了清白，还怎么嫁人，你是何家的女儿？"

"呃……"

"禀母亲，她是匈奴人。"

"匈奴人？"卫少儿大惊，脸色复杂起来，思索了半晌，缓缓走上前，握住我手道，"你无故受屈于我儿，作为补偿，本应该封个侧室给你，但因你是匈奴人的身份，却只好作罢。侍妾虽没名分，但总好过嫁不得人家。姑娘，这事就这么定了吧。”

“什……什么……”我语无伦次，几乎晕过去。

什么叫这事就这么定了，谁谁谁要做他什么侍妾？脑中一片混乱，脸色红一阵白一阵，正想着怎么拒绝，一边的“大色狼”却已上前，搂住我，轻轻道：“我这下负责了，你可满意？”

我狠狠朝他瞪去，他却凑上我的耳侧，调侃道：“傻子，想嫁给我也不至于想出这种法子来，猴急了不成？”

我踩他一脚，他痛得眼眉揪成一团。卫少儿看到我俩“打情骂俏”的样子，干咳了声，一本正经道：“说正事，今日相亲的对象是丞相的掌上明珠，可不得像上回那样，把人家姑娘吓跑了。公孙大人可是皇上面前的红人，此回若是能和他家结上亲家，卫、霍两家在朝中就放上十万个心了。”

霍去病一脸愁色：“母亲说那掌上明珠，可是那公孙芷？”

“正是她。”

霍去病哇哇大叫：“我不要娶这婆娘，黏得跟皮糖似的，整天唧唧喳喳，见了就烦！”

“你胡说什么？芷儿出身名门，为当朝丞相之女，又对你一见倾心，好几次主动上门来寻你，你却对她爱理不理。我看你平日里对那些莺莺燕燕柔情蜜语、如鱼得水，这回，就不能与她顺水推舟下。再说，她哪里差了？比你这些野花好了不知哪儿去。”

她说着，目光有意无意地瞟向了我，我心口一凉，想，她口中的“野花”是不是在说我啊。

公孙芷，当朝丞相之女，是不是那个公孙弘的女儿？高干子弟是不是？这古代讲究门当户对，霍母为他寻得这门亲事，本是常理之中，但见霍去病的反应，似是极不情愿。

不料他正朝自己看来，眼神中透着一般狡猾之意。正想说几句，他却一把拉过我，对着卫少儿笑眯眯道：“也好，一起去瞧瞧。”

我踉跄着被霍去病一路拖着走，他步伐极快，似是有意抛下身后跟随着下山的卫少儿一行。

我忍不住喝道：“你有什么见不得人的话要与我说，快说！”

他刮刮我鼻子，轻笑道：“小东西，待会儿，陪我一起演出戏。”

“演什么戏？”

“把那公孙芷赶走。”

“我为何要陪你演？”

“这样，我也知你不想做我侍妾，你若是帮我，我便好好待你。你想走就走，

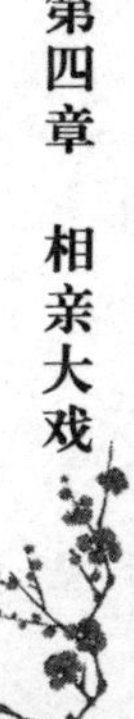

想留在我府里白吃白喝也成，我绝不碰你。如何?”

我想想这买卖还合算，自己在这长安无亲无故，活下去都有问题，他说他养我，又不碰我，倒是个好去处。想来，反正也不认识那个公孙芷，不怕得罪她，于是点了下头，道：“一言为定。”

他满意地点了下头，又朝我的打扮看了下，又开始啧啧摇着头，咕哝道：“只是，这长相也不知人家信不信。”

我恶狠狠朝他瞪去，他却歪着嘴一笑，顾自扬长而去。

一行人回府，霍去病回房沐浴，我也被两个侍女带去“清洁”，从充满花香的浴池里出来，精神了不少。两个侍女走上前，恭敬道：“姑娘，侯爷吩咐了，请更衣后去前厅见客。”

我低头朝一堆衣物发愣。

“这么复杂，怎么穿?”忍不住木木问了句。

在侍女的帮助下，总算穿戴完了，汉服本是极富女人味的，我往铜镜前一站，也被这份突来的美丽吓了一跳。

身边的侍女道：“姑娘真是天生丽质、如花似玉。”

侍女的话有不少拍马屁的成分，但我还是暗自欢喜。

铜镜里的自己，虽不算顶级美女，但确比原来漂亮干净了许多。

我打扮一新，大步朝前厅走去，两个侍女跟不上我的步伐，只听到身后气喘吁吁的声音。我忽然意识到，在这大汉朝，女子是极矜持的。我连忙收起步子，挺胸抬头了下，拾起云水一样的步子，走进了大厅。

厅内早已坐满了人，正中坐着霍母和一个中年男人，见他道貌岸然的模样，估计就是历史上赫赫有名的公孙弘。此人工于心计，城府极深，可谓官场之徒的鼻祖。

两侧分别坐着霍去病，还有一位年纪不过十六七岁的女孩子，想必就是公孙弘的女儿公孙芷。见她粉光若腻，明眸皓齿，确是一极品美女，心想，这么美的女孩子，那大色狼居然不要？他葫芦里卖的什么药?

我这贸然一进门，所有人的目光都朝我看来，厅内原本还有人在说话，一下却安静下来。

我忽然意识到，这样莽撞进门，好像不合规矩似的，抬头看到卫少儿一脸怒色，顿时冷汗一身，连忙想都来不及想，“噗”就跪在地上。

“你来作甚?”卫少儿冷冷道。

“呃……”我呆滞着目光，傻傻朝霍去病看去，想在他脸上寻找答案。他见到我的打扮，闪过一丝欣赏的表情，过不久，唇角一勾，朝我使了个眼色。

我心想，揽我头上是吗。好吧，让你见识下我韩真真的功力吧。

镇定下情绪，转身对公孙弘嘣嘣嘣磕了三个响头。那公孙弘被我磕得莫名其妙，怔怔朝我看来，我却袖子往脸上一抹，哇一声哭出来。

这一哭，所有人都傻了。

卫少儿一急，从座位上起来，扶起我身问道："你哭什么？"

我又是一阵眼泪狂飙，直哭得肝肠寸断，哭得连公孙弘也耐不住了，朝卫少儿问道："夫人……这是……"

"姑娘，你莫哭，先与我好好说来。"卫少儿扶起我。

我却沉下双腿，死活不愿意起来，一边哽咽一边道："请夫人原谅我，一定要原谅我。"

"原谅你什么？"

"真真骗了夫人……"

"你骗我什么？"

"真真，真真其实早已认得霍将军了……"

"什么？你早认得去病？"卫少儿傻住，不信似的望着我。

我抹去眼泪，终于控制住语气道："真真与将军在一年前就私定终身，将军说，待这场大战回来，便娶我为正妻，真真苦苦等待，甚至不惜乔装成匈奴人，奔赴战场，寻得将军。昨日，将军与我相会，说今日要与丞相之女谈合亲之事，将军说，望我顾全大局，忍痛割爱，我心里不甘，想，即使做不成正妻，做个侧室，真真也情愿，却不料，将军竟谎称我是匈奴人，连个名分也不给我，只给了侍妾的身份。我愈想愈不平，愈想愈心寒。想这世态炎凉，我一弱女子，只想全心全意交给一个男人，却得不到半点真情实意，真真忽觉人生的无奈与痛楚。我此刻什么也不管，什么也不论，真真只想在这里，向各位一吐真相。各位是朝中显贵，捏死真真如捏死一只蚂蚁般简单，我却早将生死置之度外，只为寻得这世间的公平。真真的话说完了，请夫人处置！"

说完，我又重重磕下一头，仔细听去，大厅里一片安静，估计是被我这搅浑水的话震撼住了。

一秒，两秒……十秒，还是没人说话。我弱弱地抬起头，朝众人看去，却见到卫少儿已是气得脸色发青，而一边的公孙弘也是面僵如铁，再朝那公孙芷看去，一张俏脸上又惊又怒又沮丧，最后转到了霍去病的脸上，却见他朝我坏坏一笑，衣袖口不经意地露出一个大拇指，似乎是在夸奖我的表演功力。我朝他狠狠甩去一个眼色，他却连忙躲过我的回击，装作若无其事的样子。

卫少儿终于开口了："真真姑娘，我家去病虽玩劣了些，但不是这样的人，你可不得这样诬蔑于他。"

"真真句句是实，没骗夫人。"我一本正经。

她急了，大喝道："你……你挑这当口来说此不堪之事，是何居心？"

我见她发了急，心里想，好吧，要上苦肉计了，于是瞅着墙边挂着一把宝剑，直冲上去，拔出剑来，架在脖上，红着眼道："夫人若是不信，真真立马死在

这里!”

卫少儿真手足无措了，哭丧着脸朝公孙弘转过头去，解释道：“公孙大人，你莫听此女胡言，事实还须细细调查才是。”

公孙弘哼了句，道：“是真是假，两位当事人都在，问了霍大将军便是了。”

说着，他将目光抛向了霍去病。霍去病一脸尴尬，支吾着说不出一句话来。

“去病，你向大人解释一下!”卫少儿冲上前。

霍去病俊脸通红，只悻悻低下头去。

公孙弘见状大怒，忽然拂袖而起，喝道：“无声胜有声！在下明白了！芷儿，我们走!”

说着，大步流星朝门外走去，卫少儿连忙急着去追他的背影。堂内只剩下公孙芷、霍去病和我三人。

公孙芷从座位上起来，大步走到我面前，忽然骂起来：“臭女人，死女人，坏女人！谁叫你勾引我家霍哥哥?”

我张大嘴，一脸不可置信。

什么情况，这女人疯了不成，不去骂那负心汉，却来骂我?

我正傻着，她却抡手朝我脸上打来，我躲闪不及，眼看那耳光要落到我的脸上，一只大手擒住了她，定睛看去，却是霍去病一脸严肃。

公孙芷哇哇大叫：“你放开我!”

霍去病厌恶道：“去去去，别在我府内撒野!”

公孙芷哇哇大哭起来，“霍去病，你竟为一个女人拦我?”

“我为何不能拦你?”他一脸风轻云淡，“你是我何人?”

公孙芷指着他鼻子道：“哼，我知你故意上演这出戏，想黄了这婚事。本小姐告诉你，我没那么容易善罢甘休!”

霍去病却歪起嘴角再不说话，手懒懒地朝门口一指，示意她出去。

公孙芷狂叫一声，哭泣着撒腿便往外跑去。

我呆呆地转过头，朝他看去，他也正好看着我，我呲道：“厉害，野蛮女友吗。”

他却轻轻一笑，捞过我的身体，带着几丝欣赏的口吻道：“小东西，演技这般好，比唱戏的还厉害。”

我一把推开他，冷笑道：“我也不明白你怎看不上这样的美女，凭你的好色，竟会放过这砧板上的肉吗?”

“这你就不知了，大丈夫有所为，有所不为，你以为我霍去病什么人都敢碰吗？就比如你韩真真，我也不敢碰呢。”

“呸，你敢碰，我还不让你碰!”

他轻轻在我脸上啄了下，我厌恶地皱了下眉，他却感叹道：“你穿这衣服挺好看的，接下去，每天都要这般打扮。”

第五章　甜品之约

扰了卫少儿的相亲大事，她自是对我咬牙切齿，干脆连我侍妾的身份也取消了，将我安置成最低层的奴婢。我倒乐得清爽，省得挂着个侍妾的名头，被那大色狼骚扰。

那大色狼也实现了诺言，吩咐下面对我照顾有加，我不但有独立住所，还不用朝九晚五地上班，有吃有喝，不亦乐乎。那家伙没过多久，又被汉武帝封了个大司马，更是春风得意，围在他身边的女人多得数不清。他也懒得来理我，我倒有了大把大把的空闲时间。

苦于李敢的人必定到处在找我，我也不敢经常出门，只是溜到府后的林子里透口气，后来，干脆从厨房里偷些食材调料出来，又在林子里用石头树枝架起了自制的灶具，做起了私家甜品。

要说这甜品，本是我的爱好，一遇到心情好或不好时，都会想要亲手做上一份，然后美美地吃着，才觉人生甜如蜜糖。

这回，我做了一锅冰糖银耳，放在风口待它凉了再食，瞅着空当，干脆在草地上放松地躺下，打起了盹。

林子深处忽传来悠扬的笛声，丝丝钻进我的耳朵。

我闭上眼睛，想，有美妙的音乐作伴，睡着更舒坦。

就这样渐渐进了梦境。

奇怪，这回梦到的，尽是那大色狼被我羞辱的情形，我在梦里指着他鼻子哈哈大笑，笑得喘不过气来。

我笑着笑着，然后就醒了，睁开眼，却迎上一对闪亮如星的眼眸。

我一个激灵，瞳孔骤缩，“啊”叫出声音来。那人倒是被我吓了一跳，往后一退。我连忙从草地上一溜烟起来，慌乱地整理好衣物，弱弱地看去，这才看清眼前的男人。

只见眼前的男人三十岁左右的年纪，颀长的身形，一身淡青色长袍，立体英挺的五官，飞扬的双眉微蹙着，眉宇间仿佛浮动着不易察觉的忧虑，下巴上蓄着细细淡淡的胡茬，更添一份撩人的气质，特别是那对目光炯炯有神，隐约透着某种熟悉的光彩。

我突然面红耳赤，他的眼神……仿佛梦中见过一般。

“你是谁?”我脱口而出。

他见我反应，眼中闪过异样的神情，竟就这么久久地望着我没有说话，直到我清咳了声，他才眉头一展，微笑道："你又是谁？"

声音很好听，有着淡淡的磁性。

"我……我叫韩真真。"我定下神，朝他笑了下。

"韩真真！"他沉思了半晌，抬眼望着我，目光灼热得几乎让我如坐针毡，我竟不敢与他对视。

"你是霍府的人？"他终于开了口。

我点点头。

他淡淡笑着，在一侧的石头上坐了下来。我朝他侧面看去，研究他的笑为何看上去带着淡淡的忧伤，却有种致命的吸引力。看到他手中的笛子，忍不住问："方才你在吹笛子吗？"

他转过头，轻笑道："是啊。"

"噢，你吹得挺好的。"我想也没想，回了一句。

"挺好？好在哪儿？"没想到他竟追问。

我抓抓脑门，想了想，回道："就是……听着想睡觉。"

他扑哧一声笑出来，我被他笑得满脸通红。

"对了，你是谁？"我也追问。

他淡淡道："我只是个普通人。"

"普通人怎么样？"

他回头看了我一眼，笑道："我叫何三，是将军府里打杂的。"

"哪个将军？是霍去病吗？"

他一怔，似是对我直呼霍去病之名有些诧异，但他的神色很快恢复正常，只淡淡道："我是卫将军府上的。"

"噢。"我明白似的点了点头。

卫青，传奇人物，我可崇拜他崇拜得不得了，想来穿越过来有些时日了，竟还未见过这位大英雄，想必比那大色狼优质得多。瞧瞧，连府上打杂的都那么有风度，若真遇上他，首先记得要个签名才是。

我正思绪万千，他却对我眼前的炉灶产生了兴趣，只道："你在做什么？"

我反应过来，笑眯眯道："我正做甜品呢。"

"甜品？"他饶有兴趣地朝我的冰糖银耳看去。我端过一碗塞进他手里，道："给你尝尝。"

他尝进一口，眉头一展，似是非常满意，笑道："不错，你是怎么做的？"

我一听来劲了，我最爱交流烹调经验了，滔滔不绝地讲解了一番制作过程，他听着，微笑着点着头。我觉着自己越说，目光却越沦陷进他的眼眸，连忙干咳一声总结道："总而言之，若有冰箱，这银耳就更好吃了。"

"冰箱？是什么意思？"

"嗯，就是一个箱子里，全是冰，食物放进去，能保持新鲜与清凉的口味。"

他明白似的点点头，自言自语道："好，冰箱。"

"对了，卫将军是个怎么样的人？"

他怔住，似笑非笑地看着我，回道："只是个普通人。"

"不会啊，历史上，他可是个大英雄，不仅百战百胜，对部下也很好。人品一流……"

"历史上？"

"呃……就是……大伙儿都这么说吧。"我尴尬笑着。

"别人说，你就信吗？"

"呃……好吧，我不知其他人信不信，反正我信了……"

与何三告别，我哼唱着从林子里出来，才走出林子，后脑勺却被人重重敲了下，眼前一黑，倒在地上。

迷迷糊糊睁开眼，却见面前站着一行人，当头的却是那公孙芷。

只见她杏眼微睁，兴灾乐祸地望着我，似是在看一件战利品。

我道："公孙小姐，你找我有事吗？"

她抚唇笑眯眯道："你说呢？"

我揉了揉眼睛，一脸风轻云淡："一个吃醋的小女人，还能有什么事。"

"你！"她脸色一变，似是被我的淡定惹怒了，"你信不信我抓你来，就是想杀了你？"

"我只是一底层百姓，何劳大小姐亲自上门来杀我？"

"呸，你勾引侯爷，扰我婚事，我不杀你杀谁？"

"唉，杀了我有什么用，有些秘密之事，小姐反而不知了。"

"什么秘密？"她眸光微闪，有了好奇之意。

"当然是与侯爷有关的。"

"霍去病？是何秘密？"她惊奇之意更明显。

人的好奇心是种很奇怪的东西，它一面推动了人类社会的发展，一面也毁了许多本应成就的大事。公孙芷，一个十五六岁沉不住气的小丫头，竟栽在我这种早被世俗磨炼得百毒不侵的现代新女性手上，真是自不量力。

我微笑："侯爷心中早就有了人。"

"什么？他心里有谁？"她脸色大变。

我长叹一声，故作若有所思状。

"快说！"

"我不敢说。"

"为何不敢说？"

"首先，我若是说了，对公孙小姐就无价值了，必死无疑。其次，我也不敢将

这尊贵的名字说出口，若侯爷怪罪下来，我也只一个死字。”

她想了想，道：“我不杀你便是了，你说了，我也不让其他人知道，这下你可放心?”

我抚唇想了想道：“此话当真?”

“我公孙芷是什么人，会诓你一个小丫鬟?”

我点点头，道：“我便信了你，你叫所有人出去，被他们听到可不好。”

她一怔，朝身后那些彪形大汉使了个眼色，一行人陆续走出门去。

“这下你可说了。”

我起身，掸了下衣袖，道：“请小姐借步说话。”

她迟疑了下，探过身来，我朝她的后颈精准有力地砸下一拳，她便像个泄了气的充气玩具瘫倒在地上。“可怜无知的恋爱小女人，”我叹了句，将她剥个精光，换上她的衣物，然后敲敲门学着公孙芷的语气道，“你们守着韩真真，我先去一个地方，你们谁也别跟着我，听到没?”

门外传来恭敬的回复声，我推开门，快步走出，那些大汉低着头，也不敢正面瞧我。我优哉游哉走出门，嗖一下没了人影。

回到住所，我舒服地躺到了床榻上，一想到那公孙芷裸着身子狼狈的模样，心里便解气。其实我也不是啥大恶之人，所谓人不犯我，我不犯人，欺侮到我头上，我便要以牙还牙。这里虽然是强权社会，但也不能就此埋没我这现代女性的昂扬斗志。

门外传来一男人与女人的嬉笑声，我隔着窗洞探去，却见是那大色狼搂着一个年轻女孩正在打情骂俏，心想还不是因这家伙无端惹上仇家，他倒是一身轻松，在花丛中寻乐。

我砰一下踢开门，叉着腰对着那猥琐的二人嚷道：“打雷了，收衣服了，要脸的不要脸的，都洗洗睡去吧。”

女人首先皱眉道：“侯爷，哪来的不识好歹的婆娘。”

我顾自拿起一侧的晾衣杆，朝晒得高高的衣物一挑，那些衣服如落叶缤纷，张开翅膀朝下面二人劈天盖地地飞去。一时间，二人手忙脚乱，连滚带爬，许久才从衣服堆里爬出来，一身狼狈。

女人又哭又闹，冲上来破口大骂：“死婆娘，你吃了熊心豹子胆不成？竟敢冒犯侯爷?”

我冷冷朝她看了眼，道：“我在收衣服。”

“你!”女人语顿，朝霍去病扑去，“侯爷，你看看，她这般嚣张。”

女人哭得梨花带雨，那大色狼却挑眉轻笑，拍拍女人的肩，道：“乖，宝贝先回去，改日我再找你。”

女人又哭闹了一阵，又气又不甘，狠狠朝我瞪一眼，甩腿走了。我朝她背影冷冷哼了句，顾自收拾起地上的衣服。

一双大手从身后搂住我，耳边传来灼热的男人味。

“小东西，你这是在吃醋吗？”

我反应过来，身体一弓，从他怀里逃出来，轻笑道：“有病先生，我为你吃酱油还差不多。真真这是为侯爷着想，侯爷虽年轻气盛，但也不可纵欲过度，只怕再活不过几年，就精尽人亡，到时后悔也来不及。”

我特意强调“几年”二字，心想，这家伙到死之时，会不会想到我这毒咒呢？

他居然没有生气，只逼上一步道：“韩真真，你为何这般讨厌我？”

“错错错，没有喜欢，哪有讨厌？我只是想找个清静地休息下，侯爷若是想泡妞，就找其他地方去。”

“咦，这恐怕是我的地盘吧。”

“也是，要不，侯爷赶我出门得了，我也省得个混白吃的罪名。”

“你要走，我还偏不让你走。”他贼笑着，一步上前，将我擒进怀里。我拼命挣扎，他却暗施内力，他的武功本就在我之上，任凭我如何挣扎，也逃脱不了。

院外却来了侍卫报告：“侯爷，董大人求见。”

他松开我，轻轻用手指在我额头上磕了下，大笑着快步离去。

望着他远去的背影，我忽然想，完了，那些韩剧里吸引女人们前仆后继的极品男主角，恐怕就是这种模样。帅不用说，还偏偏带着一些调侃，甚至是小小的坏，我这类大龄剩女最吃不消的就是这一套，嘴上厌恶到极致，其实却已暗暗动了心，这倒是极危险的。

第六章　独尊儒术

穿越过来的人，都有一个共同特征，那就是对历史人物有种莫名的好奇感。听到“董大人”三个字，联想到是不是那位引导汉武帝“罢黜百家，独尊儒术”的历史人物董仲舒，我立马追上他去。

溜到前厅一侧，躲进屏风，听到厅内大色狼正与一个精壮有力的声音对话，努力想看到那人的脸，却终作罢。

只听霍去病道：“仲舒兄大驾光临，令我将军府蓬荜生辉。”

董仲舒语气颇为不甘：“大司马言重，大司马横扫匈奴，立下无敌战功，朝中谁人不敬，我董氏一区区儒生，何劳大司马下帖邀请，今日拜会大司马，大人有何事吩咐尽管说来，若无何事，董某便先行一步。”

明明是恭维之词，听上去却刺耳得很，想来这董仲舒并不怎么看得起霍去病这类武夫，又或者这大色狼的艳名远扬，他也实不屑与这种人为伍。我心中感叹，董仲舒果然是一代文人的典范，不向强权低头，不亢不卑，透着难得的气节。只是这样的人，多半在这朝中混不久，史书上说他黯然隐世，也是常理之中。

却不知那大色狼脸皮极厚，语气中非但没有不开心，反而带着一份笑意：“仲舒兄急甚？既然来了，喝杯茶再走嘛。仲舒兄当年《举贤良对策》中，提出‘天人感应’、‘大一统’学说和‘罢黜百家，表彰六经’的主张，震惊朝野，陛下极为欣赏先生的学术。去病一介武夫，仰慕先生学问，今日难得一聚，正好向仲舒兄请教有关儒学之术。”

“大司马此言差矣，仲舒才疏学浅，不及那公孙弘半分，公孙大人不是急着与霍家联姻吗，大司马有何问题，问他便是了。”

公孙弘在学术上半路出家，而董仲舒却是十年寒窗正规“大学”毕业，就比如，一个是半工半读的函授生，一个是北大高才生，一个绣花枕头，一个满腹经纶。这董仲舒当然对公孙弘是极为蔑视，这般说来，只是故意将将霍去病。

霍去病仍旧眉开眼笑：“仲舒兄提醒的是，改日，在下再向公孙大人请教一番。”

这家伙也是个活宝，别人明明是个冷屁股，他却偏要用热脸庞去贴，不知肚子里打什么主意。

董仲舒口气也软下来，问：“敢问大司马要问何事?”

霍去病道：“去病这些年征战四方，却常听到一个流言，说是千年前道学祖师老聃藏有一传世之宝，可令人长生不老，又传老聃本人至今未殇，千岁高寿，却健如中年，据我所知，当今陛下也对此流言颇为感触，去病想，若这流言是真，恐怕对先生的学说不利。”

董仲舒的语音一滞，沉默下来。

霍去病却补充道：“先生知道，从汉高祖起，我大汉朝便以‘无为’治国，经文景二帝，更是以老子的道学为尊，仲舒兄的孔孟之说，虽师出道学之门，却提以仁义礼制治国，与无为之道颇为抵触。若这长生图为实，那先生的强国梦想，恐真要落空了。”

“哼……”董仲舒重重拍了下桌子，喝道，“都只是些蛊惑人心的流言飞语而已。”

“据说此长生图落到了匈奴王手中，陛下已派人去寻，仿佛是有了确切的消息，看来也不是空穴来风吧。”

我在一边听得心惊，长生图？老聃？是不是那个历史上有名的道学鼻祖老子？等等，匈奴？这怎么听着跟自己的使命极相似，从前的真真，难道寻的就是这张长生图？

正在踌躇，却听那董仲舒道：“有便是有，无便是无，若真有长生之术，那赐予吾皇万岁之尊，皆是天下大福。我一小小儒生，抱负梦想又何足挂齿。”

“去病以为先生的梦想是为天下苍生共福，此番才明先生只是个人官场仕途之志，确是失望之极。”

董仲舒似是听懂了他的话，沉默半晌，指尖轻轻敲打着桌面。

霍去病的话，意思很明显，便是提醒这位儒生，有道家的传世之术在，帝王又如何会推崇他这种孔孟之道，古代的人，长生之人，在人们的心目中，等同于天神，这样的天道神术，若有朝一日证实了，恐怕这朝中，便再无董仲舒的立身之地了。

董仲舒嘴上虽说无妨，但他这种读书人，受封建皇权思想影响多年，扬名立万是小，青史留名也是小，更迫切的，是用他的思想和理念来改变一代人的命运。这样的成就感是他们苦读寒窗的终极目标。

他沉默半晌，终于开口道：“大司马有何话，请直说。”

霍去病轻笑道：“在下只是作为友人，与先生谈些朝中热议的话题罢了。来来来，喝茶，喝茶。”

接着，他便扯开话题，董仲舒与他谈了会儿闲事，始终绕不回这个话题，便告辞走了。

我却偷偷溜回房间，只觉心神不宁，总是落不到实处。反复想着霍去病与董仲舒之间的话语，隐隐带着另一种缘故。怎么听，都感觉霍去病像是在试探他。可是，这家伙想试探他什么呢？

我带着充足的食材，又溜进了林子，见老地方空无一人，心里莫名失落了下。帅哥何三居然不在。

发了会儿愣，傻傻苦笑了下，吹起口哨开始张罗。

古代没有咖啡豆，OK，拿些红糖炒焦了代替，泡上一杯惬意的下午茶，先躺着喝上几口再说。

舒舒服服在石头上躺下，又打起了盹，迷迷糊糊见到眼前一个人影，我兴奋地一跃而起，叫道："何三，你来了?"

眼前果然是何三，一如既往的一身青衣，简朴干净，怎么看怎么舒服。

他浅唇弯起，露出一个好看的微笑："我带冰箱来了。"

我还未反应，他却朝身后一指，不远处放着一个大木箱，我兴冲冲上前打开，却是一箱的冰块。

"哪来的?"我诧异问。

"从府上的冰窟里偷的。我想，把冰块放进箱子，恐怕就成了你口中的冰箱。"

我抚掌道："好你个何三，聪明。"

"那可试试你的冰糖银耳如何?"

"当然，对了，今天有冰，干脆我教你做另一种甜品吧。"

"噢?还有其他?"他兴味盎然。

我笑眯眯地从袋中拿出几样水果与牛奶，向他摇了摇道："我教你做奶昔!"

……

暗施内力打碎坚硬的冰块，又拌上新鲜可口的水果，加入香醇的牛奶，奶昔"出炉"!红红的是西瓜奶昔，淡黄的是雪梨奶昔，光看看颜色，便叫人流口水。

我与他一人一碗，挑着阴凉处坐下，空中挂着烈日，我俩却是清凉如三月，所谓冰火两重天，此中乐趣，只有亲身体验才会知个中好。

他满意地朝我看来，"真真，你如何学得这些手艺?"

我咧嘴道："这些都不用学，有心情便能做出来。"

"用心情如何做?"

我微笑："想着甜蜜的事，有甜蜜的梦。"

"你有何甜蜜之事?"

我思闪着眼睫毛，怔怔望着天空，"今天天气不错，便值得高兴，你说呢?"

他哑然失笑，连连点头。"好，天气不错。"

我转过头，笑道："何三，卫将军对你好吗?"

他嘴角扬起兴味。"将军待我很好。"

"对了，卫将军长得怎样，比你还帅气吗?"

他讶然望着我，嘴角浮起笑意，只浅浅点了下头："将军比我英武。"

我探上脑袋，很八卦地问："对了，你家卫将军，是不是有很多女孩子追?"

"何为追?"

我刷一下跳起，一本正经道："何三，你不明白，你家卫将军，有长相，有家世，有人民币，是高帅富的典型。若是到我们现代，绝对是少妇少女杀手级人物。那跟在身后的女人，何止一个集团军？"

他估计被我的胡言乱语听蒙了，只是淡淡笑着，望着远处，清俊落拓的脸上，被阳光蒙上了光彩，闪耀着特别的神韵。

我正看得花痴，他蓦然回首，我被他晶亮的眼神一触，只觉心跳也快了几下，他却莞尔一笑，道："真真，你随我去一个地方。"

……

随着何三的步伐，渐渐到了一秀丽湖边，太阳热辣当头，湖边却是清风阵阵。我正感慨祖国山水的美好，转眼被他带上了一条小舟，缓缓朝湖中驶去。

过不久，上了条精美的画舫，朱漆红栏，金碧辉煌，是有钱人才坐得起的汉代游艇。

我很茫然地问："何三，这是哪里？"

"你进去便知。"他说着掀开了门帘，迎面却传来一些爽朗笑声。

只见一群男人围坐一圈，有的抚掌高笑，有的春色满面，还有的噙笑旁观，却是个个气度非凡、人中龙凤。

我措手不及被领到众人面前，齐刷刷的目光朝我射来。我这才知道，一个平凡女性被众多帅哥齐齐注视的场面，是多么的令人局促不安，只觉长得平常是个极大的罪孽，有种对不起人民对不起党的意味。

我的脸煞红，帅哥们却已调侃起来。"何三，这位是……"

何三却没直接回答，只转过身对我微笑道："真真，这是我平时常来的经社，这些都是一些研究学问的友人们，你不必拘谨。今日请你来，是想你一显身手，让各位文人墨士，尝尝你的甜品。如何？"

"啥叫经社。"我木木地问。

"经社便是文人雅士们谈古论今的地方，志趣相投者，聚在一起，便有了经社。"

我大概明白过来，想这何三虽是底层的打杂人员，竟还有这般高雅的爱好，又与这些优质男人一起混，果然有了不同凡人的气质。

还好不是让我也来研究学问，我一个高中毕业生，只会网游加网购，学问这东西，离我很遥远。做甜品给大家吃？不错。那么多帅哥，这活超给力。

我连忙抱拳道："好！"

一个声音响起，却是熟悉之极："女子揖礼，身形直立，两臂合拢向前伸直，右手微曲，左手附其上，两臂自额头下移至胸，同时上身鞠躬约四五度角。"

我循声看去，只见是一眉清目秀的年轻男子，一脸严肃地望着我。我脑子翻

着记忆，忽然想起他的声音与那董仲舒极像，难道是他？

正琢磨着，他却又道："当年，周天子分封天下，所封诸侯国林立，正是制礼作乐，行周礼之道，天下大同，长治久安。东周末年，礼崩乐坏，使得王室衰弱，诸侯争霸。姑娘身为女子，更因遵礼重道，以护礼乐之制之周全。"

我吃力地听了段古文，终于明白过来他这是在指自己行错了礼数。孔子学说崇尚"礼乐"和"仁义"，这家伙拿这芝麻绿豆大点屁事来说事，估计应该是那位有精神洁癖的董仲舒不假。

郁闷，不就行个礼吗，犯得着上升到礼崩乐坏、王室衰弱的高度吗。敢情那周王朝的倒台，还是我这女子的罪不成？董仲舒，果然是封建思想的代表人物，谁嫁他谁倒霉。

我清咳了下嗓子道："先生，麻烦你再说一遍行不行。哪只手在哪只手上面？左手还是右手？"

他眸中聚起怒色，似是被我的厚脸皮刺激了下，但毕竟是文人，风度有佳，又清晰地重复了遍："两臂合拢向前伸直，右手微曲，左手附其上，两臂自额头下移至胸，同时上身鞠躬约四五度角。"

我努力回忆古装剧中的场景，于是，双手一支，架在一侧腰间，微微蹲了下，又觉不对，将左脚放于右脚后，再蹲了下，又将右脚换到左脚后，又蹲了下，蹲着又把握不住幅度，却因身体不稳，一屁股坐到了地上。

周围的笑声更浓，一时，气氛滑稽得很。

一双手从边上斜斜刺来，隔着衣袖捉住了我的双手。高大的身影挡在我的视线前，我晕头转向地望去，却见到何三温润如水的眼神，手背上隐约传来他的温度，只觉灼灼的感觉全聚到了那处，手心却湿成一片。

他嘴角噙着淡淡的笑意，阳光从雕花间隙中浅浅射到刀削般的侧面，属于男性的浓密长睫在眸下投下剪影，细密的胡茬隐约闪着光泽，透着一份特别的温柔。

我心怦怦直跳，耳边却嗡嗡不觉他在说什么，只是感觉他将我的手按董仲舒的说法摆好，又将手轻轻领到我的背部，示意我弯下正确的角度。他离我只半寸之遥，气息扑面而来。他有种特别的香味，介于薄荷与柠檬之间，我承认，我有点晕。

终于完成了动作，他低头一笑，对那"董仲舒"说："先生可满意？"

场面本是极静的，所有人都愣愣看着我俩，这份暧昧的行为恐怕让所有人都在揣测我俩的关系。我的脸一定很红了，不，我的脚指头都红了。

一个温醇的声音响起："何三，你带来的女子有趣。"

这个声音响起，众人即刻恭敬朝他望去，想必他是这个群体的主导人物。

我也循着声音看去，却见到眼前的男人约三十一二岁，面如满月，气宇轩昂，目光凌厉，眼眸浅若琉璃，姿态慵懒，斜斜靠在雕花椅背上，却仿佛蕴涵着巨大坚韧的力量，让人不可漠视。

他勾起薄唇，目不斜视，似乎在我眼中寻找着什么。我被他看得发毛，只听得舫外风声一片，吹得金丝纱帘鼓鼓作响。

“这位是王公子。”何三笑眯眯地向我介绍。我连忙朝他行了一个标准礼。

王公子朝我点了头，仍是探究似地看了我很久。我被他看得心里发毛，忍不住低下头去，却只听他转向“董仲舒”道：“先生，你说女子遵礼重乐，为天下之美，我却怎觉得她无拘无束的模样，反而率真可爱了？”

“王兄，礼为本，自古男尊女卑，君父为上，若所有人都由着天性任意妄为，无礼数的约束，只怕是天下也要大乱也。”

王公子道：“先生言过，这女子只是行错了一个礼，哪使得要背上天下大乱的罪名。”

我感激地朝王公子望去。他却朝我回眸一笑。

“小错累积成大错，小隙酿成整座大渠的崩塌，一人如此，人人如此，迟早形成风气习惯，所谓的礼乐，便只是一句空谈。”

“老聃常提复归于婴儿，甘做天下之虚无者，若是以条条框框约束之，会不会使人反感忸怩做作？”

……

气氛因为争论而带上些火药味，我没料到自己行错个礼居然还惹得众帅哥展开了一场辩论会，心里直打鼓，站在空荡荡的中间，终于鼓起勇气嚷道：“STOP!”

一句英文镇住全场。齐刷刷的目光朝我射来，我尴尬一笑，支吾道：“弱弱问一句，厨房在哪儿？”

……

关于儒道之理的争论声仍旧从船舱顶部隐隐传来，我一边张罗着甜品，一边竖起耳朵听去，听到了男人们的大笑声，这才放下心来。身后那股熟悉的香味传来，我转头看见何三，不知怎的，脸便红了。

“这里可是太过潮热？”他似乎是见到了我面上红霞，有些关心地问。我难堪一笑道：“不热不热。”又连忙补充道，“对了，何三，方才因我失礼，惹得一场争辩，无妨吧。”

“经社常常争论一些学问哲理，但都是君子之争，无妨的。”

我长舒一口气，笑道：“这我就放心了，对了，那位你们口中的先生，是不是大名鼎鼎的董仲舒啊？”

他本是笑着的，听到我话，表情忽然僵硬起来，目光森森地朝我看来。我反吸了口凉气，下意识倒退了步。

他的表情稍纵即逝，很快恢复了平静，只淡淡问道：“你为何这般说？”

我抓抓脑门，回答道：“我在霍将军府上听到他声音一回，与今天的先生声音极像，董仲舒又是儒学的极力推广者，方才那先生一番言论，才使得我这般

问来。”

他脸一沉，似是在想什么。

我忽然觉得自己多嘴了。

古代权贵之间拉党结派是极为私密的，我这样随便地把霍去病与董仲舒会面的事告诉一个不明底细的人，确是鲁莽了些。但这何三看上去并不像恶人，应该是无妨的。只是下次，自己再不可这般长舌才是。

正后悔着，却听他笑道：“凡入经社之人，无论身份地位，均一视同仁，出了经社，一拍即散，形同陌路。所以互瞒身份，很多都是化名。先生是否为董大人，我也不知。”

我点点头。古代人有时行事怪异，悖于常道，并不奇怪。

我忽然想到什么，逼问道：“那何三你，也是化名喽？”

他脸色一闪，浅笑：“我只是一介小民，不足以用化名。”

第七章　他是卫青

男人们继续他们的话题，我则继续我的甜品事业。我惊喜地发现，我与这群人之间找到了令人满意的契合点，各自找到了乐趣和成功感。接下去的日子像流水一般过去，只是唯一不同的是，我再未见到过那有精神洁癖的“董仲舒”在经社出现过，内心隐约有个疙瘩，但又说不出具体是什么。何三温存而有质感的微笑，让我渐渐沉浸在这样的虚度光阴之中，再也不去想太多。

从经社回来，已是入夜时分。我兴奋地描绘着各类甜品的制作过程，何三饶有兴趣地听着，俊朗的脸庞始终带着一抹笑。

夜空中忽闪过一条黑影，我条件反射顿下步子，一只手下意识地挡在何三面前。

“怎么了？”

我眼珠子骨碌碌转了下。“好像屋顶上有人。”

他茫然看去，摊摊手。

我想，文人就是文人，一点革命警惕性都没有，正揣测着，空中却跃来一道赤亮的光芒，直冲二人而来。

我大叫一声，一把揪过何三将他护在身后，迎面对上这道光束，见是一把鱼肠银剑，闪着逼人的气焰，刺向我的咽喉。

手不由自主地化掌而去，巧妙地四两拨千斤，那剑被轻轻一拨，方向转向一侧，刺了个空。

我不信似地朝自己的手看看，却又是一剑刺来，我脑子充血，兴奋起来，原来有武功的人，其实是很期待与人打上一架。那些浪迹天涯的高手，到处找人打群架，决斗什么的，原来是这种心情啊。

我往空中一跃，身轻如燕，得意扬扬地朝下望去，却见那人目标一转，竟刺向了何三，正在千钧一发之际，我美人救英雄的气概得到了前所未有的爆发，长啸一声，化掌为拳，从空中发出凌厉之势，朝那人的天灵盖击去，那人剑势急忙收住，慌乱一躲，差些瘫坐到地上。我跃下身体，拍拍手掌，得意地朝身后的何三安慰道：“莫怕，有我在呢。”

他在黑暗中浅浅笑着，眸子漆亮如星。

我转回头，却焉了，只见眼前从一个黑衣人，瞬间变作了八九个黑衣人，个个手持长剑，黑纱蒙面，露出一对对凶光毕露的眼睛。

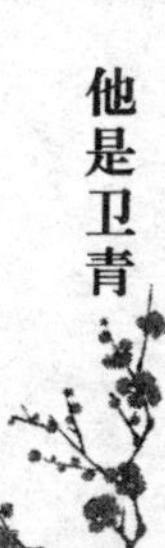

我干咽了口唾沫。

打群架了。

虽然我内心很期待与古代的高手一战，但现在拖着何三这样一个知识分子，万一伤了他倒是麻烦。再说自己对自己的武功深浅一点把握也无。

我脑子快速转动，最后用韩真真的聪明才智，作出了一个最英明的决定。

逃！

……

我引着何三跑啊跑，上蹿下跳，前翻后跃，还在空中作了几周 360 度转体加后空翻，我落地，看到何三茫然看着我，我便神秘兮兮朝他做了几个特种部队的手式，他均摇头表示不解。我听到身后有追来的脚步声，连忙将他拉进了一处角落，他正想说什么，我却捂住他嘴，朝他严肃地使下眼色。他怔怔望着我，眼睛在黑暗中闪闪发亮。

时间忽然凝固下来，气氛也突地变做死寂，我一颗心怦怦直跳，悄悄望去，那些追兵不见踪影，只见到空荡荡的街区。

我听到几声闷哼声，这才意识到我还捂着他嘴，连忙松开，手上残留着他的微湿的气息，又见自己与他几乎是百分百全接触，额头刚刚触碰到他的鼻尖处，极尽暧昧，我的脸火辣辣烧得紧，还好昏暗一片，他觉察不到。

我承认是色女一族，在这样生死关头，也扔不开这些风花雪月的东西。帅哥，我拿什么拯救我自己。

许久不见动静，我确认刺客已远去，二人这才从亲密接触中解放了来。

月光下，我一脸严肃："何三，别怕，他们是针对我的。"

他道："噢，为何要针对你？"

"哼！"我一脸愤恨，"必定是那公孙芷派来的人。"

"公孙芷？"

"这小丫头怀恨在心，几次想置我于死地。"

"她为何要置你于死地？"

"吃我的醋呗，因为我扰了她与霍大人的婚事。"

"噢。"他点了点头。

"唉，与这些大人物在一起真是累，搞不紧就是个暗杀刺客什么的，何三，做你这样的平常人才好。"

他淡笑着又点点头。

我长叹一声，双手负立，我的背影一定很深沉而且有内涵，然后，我又说出一句更深沉而且有内涵的话："我只想做一个普通人，有那么难吗？"

他的声音淡如水。"真真姑娘不是一般人。"

我抱歉道："拖累你了。"

他笑了下，我忽觉他的笑有种怪怪的意味。

“何三，与我一起，你尽可放心，这种场面我见得多了，他们拿不住我们。”

他眨眨眼，我朝他笑笑，他还是眨眨眼，我又朝他笑笑。他似是忍不住了，伸手朝我身后指了指，我转过身，看到一群黑衣人已围在我身后。

“你俩聊完了吗？”带头那人冷冰冰说道。

我大惊，双手拦在何三面前，对黑衣人喝道：“冤有头债有主，先放过我的朋友。”

一阵沉默，黑衣人面面相觑下，似乎没听明白。我将何三往身后一推，朝黑衣人直攻而去。

……

我的攻势未近，黑衣人却鬼魅般变做一团黑雾，混沌之中，突然飞出数十道银光，快如闪电。我额头一凉，想这回不死才怪，跟着却忽然青光一闪，只见一个青色的身影跃到我面前，只潇洒挥袖，便挡去了大部分箭雨。我一见他的脸，顿时蔫了，却觉右臂一凉，应该是有支冷箭擦中了自己。痛感即刻袭来，身体如流星坠落，重重摔向地面，痛得半晌没回过神来。

我捂着肩从地上挣扎而起，却见何三与那群黑衣人你来我往，打得不可开交。他身形轻盈，招式变化多端，让人目不暇接，以一敌八，不见落势，反而渐渐占了上风。

我嘴巴张得老大，竟忘了疼痛。眼珠子直愣愣盯着这场武打大戏，明白什么才叫真正的高手。

几个回合下来，那黑衣人已是气喘吁吁，倒的倒，伤的伤，何三却是一副泰然自若的模样。

远远传来杂乱的脚步声，只见一群白衣卫士执剑赶来，黑衣人见势不妙，相互使了个眼色，一声长哨传来，几道黑影朝黑暗中瞬间隐去。

白衣队伍即刻飞出几道人影，朝黑影隐没的方向追去，其余人则行至跟前，齐刷刷抱拳跪下，带头地道：“属下来迟，请将军恕罪。”

何三脸上多了几分威严，只冷冷道：“退下吧。”

“遵命。”

夜风凉凉地吹着，我被这句“将军”吓傻了，忍不住打了个寒战，他转头朝我看来，清俊的身影在夜幕中犹如谪仙在世。我五味杂陈不知是什么滋味，他走上前，关心似地问：“你受伤了？”

我倒退一步，并没有回答他的问题，血凉凉地顺着我的手臂往下流，我却浑然不觉。他正想说什么，我却打断道：“你是卫青？”

他点点头。

“但你说你是何三。”

“何三是我作奴时的称谓。”

“好吧，你说你是将军府打杂的。”

“我是将军府中为朝廷打杂的。”

“这些人是来杀你的?”

“是的。”

“……”

“我征战数年，结下仇家无数，他们只是其中之一而已。”

他倒是毫不避讳，回答得坦然自若，我却像有人在我脸上掌着耳光似的难受。“你看我笑话吗?”

他眼眸闪着疑惑。“你何出此言?”

“不是吗?”

“当然不是?”

“当然不是?”

“当然不是。”

你来我往几句，我却已退他三步开外：“好吧。”我朝他笑笑，“我先走了。”

“你就这么走了?”

我转过身，僵着表情：“难不成跟你回将军府？打杂先生。”

他语顿了下，走上前：“你生气了?”

我干笑：“哪里，我见到将军受宠若惊，诚惶诚恐，只差是让你签个名。我也很荣幸能成为将军平常生活中消遣玩笑的对象，享受角色扮演带来的刺激与快感，品味我这种小丑级人物上蹿下跳所产生的喜剧效应。将军，韩真真先谢过了。”

他已行至我的跟前，他的目光高高落下来，有种逼迫感：“你到底是谁?”

我不料他突问来这一句，不自觉地后仰了身体，半晌才干干回了句：“啥?”

他探下眼来，似在我的眸中深究，他的目光很凌厉，与从前温柔不同，我的心提到了嗓子眼，身体也一动不动，像件被扒出来曝光于天下的出土文物。

“真真难道就没骗我?”他低哑着声音。

心脏忽又恢复跳动，却是极响，连我自己都能听到声音。

卫青，他是什么人，横扫天下的无敌战神，我这些点点滴滴，他会没有察觉吗？我只知道是他在瞒我骗我拿我取乐，谁知，我自己也从未和盘托出，推心置腹，我俩的关系甚至只算作是一回生二回熟的那种，我有何资格，来朝他埋怨。

可笑，韩真真，可笑了。

我回过神，无限感慨道：“我是谁？连我自己都不知道，又何来骗你?”

他却笑了：“先替你上药吧。”

我捂住右臂，摇摇头：“谢过卫将军。”

夜深得过分。我独自回到霍府，灯火阑珊之中，溜进药房，想找些金创药疗伤，无奈满屋子的药抽屉，竟找不到“金创药”这三个字。我胡乱找了些疑似金创药的东西，却不料涂上以后，手臂反而火烧火燎地痛，痛得我眼泪直流。我又气又急，发疯似地满屋子连摔带找，搞得屋内一片狼藉，最后如泄了气的皮球一般瘫倒在地，只剩直直地喘气。

一个声音在门口响起。

“深夜不睡，想破坏我药房，是何居心？”大色狼隐隐带着酒气，斜靠在门栏上，似笑非笑地望着我。

我正想骂去，手臂上却传来恶痛，眼眉一抽，只剩下呻吟。

他晃晃悠悠走上来，奇迹般地从一处小抽屉里拿出一个瓷罐，朝我扬了扬，笑道：“在这里呢。”

我朝他白白眼，他却径直上前，吡一下撕开了我袖子，雪白的肌肤悍然而现。我傻住，半晌才说出一句：“你干吗？”

“替你疗伤。”他淡淡回了句。

我嗖下从他手里缩回手臂，直嚷：“男女授受不亲，我自己来便好。”

“男女授受不亲。”霍去病细细地重复着这句话，又笑眯眯地打量着我，轻挑道，“韩姑娘身上哪处我没见过，还害羞这个作甚。”

我一把夺过他手中的药瓶，再不理他，顾自抠出药膏便往臂上抹，却无奈独手操作，自是艰难得很，费力地梗着脖子，快落枕一般。

他却跷起二郎腿，兴味盎然打量着我。我终于完成了涂抹，但包扎纱布却真犯了难。我极不情愿地瞟了他一眼，低低道：“过来，帮下忙。”

他优哉游哉游过来，嘴角笑意更浓。我别过脸故意不看他，他低低道：“要我如何帮忙？”

我知他这是故意为难我，便呛了句：“你是行军打仗的将军，这话还需问吗？”

“原来，你此时才把我当将军。”

我一时语顿，他却已探上手来，熟练地替我包扎完。我低头看到干净而平整的布结，想到这家伙玩世不恭的背后，却还有细致耐心的一面，不由得多看他几眼。

烛火摇曳中，他的侧面竟是极完美，微微堆起的下巴，透着男人特有的刚毅与性感，我竟看得有些痴了。

他却正好转过头与我目光微触，我心脏漏跳几拍，极尴尬地清了清嗓子道：“好了，谢谢你。我回去睡了。”

“真真姑娘是否应该要向本将军解释一番受伤的经过呢。”他的声音渐渐正经起来。

我心咯噔一下：“只是摔倒擦伤而已。”

他一把捉住我的下巴，我吓得花枝乱颤：“你干什么。”

“真真姑娘，本将军征战沙场，见过的伤口比你的头发还多，你觉得我会看

不出这是箭伤?”他口气讽喻，却隐隐透着威严。

我倒吸一口凉气，喃喃道：“你看错了，就是擦伤。”这种情况下，死撑才是硬道理，若解释，只会愈解释愈混乱。

他的手指加了三分力，我只觉骨骼咯咯作响，痛得眼泪直流：“将军，下巴快捏碎了。”

他稍放开了些，眸中射出杀气：“韩真真，身在将军府，你行为隐匿，还受不明之伤，却又不向本将军禀报事件经过，这样的行径，我便可将你当做敌国细作，绳之以法，知道吗?”

我轻薄一笑：“将军，你莫用国法来压我。你用脚指头想想，我若是真有隐晦之意，应该在外面疗伤，装作若无其事回来才是，哪个细作会傻到满身是血，却还到将军府上来找药，还顺便请将军来帮个忙先?”

他怔住，饶有兴趣地打量着我，嘴角的寒意渐渐变作一抹笑，终于放开我的下巴。我正庆幸着，他的手指却又不老实地抚上我的巴掌，指尖带着热意，我的脸颊竟就这么染上了嫣红。我内心蔑视着自己的色字当头，他却探近我的嘴唇，吐气若兰：“你使坏的样子，很可爱。”

我承认被帅哥的暧昧之语扰得心神不宁，就差晕过去，但我与生俱来的烈女正义感彻底战胜了我，一本正经道：“我哪里使坏，我只是实话实说。”

“好，实话实说。”他意犹未尽地笑着，嘴唇轻轻触碰上我的，轻磨厮碰，我心乱如麻，他却轻语道：“那实话实说，想不想我亲下来。”

有股电流麻麻地流进我的血管，我朝后一倒，忙乱地用手支住身体，才不至于倒在地上。他却逼了上来，我闭上眼，一把推开他，大喝一句：“你神经病啊!”

我再不理他，夺门而去，风一样地跑回屋子，猛地收起脚步，屋子里漆黑一片，我孤零零地站着，就这么站着，也不知站了多久。我一拍脑门，终作出一个英明决定。

古代很复杂，帅哥很危险，为了防止自己沉沦在这混乱的时代中，我要制订一套周全的出逃计划。首先，先要在这霍府里大干一场，然后，带着金银财宝远走天涯，过着神仙般的日子。我不是偷，我是借，借了不还而已。这大色狼权高位重，不差这些银子。我杀富济贫罢了。

我在内心强调了几份理由，终于说得自己心服口服，于是和衣上床，安心睡去。

我花了一天的时间，将这府上上下下逛了个遍，终于找到了“库房”二字。

奇怪的是，这里居然没有重兵把守，大门敞开。

我大摇大摆地走进去，见里面货物堆积如山，翻了个遍，发现除了大米油盐酱醋，居然没一点值钱物。

一个老人走进门来，我正想躲避，他却只淡淡瞟我一眼，似乎没当我存在。

我忍不住上前问道："大伯，这里可是将军府的库房?"

"嗯。"他顾自点着账本，头也不抬。

"将军府里真是清贫。"我故意试探他。

他终于抬起头，枯井似的眼眶里，一对死白珠子骨碌碌转："你想偷财物不成?"

我连摆手，道："哪里，只是在想，若真来了小偷，他便要失望了。"

老人冷笑。"霍将军为官清正，向来无什么好偷的。"

我心落谷底，想，总不得扛着大米一袋袋出去卖吧。

又问："那霍府日常如何开销?"

老人道："平日里将军与下人们都极为朴素，每月，将军拿出一些钱币，给管家负责府里开销，用完了再问他拿便是。"

这家伙原来是个守财奴。我咬牙切齿。老人看出我的情绪，只补充道："将军虽简朴，但凡遇到天灾人祸之时，他便开仓济民，造福一方百姓。"

我抓抓脑门，想史书上可没记载过这些："我怎没听说过。"

老人感慨："将军不喜浮名，每次赈灾，均以化名，所以外头的人并不知。"

做慈善不留名？我有些讶然，竟发起了愣。忽然想到他色迷迷的眼神，又觉得他不像是这种人。

好家伙，就算他有一颗让世界充满爱的心，但泡妞总是要银子的，唬谁?

估计金银财宝早藏进小金库里，现在当务之急，是要找到小金库。

多年的盗窃经验告诉我，小金库肯定在他卧房里。

……

我瞅着天色较暗的时机，换上深色衣物，悄无声息潜入他房中。

房内古朴雅致，隐隐透着一股檀香，书架上放着一些兵法书籍，却是全新的。我心想，附庸风雅，却还是个浑人罢了。

快速察看了一圈，却没寻到类似于保险箱的东西，一侧忽传来"叮"一声微响，我浑身鸡皮疙瘩一竖，回头看去，才知是古代计时用的铜漏声。

目光转向那家伙的床榻，翻看了半天，也没发现什么。

夜色愈浓，光线暗下许多，我听到远远的有仆人的声音传来，意识到不可久留，这回先探个大概，下回有机会再来。

……

寻思着何时趁机到大色狼的卧房里开展我的盗窃大计，脚步却也不知不觉地又走向了小树林。

月光下，照见卫青英俊的面庞，炯炯的眼睛如夜空中最亮的星辰。"你终于来了。"他笑道。

我讶然回道："你在等我?"

"我等你一天了。"他仍然笑着。

"你等我干什么?"我傻傻问。

"经社的友人都在记挂你的甜品,叫我寻你来呢。"

我想说,我今天感冒加抑郁症发作,不想参加他们的经社聚会,理由到了嘴边,他却朝我笑了下。一位明星级别的帅男人,在月光下朝我暧昧一笑的杀伤力究竟有多少,我终于领略到了。我神经麻木得像个扯线娃娃,手脚便在他的半拉半扯下,向河边的方向走去。

上了画舫,一群男人们正拢着光线饮酒畅谈,一见到我,便戏言:"瞧,谁来了?"

我朝四周望了圈,见今天多了许多美女,个个浓妆淡抹,人比花娇,每人倚着一位帅哥。古代文人果然风流成性,丝毫不亚于现代男人。

坐在正中的王公子开口道:"真真姑娘,大家都只记着你上回做的蛋糕,再给我等做上一回如何?"

我忤着正想回答,他却转向身边的一位明眸皓齿的美女笑道:"雁秋,今日,把这真真姑娘叫来了,你等好好向她学学甜品的手艺,以后迎雪楼生意定更好了。"

被唤作"雁秋"的女子娇笑点头,钻进王公子怀里,众人发出一阵哄笑。

我冷冷道:"不好意思,我今天没心情做。"

直直的拒绝让气氛骤冷,场内安静下来,人们朝我看看,又朝王公子看看。我风轻云淡,但见王公子脸色如铁,似是没料到我居然会当面拒绝他。想必,能与卫青一起谈天说地的朋友,定是朝中显贵,平日里呼风唤雨、献媚奉承的大有人在。我这样说来,倒是生生泼了他一盆凉水。

雁秋开口道:"姑娘,只是点心而已,何来心情不心情。做了,便有心情了。"

我继续冷道:"你有心情,你去做吧。"

美人脸色一闪,但仍笑得灿烂:"姑娘,说话做事,可得要留些余地才是,否则,何时得罪了人也不知呢。"

我伸了个懒腰:"唉,我这人便是这毛病,能活到现在也是万幸。好困啊,我回去睡觉了先。"

一只手拦住了我,我抬眸看去,迎上卫青炯炯的双目。

"既来了,则安之,何必说走就走。"他淡淡道。

身后传来一阵爽朗笑声,我转头看见王公子抚掌高笑:"真真姑娘本是性情中人,我竟将她与青楼女子并重,算我错了错了。"

他从座位上起身,将我与卫青扶至桌边坐下,嘴角盛满笑意:"真真姑娘,蛋糕只是个借口,唤你来是为何三找个机会,让你好好陪陪他,也省得他日日记挂着你。"

我额头微湿,朝卫青望去,却见他也正瞧着我,脸刷就红了。

王公子看出端倪,脸上闪过坏坏的神情,只转身归座,提杯道:"来,今日我等不醉不归！”

四周静如水，舫中却灯火通明，纸醉金迷，我见眼前的男人女人们个个面如染霞，眉目传情，杯盅交错之间，更是一番人间百态，心里感叹着天下乌鸦一般黑，现代也好，古代也罢，哪来痴情专一的男子。

一边的卫青只淡淡啜着酒，淡定俊雅的身影，却似与这幅画面格格不入。他转过头，与我杯盅一碰，轻笑道：“想出去透气吗？”

我与他走出船舱，风迎面吹来，让酒意消了不少，我提裙坐下，只见空中明月，像个大月饼似的倒映在水面。

“再饮一杯如何？”他递上酒来，我也没拒绝，仰面干尽。我忽然问：“将军的妻子，是平阳公主吧。”

突兀的一句才出口，我便后悔了，酒真是害人的东西。

他却呷上一口酒，只嗯了一句。

我干咳一声，“好……”

“好什么？”他忽然转过头反问，深刻地望着我。

我被他吓一跳，怔怔不知所言。他的目光很吓人，不，很复杂，不，很让人费解。

我微微向后仰了身，他却逼上来，目光更切。

我许久才回过神，干笑道：“当然好，皇帝的姐姐，皇亲国戚……”

他却再也不语，侧面冷峻如峭壁。

我想，结过婚的男人都这样，即使娶了公主，也永远觉得娶错了人。

“将军有心事吗？”反正已经进入悲伤的主题了，干脆再深入一点吧。安慰帅哥的话，我已经准备了很多。

他望着湖面，湖水反射在他的睫上，隐有珠玉挂坠。

一丝若有若无的叹息响起。

“韩真真，我为何看不懂你。”

“啊？”我干干回了句。

他转头望着我，反复打量着，像是要在我的脸上找到什么东西，“我真看不懂你。”他又重复了一遍，脸上却慢慢积起苦笑，“又或看不懂，所以，才吸引着更想看。又或，你也看不懂自己，是吗？”

我干干点点头。

“是的，我自己也看不懂自己。到了这个世界，除了知道自己也叫真真以外，如同瞎了一般。我想不通很多问题，却没人告诉我，只得自己一个劲地瞎想，瞎想却更想不明白，所以干脆就不想，我想糊里糊涂地过着，其实也没什么不好。”我自言自语着，淡淡的忧伤爬上了眉梢。酒精真是害人的东西。

“好，糊里糊涂地过着，其实也没什么不好。”他勾起一抹笑意，又深深饮下一口。

夜深似海。眼前的男人再也没有说过话，只是沉默地喝着酒。

我想成为他红颜知己的幻想也就此破灭，其实，我也只是想找个感性的话题来配合这种孤男寡女的良好气氛而已，就像很多现代人，在酒吧里，喝过酒，与异性眉来眼去情深意切，但到天亮，便该干吗就干吗。男人，女人，本就是乐于此道。

只不过，与历史人物搞暧昧，却也不是个好主意。更何况他的老婆是当今皇帝的姐姐……

我苦笑着，酒意愈来愈浓，眼前的身影也愈来愈模糊。

“真真……”一个很远的声音响起。

我下意识地摇了摇头，想让意识清醒一些。声音却更甚。“真真……真真……”空灵如从天际传来。

脑海中忽扬起铺天漫地的白色，似霜，似雪，似云。仿佛自己置身于冰天雪地之中，身子如棉般没有一丝力气。我努力想要听清那声音的来源，却恍若隔世。

“反者，道之动。弱者，道之用。天下万物生于有，有生于无……”

“万物生于有，有生于无……”

白须老人再度出现，回忆如潮水般涌来，却被生生阻隔在最后一扇门外……

黑暗渐渐占满我的视线，我终于醉了。

第八章　花魁大赛

我醒来，已是正午时分。

我摇晃着脑袋，拎起桌上的水壶咕咕喝个精光，门外却进来一小厮。

“姑娘，你起来了？”

“嗯……”

“姑娘昨夜喝得酩酊大醉，倒在府门口。”

“噢……”我点点头，道：“大色狼……噢不，霍将军出门去了吗？”

“将军一早便出门去了。”

“好。”我心里打算着，却听那小厮道：“真真姑娘，内务府的人已经在外面等着呢。”

我蔫住，半晌没回上气来，“啥？内务府？是皇宫的人吗？”

“是。”

“他们找我干吗？”

“姑娘已获选花魁大赛，今日是复选之日。内务府的人派人来请姑娘去。”

“什，什么，花魁大赛？”

“嗯，姑娘有所不知。前些年武帝下令，让民间举荐一些才貌双全的平民女子，让凡脂俗粉也有进宫服侍陛下的机会，自此，都城便举行盛大的花魁大赛，前三甲便得进宫。”

“我可未报名，更别说进什么复赛了。”我急急道。

“内务府的人说了，姑娘似是有人荐了直接进入复赛。姑娘幸运，要知那初赛跟挑骡选马似的，可遭罪着呢。复赛就干净多了，只弹弹唱唱，展示些才艺便可。”

“谁推荐的我？”我逼问。

小厮探上头，看来是个消息灵通人士。“小的听说，是公孙府的人荐的。”

我一屁股滑到了地上。我眼睛瞟向窗口，如若现在是十楼以上，我就跳出去死了算了。

公孙芷，好，你有种。

你吃定我与霍去病的关系，以为我不是处子之身，若进宫验身，我便是欺君之罪，你的目的是置我于死地啊。

虽然我并不怕验明正身，但我也不想进宫啊，我才不要进宫服侍什么汉武皇帝，我在电视剧中深知宫斗的壮烈与悲惨，我不想老死在那儿。

“我不去，叫他们回去，我退赛。”我一摊双手。

小厮急上一步道：“姑娘万万不可，凡入复赛之人，均已进了宫里的册子，复赛之日，皇上与众大臣会亲临，以观各女的才艺，挑出前五名后，再由圣上钦点入宫。姑娘此时若要退出，那不等于是欺君之罪？”

我傻着，想，公孙芷，敢情你都策划好了。

但仔细想来，也不怕，那皇上亲临指定人选，我即使是通过了复赛，皇帝也看不上我这相貌平平的女子。这么想着，却也放下心来，随着小厮走出门去。

“姑娘不打扮一番吗？”小厮估计见到我睡眼蒙眬蓬头垢面的样子，实在有些忍不住。

我打了个哈欠，揉揉眼睛道：“我这叫自然美，懂吗？”

……

皇宫来的队伍果然气派，我一出门，被满眼逼来的明黄色闪得睁不开眼睛，正在恍惚之间，却已被人带上了一辆车，我上车坐定身子，却见到一个个精心打扮过的年轻女子，早已坐成了两排。

她们见我上来，均被我朴实无华的装扮震惊了，脸上个个现出不屑之意。

其中一个杏眼美女道：“哟，哪来的村姑。看来，也是个后门货。”

我懒得理她，干脆闭上眼叉手睡觉，又一个声音传来：“村姑是不假，但也好过浓妆浓抹的野山鸡。”

我睁眼瞧去，却见是另一个粉面含春的丹凤眼美女。

杏眼美女面露怒色，喝道：“你说谁是野山鸡？”

丹凤眼美女挑眉道：“谁叫得响，谁便是。”

“你……”杏眼泛起红雾，朝那丹凤眼便是一掌，这下可乱了，车里闹哄哄一团。我躲进角落，支着腮帮子饶有兴趣看着一场香艳的群架。还没入宫便这样了，可见宫里的争斗有多惨烈。

一张恶狠狠的脸探进车来，“吵什么！”却是宫内的侍卫。

女人们立马安静下来，只气鼓鼓瞪圆了眼怒视，用眼神杀死对方。

“你倒是淡定。”我身边一个年长的女子发了声。我朝她看去，却是副绝美的相貌，远在这些人之上。

我朝她笑笑，道：“为了一个男人这样，值得吗。”

她笑意盈盈：“也不全是为了皇上一个男人。”

“此话怎讲？”

“花魁复赛，除了皇上，朝中有地位的男人齐聚一堂，即便不被皇上看上，也在众大臣眼里留下印象，说不定，就能找到好归宿。平民女子，哪会放过这种荣华富贵的机会?"

我叹道:"女子自力更生,为何一定要依附于男子?"

她一怔,似是没听懂我的话。过不久,又面露喜色道:"听说霍大司马也会亲临。"

"那个花花公子?"我没多想,便接上一句。

她又怔了下,道:"霍将军英俊儒雅,是难得的美男子,又权倾一方,都城里哪个女子不想嫁他?"

"卫将军也不错。"

"卫将军虽也旗鼓相当,但他早已娶了正室平阳公主,我等进了他的门,岂不是与圣上的亲姐姐争宠?"

"好吧。"我心中感慨。女人啊,看来都是做过功课来的,得失利弊,孰轻孰重,一本阎王账,比谁都清楚。嫁人是本买卖,更是一门学问,我怎从未好好研究过呢。沦为剩女,本是活该。

我随着大队人马进了宫去。来古代这些日子,竟有机会一览汉宫的气势,倒真算是收获。不知过了多少道森严的宫门,人马终于停了下来。待选的女子被安排去了一间不大的厅里休息,一个太监模样的人走上前来,清了清嗓子道:"先在这里休息片刻,待皇上与众大臣齐了,再听命前往赴选。此刻,先想个响亮的名号,一一报于内侍。"

太监一走,厅里便乱作一团。到底都是些民间女子,没有大家闺秀的礼仪修养,个个激动万分,唧唧喳喳讨论着叫什么名号可以引起皇帝的注意。有叫凌波仙子的,有叫赛西施的,反正一个比一个肉麻。

过了不久,太监便来带人,一双精光闪闪的眼睛触到我的脸,却不经意地一皱眉道:"你叫什么?"

我淡淡回了句:"我叫韩真真。"

"哪里的人。"

"霍府的奴才。"

"你取何名号?"

"败犬女。"

他眯眼上上下下看着我,他的眼睛本来就很小,眯成一条缝就更小了。但我还是能看到其中盛满了惊异之色。

他终于从我身上抽回了目光,只冷冷道了句:"你就不会拾掇得干净些?来人哪,带败犬女下去装扮一下。"

我被两人架着进了一间小屋子,屋子中间的桌上,放着一面铜镜和一堆化妆品。

我看了遍,隐约认得哪是眉笔,哪是口红,没怎么多考虑,便朝自己的脸上

画起来。

折腾了一阵，我走出门，那太监却吓得连退三步，指着我的脸战战道："你是人是鬼?"

"这是烟熏妆。"我淡淡回了句。嘻嘻，往死里扮丑，那汉武帝还看上我才怪。

太监不知是怒是惊，脸上表情奇特得很，他正想指着我破口大骂，我却道："公公，你再拖我时间，我恐怕要错过选秀了，这后果你担?"

他指着我的手指慢慢放下，恶狠狠道："自作孽，不可活，算了，也由着你去罢!"

一行妙龄少女抬着步子，扬起一地香尘，引来汉宫内侧目频频，不过所有的目光，集中我身上更多些。我知道我的形象，就犹如一锅雪白香喷喷的白粥里，那一粒悍目的老鼠屎，扎眼得很。

沿路传来阵阵偷笑，我却昂首挺胸，还不时地朝他们回以微笑。

走进器宇非凡的大殿，我的心才提了起来，有种紧张的感觉。古代的皇宫毕竟不是一般人家，光是那红墙金瓦，高不可攀的冲天庭柱，便让人怯了几分。

女子们低着头鱼贯而入在一侧列队站好，我也不敢抬头望去，只觉得闪闪的乌金砖刺得我眼睛发酸。

那主事的太监进行了一番禀报，堂中有个声音响起，竟熟悉得很。

"开始吧。"

这声音，竟像极了……

心脏开始怦怦直跳，偷偷抬起眼角看去，却见金銮宝座上，一位头戴冕冠的男子，目光如炬，虽有细珠挡面，却仍能确定，他便是那位王公子。

我差点没晕过去。

我能想到，与卫青、董仲舒一伙的人，定是显贵之人，可我做梦也想不到，居然会是刘彻。

郁闷，堂堂汉武大帝，千古风流人物，刘彻，被我韩真真当面拒绝，而他的要求，只是想吃我做的蛋糕。

咳咳咳，我胸口痛。

满脑子的恐惧、后悔、局促，像倒在一口热锅里开始炒，炒啊炒，炒啊炒，炒得我脑子嗡嗡作响，竟也没听到后来殿里的人说了些什么。

就这样混沌不觉之间，大赛却已开始了。

少女们依次上前表演技艺，个个拿出了看家本领，有亮出嗓子一展高喉的，有云袖乱舞嫦娥飞天的，还有吟诗作画弹琴绣花，一时间，殿内流光溢彩，春色满园。

我始终埋下头，数脚指头，左脚数到右脚，右脚数到左脚。我知道，卫青与霍去病也肯定在这殿里。加上刘彻，他仨肯定是见到我了。

终于听到我的名号。

“败犬女韩真真，献上一技。”

我身子一抖，前脚踏去，后脚却似落空一般，前脚又发软无力，却不料被裙裾一绊，噗一下，整个人朝前摔去。

一个狗啃泥，在这安静的大殿里，仿佛是扔下了个重磅炸弹，众人惊异半刻，纷纷抚唇偷笑。

我揉着痛挤眉弄眼，终于从地上挣扎着起来，刚站定身体，殿内的笑声却更浓了。

我知道我的烟熏妆惊世骇俗，也不奇怪，不知怎的，真到了这当口上，心里反而不紧张了，干脆抬起头，迎上皇帝的眼睛。

“败犬女韩真真见过陛下。”我行了个标准礼。

刘彻嘴角噙着笑意，淡道：“韩真真，朕有个疑问。自古皆以犬类形容卑贱污垢之人事，你却缘何用这词来为自己做名号？”

“狗？人类的朋友，很忠实的动物，有什么不好？”我径直答道，“比起人的贪欲自私，狗好了多去了。”

刘彻沉默半晌，又道：“何为败犬女？”

“只是女子独立的象征。”我也豁出去了。

“自古女子嫁夫从夫，哪来独立之说？”

“古有花木兰替父从军，今有娘子军扛枪为人民。”我说到一半，发现这是在汉代，于是改口道，“女人也是人，若有能力，为何不能独立成就大业？难道，女人的一生注定要被男人牵绊不成？”

殿内传来窃窃私语之声，有人出来喝道：“大胆，竟敢口出狂言，顶撞当今圣上。”

刘彻却挥手制住他，一对星目扫向我，又道：“你既自称独立的败犬女，又为何来参加这花魁大赛？”

我摊摊双手。“陛下，本来我便是出门打酱油的，莫名被人带来这里，我也正纳闷着。”

刘彻轻笑：“你难道不想人宫博取恩宠吗？”

我又行礼道：“陛下年轻帅气，是一位极有品质的美男子，真真说句实话，陛下即便不是皇帝，光这份气质，便能博得大部分佳人的心。真真不是看不上陛下，只是怕陛下看不上我而已。”我本想说自己不愿意参与血腥的宫斗，但话到嘴边，还是改了口。在这古代，倒真不是什么话都能说的，还是先拍上些马屁再说。

刘彻哈哈大笑：“韩真真，败犬女，果然有趣，你先表演技艺来让众卿瞧瞧，看看朕到底看不看得上你。”

技艺？我头皮发麻。

我没才，没特长，没文凭，唯一值得骄傲的是盗术，难道让我在这金銮殿上表演偷东西不成？

一颗豆大的汗珠滚下，我朝边上看去，却迎上一对笑意盈盈的眼睛。

大色狼，就知他会看我笑话，瞧那臭屁的脸，只怕内心是笑到九霄云外去了。

我又转过头，看到另一侧卫青的目光似是而非，仿佛在看我，又仿佛望着别处。我心里一紧，有种说不出的奇怪感觉。

太监轻咳了一声，示意我不要浪费时间。我双手朝两侧一竖，来了个军人式的立定，身子绷得像棵笔直的杉树。

殿内重新安静下来，穿堂风鼓鼓吹过，带起我周身的裙裾，如翩飞的蝶。

刘彻探上身来，一只手抚上鼻尖，眼神中带着戏谑之色，目不转睛地望着我。

我却不知哪来的勇气，喝出一句。“第八套广播体操，现在开始。”

“齐步走！”随着口令，我前后摆起了手臂，原地踏步了几个八拍。

“第一节，伸展运动，预备起……”我摆平了双手，面目严肃。“一二三四，二二三四，三二三四，四二三四……”

我有节奏的口令声，配合着我肢体语言，在殿内空荡荡地回响着，门外射进来阳光正直射在我的背部，背上湿湿的热，带起了我额头的汗水，顺着脸颊往下流，我也顾不得擦，只想早早完成这套操开溜才是。

直到做到跳跃运动时，刘彻淡淡扬了下手，示意我停下来。我连忙砰一下落定身体。

殿内仍是一片平静，只听到我气喘吁吁的声音。所有人都僵住表情，似是在等刘彻发言，我的一颗心也提到了喉咙口。

过了大约一分钟的沉默，刘彻忽然开口了。

“韩真真，上回已经有人在朕面前表演过这《广播操》，又胡言乱语说她是穿越过来的现代人。前几天已被当做妖道处以极刑。你也与她是一伙吗？”

呃，我的身体瞬间被抽空，差点就剩一层皮搭在地上。

我必须在不到三十秒的速度之内，快速分析自己的处境。

刘彻目光又逼了上来，我中止挤眉弄眼的表情，快速调整好情绪，干干地一笑道：“真真听不懂皇上说的穿越，也绝不认识皇上所说之人，要……要不，真真为皇上表演一个魔术怎么样？”

我不知怎么的，冒出“魔术”二字，以迅速转移众人的注意。事实上，我根本不会什么该死的魔术，我的盗术还不错，只得先混充一番。

殿内一片木讷，可能还没反应过来“魔术”的含义。

我从怀中取出一枚铜子，清咳道：“这是一铢钱。不过，这不是一枚普通的铜钱，而是一枚神奇的铜钱。”

说着，拿起手中的铜子，精准地掷入龙台边一只精致的花瓶中。

只听几声清脆的“叮叮”声落下，殿内一片安静。

我捧过花瓶，从众大臣面前一一走过，一边走，一边对大臣们说："请各位大人朝花瓶中吐一口仙气。"

那些大臣们将信将疑地面面相觑，有的朝瓶内看看，有的摇摇头不理会，还有的听话地朝里面真吐了口气。我走过一圈，又朝龙台上的刘彻深深一拜道："韩真真斗胆请殿下也吐一口真龙气在瓶中。"

"大胆！"立马有人大喝。刘彻摆摆手，表示不在意，真就叫太监将花瓶呈上前去，英眉一挑，朝着瓶口吹了一口气。

瓶又回到我的手中，我心满意足笑着，开始装神弄鬼手舞足蹈起来。

骤然而止，殿内更静了。我坏坏一笑，朝着各位大声说道：

"各位，见证奇迹的时刻到了！"

声音落下，我将花瓶朝地上一倒，只见哗啦啦一片。

竟是一地的玉佩。

众人一片惊呼，可能意识到那玉佩眼熟，个个低头望去，才觉着自己朝服边的随身玉佩竟都不见了，一时脸色大变，喧哗声此起彼伏。

……

"大胆，韩真真，你这哪是魔术，根本就是偷盗之术！"一个头脑清醒的家伙反应过来，上前大喝。

"对对对！定是方才趁我等不注意时偷去的！"

……

很快，所有人都头脑清醒过来，开始指着我大声喝斥。我满脸不在乎，报以风轻云淡的笑容。

魔术也好，盗术也好，反正我没想过技压群芳，我现在只有一个目的，表演结束，快快放我走。

刘彻一挥手，场面立即安静下来。

我抬头迎上龙颜。

他的眼睛炯炯有神，比星星还要闪亮。长成这样，还居然是一个皇帝，优质到难以想象。我忘记自己身处惊涛骇浪，又开始想帅哥，思绪一发不可收拾。

他终于大笑起来，笑得身子弯作虾米状。

他这一笑，所有人也连忙笑了。一时，殿内笑声一片，我的脸一阵红，一阵白，不明白他们为何要笑。

我的脸由红转紫，又由紫转黑，我想这样的肤色，配上我的烟熏妆，真算作是绝配了。但仔细想来反正也不是来勾引汉武帝的，愈丑愈有利于自己，倒坦然起来，干脆叉手在胸前，一脸轻松地等着众人笑完。

大殿终于渐渐安静下来，刘彻却指着我道："韩真真，你是个有趣的女人，倒是可为死气沉沉的后宫，带来些生气。"

这一句话落下，一片哗然，这几乎等同于下了旨意，宣我入宫一般。

我只当是听错了，错愕着表情，上前一步，喃喃道："等等，陛下，你再说一遍？"

一个声音喝出："大胆，陛下的话还需重复？还不快快谢过龙恩。"

我止住步子，嘴皮子不停地抖。

彻底晕倒，这汉武帝是审丑一族吗？我这种货色，他居然也看得上？进宫，我才不要进宫，我只想偷点银子找个小地方做些小生意。我不要进宫，我不要老死宫里。历史上根本没有我韩真真的记载，脚指头都能想到我若入宫，就是一卷入沙海的尘埃，尸骨无存的那种。

刘彻探上身来，笑嘻嘻："韩真真，你方才不是说，朕气度非凡，人见人爱？"

"呃。"我气结。

"朕想宣你入宫，做个嫔妃如何？"

"不要。"我倒退一步，砰一下跪到了地上。

刘彻一怔，脸上隐有黑线，我知他是生气了，郁闷，龙颜大怒是什么状况，苍天哪，有谁来救救我。

一个声音响起。

"陛下，臣有一事禀报。"

众人转睛看去，却是公孙弘从人群中走出。

他虚伪地朝我一笑，笑容中带着杀气。

"臣禀报，此女有蒙蔽陛下之嫌。"

他话落下，嗖嗖刮过一阵凉风，殿内阴森森地凉。

刘彻面无表情，只冷冷道："何事蒙蔽？"

公孙弘朝我一指，不紧不慢地道："臣听说此女早在一年前，便与人情定终身，恐早已无处子之身，此番入宫来选秀，难道不是蒙蔽当朝天子吗？此为欺君之罪！"

殿内一片哗然，议论声起，不可开交。

我冷汗直冒，牙齿咬得咯咯响，于是狠狠道："大伯，你怎知道我不是处子之身？"

公孙弘淡淡道："请嬷嬷验了臂上的守宫砂便知。"

众人朝我齐刷刷看来，我觉得脸上火热，忽然问了一个大家直接晕倒的问题："大伯，弱弱问一句，啥叫守宫砂？"

哗然，又是哗然。所有人都傻了，连刘彻也傻了。

我很无辜地又补上一句："对不起，我真的不知，麻烦哪位大哥告诉我？"

公孙弘只怕是要气晕过去，指着我的鼻尖喃喃说不出话来。此时有人出来补奏，请宫内嬷嬷即刻验证我的清白，以解疑惑。

刘彻朝我看来，目光森严："韩真真，此事可真？"

我神经揪成一团，快速回想，到古代倒是洗过几回澡，还真没有在手臂上见到什么守宫砂，晕，我只是个借尸还魂的主儿，哪知这身体的清白与否？

原本只是想蒙混过关，没料到这汉武帝居然会看上我，更没料到那公孙弘会将上一军。眼前的情况是，不说这守宫砂一关难过，就算真的验了清白之身，进了深宫，我也是惨了。我才不要老死宫中，做牡丹花下的花泥。此时只有一人，是我唯一的救命稻草，我无论如何也是不会放手的。

我未多想，刷就跪下了，对着霍去病放声大哭起来。

“侯爷，真真舍不得你。”

这一哭，把全场都镇住了。霍去病张大了嘴，傻傻望着我，我却不管三七二十一，将他从座位上揪了下来，拖至殿中。对着刘彻哭丧着脸道：“陛下，真真是清白之身，霍司马可以替我作证，因为……因为，真真与霍司马早已结下情意，公孙大人说得没错，真真确有心上人，而真真的心上人，便是霍司马!”

又是一记峰回路转，气氛压抑而沉闷，所有人都屏住呼吸，被这过山车般的情节打败到彻底无语。

殿内静得像死水一样，我听到了心跳声，不知自己的，还是谁的。

我只见霍去病目光如冰冻一样，朝我看来，其实，所有人的目光都如冰冻一样，朝我看来。

我有种万箭穿心的感觉，但我已经无路可退。

刘彻的表情很难琢磨，鹰一样的眼神扫视着我俩，像是在我俩中间寻找着蛛丝马迹。

我拼命地拉着霍去病的衣角，想给他暗号，他一张俊脸绷得铁青，始终没有反应。

他若再没反应，我便万劫不复了。

我来不及多想，便做出一个让古代人足以晕倒多次的动作。

一把勾住霍去病的脖子，对准他的嘴唇狠狠地吻了下去。

若干年后，我经常在想一个问题，当年我在金銮殿上强吻霍去病的一幕，缘何没有被载入史册，后来才想明白，估计是太过有伤风雅，连史官都吃不消写下这段。我平时做过很多缺心眼的事，但这件事绝对可以排在最首位。只恨当时没有摄像照片什么留下证据，也没机会回到现代与朋友们吹嘘，说我居然和历史人物霍去病玩法式接吻。

我只知自己当时的状态有些失控，非常失控。如果当时的初衷只是为了证明我与他的关系以解当时之围的话，那么没过半秒钟，我却发现事实完完全全不是这样。我似乎……当真了……

若干年后，我问起这家伙当时什么感觉，他说，恐怕是在那时爱上我了。我

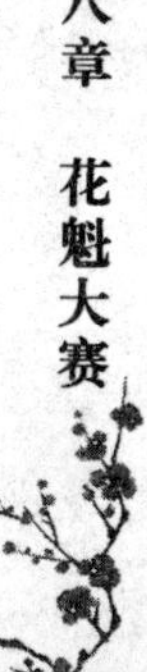

拿起一个锅子朝他扔去，他居然没有逃，想必是极臭屁的。

好吧，再让我回到此时，四瓣嘴唇厮磨轻咬是什么感觉？我原来以为自己的感觉应该是想吐，却不料他的嘴唇很软，很温柔，很有感觉。

我放开他，不信似的摸了摸自己的嘴唇，惊异于自己的沉沦。他开始很疑惑，始终僵硬着身体，后来却猛地搂过我，主动吻上了我，还把舌尖探了进来，老天爷，我居然没有逃，居然目眩神迷，电流畅通无阻地进入我的身体，麻木了四肢与肝脏。他的手臂也很有力，配合着我的进攻，一切浑然天成。我想我是沉迷下去，几乎忘记这是在什么地方，终于有声重重的咳嗽声响起，两个藤蔓缠绕的身体才终于分开。

我抬眸看去，却见众大臣已瘫倒一片，估计有几个已经心脏病发作直接送太医那儿去了。人群里，卫青的脸倒是还算淡定，只是眉目深锁，不知在想什么。

我的心快跳出胸膛，脸色比榨出的番茄汁还要浓烈。霍去病一把抓紧我的手，朝刘彻深深鞠上一躬。

“禀陛下，我与韩真真相识甚早，已有情意，此番入宫，本是一场误会，请陛下成全，容霍某娶做侍妾。”

他的声音掷地有声，我却热泪盈眶，一颗心放了下来，却又瞬间提到了心口。为何心跳那么快，自己不会是真喜欢上他了吧。

龙座上的刘彻表情很奇怪，似是进行强烈的思想斗争。他应该也想不出在大殿上当众亲吻应该判什么罪，终于微微一笑道：“霍爱卿下回可得把自己女人看紧些，若再犯这等疏漏，恐真是欺君之罪呢。”

最后一句，说得虽轻淡，却透着无比的威严，听得在场的人齐齐躬身行礼。“吾皇英明，吾皇万岁，万万岁！”

我感慨着汉武帝对霍去病的溺爱完全超过凡人的想象，也对这家伙在大庭广众之下出面相救于我的大男子气概表示无比的敬仰，但更多的是反复品味方才的惊世一吻，我始终对自己居然在这一刻怦然心动觉得耿耿于怀，我偷偷望着走在我前面的霍去病的背影，有种想冲上去再吻他一次的想法。

淡定，韩真真，你可以对身衫褴褛的乞丐动心，也不至于喜欢上眼前的花花公子，你的行为仅限于向汉武帝宣誓自己不想入宫的决心，与爱情无关，与霍去病无关。他对你来说，应该是那条用完就扔的带血的卫生巾，在墙上壮烈牺牲的蚊子血，也不会是那朵田间盛开的红玫瑰。

他转过身，浓密的长睫下，眸子如星，他只笑着，笑得我发慌，我清咳嗓音，强装镇定：“其实我想说谢谢你。但此事也是因我帮你才导致公孙芷陷害我入宫，说到底，也是你的缘故，所以，也没什么好谢的。”

他还是笑着，这家伙，故意不说话吧，眼神得意加臭屁，估计是在满意自己作为色男一族的无穷魅力，联想着我在金銮殿上主动吻他的伟大事迹，不久将传遍都城以造成的轰动效应吧。

我嗓子干，脖子疼，胸口闷，最终从压扁的胸腔挤出一句："你别误会，事情完全不是你所想象的那样。"

"怎样?"他勾唇，笑容可掬。

"就是……我不想进宫，然后你又刚好在，我便小小地利用了你一回。只是利用而已，没其他意思。"

他缓缓走上前，高高俯视下来。我看得脖子酸，干脆低下头去回避他的目光。

"那让我利用你一回如何?"他一把捉住我，我的惊叫声稍纵即逝，只觉一张脸铺天盖地地朝我压来，嘴唇却已被他捕捉住，"唔……"我想一把推开他，无奈他却更紧，头无力朝后仰去，双手拍打着他结实的背。他却伸手捉住，更进一步，得寸进尺将舌尖探了进来，一股酥麻的感觉传来，差些又晕过去，但我的理智终于战胜了一切，我一把推开他，重重给了他一耳光。

他捂着脸，张大了嘴，一脸不可置信的模样。

我却一时晃神，心里莫名空洞了下，触电的感觉隐约还停在唇面上，我必定红霞满面，但我一定要表现出对大色狼的无比愤怒，以浇灭他自以为是的嚣张气焰。我的未来不在他这里，我有许多路要走，但一定不是他这一条。我要远离这个王国，远离这个世界，我要开甜品店，要过属于自己逍遥的生活!

他的手慢慢滑下，深邃的眸子隐有火苗簇簇，只是转瞬不见，取而代之的，是种陌生的疏离。

我正忤着，他却忽然伸手捏捏我的脸，道："你表演的盗术不错，只是这烟熏妆滑稽死了。快去洗洗。"

我其实想问，你怎知这叫烟熏妆，他却已淡淡一笑。转身离去，我望着他的背影，从心底抽起一股怅意，弥漫全身。我回到房间，发了会愣，在脑里历数了一遍《汉武大帝》的情节，这家伙 24 岁就死了，我是不是应该对他好一点。

我咕咕喝了口水，在房里踱了三圈，最后长长吐气。当务之急，是早日实现我的出逃计划。

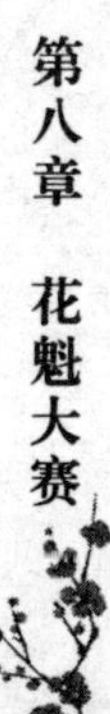

第九章　公主寿宴

我的目标始终是霍去病的卧房，我坚信不疑地觉得他房中定有值钱的金银财宝，我琢磨着下手的时机，小厮却来请我，说是夫人们邀我喝茶去。

那些“夫人”们，就是这家伙的一群侍妾。古代男人很爽，特别是有钱的男人，没娶妻之前，还可以娶一大群侍妾。这些侍妾不但没有名分，还要对其言听计从，博取男人一笑，虽是这样，她们也做着有朝一日登堂入室的正妻梦，彼此之间钩心斗角、明争暗斗，是缩小版的宫斗。我是很看不起这类为博温饱富贵就甘于男人奴役的妇女代表，但却不幸地发现，自己也成了她们中的一员。

我走到一个不大不小的厅里，脂粉气扑面而来，我忍不住打了个喷嚏。女人们却都朝我看来，个个笑得花枝乱颤。其中一个声音悠悠飘出，“瞧，谁来了。”

眼前这位体态丰腴、风情万种的女人，叫花媛，人如其名，笑得像朵花似的，是霍去病最疼爱的侍妾，一直朝正妻的方向无限努力着。见她一脸笑得如此专业的精明笑容，就知道她曾经踩着多少女人的肩膀才有今日的“地位”。

“真真姑娘在天子脚下，强吻侯爷，一鸣惊人，轰动都城内外，又闻圣上亲自将姑娘赐予侯爷做侍妾，真是天赐良缘，姐妹们听着欢喜又敬佩，都为姑娘的勇气深深折服。大家都想一睹姑娘的风采，今日所见，果然人比花娇，气质出众。也难怪侯爷甘与陛下争宠，一亲芳泽。”

我伸了伸懒腰，对她一堆废话丝毫没有兴趣，只一屁股坐到椅上，抿过一口茶淡淡道：“女人们，我知你们叫我来是想打击挖苦我，以打发无聊寂寞的大把时光，顺便在我房间放些贼赃加祸于我。我从房间走出，就看到东上角有一个人影潜入我的房间，额上有一颗美人痣，右袖上揣着一个蓝色包袱，走路左脚比右脚跨的步子快上半拍。我虽不知她想到我房间里放些什么，但我知一旦在房间里发现异常，我应该找谁。如果你们还想玩，那我就陪你们玩下去。只是，我对你们的侯爷没什么兴趣，也没闲工夫与你们嚼舌头，若你们真闲得慌，我们凑几桌麻将如何?”

我的话落下，厅里冷嗖嗖地静，女人们脸上阴晴不定，难堪得很，过了半刻，纷纷转身，该忙什么忙什么去了。

厅里空荡荡只剩下我与花媛二人，她倒是镇定，只是佩服地朝我点头道：“真真姑娘果然不循常理，说的话字字带血。”

我连挥手：“哪里哪里，花媛姐姐过奖，我只是一滚滚红尘艰难生存的沙砾，被现实的残酷铭刻得稍稍世故了些。比起花媛姐姐，我差远了。”

她娇笑：“奴家是真心佩服，真真姑娘缘何有这样的洞察力。”

我想，我是干吗的你知道吗？江洋大盗，那都是技术与艺术的完美结合，需要革命烈士的勇气与家庭主妇吹毛求疵的细致，你们那点小伎俩，怎么逃得过我的法眼。我微张着眼，含着笑意道：“姐姐此话何意？我方才只是猜猜而已，难道真有这种事？”

她脸露尴尬，背过身去清咳了声，我便逼问：“我倒也很想知道，这霍府清贫如此，还真不知有啥可偷的。”

“侯爷虽清贫，但平日里对我们的赏赐还是不少的。”

我听她这话，来了兴趣，探上脸问：“侯爷也有宝贝？”

她朝我瞟来，正经道：“那是当然，历年圣上对侯爷宠爱有加，怎会没有宝贝赐予他？”

我心中大喜，这家伙果然藏着小金库。

“对了，谈正事，姑娘想好献礼没有？”

“什么献礼？”我一怔。

“姑娘不知吗？三日后是平阳公主的寿辰，侯爷率全府上下，齐到卫将军府贺寿去呢。侯爷吩咐了，请每位侍妾分别准备一件礼物，送与舅母大人。”

我直翻白眼，来古代半个子没捞到，倒摊上送礼了，看来这大户人家的侍妾也不好做。

“姑娘准备送什么？”

“你们都送些什么？”

“侯爷说了，礼物不在贵重，能表心意便可了。我也想，平阳公主那是什么人？卫司马又是当朝数一数二的人物，他们能缺什么稀罕物？只是这样，反而又不好办了。送金送银太俗气，送奇珍异宝我们又送不起，姐妹们都急坏了不是。”

我满脑子在想一个问题，若是所有人都去参加平阳公主的寿宴，倒是我在这府内大显身手的好机会。

我随便应了句：“送些亲手做的东西不就得了。”

她拍拍脑门，一脸豁然：“姑娘果然聪慧。我这就去连夜赶绣幅百鸟图送与公主。”

三天，我考察了府内的地形大概，哪个角度进去，哪条小路撤退，哪扇门护卫最少，心里有了七八分蓝图，十九分把握，只等寿宴来临。府内的人都没空答理我，各自操持着送何礼物给平阳公主，大色狼也不见踪影，应该是去参与寿宴的准备工作。

终于，寿宴当日，傍晚将近，大小的车辆人马早候在门口，准备接上霍府上下一齐前往卫府。我见时机已到，便开始装病，倒在地上死活也不起来。

众人围上来嘘寒问暖，我却疼得满地打滚，说是急性肠胃炎发了，一群人听不懂我的专业术语，你一句我一句说了一通废话，全部拍拍屁股急着赶赴宴会去了。我见众人走远，连忙从地上一跃而起，奔回房间，换上一身黑衣，朝霍去病的房间潜去。

我游龙戏凤般漂亮地穿越在廊桥屋宇之间，很快到了这家伙的屋子，里面一片漆黑，心中窃喜，吱呀一声推门而入。

才没走上几步，忽听背后呼呼掌风，直朝我心口而来，我大惊，连忙躬身一退，双拳朝那方向应声挥去，只见黑影一闪，快如雷电，我一个龙卷扫地，飞腿朝他下盘攻去，他却长身一跃，反朝我的正面猛虎掏心而来。我慌张后撤，左手在地上轻轻一支，这才借力翻身而起，退至几丈开外，汗水涔涔。

“韩真真，你的武艺和你的相貌一样，无药可救矣。”黑暗中响起了大色狼充满兴味的调侃声。

我一身汗水瞬间变凉：“你知道是我?”

“一股辛臭辣椒味，除了你还有谁。”

“你!”我正想发怒，烛火却已亮起，霍去病跷着二郎腿，似笑非笑地看着我。

我一头黑线，强作镇定道：“你怎么没去寿宴?”

“我正换衣呢，却不料有条女色狼进来，你可是怀念我的身体吗?”他眸子一闪一闪，我才发现他上身斜斜搭着半件衣袍，若隐若现光滑结实的胸脯肌肉，顿时脸红似火，微微转过头去。

“我对你的身体不感兴趣。”我悻悻道。

“噢？那你到我房里来作甚?”他逼问。

我脑子快速转动：“我只是在队伍中没见到你，所以来找你而已。”

“原来韩姑娘如此记挂我。”他笑眯眯。

我平生最恨那种自以为很帅然后又不断耍帅的混蛋，咬牙切齿道：“你是侯爷，我只是历行公事而已。”

“历行公事?”他眯起星目，忽招手道，“好，那来侍候侯爷更衣。”

我进退两难，极不情愿地搓着衣角走上前，他却顺势刷下站起，足足比我高出大半个头，我艰难地从他身上扒下衣袍，强烈的男人味扑面而来，恣意钻进耳鼻，我的脸不受控制地闹起了红色革命。我不能让他看到我的局促，于是深深地埋下头，一声不吭替他换上华服，他转过身，低语道：“你抬起头来。”

“不抬。”我想都没想，直接回绝。

“抬起头来。”

“不抬!”我斩钉截铁回道，他若是见到我的红脸，又要得意了。

他用手一把捞起我的下巴，我正想发怒，他勾唇道：“你准备让本侯爷这副模样去参加寿宴吗?”

我这才发现我根本将这件华服穿反了，不，不光穿反了，还穿倒了。

汉服本来就是冗长烦琐，我又是心不在焉，竟是硬生生将他穿成了四不像。

我心里其实想笑，但又怪自己太过马虎，但见他似怒非怒的样子，心里又有些害怕，一时表情怪得很，只得急急弥补道："对不起，对不起，我再替侯爷穿一遍。"

我手忙脚乱地把衣服又重新扒了下来，却无奈他实在太高，我踮着脚尖支起双臂操作不太方便，几次触碰到他裸露的肌肤与敏感地带，只差是一口气接不上，就此壮烈牺牲而去。他却忽然捉住我的手，我"啊"惊叫一声，一股力量袭来，我不由自主朝后倒去，重重倒进床里，他却劈头盖脸压住了我所有的视线，嘴唇若有若无地触到我的脸颊，一个暧昧的声音响起："你这是在勾引我吗？"

"你胡说……什么……"我有气无力地回答。

他气息若兰，我能感觉到他胸脯的起伏，我的心快跳出胸膛，我承认，自从在殿上吻他以后，我每天晚上都梦到这样的场景，我想我快死了，所有的金银财宝梦，这一刻竟烟消云散，满脑子不断回响同样的一个声音："韩真真，你沦陷了。"

他却没有吻下来，只是轻轻刮开我的黑色领口，呲笑道："这身寡妇装是去寿宴，还是去葬礼？"

我想我自己都能听到心跳声了，更何况他逼得我这么紧，我艰难地吐出几个字："只是……只是别出心裁……而已，侯爷若是不喜欢……我……我回去换一件。"

"别出心裁？"他啧啧，忽笑道，"莫非你想引谁注意吗？"

我觉得他话中带话，颇有深意。这家伙难道知道我与卫青有关联？他跟踪我？

冷汗更甚，一把推开他，理了理衣裳，不屑道："侯爷的话我怎都听不懂？"

他却眉一挑，不知从哪里捞出套女人衣物来，喝道："将寡妇装换了，平阳公主指名要见你。你给本侯爷好生打扮下。"

"见……见我。公主怎知道我？"我傻住。

他朝我瞟了眼，并未回答，只道："换上。"

我低头一看，呲道："恋物癖，变态狂，竟有女人的衣物？"

"要本侯爷替你换吗？"

"滚……滚开……"我脸煞红，捧着一堆衣物，下一秒便冲出屋去。

我这回是细心打扮过，脸上任何一个细节都不放过，七分打扮三分长相，加上昏暗的夜色，朦胧的灯光，烂瓜也成西施。看看夜总会里的小姐就知道了，信不信由你。

大色狼色迷迷流着口水，一路上眼睛就没离开过我的脸。我被他生吞活剥的眼神看得发毛，马车小得可怜，他又死皮赖脸挤着我，想找个角落躲也难。

我是第一次来到卫府。比起这个皇帝姐姐的住所，霍府的装修档次就像是二

线城市的小富之家，勉强算作整齐，而卫府则气派雄伟得多，廊桥流水，楼台亭阁，绝对是大户人家。我知历史上汉武帝曾欲赐一座豪华府邸于霍去病，但却不知为何他竟拒绝了。唉，车子房子，本应该是男人的最爱，这家伙却只钟情女人，以后恐怕也是个牡丹花鬼而已。

我们一进门，只见一片红云卷来，耳边丁零当啷一片打击乐不绝于耳，似是古代的迎宾礼，我瞬间被卷离大色狼的身边，只见他被一群人簇拥远去，而我则孤零零地跟在后面。

进了大厅，更是热闹得不得了，道喜声，交谈声，寒暄声，此起彼伏。我只觉脑子嗡嗡作响，身体却不受控制地随着人流一步一步地往前挪，总算是到了中堂，一个响亮的声音在耳边掠过。“霍府胡氏献礼。”

我愣了下，这才反应过来是指我。我来不及反应，噗就跪下了：“韩真真见过公主，祝公主福如东海，寿比南山。”

“韩真真，抬起头来。”一个声音空空落落下来，我抬起头，迎上一张翩若惊鸿的脸庞。

我是在那时彻底明白一个道理。

什么叫龙生龙，凤生凤，老鼠的儿子会打洞。

凡进宫做皇帝老婆的女人，何止是百里挑一的美女，加之，在宫廷中，一但怀孕，那是天上的月亮也可拿来当补品炖了，所以，帝王的后代，绝对是优生优育政策下汲取天地精华的极品产物。

汉武帝刘彻我是见过，明星级的人物。眼前的平阳公主听说年纪不小了，但那份与生俱来的贵气与美丽，让人根本忽略了她的年纪，反而，美目顾盼生辉，笑容风情万种，举手投足间，哪是一个“风韵”了得。

我被她的美貌晃了眼睛，下意识闭了下眼，再定睛看去，又是一番感慨，人比人气死人，女人比女人，更是死几回也不知。

平阳公主微笑道：“韩真真，我只闻你行事大胆，风格独特，却不知也是个娇滴滴的小美人。”

我脸红，道：“公主是天上嫦娥再世，我顶多是公主脚边啃青菜的小兔子而已。”

平阳公主扑哧一笑，转头对一侧的卫青道：“卫君，这韩真真果真是个有趣的人儿。难怪皇弟想召她入宫，我看着心里也欢喜着呢。”

本是一句赞叹话，周围一片啧啧应和，卫青的脸却平静如水，眼神似看非看我，只应付似的嗯了下。

我有种奇怪的感觉，只觉今日平阳公主专门请我来，另有他意。

难道她知道我与卫青私下的交往，心生妒忌，所以今日唤我来，想将我一军？

我脑中浮现出一个吃醋怨妇的完整形象，与一个没有感情交流的破碎家庭，然后，我便是那个横插一脚的悲剧小三，然后，怨妇设下一个局，想置我这小三于死地。

我胡思乱想着，平阳公主却又道：“韩真真，你怀里揣着的可是寿礼？”

我这才反应过来，连忙将手中的暖壶一递，道：“真真送上寿礼，珍珠奶茶。”

这一声“珍珠奶茶”音落下，场内如吃了哑药般，瞬间安静下来。所有人目光齐齐射向我手中的暖壶。

“珍珠奶茶？”平阳公主自言自语重复了一遍，又问，“珍珠可泡茶吗？”

我微笑，侧身上前，对着一只空杯子哗哗倒了半杯，又叉进了一根细竹管，递到平阳公主面前，道：“公主用管子吸上两口便知。”

平阳公主迟疑了下，接过对着“吸管”咕咕吸了一口，先是面无表情，后恐是吸上了一粒珍珠，柳眉一蹙，惊了下，既而眉头又慢慢舒展开来，接着便轻磨贝齿，慢嚼细咬，愈咬脸上笑意愈浓，不住地点头，又忍不住低下头去吸了两口，破颜而笑道：“果然好吃，那软软的小球可是珍珠？”

我解释道：“此珍珠非彼珍珠，是真真用糯米先制成珍珠粉圆，在锅中烹煮，捞出珍珠用凉水冲过，加入白砂糖浸泡珍珠后，再把茶叶包煮熟后捞出，冲入牛奶，最后混搅一起，便成了珍珠奶茶。”

平阳公主满意地点点头，递与卫青，道：“卫君，你也尝上一口试试。”

卫青却没有接过，只道：“细君（汉代妻子称谓）寿礼，还请细君好生品尝才是。”

平阳公主娇笑：“倒也是，这种清细绵软的阴柔食物，倒是真入不了血气方刚的大将军之口。”

这一句，我听得心里更是怪怪，怎么听，怎么是在挖苦我呢。

平阳公主却已示意仆人将奶茶壶接过，我也赶紧躲到一边去，找张椅子坐下，才觉肚子咕咕叫，眼见天色黑成煤团了，也不见这宴会啥时上菜。

见到隔壁一桌，一个男人双手在桌下偷偷磨蹭，仔细看去，这家伙却正掰着一块酥饼，正往嘴里塞。我咽了口口水，赤条条地朝他望去，他转过头，同情似地朝我看了眼，塞上一小块到我手里，我连忙狼吞虎咽，瞬间消灭，这才觉得肚子里实撑了些。

从他口中才知，皇家宴会规矩很多，从迎宾到宣礼，要近一个时辰，待到起宴，又要一个时辰，古代又是分餐制，从主宾开始，轮到我们这些虾米小客，早就饿得眼冒金星，所以，聪明人早就在宴会前把肚子垫上底，才能撑得过去。

我与这男人又聊了会天，隐约却见人群中有两束目光朝我射来。一束来自大色狼，那么远还能看到他色迷迷恬不知耻的眼神，我朝他狠狠瞪去，他才将目光转向别处。另一束，则来自主座上的卫青，他的目光较游离，我不能肯定他是否真在看我，但总隐约还是觉得他在看我。我有点心神不宁，恍惚之间，宴会终于开始了。

大鱼大肉终于上来，我自是对自己的胃一点也不亏待，也顾不得身在古代的

女子风度，吃得满嘴油渍，肠直肚圆，只差是解开腰带，躺到榻上舒服地打个盹。

只听叮叮两声，乐舞开始了。

一阵音乐响起，从门外飘进一群“仙女”，嘴里哼唱着我听不懂的古文歌，群魔乱舞了一会儿，直至高潮，忽从人群中亮出一个纤秀的身影。她一出现，场内顿时如冰冻一般，全哑了。所有目光直愣愣地朝她看去，我也呆呆望去，半只鸡腿卡在嘴里。

以前，我经常在电视上见到所谓的绝色美女，以为再漂亮也不过是个凡人，只是打扮得比常人精致而已。只是，今日所见，才明白什么叫做倾国倾城、惊为天人。

只见眼前的女子十八九岁的模样，一身轻若鸿毛的纯白羽衣，细腰盈盈不堪一握。烛光丝毫夺不去她肌肤的晶莹剔透，反而更衬得美轮美奂、皎洁如玉，一双水汪汪的大眼睛，似是含着微微的忧郁，藏着三分羞涩，七分动人，看得人心肺肝肾揪成了一团，所有的怜悯爱抚心疼千军万马般堵在胸口，下一秒便要奔腾而出。

她只那么微微一低头，一缕乌黑的秀发不经意地从一侧滑下，衬得修长曲美的颈线更是美不胜收，她轻轻开口，只道：“玉奴见过公主。”声音丁零得像天山的泉水，在场的所有雄性动物在这一刻全部缴械投降。

我正在感慨上天造物的不公平，眼神无意瞟见霍去病，见他目不转睛地盯着她看，心里咯噔一声。

美女，美女，这家伙的软肋来了。

等等，自己这是在吃醋吗。

平阳公主应该早已看出霍去病的异样，高声道：“玉奴，快见过霍大司马。”

“玉奴参见霍大司马，霍将军。”

玉奴朝霍去病微微行礼，连姿势都那么恰到好处，既看不出造作，又充分体现了她美好的腰线。我是那一刻才明白，我们这类平凡女子，应该直接送去人道毁灭。

大色狼恐怕是耐不住了，从位上站起，几步上前扶住她。她红云满面，娇艳得像朵盛开的芍药。我傻傻看着这一幕，喉咙里翻滚过一个哽咽。

平阳公主道：“去病，你已过弱冠之年，也该好好娶位姑娘了。”

霍去病回道：“谢舅母关心。”

“玉奴姑娘虽没有显赫的家世，但也是名门之后，只是家道中落，一直寄养于我府上，你若是倾心，便先娶了做个偏房，赶快替霍家留些香火才是。”

霍去病脸露惊喜，道：“谢舅母成全。”说着，轻轻揽过玉奴的身体，她也不回避，只轻轻依在他胸口，平阳公主一阵轻笑：“瞧这小两口，大庭广众之下，也不避讳些。”

堂内爆发一阵欣慰的笑声，我却脸色僵硬，只觉胸口有股气塞着，出也不是，吞下去也不是，难受得很。见到那家伙搂着玉奴时而低声耳语时而相视而笑的暧昧样子，心里更是火烧火燎地烦躁，忍不住抓起一杯酒，咕咕喝了个精光。

酒精非但没让我安定下来，反而满脑子充血，眼前的人影绰绰，纷乱的画面不断地重叠，各种筹觥交错的声音掺杂着人声笑声喝彩声，让我的耳朵反而嗡嗡不觉，到最后，只化成一缕细细的耳鸣……

混沌之中，我从堂内走出，手上应该还提着个酒壶，脚步踉踉跄跄，跌跌撞撞，不知走了多远，外面凉风阵阵，我的酒意醒来几分，这才看清周围的环境。

是个古色古香的院子，我一屁股坐在大石头上，提起酒壶又喝了一口。

酒是个奇妙的东西，你喝了它，会感觉口渴，你感觉口渴，所以就想再喝上一口。你愈不想喝，却愈觉得离不开它。我想，这与我对大色狼的想法有些类似，愈不想在意他，他却愈占满整个脑袋胸腔，赶也赶不走。我这是怎么了？借酒消愁吗？感慨生命的无常，感情的无奈吗？韩真真何时是个多愁善感之人？

于是，我又喝了一口酒，终于欣慰地发现，酒壶空了。我将它远远地抛进一侧的湖里，湖面上啪啪飞走两只水鸟。我支起腮帮子朝着它们远走的方向，咯咯傻笑："对不起啊，朋友，打扰你们幽会啦。"我笑着，干脆手脚一横躺倒在草地上。

我想充分地挖掘内心悲伤的因子，以进行思想的洗涤和灵魂的重塑。我知道，电视上的女主角都是这样暗自神伤，低低悲切，然后，长得像天使一般的帅帅男主角就会奇迹般出现，用男性的臂膀挽起女主角，让女人重获新生。

只是我忽然明白，这些情节的前提是，你必须是女主角。女主角可以历尽磨难受尽委曲，但一定是有男主角鼎力相助。而如果你只是个跑龙套的，那么你的命运就不值一提，导演没时间也没精力来用感人情节配合你。

就像此刻的我一样，非但没有帅帅的男主角出现，倒是似乎有只蛤蟆跳进了我的衣领，直直往我的内衣里头钻。我又痒又恶心，从地上一跃而起，又抓又跳，那家伙却一点也不给我面子，从胸口钻到肚子，又从肚子钻进裤管，折腾了好一阵子，才见一黑点从我的裙裾一闪而出。我长呼一口气，终于筋疲力尽坐到了地上。

夜色惨淡得要命，我也放弃有帅帅男主角出现的期待，最终决定还是回府去睡大觉比较现实。

我在挂满红灯笼的长廊里寻找着出门的方向，走着走着，却走到了一座灯火通明的屋子前。

灯火通明的屋子里，有个身影，让我停住了脚步。

古代的窗子，设计太不合理。用薄薄的半透明纸糊住，一点秘密也无，更别说个人隐私。到了夜晚，里面点灯，外面黑暗，根据光线反射的原理，里面的人，就如同是皮影戏里的人物，一览无余。你如果内心阴暗，又刚刚好无聊透顶，那

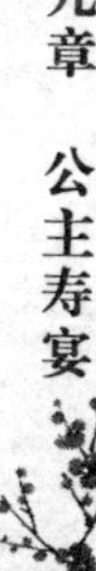

么，这正是偷窥的大好时机。

我在窗口一角戳了一个洞，我看到里面有一张案几，案几边站着一个人，精致深邃的五官，淡淡的胡茬在灯火下熠熠生辉，正是卫青。

他低眉看书，角度好看得不得了，像幅画似的。

我呆立在那儿，想，就当看韩剧吧，欣赏帅哥，可以改善一天的心情。我正想找个最佳的角度，屋内却响起一个声音："进来吧，外面风大。"

我傻在那儿，大概整整有一分钟，直到门吱呀一声开了，卫青淡淡地支在门边看着我，我才顿然而觉，笑道："卫将军好。"

他莞尔一笑："你习惯躲在角落中吗？"

……

小心地走进屋子，发现书房中透着一股特别的烟草香味，明明是武将的书房，却生生透着文人的气质。

他拢袖而坐，别具雅致，目光浅浅落在我身上，似笑非笑。我觉得这种场面有种局促，于是解释道："就是那个什么，我闲着没事，在将军府上逛下，没想到，逛着逛着，就到了这里。将军的书房果然是与众不同，与将军的气质很配，非常配。"我说完，又干笑了两下。

他还是默默地望着我，我被他看得心里发毛，越发手足无措起来。我看到桌上有壶酒，于是拾起对着嘴，咕咕喝了一大半，脸一定红得像块猪肝，不过心潮澎湃起来。

他眯起星目："你有心事？"

"心事，哪会有心事？有将军这样的帅哥陪，真真怎么会不开心？对不对？将军，来喝一杯。"

他倒满了一杯酒，送到我面前。二人对酌而尽。

"为了霍去病？"他沉默了下，逼上我的脸。

我承认，即便是酒后壮胆，我也对他这种一针见血的话感到被看透的尴尬，我只得用哈哈大笑来掩饰，以表示他的话实在太过无厘头。

"咳，哪有这种事？将军千万别误会，那回在殿上亲他，只是情急之计，真真为的是不想入宫而已。那条大色狼，我怎会喜欢他，笑话，真是个笑话。"

他还是望着我，我抢过他手中的酒壶，对着嘴直喝到不剩一滴。

刷一下站起，不知哪来的勇气道："谢谢将军在这时，扮演了一个帅帅的男主角的身份，以给真真抒发情感的机会，不过，真真知道，以将军的条件，对真真而言，最多也就算作是蓝颜知己型的男人。女人得不到爱情，所以上天就派一些蓝颜知己来给她们，让她们沉迷于这种有人陪有人聊的日子，不至于太寂寞。呵呵。又或者，将军连蓝颜知己也算不上，最多算作暧昧的对象而已。不过，我已很满意了。哈哈哈！"

我头有点晕，酒精让我不知道自己在说什么，天亮了，我肯定会为这些丢脸的话后悔不已。但人们总是在白天与黑夜间，扮演截然相反的角色。

比如，夜里你觉得自己像朵花，白天你便恨不得砸了所有的镜子；夜里你决定要惊天动地做一番事业，白天却发现什么也做不了。

人，本就是个矛盾体。

我哈哈大笑着，终于觉得自己应该要走了。

卫青的目光可以看透人，很可怕。我在他这里，跟没穿衣服似的局促不安。“不早了，我不打扰卫将军了。真真先告辞。”

说完，便朝门口快步而去。

一只大手忽然在身后揪住了我，我还未反应，身子却已被他猛地一拉，撞进了一个结实的胸膛。

我惊恐看去，却见卫青的脸离我只有 0.01 寸，脑子瞬间充血，乱七八糟的声音顿时充塞耳边，他却低下头来，在我的嘴唇上厮磨轻语。

“真真，你到底是谁!”

我拖着沉重的双腿，走在不见底的抄手游廊之中，黑黑的通道像长蛇的食道。

“真真，你到底是谁?”

卫青的话，很复杂，很沉重。反复萦绕在我的脑海中。

他原本是应该亲我，却没有亲下来，帅哥的暧昧让人无法抵抗，我却从未想过我这样的女子足以吸引到卫大将军对我动心，所以，我只有隐约觉得他话中带有另一种深意，仿佛更像一种警告。

我本是个想简简单单混日子的社会底层妇女，对自己这副借尸还魂的身体的身份背景没有任何探究的欲望。我也本来只是个莺莺燕燕儿女情长的小女人，纠结于剪不断理还乱的情感困扰之中，自得其乐。他的话，却如一记强心针，让我有些喘不过气来。走进这个权势的世界，却看不清楚前面的路。似乎在朝着危险的方向而去，却不知应该往哪个方向调头。

“反者，道之动。弱者，道之用。天下万物生于有，有生于无……”

这句魔咒忽然回响在耳边，无数个幻影在眼前闪过，我睁大眼努力看去，却仍见到浑噩之中，一个老人的身影若隐若现，天地一色的白，雪花漫天飞舞……

“真真，真真”，又是一个声音响起，我头痛欲裂，失手支住柱边大口大口的喘气。

终于找到了出口，大门口却全是人。

我昏昏沉沉地走上前，笑眯眯道：“宴会结束了吗？大家怎么都没回去啊。”

人们安静地看着我，我感觉到气氛有些不对，揉了揉眼再看去，却见眼前不知何时站满了士兵。

其中一个人走上前，眼神冷得像冰碴子。

“韩真真，你涉嫌谋害公主，捆起来!”

我的古代之旅终于又加上精彩一笔。进入古代牢笼，彻底领略了什么叫封建大压迫。黑森森的生锈铁栏后，一个个突着死鱼珠子的苦脸男人女人，惨兮兮一副有上气没下气的模样，盯着我移动的身影，像是望着杀父仇人。

我被这一对对生吞活剥的眼神看得心里发毛，脚下发慌，只能配合着抱以同样凄惨的微笑，背后却被侍卫推了下，一个趔趄摔进了一间笼子。

我揉了揉屁股，发现这里没有床，没有椅，没有洗手台，没有抽水马桶，满眼的半干半湿的草，又臭又酸的草。一股浓烈的掺杂着血腥味汗味加呕吐味的气息扑面而来，我扶着墙壁开始哇哇大吐，边上却响起一个声音："第一次来?"

我抬眼望去，一个臭烘烘的男人朝我咧嘴笑着，我连忙抱以微笑："大哥此话怎讲?"

"瞧你细皮嫩肉的，估计没进过笼子。"

我细细朝他看了眼，以敬佩的口吻道："大哥在此应该很久吧。"

"不算久，只三年而已。"

我擦去额头的冷汗，又问："你何事进来?"

"偷了别家的鸡。"

"呃。"我胸口一空。

偷鸡就判三年？我谋害公主，那岂不是直接见阎王去。

我面露精光，直愣愣盯着他："大哥，谋害皇亲国戚之罪有多重?"

他嘴巴一歪，只风轻云淡道："凌迟而死。"

咳咳咳，我胸口痛。

"凌迟也不怕，买通狱卒，吃些麻药，割肉时便不痛了。"他挖了挖鼻屎，靠在了墙上。原来在牢里待三年的好处便是，淡定如他。

我手脚冰凉，很奇怪，真正害怕的时候，反而是没有什么感觉的。

他探上头，问："姑娘你如何谋害皇亲国戚?"

我摇了摇头。很奇怪，我自己也不知道。

另一个声音响起：

"她送寿礼于平阳公主，结果公主当晚腹泻不止，晕过去了。大夫说是她送的寿礼有异常，所以就抓进来了。"

珍珠奶茶有毒？我吐血，转脸看去，是另一个笼子里，另一个同样蓬头垢面的人，木无表情，看着我，像看着一具尸体。

想来一个长期失去自由的牢笼人士，消息居然比我这当事人还要灵通，我心里更是郁闷了。

我无语，也不想问，他说得那么有头有尾，估计事情肯定是这样了。除了这个理由，还有什么理由抓我进来？

但珍珠奶茶怎会有毒？

我脑中又浮现出一个吃醋怨妇的完整形象，肥皂剧果然成真？

我刷地从地上站了起来，愤慨地狂叫了三声，又在原地噜噜转了三圈。我看着那两个家伙饶有兴趣地打量着我，像是在看一场笑话，我欲哭无泪，俯下身对其中一人道："大哥，有没有地方请律师？"

第十章 脆弱时分

我扳着手指头，过了两晚，又数着脚指头，过了三晚。牢里的饭其实还不错，非常适合我这种减肥人士。

五天了，却也无人来答理我，除了和两位狱友从天南聊到地北，又从地北聊到天南，我不停地说话，想来掩饰自己内心的恐惧，但到后来，连他俩也懒得理我了。

律师，我是不指望了，牢门外的世界中的人，一个也没出现在我眼前。

我心里有种淡淡的悲伤开始弥漫。或许是卫青最后那句冷淡的带刺的话语，或许是大色狼至今也没来看我一眼的现实。他有了玉奴美女，果然毫不在乎我的存在。

我闭上眼睛，睡会儿吧，或许睡着了，我会在另一个世界里醒来。

……

我似是睡着了，却又似没有睡着，那位长胡子老爷爷又出现了，我问："你是谁？"他拉长一张脸，然后拔出一把剑朝自己的腹部刺去，我惊呼想冲上前，他却顿然消失。我又见到了一个人，他侧面对我，像是卫青，他说："真真，你到底是谁？"

恍惚之中，猛地睁开眼，看到了一张恶狠狠的脸，是狱卒的。

他看都未看我，将我直接从地上拎起，我反正也没一点力气，干脆就让他拖着我，直挺挺朝门外走去。

我被扔进一间昏暗的屋子，从造型来看，算作是审判室。被吊上一个刑架，眼前坐着一个身着官服的大胡子，抿了口茶，朝我瞟了眼，冷冷道："你可知罪？"

我正想回答，他却打断我道："用刑！"

"等等，我啥都没说，你就用刑？"我用了比光速还快的语言迅速申辩。

他又抿了口茶，不耐烦道："这是规矩。"

"那算已经用过了行不？"我眨眨眼，"大哥，我那么瘦，打几下就死了。"

他眯眼打量了我下，我连忙补充道："你既跳过我的辩解的权利，那也顺便跳过用刑这个环节如何？"

他点了下头："也是，就跳过吧。"

"那按规矩，接下来怎么办？"我又问。

“等。”他淡淡道。

“等啥?”

“等上头的消息，等消息下来，要么放人，要么画押认罪。”他还是抿了口茶。

这古代果然没什么人权，哪来公正审判，全凭上面一张嘴说了算。

我晃了晃铁链，丁零当啷作响：“大哥，反正是等，要不你放我下来，一起陪你喝杯茶吧。”

他想了想，也没多说，只点点头说：“好，放你下来。”

两个狱卒将我从刑架上解下来，我揉揉酸痛的手腕，捞过一张椅子在他边上坐下，果真有人替我倒了一杯茶，我喝了口，感叹道：“大哥，这套官服的颜色很适合你。”

他脸色一闪，嘴边扬起笑意：“是吗，我还觉老气了些。”

我正经道：“大哥适合成熟路线，是极有风度的。”

他哈哈大笑起来，主动替我倒满茶。

我又道：“话说平阳公主如何了?”

“公主身体已痊愈了。”

“那奶茶的化验可出否?”

他探上脸，小心翼翼道：“姑娘，这种事我见多了，关键不在有毒否，在于上头要不要你死。”

我点点头，我明白了。

我与大胡子又聊了会时尚潮流资讯，门外进来一行人。带头的那位与大胡子耳语了一番，大胡子朝我看来，目光变得冷漠。

“把她吊起来。”他淡淡下了指令。

几个人上来，把我像一只晾干的酱鸭一样吊得老高，比方才的刑架还高了一倍。手脚被拉扯的力度明显上了几个层级，我听到我的骨头咯咯作响，仿佛重新拼凑一遍似的。

大胡子走上前，一脸神秘道：“姑娘，告诉你一个好消息，和一个坏消息，你先听哪一个?”

我咧嘴道：“大哥，你不用说，我已知道。”

“噢?”他饶有兴趣地扬眉，“你倒是说来听听。”

我咽了咽口水道：“好消息是公主不准备杀我了，坏消息是，她不甘心，想给我一个教训，所以准备把我在这里先吊上三天，再饿上三天，最好能整成慢性胃溃疡以及重度忧郁症患者，她便彻底消了怒气，是不是?”

大胡子抚掌大笑起来：“姑娘果真不是一般人，聪明聪明。”

他笑着，又探上头来道：“看在姑娘如此与众不同的分上，在下提醒姑娘一句，就当忠告。姑娘下回要离卫大将军远一些才好，最好连看都不要看一眼。都城里有个不成文的规矩，你惹天皇老子都无事，就千万别摊上这平阳公主，任何

女子近了卫将军三尺之内，没一个死无全尸的。姑娘这回能活下来，恐怕是万幸啊。”

我终于明白那回选秀时，女人们一致对卫青退避三舍，原来家里有这样的河东狮吼在，敢情她们早就利弊权衡过。我这种不明状况的无辜傻帽，也不过是与卫青聊了几回天，制作了几回甜品，上了几趟经社而已，却就这么莫名其妙地进了危险之中，差点连命也没了，真是冤到家了。

我叹道：“平阳公主与卫青将军的爱情故事，在历史上也算是千古流芳，韩真真却没料到公主也不过是惊弓之鸟般圈住丈夫的怨妇级人物，真是感慨万分。”

大胡子也感叹：“平阳公主对卫将军一片痴情。”

我摇摇头：“男人的心，就像是捏在手里的空气，你安静下来，默默站着，它便无处不在地渗透在你周围。你若到处抓它，它便像风一样逃得比谁都要快。她其实不必这样，卫将军心里若是有她，哪里也不会去的。”

大胡子道：“姑娘所言极是，姑娘也是性情中人，在下也想帮你，却也是无能为力。”

我微笑：“大哥只是奉公执法，真真怪不得你。”

大胡子又说了一通感人肺腑的话之后，终于走了，临走前还不忘在我的手臂上将结头又扎紧了三分，痛得我眼泪直流。

屋内重新陷入黑暗。

“有人问我是与非，我说是与非，可是谁又真的关心谁?”林忆莲的歌曲在我耳边响起，我怔怔吊在那儿，忧伤卷土而来。

这个世界上，有那么多的人，认识的，不认识的，却没有多少人，会真的与你感同身受，会关心你，爱护你，同情你，甚至会仔细地看着你的脸庞，将你的相貌深深地留在他的记忆中。

这个世界，与我原来的世界没什么两样。身边有的全是陌生人。

光线黑得压抑，从高高的角度看过去，更显得空荡寂寥。其实，我可以逃走，但此刻，我连逃的心情都没有了。我并不是个多愁善感的人，但这个时候，却只想静静地流些眼泪。

过去的世界，男友算做是我的亲人，却在最后一刻，离我而去。在这个世界，我却连这样的亲人也难找，空空吊在这里，竟想不出有谁可以来救我。

有很多姐妹穿越过来，不知她们过得如何，我反正是糟糕透顶。在这种权贵的世界里，错一步便可失了性命，或许自己真是倒霉到家了。一个霍去病，一个卫青，两位超级大英雄，明明与我是无关的，却莫名招来两个女人的忌妒。郁闷。我忌妒别人还来不及。看来优质男人的周围，果然很危险。

我想着，昏昏沉沉地睡去，混沌之中，见到眼前似是闪过黑影，脑中一个激灵，迅速睁开眼睛，身体却重重地从刑架上摔了下来。两个黑衣人站在我面前，将我的身子一架，朝门外而去。

我的耳边生风，刮得耳郭疼，夜晚中的树林快速在我边上倒退，几个黑衣人轻功真好，带着我这样一个拖油瓶，还能身轻如燕。我倒也落得轻松，坐上保时捷一般。

到了一个黑森森的空地，我落定身体，朝前看去，却是李敢。

他的脸色显然是得意扬扬的，肯定在满意自己完美的劫掳行为，他走上前，一只手抓紧我的下巴，咬牙切齿道："我找你那么久，没料到就在都城里，还成了霍去病的侍妾，你胆子大了些吧。"

我掸掸灰尘，淡然道："帅哥，我也正纳闷，你怎么现在才找到我？"

"少废话，图在哪儿？"

"将军就那么想长生不老吗？"

"快说，在哪儿？"他并没有反驳我的话。

我心里有了计划，只因我已经看到黑暗中，有支队伍正朝我们的方向包围。我知道自己有救了，但我还可以更充分地利用这个时机，把事情搞复杂化，事情越复杂，对自己越有利。

我清了清嗓子，慢悠悠道："将军，你难道还不明白吗？"

"明白什么？"我的拐弯抹角，让他有些怒了。

"我，不是一个人。"我的表情很玄虚，这样的表情，足以引起他充分的好奇心。

"说，是谁指使你的？"他有些急了。

我摆摆手，道："他们来了，你直接问他们便是。"

我话音落下，忽然从黑暗中又闪出一道道人影，直取我的命门而来。我知道他们是来取我性命的，但机缘巧合，他们反而救了我。

李敢一行大惊，拔出武器，拦住第一轮攻击，两群人顿时打成了一团，刀光剑影，好不热闹。

我倒是落得清静，干脆在一边观战，一边起哄道："大将军，长生图在他们手里，你们向他们拿便是了。"

我这一吼，李敢一族打得更起劲了。我想，此时是逃跑的时机，乘着混乱，溜进黑暗的林子。

一个身影挡住我，黑暗中她脸上蒙着黑布，我猜出她是谁，笑眯眯道："公孙小姐，谢谢你啊。"

她显然又惊又怒："你谢我什么？"

"谢谢你来杀我，却反而救了我，我对你的敬仰如滔滔江水连绵不绝。救命之恩，改日定谢。"

她大叫一声，拔剑拦住我，千金大小姐的花拳绣腿，用不了几个回合就被我

拿下，她在我怀里凄厉地大吼大叫。我点中她的穴道，扔进草丛，又玩味似地补上一句：

“对了，顺便带一句，感谢公孙大人替我顶上罪名，有朝一日，若有人因长生图之事来寻公孙府之事，你们千万不要意外，我想凭公孙大人的老奸巨猾，这点小事，他绝对搞得定。”

夜黑风高，我漫无目的地跑着，几次摔倒又爬起，爬起又摔倒，直到再无一点力气迈出一步。

终于顺着一棵大树，慢慢滑到地上，忽然苦笑起来。我只是个普通打酱油的，却有那么多人想杀我。

我笑着，忽然觉得没了一点希望。

远处火光重重，一行人朝我慢慢接近，我看清了带头的人。

一见他的脸，我的眼便湿了。

他飞奔上前，表情又惊又急：“真真，终于找到你了。”

我忍住眼泪，道：“你现在才知来救我?”

霍去病道：“事情查清楚了，皇上下了旨意，判你无罪。只是才下旨来，你却不见了。”

我捂着肚子，皱眉道：“饿死了，有没有饭吃?”

我捧着一堆饭菜狼吞虎咽，霍去病一边静静地看着我，他终于忍不住道：“慢些吃。”

食物卡在喉咙口，我胃里一个翻滚，急速转身对着地上哇哇大吐起来。

他急急上来扶住我，关心似地道：“你无事吧。”

他的手心很热，抚在我的背脊传来丝丝温暖，我忽有种情绪慢慢积累，在这一刻轰然崩塌。

我扑入他的怀里，控制不住眼泪直流。

似乎筋疲力尽，什么时候，我把他当做了这个世界唯一的依靠，他若是不来救我，我将何去何从?

我其实不想哭，我可以想象一个从牢里出来蓬头垢面然后又在山林里慌不择路的女人，如果再哭得稀里哗啦，是种怎样的狼狈。如果我是绝世美女，这画面可以称做梨花带雨，而我只是个靠化妆和打扮支撑美貌的普通女人，我有什么资格创造楚楚动人的画面来打动帅哥，我却控制不住，我需要发泄自己的情绪。美，离我很遥远，我只是想活下去而已。

我从低低的抽泣，终于转化为号啕大哭，我把他的衣袍哭得像一张世界地图，他却也没有推开我，只是哄小孩子般地拍打着我的肩膀。我忽然想起小时候父亲也是这样的姿势，让我感觉很安全，原来女人拼了命想要嫁个好男人，只是想寻找这种父亲的感觉。

我想，如果我有一个太平洋的眼泪，大概也流完了，但我仍然不想离开他的怀抱。他的怀抱很温暖、很舒服，比任何一个五星级的大饭店里的高级床垫还要美好。我想，一直这样就好了，他抱着我，几个世纪几个轮回也不变。

第十一章　死了都爱

我迷迷糊糊睁开眼，从床上一跃而起，大色狼已经不在了。我记不得昨晚在他怀里哭了多久，应该后来哭着哭着就睡着了。

我下了床，照见铜镜里的自己，眼皮很肿，两只金鱼眼，浑身又臭得不得了，连我自己都看不起自己。

我走出房门，阳光刺得我睁不开眼睛。一个侍女上来笑盈盈道："真真姑娘，侯爷吩咐了，待你起来后沐浴更衣后，准备一些清口小菜给你。姑娘随我来。"

阳光暖暖地照在身上，我的心更热。大色狼，居然还是个细心的家伙。我心里滋滋冒着甜水，随着侍女洗了个香喷喷的热水澡，又食过细绵入口的清粥，舒舒服服在榻上躺了会儿，体力恢复了不少。

远远地传来一阵笑声。

花丛里，一个青紫色的身影飘然而至，世上能把这种颜色也穿得这么阳光灿烂的女人，除了玉奴还有谁。姹紫嫣红的花朵，在她面前全成了摆设，反衬得那肌肤，蒙上了淡淡的粉红。我愣在那儿。

很多女人都能理解我的心情，便是有一天你出门，自以为心情不错，然后就遇到一个比你漂亮百倍的女人。她即使是从你眼前一声不吭地走过，你一天的心情就灰暗下去。

平凡女人只能生活在自己的小世界里，她们的棱角与幻想往往被那些讨厌的美女们瞬间抹杀，总是在一次又一次意识到自己相貌平平的失望中彻底绝望，向汹涌而来的平淡日子妥协。

她身后跟着一群侍女，看她们恭敬的模样，便知大色狼给她的待遇有多优越，俨然一个正妻的模样。她的出现再次提醒我，我喜欢的男人周围有着无限高的障碍，我想以心灵美为卖点，胜算很低。

玉奴已经飘到了我的面前，她连身高都令人扼腕地比我高，到了现代，必定是一位名模级人物。她俯看着我，带着一抹勾人的微笑："真真姑娘，听说你刚刚出狱，受苦了。"

"谢谢玉奴姐姐关心。"

"真真姑娘，你绾的发髻真漂亮，改日教教玉奴如何？"

我吃力地看她一眼。

女人都明白一件事，就是当你遇上一个同类夸你漂亮时，通常，她都是比你更漂亮一些的。女人的自信往往都是虚伪的开始。

“好啊。”我有气无力地回了句。

“真真姑娘，我们一起去凉亭听琴吧。”她上前挽住我的手，一副亲热姐妹的模样。

我其实不想去，我对她的美貌深恶痛绝，我丝毫不想和她做姐妹。神说，要爱众生，我想说，神为何要不公平地造出众生。我忌妒忌妒忌妒得要死。我还要与她一起去听琴？我这不是自寻死路吗？

我却还是去了。

凉亭里，全是女人。

中间摆着一张琴，大家伙儿轮着上去弹，周围一圈故弄风雅的赞叹声不断……

玉奴的出现，让女人们很不舒服，但却又都开不了口赶她走。只是场面安静了许多，大家都转而变成窃窃私语。

我知道女人们都在谈什么，必定是损玉奴的话，比如她其实也没那么美，她的屁股太大之类的。我与她们不同的地方在于，我会把忌妒放在心里。损人不利己，向来都是弱者的表现。

人群里，花媛坦然起立：“玉奴，真真，你们来了，快快坐下。”

她亲热地上来拉住我俩的手，我目无表情，玉奴却笑得像朵花。

我忽然有些后悔来这里。

这样的场面，需要耗费大量的废话、假话、空话，来维持表面上的风和日丽。我缘何也成了那些明争暗斗却只为一个男人而活的可怜女性中的一员？

我溜进一个角落，决定找个机会便开溜。

花媛道：“玉姑娘，与侯爷的婚事准备得如何？”

玉奴道：“侯爷吩咐着人准备呢，这些事我也过问不了。”

“玉姑娘福气真好，能嫁与侯爷这样的大英雄。”

“姐姐言过，姐姐们不也都嫁与侯爷了吗。”

“我们哪能和姑娘比，姑娘的身份地位，和我们可不一样。”

气氛有些酸溜溜，玉奴却笑得花枝乱颤：“姐姐，都是服侍侯爷，哪来的身份地位？以后，我还需各位姐妹照顾着呢。”

花媛笑道：“那是当然，玉姑娘人那么美，琴技也定不错，可否让我等也饱饱耳福？”

玉奴不客气地在琴前坐下，朝大家莞尔一笑道：“玉奴献丑了。”

一曲高山流水音，半段荡气回肠调，听得我是一愣一愣。

其实我啥也没听懂，只是觉得和电视上弹得差不多，看她熟练的指法和飘逸的姿势，就知道她绝对是学院派选手。

我与她不一样，温饱问题都没解决，肯定没什么时间搞艺术，她再一次用实践证明，我与她不是一个档次。

我决定听完这曲，就开溜，却不料一阵掌声过后，玉奴朝我说来："真真，你也来一曲吧。"

我前脚迈出，后脚却跟不上，缓缓地起身，摆了摆手："要不算了吧。"

众人起哄。我的脸有点红，花媛却已迎上来，不由分说地将我按倒在琴前，笑眯眯道："真真，你这是看不起我们吗?"

晕，上升到看不起的高度了。我想，算了，反正都是群无聊的女人，我便来场惊世骇俗的演出，也不会影响我的工资福利待遇。

我将手放到琴上，琴弦硬硬的，冷冷的，滑滑的，我抬头看了眼花媛，她笑得一如既往的亲切，我又看了眼玉奴，她美丽的大眼睛，充满了意味深长的笑意。我知道，凭这手势，傻子就能看出来，我根本不会弹琴。于是，我干脆又再问了句："谁能告诉我，哆在哪儿?"

花媛正想说话，我一口打断她："其实你告诉我，对我也没什么用。我自己研究吧。"

然后，我便五个手指齐刷刷朝琴弦抓去。

一记不知是什么音的音，悍然响起，我抬头看到众女人们脸上惊恐的表情，于是开口唱道：

死了都要爱
不淋漓尽致不痛快
感情多深只有这样
才足够表白
死了都要爱
不哭到微笑不痛快
宇宙毁灭心还在
把每天当成是末日来相爱
一分一秒都美到泪水掉下来
不理会别人是看好或看坏
只要你勇敢跟我来
爱 不用刻意安排
凭感觉去亲吻相拥就会很愉快
享受现在 别一开怀就怕受伤害
许多奇迹我们相信才会存在
死了都要爱
不淋漓尽致不痛快
感情多深只有这样才足够表白

死了都要爱

不哭到微笑不痛快

宇宙毁灭心还在

……

最后是一段散乱的琴声，基本是由我的五爪金龙加上暴力击打形成的音符，我摇头晃脑唱完《死了都要爱》，曲调完全从一个街区走到另一个街区，信乐团几位同志听到我的表演，绝对可以晕去多次。唯一庆幸的是，我没有唱错一个字。

有时，不和谐的极致，反而是和谐的。我的表演结束，现场一片寂静，女人们像看着一件出土文物般望着我，脸上的表情极其纠结。

院外忽然响起一阵笑声，随即一群人鱼贯而入。

见到带头的那位，所有人都傻住半秒，然后像被剜去半月骨般地瘫跪下来，高声齐呼："参见陛下。"

前面这位是汉武帝刘彻，跟在后面的，却是卫青、霍去病一行。

皇帝突然降临，让所有人猝不及防，场面一片安静，刘彻转身对身后的霍去病道："去病，你倒是评评这韩真真的琴技。"

霍去病弯起嘴角，笑眯眯道："鬼哭狼嚎，惊世骇俗，若是用到战场上，定可吓走一营敌军。"

"哈哈哈！"刘彻放声大笑，"韩真真，前几日你蒙冤入狱，倒是吃了不少苦，你心里还委屈吗？"

我摇头道："有陛下这么英明的皇帝在，真真哪会受什么委屈？再说，为了平阳公主金枝玉叶的健康，就算要真真的脑袋拿来煮汤也在所不辞。"

三百六十行，马屁为先，先拍着再说。

刘彻转向霍去病道："去病，朕愈来愈觉得这韩真真有趣之极，你现有了玉奴美女，干脆把韩真真忍痛割爱给朕如何？"

这一声落下，场内安静得连根针掉地上都能听到。我只觉心脏怦怦直跳，观察着霍去病的表情。

那家伙却微微躬身道："陛下若是喜欢，莫说一个韩真真，十个去病也双手奉上。"

场内传来一阵笑声，气氛轻松下来，刘彻连说只是玩笑话，众人们也纷纷应和。我别过脸去，其实我的脸已是惨白，不能让任何人看见。

十个？呵，这个世界中，一百个韩真真也不算多，走在大街上，随手抓一把便是了。我知道自己的无足轻重，却偏偏要被迫亲耳听上一回，听上一回，告诉自己不要因此失落，却忍不住还是要失落。怪不得他，怪只得怪自己会在乎这种男人。

刘彻又谈起了匈奴左贤王残部在边境集结之事，卫青与霍去病同时请命，带

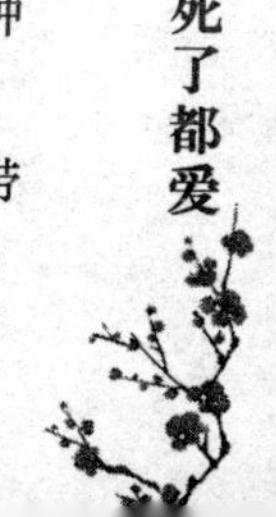

兵前去征讨。

刘彻道："只是残兵败将，何劳二位将军同时出马？你们俩去一个便是了。"

卫青抱拳道："臣愿带兵前去。"

霍去病接上道："左贤王一战，去病最遗憾的便是没有亲手拿住左贤王本人，此回请陛下了却臣的心愿。"

二人不相让，刘彻微皱下眉头，似是在沉思。

不久，刘彻的眉头渐渐舒展开，笑眯眯道："瞧，朕都忘了，今日说好是散心赏花的，却将这儿当议政殿了。来来来，今日我们不谈国事，只谈家事。"

气氛轻松下来，侍女们为众人添上茶。刘彻又道："两位爱卿想来陪在朕身边也有些时年，朕只怀念那时与爱卿在后花园中切搓比武的日子，好不畅快。朕这一身功夫，半数是二位教的。这些年，忙于征战，现终于有些空来，二位爱卿在众人面前，再比上一局，让我们也再领略二位的绝世武功如何?"

赞叹声起，霍去病与卫青齐齐跪下，表示遵命。

侍卫拿来武器，二人分别退至三丈开外，恭敬地摆好架势。阳光下，银剑闪闪发亮，透着一股特别的寒意。

我来古代也有些日子，但今天是第一次见到卫青与霍去病同台比武，因为是舅甥，从某一个角度来看，二人是极像的，浑身上下透着一股让人脸红心跳的男人气质，只是卫青更成熟内敛，而霍去病则少年英俊，二人嘴角都挂着淡淡的笑意，一个笑看风云，一个桀骜不驯，我忽然联想起，若是在战场上，他俩这样的笑容，望着千军万马在敌人的尸体上踏过，是怎样让人不寒而栗的力量。

每个女人心里都有一个将军梦，梦想着自己的男人，有着英雄一般的气概与魂魄，而此刻，竟有两个这样的男人，同时站在我的面前。我的心一阵狂奔，帅哥的力量是无穷的……

正感慨着，霍去病已飞身而上，长剑在空中划出凌厉的光线，身体却轻若翩鸿，白衣袂袂纷飞，让人目眩神迷。卫青气定神闲，手中的长剑只微微捏紧三分，待攻势到来，他剑锋一转，在胸前华丽地划过一个圈，银光浑闪之中，竟架起了道坚固的屏障，生生将霍去病的剑气挡了下来。他又长身一跃，从空中倒转而上，剑头直挑霍去病后心而去。霍去病却也不慌不乱，身形巧妙地闪过他背后的袭击，在身后石头上一个蜻蜓点水，身体顿时以迅雷不及掩耳的速度，重新向卫青发起攻势。

二人一进一退，在攻与防之间不断地转换，几近绝境，却又都能化险为夷，其招式潇洒优美，既满足了我们这群围观群众的观感，又招招实用，直中要害。我在一边看得汹涌澎湃，却不知危险渐渐向我逼近。

卫与霍打到第十个回合，剑气冲天，竟击得地动山摇，附近的一块太湖假山石不知怎么的，就松动开来。

一块巨石从三米的高度，砸中一个肉身，应该与一只硬汉的手，一拳击碎一个鸡蛋差不多。

很不幸，此时，这块大石头正朝着我的头顶而来。

众人齐齐发出一阵惊呼，但并不能阻止石头向下滚动的势态，离得较远的人们早就躲闪一边，几个侍卫奋力护住刘彻，而我……等等，还有一个人，玉奴，呆立在原地，一步也迈不出去。巨石如果落下，就正好不偏不倚地落在我俩的头上。

0.1秒能干什么？原子弹爆炸？林肯中枪？或者，一块巨石砸中两个女人……通常，小说里在此时，都有英雄救美的情节，我勉强混进美女的队伍，而两个大英雄，就在边上。

老天爷可能一夜未睡，想出这种狗血的情节来让英雄们显示他们对美女的重要性，并通过这一巧合，来试验哪位美女在英雄心中的地位更高一些。

两个身影闪向了我们，一只大手搂住了我，将我的身体轻盈地一带，我只觉耳边呼呼风声，意识模糊了半刻，落定下身体，回神看去，却见我倒在卫青的怀抱中。他亮晶晶的眼中闪着坚定与沉着，我的心怦怦直跳，触电似地从他怀里跳出来，再望去，却见霍去病的怀里也搂着一个人，却正是玉奴。

我的心本是跳得极快的，但这一刻，忽然戛然而止。

巨石重重地落在地上，击起一地尘埃，我闭上眼睛，脑中却残留着霍去病抱住不住发抖的玉奴的画面，再睁开时，似是湿润的。

事故发生时，他本是离我最近的，若说是千钧一发来不及想救谁，他救的人也应该是我，然而，他毅然奔向了玉奴，而弃我于不顾。若不是卫青上前救我，我恐怕真就砸成了肉饼。

心里有种难过，我终于明白，什么叫做痴心妄想。

我恐怕是在那一刻，彻底坚定自己远走高飞，到大汉朝的某一个角落中，开一家甜品小屋的想法。珍爱生命，远离霍去病。

事故过后，现场混乱一片，如果在现代，刘彻恐怕就要下发一个关于“安全环境整治”的红头文件来，这样惊扰圣驾的事件，在古代可大可小，但他对霍去病自是宠爱之极，只是简单地发表了一些要注意安全的言论，也没有追究霍去病的责任，便起驾回宫了。我作为事故的受害者，却彻底被大家忽略，弱小的身子被混乱的人群挤到了角落中，可怜兮兮地望着霍去病与一大群人围着玉奴问长问短，似乎这件事受惊的只有她一人。

我再次意识到自己无足轻重，决定消失。

我低着头在曲折的小路上走着，一边走，一边想，其实没有资格暗自神伤，说句实话，我对大色狼来说，什么也不是。我蔑视自己，蔑视自己会沦落到去在

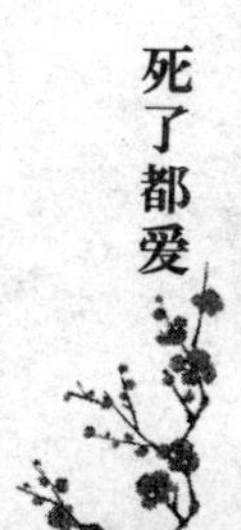

意一个花花公子的表现。我应该明白，他那套吸引女人的手段，在无数个女人身上屡试不爽，我却还被他这点伎俩击中要害。

我早应该明白，像他这样的男人，或者说是千千万万的男人来说，女人，分为三种。一种是丑女，男人当作垃圾；一种是平凡女，像我这种，算作礼物，男人来之不拒，却也不会在意多一点，少一点；还有一种，是像玉奴这样的绝世美女，这种女人，是珍宝，他们捧在手里，含在嘴里，舍不得放开。男人和动物一样，只看外表。我能期望男人看到我的内心吗？事实上，我的内心也没有光明伟岸到足以打动谁的心。

算了，谈情说爱是小资们的专权，我却是连人身安全都难以保证的倒霉穿越人士。要说我是女主角，那也是惊悚片的主角，而不是浪漫言情片。

我失忆，我还有着糟糕的仇家，在府外等着我的出现。我寄予大色狼的篱下，并要迎接无处不在的怨妇们的明枪暗箭。这一切，已经混乱到了极致，我却不知自己做错了什么，我却还留在这里，好像在等什么。或许我留恋大色狼可以保护我的感觉，但，我迟早要发现，这里不是我的家。

我可以远走高飞，世界那么大，总有我落脚的地方。反正上一世，我也过着居无定所的生活，只是换个朝代而已。我可以一边打工，一边赚钱，甚至，我还能用不错的武功加盗术杀富济贫，待到掘到第一桶金，我便可以实现我的梦想，成为甜品屋的鼻祖。

我走着，想着，忽然意识到身边一直多着一个人。

"卫将军。"

我有些失神地朝他看去，他却转头朝我淡淡一笑。

我停下脚步，他却唇一勾："怎么不走了？"

"呃。"

"你绕着院子走了三圈。"他轻轻笑着，像朝阳一般明亮。

这又是另一种类型的韩剧男主角，他与霍去病的张扬不一样，淡得像水一样，却有着致命的杀伤力。他的眼睛仿佛能看透人，似乎你什么也不说，他也知道你想说什么。

"将军寻我有事吗？"我咧嘴一笑。

他仍笑着，指了指屋檐底下的两个字，我看去："卫宅"。

"这原是我的府邸，后来陛下赐予去病。但这小院一直保留着，有时与去病商量些事，我便回来住上一阵。"

郁闷，敢情我在他的地盘上转悠着，还问他找我有什么事？

我干笑："真真是来谢过将军方才的救命之恩。"

他柔声问道："方才可受伤？"

我连摇头："还好，毫发无伤。不过若没有将军相救，恐怕就成了包子馅了。呵。"

我笑得其实很勉强，他那么洞察秋毫，估计也听出来了，眼神微微一闪，上前一步道：“你受惊了吧。”

阳光照射在他琥珀色的眼眸上，有种穿透力的光线，仿佛一汪不见底的深潭。

我想起吊在黑黑的屋子里反省的那一幕，一种淡淡的情绪在酝酿。

“谢谢将军关心，真真先告辞。”我躬身作离。

珍爱生命，同样，远离卫青。

我回到屋子，站了会儿，于是翻开箱子，开始整理衣物，理了一阵，却又重新放了回去。没什么好带走的，除了这具身体。本想到那家伙房里洗劫一空，如今这想法也打消了。我只想早点离开这里，因为再不走，我便真要深陷其中。

窗外的天色终于暗下，我缓缓起身，深吸一口气，披上一件斗篷，最后看了眼屋内，转身朝外走去。

第十二章　丐帮之行

我用斗篷遮住脸庞，挑了一个不起眼的角落准备跃出围墙，就在身体跃上墙头的最后一瞬，眼角却不经意地看到一个身影。

从她那修长苗条到可以上巴黎时装周的身材，我可以断定她是谁。

只是，这样的深夜，这样的不起眼的角落，她又是这样一身黑衣打扮，行动如此鬼魅，她到底想干什么？

我傻站了会儿，一阵冷风吹过，方才我还是个被伤害的伤心小女人，这一刻，我却被迎面袭来的好奇打击得面目全非。我抛开所有要离开这个世界的想法，快速作了决定——跟上玉奴，一探究竟！

夜色快速倒退，玉奴的身影在我眼前若隐若现，她的轻功极好，用凌波微步来形容也不为过。我是连吃奶的气力都用上了，才勉强跟上她，愈走却愈觉得心惊，她竟是有武功的人。她到底是谁？

我跟踪她到了一处深林处，只见她停下脚步，警惕地朝四周望了下。密林里走出一个颀长的黑影，二人开始窃窃私语。

风很大，但丝毫没有影响我的听力。我听到玉奴道："霍去病虽接我入府，却难接近得很，只等新婚那日，再下手不迟。"

那黑影倒微微点了下头，玉奴又道："刘彻准备出兵了。"

"好，我即刻通知左贤王。你处处小心。"

有股寒气从脚底升起，渗进血管让我身体瑟瑟发抖。玉奴是左贤王的人！

我怔在原地三秒，思维如过山车般在脑中激荡，无数的火花迸发，最后变作嗡嗡直响，让我忍不住倒退了一步。这该死的一步，让我后悔已经来不及，因为它不偏不倚，正好踩中了一堆烂泥，于是脚下一滑，身体不受控制地向前倒去，前面是一片荆棘，我第一反应便是捂住自己的脸不至于破相，然后只听砰一声，身体重重摔进万刺丛中，密密麻麻的刺痛感铺天盖地而来。我疼得眼泪直流，半会儿才睁开眼，却已见到他二人站在我面前，一脸异色。

我张大了嘴，怔在那儿，足足僵了有一分钟，终于揉着身体咧嘴从地上爬起，朝二人干笑："今晚月色不错，二位在此是赏月吗？其实我也在这里赏月，要不我们一齐喝一杯如何？"

玉奴脸上已满是阴戾之色，转头对身边的男人道："她是韩真真。"

那男人面露精光，只对玉奴说了句："你先回去，我对付她。"

说完，已如闪电般跃到我面前，双手一张，化为一个凶猛的招式直捣我的命门。

我见他武功在我之上，与他正面冲突肯定是个死字，灵光一闪，大喝一声："等等！"

他收住身势，我却将目光投向他的身后，故意一脸惊色："你怎么来了？"

这一记，充分调动了他的好奇心，他忍不住转头朝身后看去，我瞅住这个机会，拔腿就跑。

耳边风声呼呼，身后很快传来了脚步声。估计他知道上了当，于是追了上来。

我跑啊跑，被人杀人灭口的恐惧感让我奔跑的速度明显比平时快了三倍，但那家伙居然始终跟在我后面。我心里骂着，这么黑都跑得那么快，看来也是当贼的料。

我的速度不在他之下，但我的体力明显不如他，眼见速度慢下来，前面却忽然一片空旷。我正疑惑着怎么突然树全没了，脚下却一空，我尖叫一声，声音在空气中划出一道裂痕，稍纵即逝。接着，失重的感觉扑面而来，所有的血液都涌向了头部，四肢无力地在空中摆舞，身体快速下坠而去！

我终于意识到这是一个深渊，而且，很显然的是，我义无反顾地跳了进去。

我跳过蹦极，也从十层楼高的博物馆屋顶往下跳过，但加起来的感觉，也抵不过你掉进一个深渊时的那份恐惧。其实，真正的恐惧是，你根本感觉不到它，心里有的，只是绝望，再加绝望。

一阵类似于时空穿梭般震荡和晕眩的感觉之后，也不知过了多少世纪，我终于睁开眼睛，看到七八对眼珠子盯着我。这里是地狱吗？

"她醒了。"一对眼珠子骨碌碌转起来，另一对眼珠子凑上前来，瞬间放大，让我更清晰地看到了两粒硕大的眼屎。

我也转了两下眼珠子，看清了眼前的一堆人，衣衫褴褛，蓬头垢面。看来，我不在地狱，我掉进的是乞丐的老窝。

我动了动手，又动了动脚，居然一切正常，只是腹部隐隐作痛，低头看去，却已被人用白布包扎好了。

我挣扎着从地上起来，乞丐们又围了上来。

一个年约70的乞丐，长须垂眉，老态龙钟，似是他们的长老。长老道："姑娘，是天降神迹吗？"

"啥？"

"姑娘若不是神迹，为何从崖上掉下，先被一棵树钩住，后又被一棵树钩住，最后又被一堆干草托住，除了肚子划了几道伤口，几乎没有性命之忧？"

"呃。"我喉头干。

"长老，我看她不是神迹，只是走了狗屎运而已。"又一个声音。

我愤愤地朝那人盯去，长老却又问："姑娘为何事跳下崖?"

我怔了下，道："路过而已。"

众人一阵欷歔，我却还是挤出一个感激的笑容："谢谢各位救我。"

……

我在乞丐处养了几天伤，考察了大汉朝的丐帮文化。乞丐们虽为社会底层人士，但消息灵通以及思想的深度，丝毫不亚于朝中大臣。

他们对汉武帝的评价还不错，强调做乞丐只是他们个人爱好而已。他们还对世界的格局表示乐观，特别佩服霍去病与卫青将军横扫匈奴的事迹，知道我相识他们二位之后，更是对我表示了无比的羡慕。

我顺便问起了长生图的事，这些消息灵通人士，说起来有头有尾，有的说这长生图从汉高祖时就流传下来，不仅有长生之术，更有亿万财宝，拥有者富可敌国；有的说其实高祖皇帝还活着，只是一直在深山修炼而已……我佩服古代人的想象力，但也想连李敢这样的主流人群也在找这图，恐怕也不是空穴来风。

有一位小乞丐神秘兮兮将我拉到一边，递上了一张皱巴巴的图纸，说这便是长生图，我看了便知是假冒伪劣，把长江黄河的位置画了个颠倒，欺侮我没学过初中地理吗? 长老喝斥他走开，说："姑娘也想长生不老?"

我顿了下，摇摇头，又点点头，又摇摇头："谁不想长生不老?"

长老深陷的眼窝里，忽然闪烁起奇异的精光。"长生有什么好?"

"呃……"我语顿。

"从平民到帝王，都想永生，却不知，有了永恒的生命，见物转星移，事物在你眼前消亡，这份孤独感，比任何死亡都要可怕。长生不死的那刻起，你却已经和死无异了。长生者，是这世上最孤独的人。你想成为最孤独的人?"

他的话参透禅机，我不由得一惊，仔细地打量眼前的长老。只见他满身污垢，却透着一股难得的气场，仿佛有种力量，攒住你的目光不能离开。我颤抖着嘴唇，喃喃道："长老，你是哲学家吗?"

长老哈哈大笑，只道："我，只是个要饭的而已。"

我心放不下，想再探究他一番，他却已转身走了，留给我一个深沉并且有内涵的背影。

第十三章　大闹天宫

即便在这种充满时事与哲学讨论气息的氛围中，我的心始终没有放下对大色狼安危的担忧，一直想着玉奴那句话：“只等新婚那日，再下手不迟。”他的婚期马上就到了，他会死吗？

其实我可以不管他的死活，我为什么要管他的死活？说到底，他与我丝毫没有关系，更别说历史上说他 24 岁才死，这回他一定死不了。

我安慰说服着自己，却夜夜失眠，每次从梦里惊醒，却是一身冷汗。我了无睡意，走到月色之下，看着远处漆黑一片，一种恐惧慢慢在血液里扩张。

他还是会死，谁知史书上一定正确？他若是真死了，我算不算见死不救？

“问世间情为何物，只教人生死相许。”

一记深沉的声音响起，我转身看去，却见是长老，正站在我背后长吁短叹。

我其实很想问这句话的出处，甚至怀疑这位长老是不是从琼瑶时代穿越过来的，但话到嘴边还是咽了回去，只淡淡回道：“长老何出此言？”

“姑娘的眼里写满了忧伤与怀念，辗转难眠，受伤这般，心却已经飞奔在远方的某人身上，明眼人，都看得出来。”

我其实没什么兴趣和一个年过 70 的老头讨论感情问题，但见他一副八卦的模样，想来还是配合他下，于是叹息道：“什么是情？”

长老转身坐下，风扬起他枯草般的须发。他沉默了一番，徐徐道：“情，是你生命中的劫，躲也躲不过，藏也藏不起。乐在其中，却又深受其害，明知山有虎，偏向虎山行。在情里，你迷失了心智，沦陷了所有，早忘记了自己。”

我想这位乞丐长老如果在现代，应该去做相亲节目中的情感顾问，绝对游刃有余。他还是位苏格拉底式的人物，不知怎么的，流落成乞丐，真是埋没人才。我呛了声，轻轻道：“长老，其实我也没你说得那么痴情，我没有深深爱上谁，我只是心里有些事一时放不下，想不好要不要去帮他而已。”

“想了，便去做，做了，就不要想。”他淡淡笑着，说了句极有水平却其实等于什么也没说的话。

我握着长老的手，用真诚万分的语气道：“长老，请您帮我，我要回将军府。”

他笑着，也同样用真诚万分的语气说道：“姑娘，我一定帮你，明日兄弟们一齐送你回将军府。”

我激动不已，热泪盈眶：“谢谢长老。您真是个好人。”

他也连连点头，激动不已地道："不用谢，还有一句话，我不知当讲不当讲。"

"长老请讲。"

他顿了下，清了清嗓子：

"姑娘在此住了三日，共食了六顿白饭，用了五服药剂，连加兄弟们的辛苦费，共一十二铢，姑娘回去以后，可以付清吗？"

"这么贵，长老，你们没有明码标价，属于非法收费。"

"姑娘，这个价格已经很实惠了。"

"有商量不？"

"不行。"

"商量一下吗？"

"呃。"

……

从崖上掉到崖下，用不了一分钟，但从崖下走到崖上，却花了我一天的时间。特别我又是在受了不算轻伤的前提下。也不知我哪来的力气，刷刷刷居然走得比任何人都要精神。乞丐们跟得气喘吁吁，直嚷"姑娘你慢点"。

天色已黑，终于找回了将军府，府门前满眼的红，喜乐声隐隐在耳。

我长吁一口气，总算还赶得上。

人们陆续从府门出来，此刻应是婚宴已经结束。奇怪的是，我愣在那儿，竟迈不开一步。

长老从身后走上来，意味深长道："姑娘，你的心上人成婚了？"

我对长老画龙点睛式的八卦精神佩服得五体投地，却也无言以对。掉下深渊，九死一生，身受重伤，我却义无反顾地回来。"我回来干什么？"傻傻问了自己这个问题。

"只等新婚那日，再下手不迟。"玉奴的话再次响起，我二话没说，拔腿朝府门冲了进去。

……

人们惊异的面庞与连绵不断的红色，在我两边迅速倒退，幻化成诡异的图案。我只觉脚下生风，穿梭于长长的游廊之间，终于问到了新房的地点，对着那灯火通明的红色房间，蒙着头冲进。

随着门被推开的重重的咣当声，我来了个急刹车，突地收住步子，来不及拂去的一头乱发，倒挂在额头与脸颊上，几缕挡住我的睫毛，几缕钻进我的鼻孔。我重重甩了下头，指着新床上的两个新人，大声喝道："等下。"

房间里的人都傻了，新床上的两个人也傻了。身着喜袍的霍去病，与头戴喜帕的新娘子，正交叉着双手准备喝合欢酒，因为我这一声喝，僵立在那儿，保持着一个奇怪的姿势，头却双双朝我看来。

喜婆走上前，又惊又怒地指着我骂道：“哪来的疯女人，快给我出去!”

我一把推开她，冲上几步，抱住霍去病的肩头：“好好，你还没死。”转手一把将合欢酒抢来，“这酒有毒!”

我后来一直在想一个问题。我冲进霍去病的婚礼，抢夺他的合欢酒，以及将他的新房，闹得翻天覆地的过程，缘何还是没有写进史册。我想，它与先前我在金銮殿上强吻霍去病的那一事件，可以并称为大汉朝十大丑闻之二，估计，不能作为官方资料保存，只在民间流传，后来年份久了，所以被历史淡忘而已。我在那一刻，也终于明白，为何历史上对霍去病到底娶了谁做妻子的这件事的描述，如此模棱两可，一笔带过，原来，此中竟是我在作祟。

好吧，扯远了，先回到这大闹天宫的这一刻。

我想在新房里寻找玉奴放置暗器的证据，但我翻了底朝天，也找不到一件像样的东西，望着所有人不可思议的表情，强作镇定，重新拿起桌上的合欢酒道：“这酒肯定有毒！玉奴是奸细，她想趁机杀害侯爷!”

喜婆已经吓晕过去，侍女们也稀里哗啦倒下一片，玉奴哭成一团，霍去病面无表情，冷冷望着我，一字一句道：“你有何根据?”

我顿了下，有种力量，把我的心一直往下拉，往下拉，拉得我神经生疼生疼，忽然，从丹田处涌出一股火焰般的东西，爆发至全身，血液瞬间冲向脑部，勇气史无前例地爆发，将酒对着自己的嘴，咕噜噜喝了个精光。

……

酒液顺着我的喉咙往下流的感觉，是一种壮士一去不复返的豪气，我承认，绝不是我对霍去病爱得有多深，我只是想证明自己没有说谎而已。从小到大，我最恨被人冤屈，可是，我喝下就后悔了，因为如果我说的是真的，那么我就死定了。

酒杯咕噜噜滚到地上，我麻木了一会儿，倒跌在椅子上，一句话也说不出来。

屋子里安静得要命，足足有5分钟，没有一个人发出声音，连玉奴都停止了哭泣。

我想：“我怎么还没死?”好吧，我错了，我没死。要命，我怎么没死?

我自言自语着，从座位上站了起来，原地跳了三下，郁闷，半点头晕都没，还神清气爽得很。

合欢酒的味道不错，只不过是我一人喝的，而且还是抢来的。

我又转了三圈，屋子里仍安静着，所有的目光像胶糖似的黏住我，我干笑了下，道：“你们瞧，我已经有些骨质酥松的迹象了是不是？这酒绝对含有致癌物质。”我挥动着双手，又强调一句，“瞧，连手也举不起来，你们看，你们看，我没有说错吧。”

我愈说愈没底气，侍卫们已经拿着武器冲了进来。我木木朝霍去病看去，他的脸绷得像座冰山，表情可怕得几乎可以吃人，薄薄的还有些性感的嘴唇，微微颤动着。

我还想垂死挣扎，于是朝着玉奴冲上去，哗一下撕开她身上的喜袍，她似是被我吓傻了，竟也呆呆望着我一动不动，我在她身上一阵乱摸，一边摸一边喝道："肯定在身上藏着暗器！肯定！"

玉奴终于发出了惊恐的叫声，旁边忽伸出一只大手，铁钳似地抓住我的衣领，将我擒到半空，我的双腿在空中无力地折腾，喉咙里发出快要断气的咯咯声，眼睛却对上霍去病冒火的双眼。

他的眼珠与卫青不同，是极黑的，像颗黑宝石，长长的甚至还带着秀气的睫毛，在眼眸上投下淡淡的阴影，竟有种不同层次的黑。只是，这份黑里，透着一股杀气，如把利剑，刺进我的胸腔。

我承认我后悔了，我耳边响起了刀郎的那首歌《冲动的惩罚》。什么时候，我变得面目全非，失去基本的自控力。我要为自己的冲动付出惩罚，但无论怎样的惩罚，都抵不过他此刻看我的眼神，如此鄙薄、如此厌恶的眼神。

我闭上眼睛，我想，就这么死了算了。韩真真，无足轻重的韩真真，失败而啼笑皆非的穿越人生，强吻历史人物，又强扰他的婚礼，我的"丰功伟绩"让我成为历史上无耻女倒追优质男的超级典范，成为近十年之内，所有人茶余饭后的笑料。死了吧，也比接下去的悲剧人生要好过。

他却松开了我，我重重落到地上，我的心情反而霍然开朗起来，如果此刻是一本插图小说，旁白肯定是"人至贱则无敌"。我缓缓地站起，理了理身上的衣物，风轻云淡道："抱歉，你们继续结婚，我不打扰各位，我自己去牢里，自己去。"

我干笑着，朝着所有人深深鞠下一躬，回避着霍去病的眼睛。

我想当时我的眼睛里应该是湿润的，虽然我努力控制着自己的眼泪，但我并不是意志坚定有着国仇家恨的革命先驱，我只不过是个受点小委屈就要哭鼻子的小女人而已。我控制不了自己的感伤，我怕被他看到我的懦弱和悲伤，所以，我快速转身，大步凛然地朝着门外走去。

古代的府邸里一般都有地牢，用作处置不合家法的奴隶。霍去病其实对下人很宽容，很少惩罚他们，所以这里反而是冷清加干净。

我躺在干草上，眼睛愣愣地望着高高只透进一丝光线的小窗户，脑子里一片空白。

之前，我想了很多，揣测阻扰当朝大司马婚礼，甚至把他的合欢酒也抢去喝了的罪名究竟有多大，后来，我又分析自己神经是不是处于过度亢奋的状态，应该找个心理医生看一下，最后，我分析自己对这大色狼的感觉处于什么层级。暗恋？好感？痴迷？或者只是出于人道精神，想救一个人而已。

我愈想愈乱，到后来，乱作一团，干脆什么也不想，埋头大睡。可是才睡去，白胡子老爷爷又来了，我不知是真在说话，还是梦话，反正我对他说："大伯，麻烦你告诉我你是谁行不行？你每天出现在我梦里，我却叫不出你的名字，这很没有礼貌的，好不好？"

我又说："我想，我恐怕得了狂躁症，都不知道我自己在干些什么，傻到连我自己都看不起自己。我像只唱独角戏的猴子，与这个世界格格不入。我想我应该是喜欢上那条大色狼了，可是喜欢怎么会这么辛苦呢。大伯，你算作我的朋友吧，你说，我接下去会怎么死？一刀一刀凌迟，还是乱箭穿心？其实我觉得喝毒酒不错，我酒量那么差，没毒死之前，就已经先醉死了，呵呵。"

我说着，笑着，光线慢慢透进我的眼帘，我睁开了眼，对上了一对漆黑的眸子。

白胡子老爷爷不见了，取而代之的，是那张刀削般五官分明的脸庞、晶晶亮的眼神，带着几分狡黠与玩笑，嘴角一如往常地勾出一个玩世不恭的弧度，看得我的心瞬间停止了跳动。

我闭上眼睛，屏住呼吸想："这是梦吗？"

我又睁开眼睛，仍旧是这张脸，我的心狂跳起来。郁闷，这好像不是梦。

我与霍去病就这样对视着，他热热的气息似有似无地喷在我的鼻尖，向我昭示着他离我有多么近的距离。我也完全意识到了一个艰难的事实，就是他肯定是听到了我方才的梦话。

其实，我的心情中还掺杂着一丝喜悦，就是看到他还活着，但这丝喜悦已经被铺天盖地的局促不安所淹没。我想我的脸已经红到了脚指头，被他知道我的心意，还不如让他一刀斩了我。

"原来你想喝毒酒？"他嘴角扬起兴味，似笑非笑。

我从地上一跃而起，躲过他的眼神："呃，侯爷看着办就是了。"

"你那么想死？"

我怔怔转过身："侯爷不准备杀我？"

"不杀。"他淡淡笑着，很干脆地回答。

"我不想老死牢里，终身监禁那种我也不干。"

"好啊。"

"呃，有期徒刑也不行。"

"好啊。"他仍笑着。

我瞪大了眼，不信似地上下打量他一番："那侯爷准备怎么罚我？"

"你想本侯爷怎么罚你？"

"……"

"你不说，我如何知道？"他抬起我的脸。我的脸通红通红，肯定像个柿子。

“可是你把我关进牢里。”

“韩真真，是你自己要来的。”

“呃，”我擦去额头冷汗，“好吧，侯爷，我被你的大度和宽容彻底折服，谢谢侯爷放过我。”

“谁说要放过你?”他声音一转。

我眼睛已经变作两倍大，他却探上头来补充道：“本侯爷还是要罚你。”

“侯爷准备如何罚我?”我声音发虚。

他的脸愈来愈近，男性的气息扑面而来。我的心快蹦出胸膛，只差最后一口气就晕过去了。一只手指轻轻在我额头弹了下，我一个激灵，他却莞然笑道：“还没想好如何罚你，先记着再说。”

有人说，暧昧的最高境界是眼神。没一定的本钱，没一定的自信，随便地搞起来简直像个笑话。一些男人没到这个程度，却偏偏要去使用这门功夫，结果两眼要么呆滞无光，像口没水的井，要么贼眼溜溜，像只几天没进食的老色狼。

我必须承认，霍有病绝对达到了这样的境界。暧昧的眼神加上动作、语言，简直一尤物。这样的男人天生就吃透女人心理，带着一丝坏意的笑容和眼神，配之于英俊无双的相貌，达到了暧昧的炉火纯青高度，扰得女人春心荡漾、浮想联翩，到最后不能自拔。

我一定要保持头脑的清醒，因为我知道，他暧昧的对象肯定有千千万万。

我止住心跳，干脆直入主题：“玉奴是左贤王的细作。”

他本来要走，听到我的话停下脚步，却没有转过头。我见他沉默，于是提高了声音：“她是细作，因为我听到了她与匈奴人的对话。虽然没有证据，但我还是提醒你要小心。当然，我这么做，并不是说明我爱上你，只是不想以后陷入见死不救的内疚当中而已。”

他转过身，眼神中有种光彩如流星般掠过，却化为一个色淡如水的笑容：“韩真真，如若我没有记错，你好像才是匈奴人吧。”

“呃……”我一时语顿。

我真是个傻子，我的身份是左贤王身边的侍女，却在指控他的爱妾是左贤王的细作。我到底在干什么。

我擦了下额头的冷汗，镇定道：“我虽是匈奴人，但对左贤王并没什么好感。我说的全是真话，侯爷若不信，我也没法子，但我也已经尽责了。以后你有个三长两短，说好与我无关。”

他再次逼近我：“你是左贤王的人，却说对他无好感，那你是对我有好感吗?”

“侯爷，我对你超级无敌的自负表示无比的佩服，当然，像侯爷这样少年得志春风得意的钻石王老五，自负也是正常。但侯爷千万不要误会真真这份博爱的胸怀。说句侯爷不想听的话，即便是个乞丐，真真也不会见死不救。真真今天所说的，侯爷也可当什么都没听到。信或不信，全凭侯爷自己做主。真真也完成了使命，这会就告辞了。侯爷不用送。”

说完，我起身，朝着牢门而去。

一只大手拦住我，我转头迎上他有丝严肃的脸庞。

“韩真真，你忘了？你欠我一条命，所以，别再想着偷偷溜走，否则，我可真不饶你。”

他说着，笑了起来。我被他笑得心里七上八下，隐约却有种雀跃。我的想象力又开始作祟，前几日我失踪，难道他找过我？我想，大色狼是不是真喜欢我，否则，怎会这般在意我的离去？我大闹他的婚礼，他竟也不生气，此番又用这样的借口留下我，太牵强了些吧。除了他喜欢上我，我还真想不出其他的理由来。

我正胡思乱想着，他却逼了上来，一字一句道：“就给你一次机会，证明你说的是实话。”

“啊？”我愣住。

他却古灵精怪地一笑，轻轻说道：“后日出征左贤王，你与玉奴随大军一起去，如何？”

第十四章 汉军启征

汉军启征，上万将士密密麻麻地站着，跟无数根电线杆似的。风那么大，他们居然连眼睛也不眨一下，表情肃穆庄严，纹丝不动。边上旌旗鼓鼓作响，更显气势磅礴，让人连丝大气也不敢出。

汉武帝在城楼下设下送行酒，但见卫青与霍去病二人身着银白铠甲，轻盈的盔翎与俊朗的披风在风中飘逸。我是头回见到卫青身着将服，只觉那银白与钢铁的造型，与他成熟淡定的气质浑然一体，脸上挂着一丝不苟的表情，证明了一句名言：工作中的男人最性感。我又朝霍去病看去，他身着将服，更是像巴黎秋季时装周上最闪亮的男模，把如此笨重的钢铁也能穿得如此款款有形。我若是有相机，一定会拍下这一幕，传给巴黎的老佛爷瞧瞧，告诉他，真正的帅哥在中国古代。

我努力探出车窗欣赏帅哥，风声渐渐大了起来，我被吹得眼花缭乱，终于决定作罢，坐回了车子，迎上了正对面玉奴的脸。

她的脸上不知是什么表情，她的眼睛是笑的，但嘴角却有一丝敌意；她的眉毛是弯的，但却透着一股杀气。我眼睛落到她一侧隐藏在身后的手上，下意识地咽了口干沫。

她肯定是左贤王的细作没错，但她却没有在婚礼上动手，难道她知道我会回来，所以才故意没有下手？不管怎么样，她对霍去病肯定是不利的，接下去，一定有更险恶的阴谋要实施。而且，我的存在对她是个威胁，她定会想方设法除掉我。晕。古代真危险，平白无故地又多了一个仇家，韩真真，今后连睡觉都要睁着一只眼睛才行。

我想着，她却笑着，笑得我心里发慌。我低沉着声音威胁：“想杀我吗？我可不怕你，我也是有武功的人！”我说着，捏紧拳头向她示威，她却仍旧笑着，像是在看着一个笑话。

她这般风轻云淡，倒显得我自作多情了，于是咳了声道：“你若是聪明，老实交代，或者人间消失。我既然在侯爷的身边，定不会让你们阴谋得逞，我是一个具有正义感的社会公民，特别霍去病又是那么伟大的历史人物，我，韩真真，绝对不会见死不救的。”

她似是有些忍不住了，探上半个身，目光生吞活剥打量了我一番。看完，她一脸严肃，终于开口道：“韩真真，你明明是匈奴人，为何想要帮霍去病？难道你不想为匈奴王报仇?”

我想，这个问题我很难解释，所以想了想道：“霍去病救了我，所以，我要谢他。不是有话说，滴水之恩，当涌泉相报?”

她忽然又笑了，只是笑声让我很不舒服：“韩真真，你是真傻，还是装傻?”

这回我是真傻了，一时回不上话。

她的笑容渐渐阴冷：“你有多了解霍去病?”

“……”

“不错，我是左贤王的人，我至少知道该做什么，该站在哪一边，但，韩真真，你却敌我不分，甚至连前方有何危险都不知，你还在这里装疯卖傻，有一天，你会连怎么死也不知。”

我心一紧，有股冷气从脚底攀升。她却继续冷笑道：“韩真真，你好自为之吧。”

古代行军打仗绝不是游山玩水，不但日夜兼程，茶饭简陋，还风餐露宿，连张像样的床也没有。这些天，我基本处于昏睡与半失眠状态，白天打哈欠，晚上却干瞪眼。霍去病与卫青忙于军务，一直没有出现过，于是，我在车上与玉奴大眼瞪小眼，我心里反复记挂着玉奴最后那句话：“你有多了解霍去病?韩真真，你好自为之吧。”

话中带话，我却始终想不透其中的涵意。古今中外的间谍，说话都喜欢说半句、高深莫测的样子，扰得人心里不安。我没她那么高深，只得在心里瞎揣测，揣测到后来，是一团雾水。车子终于停了下来，我解放似的长呼一口气，一溜烟朝车下蹿去。

大军在离侯山附近驻扎，我下车后，观察着山形地貌，寻找着熟悉的记忆，觉着自己确实来过这里，只是一时想不起具体的事物。

一个小坡后传来军官们的议论声，我闲着无聊听去，听军官们说，左贤王带着余部藏在此山中，汉军准备以合围的方式，逼得他们走投无路，自动送上门。又说，汉军多为步骑兵连同作战，必须依托丘陵险阻，进可攻，退可守，即使敌人的兵车骑士大批来袭，我方也可布下坚固的阵势，快速出击。我听得一愣一愣的，感慨古代打仗果然玄妙得很，一个小小的驻扎，便有那么多的学问，忍不住上前加入了他们。

我问军官们对卫青和霍去病两位将军的评价，他们异口同声地赞扬卫青，表示他体恤部下，身先士卒，人品一流，是新时代大丈夫的典范；对于霍去病，他们却是褒贬不一，有的对他佩服得五体投地，有的则不屑一顾，有的封他为战神，有的却笑他只是个花花公子。后来，两派人居然愈争愈烈，差点便要拔刀相见。

我好说歹说才劝下众人，为化解紧张的气氛，连忙转移话题，问这次胜算有

多少。军官们又兴奋起来，直嚷哪要什么胜算，根本就是三只手指钳螺丝，十拿九稳。我又问，既是打些残部，何需二位将军同时出动，他们摸着脑袋也没说出个所以然来，其中有一个看上去有些知识文化的军官说了意味深长一句话：

“自古军人只有在战争中才彰显存在的意义，若是没了战事，又何需将军的存在?”

一群大老粗们压根儿没听懂，我却朝他看去，向他竖了下大拇指。他朝我微微一笑，显得极有深度。后来我才知，此人本是匈奴降将赵破奴，在漠北大战中，立下大功。

我在想，霍去病此人果然是个奇才，用匈奴人打匈奴人，居然还得心应手，想来韩真真也算半个匈奴人，心甘情愿保他周全，此人到底有何魔力?

又来了个小兵，说是霍将军请各位军官玩“蹴鞠”去。军官们有的雀跃，有的却直摇头，说大战在即，这霍将军却一心想着玩乐，两帮人又开始剑拔弩张，我却听得热血沸腾，“蹴鞠”是不是古代足球的意思?好奇心前所未有的澎湃，从地上一跃而起，直呼：“好好!”

……

远处的空旷处，早已是人山人海，我佩服霍去病在这当口还能劳逸结合、寓教于乐，左贤王要是见到汉军这番不把他放在眼里的模样，估计没被吓死也要被气死。

我挤进人群，见场地中间已是尘土飞扬，人影攒动，仔细看去，见一群军人们正围着一个藤编的小球你追我赶。我看了会儿，马上明白了，原来这“蹴鞠”和现代足球没什么两样，一个长方形的球场，两端各设六个对称的“鞠域”也称“鞠室”，各由一人把守。比赛分为两队，互有攻守，以踢进对方鞠室的次数决定胜负。国际足联果然英明，明确指出足球的发源地是中国，原来不是空穴来风。

一阵鼓声响起，似是预热赛结束了，我看到场地一侧摆着两张太师椅，分别坐着霍去病与卫青，只听一位军官上前道：“方才是热身，现由卫军与霍军分别组成左右两队，左军一十二人：球头陈隆、跷球王晖、正挟来健、头挟罗经、左竿网徐迟、右竿网石磊、散立赵明等；右军一十二人：球头张盛、跷球鲁俊、正挟沈强、副挟潘诚、左竿网张玮、右竿网云鹏、散立德西等。”

我朝那德西看去，见他金发碧眼，竟是一西方人士，想来，这算不算中国最早的外援?

两列队伍依次在场中站好，个个斗志昂扬，精神焕发，汉武帝时期蹴鞠是极为盛行的，并且是训练士兵的一种手段，见他们一个个那么专业的模样，果然是训练有素。

正期待着大赛何时开始，远远地却传来一记女人清脆的声音。

“玉奴恳请参加此次蹴鞠。”

众人齐齐看去，见场地一侧站着一纤细修长的身影，身着男子的戎装，在风中衣袂翩飞，飘逸的秀发简单绾成一个髻，斜斜挂在一边，如玉的肌肤在阳光下熠熠生辉，美目顾盼，楚楚动人。我看得呆了，所有的男人看得也呆了。在这枯燥乏味清一色的男人世界中，出现一位美女，而且还是一位绝世美女，震撼效果可见一斑。

场面上安静着，我隐隐听到了人们倒咽口水的声音，见到了他们呆若木鸡的表情，心中叹："男人，果然只用下半身思考。"

那位军官主持人也怔了会儿，反应过来，朝霍去病及卫青抱拳道："请二位将军定夺。"

卫青只冷冷朝玉奴看了眼，并没有作答。霍去病却歪嘴一笑，道："好，谁说女子不能参加蹴鞠，就让玉奴试试身手！"

众人一片欷歔，霍去病却朝玉奴温情笑着："玉奴，你想加入哪一军？"

玉奴躬身道："妾身愿替霍将军的右军一战。"

左军是卫青的队伍，自是听了不爽，球头陈隆上前一步道："禀霍将军，蹴鞠自古乃男儿之戏，当朝武帝也只为练军而用，这夫人一参加，我两军哪个还敢冲撞？即便赢了，我们也不光彩。"

右军听了也不甘心，谁需一个女人来帮他们？这大男人的面子往哪儿放？同样是球头张盛哇哇嚷道："将军，这万万不可，我等征战沙场，血气方刚，虽为蹴鞠游戏，却也是军威所在，若是一个女人掺和进来，我们输了，被人笑话，赢了，一样被人看不起，这如何是好？"

两军开始吵个不停，一时场内乱作一团。

主持人为难地朝霍去病看去，那家伙却只淡淡抿了口茶道："简单，韩真真，你去左军。"

这一声落下，场内瞬间安静，数千双眼睛齐齐射向了我。我只觉一股灼热逼面而来，下意识地合了下眼，半会儿才弱弱地睁开眼睛，脸立马变成煞白。

不知谁推了我一把，我一个趔趄冲进了场地，坐到了地上。只听霍去病对卫青道："卫将军觉得如何？"

卫青眯起眼看着我，眼神中带着些许笑意，我感觉有颗硕大的汗珠从额头上一直滚到了脸颊，然后顺着脸部的轮廓再慢慢流进脖子，明明是炎热的天气，它却带来一丝刺凉。我只是个伪球迷，足球对我而言，仅仅是一个去酒吧胡闹的借口。我知道大家围着一个球，往各自的方向踢，可我真的不知道怎么踢。

却听卫青只说了一个字："好！"

我傻在那儿，场内却已是一片欷歔，再也没人出来反驳，人影开始在我面前晃动，球员们各自站位，我看到玉奴也走到了她的位置上，朝我颇有深意地笑了下。我还是傻在那儿，直到有个人推了我一把，轻喝道："你是散立，站后面去。"

我回过神来，僵硬着步子走到一个角落里，并摆出一个事不关己高高挂起的

姿势。我打算，以不变应万变，做一根知趣的电线杆以充场面。

眼前风沙再起，两军奔跑起来，男人们你争我夺，摸爬滚打，一只小球在混沌之中若隐若现，边上叫好声呐喊声不断。人群中，一身白衣的玉奴特别地醒目，身影轻盈得像只翩飞的蝶，只见她时而蛟龙盘地，时而长鹤冲天，灵活穿行于一片阳刚之中，可能是男人们怜香惜玉，也可能是玉奴武艺超群，她一带上球，竟如入无人之境，没过半刻，便为右军拿下一分，引得满场叫好。

她神采飞扬的模样，更显得我这种在一边无所事事的人极其的尴尬，我能感觉到人们向我投来蔑视的目光。我反正脸皮厚，也不怕大家笑话，干脆就一屁股坐到地上，开始啃手指甲。

……

一个圆圆的物体骨碌碌滚到我面前，我研究了下，应该是“蹴鞠”小球，我抓了抓脑门，正在进行强烈的思想斗争，一个怒吼过来：“韩真真，快传球！”

我这才反应过来，连忙一跃而起，拾起地上的球，朝着左军的一个队员，狠狠地掷了过去……

那球在空中划出一个漂亮的弧线，不偏不倚地落到了那人的脚下，我大喜，原地抚掌跳了三圈，高喝：“一竿进洞！”

场面却出乎意料的安静，所有人都僵在那儿，傻傻地看着我足足有一分钟，忽然有个裁判模样的人奔到我面前，朝我嚷道：“韩真真，请用脚踢球！左军扣一分！”

我像是被人当头一棒，金星乱舞，场面继续热闹起来。只是每个从我面前跑过的左军，全是一脸想杀死我的模样。每一个从我面前跑过的右军，全是一脸笑神经发作的表情。最后一个跑过的是玉奴，她朝我复杂一笑，我想扇她两个耳光，但事实上，我更想扇自己两个耳光。

什么时候，我把足球当做橄榄球来扔？

换作现代，我这种手球选手应该直接红牌出场，这古代足球却还得继续，我没法子，只有再次坐下，继续啃手指甲。

……

也许大家都知道我成事不足败事有余，球再没有在我方圆几丈内出现过，左军实力本在右军之上，但以十二打十三人，又不敢对玉奴下重手，这一来便落了下锋，所以反而比右军少上一分。

随着比赛的激烈程度增加，气氛达到了高潮，我看到两军的双腿变成了无数只幻影，将满场的风沙卷成了一个沙尘暴，一会儿滚到东边，一会儿滚到西边，我遥遥相望，仿佛自己也是个观众。

正看得兴起，却见沙尘暴中，一个黑点又朝我飞来。定睛一看，球又不知怎么的，朝我飞来。

我看到后面紧随着一个白色的身影，看她跑得那么英姿飒爽娇艳欲滴的模样，除了玉奴没其他人了。我也没空研究，我心里在作着一个重要的决定。

我不能再默默无闻了，我要挖掘韩真真的潜力，为左军，为卫大将军，发挥我应有的作用！

我深吸一口气，从地上跃起，朝着那黑色的小球，奋力顶去。

……

片刻之间，我见到玉奴的身体也跃起，二人的身影同时向球而去，我跳起的时机比她早，按理说，是应该我先碰到球才是，只是当我的额头离那球还有0.01寸的时候，我的胸口忽然重重地吃了一拳，于是我便像只愤怒的小鸟，被弹射出去，然后，重重地摔到了地上，半天起不来。

我痛得眼冒金星，但神志还是清醒的，我知道方才暗算我的就是玉奴，顾不得痛，从地上爬起来，指着她大喊："你暗箭伤人，犯规！"

一阵狂风吹来，风沙吹进我的眼睛，使它无法睁开，我揉了揉满是眼泪的眼睛再看去，玉奴却早已不见，人们也似乎根本没听到我的呐喊，裁判也置若罔闻，一群人该干吗便干吗去了。我傻在那儿，忽然有种愤慨在心头酝酿。

哇哇哇，气死我了，谁都不当我存在是吗？我有那么无足轻重吗？不，韩真真，你要证明你的价值，你要用你的实际行动，来向整个世界宣誓——韩真真，不是好惹的！

我飞身而起，朝人群长啸而去，我的球技不行，我的盗术却是一流，我可以结合不错的轻功，再加上偷龙转凤的技术，从一群人面前，神鬼不知地偷走球，完全不在话下。

我飞到了男人们面前，配合着满地的风沙，表演了一段结合拉丁以及伦巴元素的另类武功，那些人全被我看呆了，我再加上了几个前扑后跃，那小球早已滚到了我的脚边，我沉下一口气，将球在腿间一夹，身轻如燕，在空中飞出连续几个360度旋转，以哈雷彗星的速度，朝球门撞去……

我承认，这一刻，我飞得如此万众瞩目，所以，我变得热血沸腾，飘飘欲仙，身体像是在云端飞舞，有种腾云驾雾的超脱。忽然思绪飞扬，瞬间回忆过去美好的时光，想起小时候父亲抱着我唱歌的样子，想起男友拉着我的手坐在山顶憧憬着未来的情景，我又想起在强吻霍去病的那一段，其实他的嘴唇真的很软很有感觉，原来触电的感觉是这样。

我终于发现，其实我真是一个多愁善感甚至还有些莫名其妙的小女人，在关键时刻，总是在回忆生命中狗屁不通的细节，而且这种细节完全跟眼下的"蹴鞠"无关。

因为太过突然，所有人都还愣在那儿，所以我便畅通无阻地落到了球门前，那守门员也傻看着我。我朝他眨了眨眼，轻轻地朝脚下的球一推，球晃悠悠地滚进了球门。

死一样的寂静，大家怔住，可能还没相信我居然进了球的事实，我却风轻云

淡地朝大家笑了下，顺便还掸了掸裤脚上的灰尘。

人群中终于发出一阵欢呼，所有人为我鼓掌，还有几个人在叫好：“好样的，韩真真!”

我表面淡定得很，内心却骄傲得不得了。我微笑着满场挥手，有种为国夺得第一块金牌时的冠军风采。

我抛着飞吻以及笑容，将场内的气氛煽动至高潮，正在得意忘形时，裁判的身影再度不合时宜地出现在我面前。

他向我做了一个手式。我摇摇头，他直叹气，高声嚷道：“散立不能得分。作废!”

郁闷，什么狗血规定？散立不能得分？敢情我是社会闲散人员，所以才叫散立?

我像只充得满满的气球，被人戳了一针似的，瞬间爆炸，一把拎起裁判的衣领，他的脸被憋得像个柿子。我对他怒吼：“你神经病啊，干吗不说清楚!”

几个人冲了上来，把裁判解救出来。裁判对我怒目而视，手连连发抖，却半天说不出话来。我也干脆，噔噔噔走到一边，气鼓鼓坐下，喝了句：“不用你开除，我自己走!”

裁判骂了一顿我也没听懂的古文，敬业地宣布比赛继续。我最终变成了一只扁塌塌的空麻袋，承认自己郁闷，异常郁闷。

……

比赛进行到了白热化的程度，比分也到了关键时刻，所有人都将注意力集中到场中间那颗圆滚滚的小球上，除了我。

我眼中只注意一个人——玉奴。

我反复在想一个问题，为什么同为女人，她的命运就那么如鱼得水，而我处处碰壁?

其实人的忌妒感是种毒品，你明明不想吃它，却不得不吃，吃了又再想吃，吃多了就更想多吃。然后，你最终被它打败，然后你回头想想，其实你原本就可以不吃它。

我正在感慨与忌妒中进行自我摧残，却突然发现玉奴白色的身影一闪，朝着球的反方向跃去……

球在东边，她却往西边跑，她想干什么？定睛看去，却见她正以迅雷不及掩耳的速度朝霍去病以及卫青的方向飞去……

我当头一棒，忽然意识到一个严重的推测——

她想暗算霍去病，或者卫青!

所有人都在关注球赛，包括霍去病和卫青，所以他们一定防备松懈，所以这个时候，是出击的最佳时机!

我来不及多想，轻巧一跃，朝着玉奴的方向飞身而去。

我始终在纠结，为什么同样是千钧一发情急之下的飞身跃起，玉奴就像是一只美丽的天鹅从湖面跃起，而我的姿势就像只从厨师手中飞出去的印度飞饼？

当然我来不及想太多，我的目标是，一定要阻止玉奴的阴谋！我的勇气前所未有的爆发，我甚至有一种想用身体挡在二位将军面前的视死如归的冲动。我想，虽然历史上没有留下我韩真真英勇献身救下两位民族英雄的事迹，但他们俩，此时一定不能死！

可能是拼尽全力，我神奇般地赶上了玉奴，然后，提气运功，张出五爪金龙朝着她的后心攻去。

就在离她背脊还有 0.01 厘米的时刻，我忽然后悔了。

因为，我分明看到了从场地的另一侧，忽闪过两道金光，朝着霍去病的方向而去，而玉奴此刻正挥掌而出，正面迎上这两道金光……我脑子里噔噔两声，差点没晕过去，很明显，她不是去害霍去病的，而是去救他。

我完全傻了，但该死的加速度让我根本停止不了已经出击的重拳。就在她接下金光的下一秒，我的掌风也准确无误地击中了她的后背，然后，她的身形失控朝地上跌去，像片落叶一般瘫倒在地上，捂住胸口再也站不起来。

我脑子一片空白，待收住身势，转身看去，只见场内已经乱作一团，许多人喊“抓刺客”，更多的人涌向倒在地上的玉奴。人群里，我看到了一脸焦急的霍去病，抱着已经晕去的玉奴的身体，轻唤着她的名字，我失神地倒退一步，连哭也忘记了。

……

我一直恍惚到傍晚，听说刺客抓住了，不过当场自杀。天色渐渐暗下，我被两个士兵带到了主帅的帐内。气氛有些严肃，烛火摇摆着忽明忽暗，一如我的心情。

众副将们围着霍去病与卫青，坐成一个半圆，我则孤零零地站在中间，像茫茫大海中一叶小舟。我看不清楚二位将军的脸，倒是看清了众副将们的脸，吓人得很。

其中一个人走上前，指着我喝道：“韩真真，你想谋害将军吗？”

我愣着，说不出话。

又一个人走上前，义愤填膺道：“玉夫人舍身救霍将军，你却在背后暗算她，是何居心？”

又一个人上前想要开口，我挥手拦住他，脱口而出：“等等，我知道你要说什么？别说了行不行？”

那人迟疑望着我，我不再理他，转身朝堂中走了几步，终于看清了二位将军的脸。

霍去病与卫青脸上挂着陌生而冷漠的表情。我的心像是被人狠狠揪了下，差点就要当众哭出来，但还算镇定道：“韩真真没什么话说，就一句话，我本想救

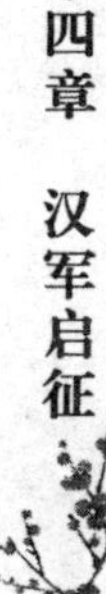

人，没想过害人。信与不信，全在将军定夺，要杀要剐，将军看着办。”

说完，我便跪下了。

后来我回想起这一幕，已经忘记我当时穿的是什么衣服，但必定皱巴巴湿漉漉，加上我糟糕的发型，那时的形象，毫无美感可言，绝不可能引起帅哥的同情和爱慕。但据霍帅哥之后的回忆录中指出，当时的我美极了。

好吧，又扯远了，回来。

人的心情糟到极点，反而是云淡风轻的，我深深地埋下头，等着这些权势们对我的宣判，我满心期待的爱情或是其他什么与我很遥远，近在眼前的，只有听天由命、手足无措，至于委屈与不甘，更已隐没在内心最深的地方，来不及去顾及了。

我就这么跪着，一直跪着，帐里安静得要命，连个咳嗽也没有。我渐渐听到了自己的心跳，嘣嘣嘣，快赶上定时器一般。我的膝盖有些酸，头有些晕，眼神肯定已经变成呆滞无光，我下意识地用手支了下身体，才努力没有瘫倒在地。

头顶传来一个空空落落的声音：

“韩真真，这回我放过你，但你好自为之。”

这个声音应该是大色狼的，说完了，他似是起身走了。

然后，很多人也走了。

我看到很多双脚从我眼前踏过，扬起灰尘，有一些进了我的眼睛，于是眼泪便流了下来。

终于，灰尘也没有了，帐内一个人也没有了。我不敢抬起头，只安静地跪着，阴冷得很。

“你好自为之。”最后淡漠似水的声音犹在耳边，我心火辣辣地疼。

韩真真，你好自为之，人们不止一次地告诉你这个道理，你却始终不明白，不明白，不明白。

你这是怎么了？你到底做错了什么？为何到现在，你都不明白自己到底做错了什么？

你好自为之。好吧，这算是宣判吗，或是算饶恕？你沦落到这地步，却不知道自己到底错在哪儿？

我默默地擦拭了下眼泪，然后缓缓起身。

地上好凉，比心还凉，再跪下去就得关节炎了，得不偿失了吧。别人不珍惜我，我自己总要珍惜自己吧。除了这具本不属于自己的身体以外，韩真真，你还有什么？

低着头准备朝帐外走去，身后忽然传来一个声音。

“你哭了？”

我讶然转身，意外地发现帐内还有一个人……

第十五章　敌军来袭

他一只手搭在支起的腿上，淡墨如水的眼睛望着我，烛火下，下巴微微抬起，杏子形状的眼睛中间，星河般璀璨，看似随意的胡茬勾勒出完美的轮廓，嘴角微微上扬，透着睿智与意犹未尽的笑容。

我傻在那儿，看着卫青，一滴未干的眼泪缓缓从脸颊滑落，等到意识到想擦去却已来不及了。

这是正宗偶像剧的情节，在女主角伤心落寞时，有一位又帅又高又富的男主角神奇地出现，挽救她于水深火热之中。这样的情节上回已经发生过，当时的我满怀着希望却也心生着卑微，还差点丢了性命。我被高高地挂在黑屋子里反省，骨头至今还有疏松的现象。

他走上前，忽然伸出手来，我下意识地一缩脖子，他的手迟疑了下，最终落到了我的眼上。我闭上眼睛，感觉到他的手有种特别的温度，手指在我的睫毛间游动。我的心嘣嘣直跳，难以言喻这是种什么感觉。

他的手一离开，我便睁开眼，他却拾着从我眼睫毛上摘下的半片绒毛，在我眼前扬了扬。

我的脸不知道是什么表情，他却淡雅地一笑，轻声道：“出去走走吧。”

……

漠北的月色是极美的，卫青走在前面，背影潇洒如风，健硕修长，只那么简单一站，便与夜空构成一幅完美的图案。

我不敢上前破坏这份完美，只默默欣赏，心中感慨，这样的男人注定要被他身边的女人死死圈住，不容其他雌性动物涉足一尺。若他是我的男人，我也会这么做，我会拼尽全力，血刃每一个想要横插一腿的小三，让她死无葬身之地。

他坐下，我也坐下。他默默望着前面，我也默默望着前面。其实我的心情很差，方才帐里的一幕已经彻底将我打败，我此时应该一个人哭才对，只是帅哥在一边，我不能哭，我一哭，就有利用苦肉计引诱帅哥同情我的嫌疑，我并不想搅卫青这蹚浑水。我需要与他保持距离，我只有装出若无其事的样子，来保持气氛不那么暧昧，虽然此刻我的确很需要这样一个男人陪在我的身边。

微风习习，我干脆躺在地上，闭上眼睛。眼前浮现出大色狼的脸庞。他此时在做什么？应该在玉奴的帐里吧，他是不是握着她的手入睡？或者吻住她的脸颊？他那么高富帅，玉奴那么白富美，这画面应该是极般配的吧。也许玉奴已经

爱上了他，所以就不想杀他了。很多谍战片里，女间谍都会在工作中爱上敌人。超级浪漫的一段情节，我好几次看了都流下眼泪。

我是个多余的人吧，人家爱得死去活来，我却在边上瞎操心，我到底在这里干什么？我应该自动消失才对。

我傻吗，已经下定决心走了，却还在这里闹腾，我还欠丐帮长老一十二钱伙食加医药费呢，要不还是回去到丐帮打工还债比较适合我。

完了，眼睛又湿润了，韩真真，你不适合走伤感的路线，你哭起来一点也不好看，像只被压扁的烂柿子。要不唱歌吧，很久没有唱KTV了，可以改善心情。

我轻轻哼唱：

有时候我觉得自己是一只小鸟

想要飞却怎么也飞不高

也许有一天我攀上了枝头却成为猎人的目标

我飞上了青天才发现自己从此无依无靠

每次到了夜深人静的时候我总是睡不着

我怀疑是不是只有我明天没有变得更好

未来会怎样究竟有谁会知道

幸福是否只是一种传说我永远都找不到

……

我唱着，忽然觉得从来没有这般畅快过。我朝卫青笑着，大声嚷道："卫将军，你不认识赵传吧，他可是我们小人物的代表，貌不惊人，唱的全是我们的心声。"

……

他从地上站起，朝我逼近了一步，我却止住笑容，弱弱地退后了一步，干笑道："卫将军，你千万不要同情怜悯我，我没你想得那么脆弱。虽然我此刻的作为，像极了想要勾引帅哥上钩的韩剧女主角，你也千万不要让我误会你想要同情怜悯我，让我错入你的怀抱，最终却发现只是自作多情。其实我内心复杂自恋加自卑，有两个自己在不断地纠结困惑，一个说，韩真真，你个性鲜明，人见人爱，一个说，你冲动无聊没人要。我被这两个自己折磨得很惨，我只是想唱歌配合一下自己糊涂人生而已。将军如果困了，就先回帐休息，我一个人在这里练歌就好了。"

风渐渐大起来，其实我说着说着，眼泪流了出来，我只得用袖子悄悄地抹去湿润。低头之际，身体却不受控制地被一双大手搂进了怀抱，我惊慌失措看去，却对上卫青深邃似海的眼眸。

月光下，他的眼中隐有簇簇火苗，他的手臂很有力量，紧紧地制住我不能动弹，他探上头来，我却向后倒去，他还是不放过我，嘴唇压了上来。我不能呼吸，想要躲开他的唇，他却霸道地紧追不舍，一股灼热伴随着他的舌尖，撬开我的嘴唇，“唔，”我想要推开他，身体却不受控制地倒在了地上。他整个覆盖上来。

我闭上眼睛：“等等。”

他停下。

我说：“你这是在亲我？”

“是的。”

“为什么要亲？”

“你说呢？”

“我不知道。”

“你为何不知道？”

“呃，”我猛地睁开眼睛，“到底是我问你，还是你问我？”

“你很啰唆。”他的眼神含着力量，再次吻住我。

他那么深刻、认真、不容退让地吻住我，细细的胡茬在我的脸颊轻磨，扰得心很痒，有种喝下迷药的感觉。我迷惑、害怕、惊喜、狂乱，脑中像是有千个声音在齐鸣，听不清其中任何一个。我只得闭上眼睛，任凭这狂风骤雨将我淹没。

终于，一个声音在我耳边清晰盘旋：“现在的你，是哪一个？”

他低闷而沉重地嘤咛着，吻随即跟上，我只能被动地摇摆着头，纷乱着声音：“我，不知道……”

他重新吻住我的嘴唇：“不知道？你为何要说不知道？”

“我真的不知道。”我的泪水簌簌而下，“我很困惑，很迷茫，很被动，我连自己的生日都不记得，我连为什么这么多人要杀我的理由都摸不清，我经常失眠、多梦，还伴有神经衰弱。我没有成心骗谁，我只想找个地方过小日子。”

他吻去我的眼泪，呢喃道：“韩真真，我看不清你，你却掳走了我的心，这是怎么回事？”

他深切地叹息：“我知你是无意的，但却是故意的。对吗？”

我睁大了瞳孔，他的手指抚上我的脸庞，声音变得坚定。

“韩真真，离开这里好吗？永远离开，不要再回来。”

我僵硬在那儿，所有的血液仍集中在嘴唇上，木木地伸出手去，轻抚过唇面，想起他的吻，灼热似火，却又冰凉如水，冰火交融，不知是喜是惊是恐的感觉复杂交织在心头，只觉茫茫黑暗在前面深不可测。

漠北的深夜，气温急剧下降，风开始肆虐，刮得我眼皮生疼。

混沌之间，却听到隐约传来一些奇怪的脚步声。我神经一抽，睁开眼睛，却见眼前一片黑暗，有种不祥的预感涌上心头，手脚不由得发麻，小心躲进一个角落，再定睛看去，却见黑暗中，一些黑影正在潜行，慢慢向军帐靠拢。

我屏住呼吸，脑子快速转动。这是不是传说中的夜袭哪。我僵在那儿，声音卡在喉咙口，想大叫却一个字也发不出来，黑暗中却忽然飞来一道火光，似是一

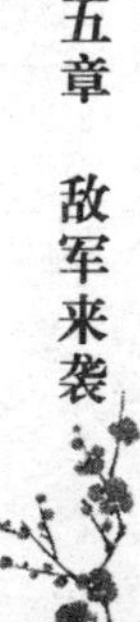

支火箭，砰，刺中汉军的最中心的一个帐篷上，瞬间燃起了熊熊大火，几个士兵浑身是火冲了出来，军营顿时一片混乱，还未多久，却见远处的夜幕中，飞来无数支火箭，如蝗雨一般朝着汉军的方向而来……

我望着满天壮观的火箭雨，忽然意识到再不逃就没命了，连忙找了个树洞一闪而进，才0.01秒，嗖嗖嗖的声音瞬间到了耳边，又听噗噗声接二连三，数十支火箭插在离我脚指头不远处，燃起了一片火海。灼热感扑面而来，我差些就呛晕过去，手脚并用爬出树洞，烟雾弥漫，什么也看不清，赶紧捂着嘴鼻冲了出去，迎面却跑来几个火人，狂叫如狮吼，又最终跌倒在地，挣扎了几下便没了活气。我手脚僵硬一步也迈不出去。怔怔望着远处原来潜伏在那里的黑影们，此刻化为了一个个快如闪电的骑兵，朝着汉军冲来，到处是火光与血光交织。

纷乱之中，只听有人大喊："我们被包围了，赶快撤！"很快，这声音便被纷至沓来的马蹄声和呼喊声淹没。我这才反应过来，捞过一匹快马，飞身而上，刚想朝安全地带奔去，远远看见霍去病的大帐已是一片火海，忽然想起大色狼变成"烤全狼"的样子，竟害怕得不得了，没多考虑，快马加鞭朝那里冲去。

飞马到大帐前，顾不得太多，冲进火海，却见烟雾弥漫，火光重重，什么也看不见。

我焦急大叫："霍去病，你死了没？死了没？"

我一边狂叫，一边寻找着他的身影，帐顶摇摇欲坠，再不逃，肯定就压成比萨饼了。

一个影子闪过，拉住我大叫："韩姑娘！"

我回头一看，是赵破奴将军，我欣喜若狂，拉着他高叫："二位将军呢？"

赵破奴一脸焦急，连声音都变得断断续续。"卫将军往……东边撤退，霍将军则往南边撤了，韩姑娘，霍将军派我来找……找你，太……太好了！快快随我走！"

我心中一喜，大色狼在临危之时，居然还想着我的安危，差点就感动得热泪盈眶，心想，真不枉我冒着生命危险到这里来找他。正在自我陶醉的时候，赵破奴却已忍不住了，也顾不得男女授受不亲，一把将我抱起，扔上了马背。

我正愣着，赵破奴大喊："姑娘，我们往东边走，卫将军那里安全。"

我回过神，摇摇头："不，我们往南边去！"

"不行，南边霍将军吸引了敌军的主力，似有数万之众，去不得！"

我再不理他，长鞭一挥，朝着南边奔驰而去。赵破奴的声音迅速落在身后。

"韩姑娘，韩姑娘！"

……

我与赵破奴在黑暗中长驱直入，追随着汉军撤退的方向，远处天边隐隐有火光冲天，杀声传来，我心里似有个洞，一点一点地扩大。

这回霍去病只带了几千人马，而赵破奴说敌人有数万之众，又是深夜来袭，汉军根本无法做好作战准备，我虽不懂兵法，但奇袭快如闪电，在第一次、二次世界大战中屡试不爽，这个道理还是懂的。霍去病这回恐怕是凶多吉少。

我其实很蔑视我自己，再怎么暗自神伤，关键时刻，满心满脑地竟就只想着大色狼的安危，情何以堪啊。

我一面狂奔一面嚷道："不是说左贤王只有些残兵败将吗，怎么会突然有数万之众?"

赵破奴的声音断断续续落在后面："恐怕不是左贤王的军队!"

我猛地勒住马，突然来了个急刹车，赵破奴一个躲闪不及，差些撞上我。

"你说什么？你说不是左贤王的军队?"

赵破奴神色严肃起来。

"不瞒姑娘，赵某在匈奴军中多年，对匈奴军作战时的口令与口音极为熟悉，方才的军队虽穿着匈奴的军服，但口令与口音完全不像。赵某也正怀疑着，情急之下，却也来不及禀报霍将军。"

我冷汗涔涔，一种不祥的预感在胸口盘旋。出征左贤王，难道是个陷阱？可是，这个陷阱又是谁设下的呢?

我再也不敢往下想去，只捏紧手中的长鞭，朝着身下的马儿狠狠甩下一鞭，发疯似地朝那片战场奔去。

……

杀声渐近，一片古代战场呈现在我面前，只见密密麻麻全是人，火光之下，隐约可以看出谁是汉军、谁是敌军，但显而易见的便是，汉军几乎以一当十，绝对处于弱势。一股血腥味扑面而来，无数只断臂断腿在我眼前飞舞，惨叫声不绝于耳。

我这是第二次经历古代战场，恐惧的程度却丝毫没有减少，手脚像是灌了铅般定在原地，木木地朝边上的赵破奴看了眼。他却已顾不得我，拎着武器冲进了战场。

我心中充满了对霍去病安危的担忧，但终还是无法战胜自己几尽发软的腿部肌肉，我承认，我后悔了。

我退后，再退后，四处寻找着可以躲避的屏障，一个"匈奴军"士兵撞上了我，他转头看着我，眼睛中充满了杀气腾腾的血丝。我朝他尴尬笑了下，他却拎起刀朝我头顶砍下来。

我发现皮笑肉不笑只能用在政治谈判上，于是我抄起地上一把掉落的长刀，咣一下挡住了他的攻势。

他傻了下，似乎没想到一个女人也会武功，我瞅住这个机会，长刀快速朝他咽喉刺去，却在最后一寸时停了下来。

他双目暴睁，绝望地望着我，我却再也刺不下去，杀人？杀一个活生生的人，我还没试过，也不想试。我把刀收了回来，二人默默地对上了眼，像是刚刚

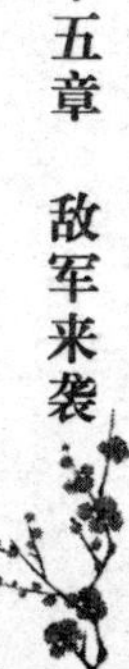

见面的相亲对象。

我忽然想起武侠书中提到的绝世美女，只那么在战场上一站，男人们便放下武器，缴械投降。可事实上，平凡如我即使表现出极大的慈悲胸怀，眼前这个家伙，也没有预备良心发现放过我，反而，他狂叫着似是用尽全力朝我再次袭来，银晃晃的刀光，像道撕裂夜幕的闪电。

我还在作着思想斗争，他的刀却已快触到我的额头。然后，事情又戏剧性地发生了变化，他忽然停下脚步，脸上现出一个痛苦却又死灰的表情，嘴角慢慢流出血来，身体缓缓朝地上瘫去，我看到了个银色的刀尖从他的胸口露了出来，还沾着暗红的血液。

他的倒下，让我清楚地看到了眼前的男人。就像我第一次见到他时一样，他一如既往的又高又帅，身着带血的盔甲，却像是从世外来的谪仙。

我吞了口干沫，正想发表一番赞叹帅哥的言论，却见霍去病眼眉一抽，身体微微一个趔趄，我这才发现他的胸口正在汩汩冒着红色的液体……

我大叫一声，冲上前扶住他："你怎么样？"

他朝我瞟了眼，冷冷道："这副样子，还能怎么样？"

"会不会死？"

"你那么想我死？"他嘴角一扯，似是伤口极疼，又忽然抡起长刀，迅雷不及掩耳刺中了一边冲上来的一个敌军士兵。

我这才反应过来，连忙挥舞起手中的武器，朝四周冲上来的敌军奋力攻去。

一片刀光剑影中，二人边杀敌边斗嘴。

"谁让你来的？"他问。

"不是你让赵破奴来找我？"我说。

"找你是让你逃命，你来这里作甚？"他说。

"我来看你有没有死？"我说。

"我没死，你失望了？"他又问。

"对对对，失望得很。"我斩钉截铁道。

"那为何又救我？"他逼近我。

"谁在救你，我只是在自救。"我避开他的眼神。

他神迹般地又冒到我眼前，眼神晶晶亮："那好，你自救吧。本将军先走一步。"

"喂！"我一把拦住他，"别走！"

他高高地望着我，漆亮的眸子像星空上最闪烁的星星，即便在这样腥风血雨中，我也无法忽视这份撩人心脾的悸动。我的心嘣嘣直跳，有种想凑上去吻他嘴唇的冲动。

耳边传来赵破奴凄烈的声音："将军，我们被包围了！"

我这才从风花雪月中反醒过来，定睛看去，却见夜风下，密密麻麻数不胜数的敌军，站在我们面前，而且，所有的人挥舞起手中的长刀，正准备朝我们发起最后攻势。

我转头看了下，汉军连霍去病算在内，零零落落才只不过几十人。一股冷气从脚底抽起，仿佛见到那些家伙冲上来，将我的身体斩成肉饼的恐怖画面，于是，我做了个理智和超级正确的决定——晕过去！

第十六章　深不可测

我晕过去的最后一瞬，隐约听到天边传来纷乱的马蹄声和厮杀声，我也感觉到自己落进一个有力的怀抱……晕过去的好处，是可以直接跳过所有艰难和血腥的画面，然后，转危为安。当然，这是所有喜剧电影的桥段，其中的关键是必须在关键时刻晕死，而且还得有人救你。

……

我舒舒服服地睡了不知几个世纪，一丝阳光照进我的眼缝，刺得我眼泪直流，于是，我坐起身，慵懒地打了个哈欠，舒展了下筋骨，朝四周看了圈。

这不看还好，一看吓得我如被蜜蜂刺了下，从地上一跃而起，连退了数步。

这是个大帐，帐中有两个人。

一个是玉奴，一个是个年约五十的中年人，相貌隐约有些熟悉，却记不起来是谁。

“这是哪里?”我弱弱地问。

“左贤王的营内。”玉奴冷冷地开口。

“我怎么来的?”

“左贤王救你来的。”玉奴依旧冷漠。

“呃，”我忽然想起晕倒前听到的马蹄声和厮杀声，难道是左贤王？可是，可是，这次霍去病出兵不正是要围歼左贤王吗?

“你再说一遍，我没听懂。”我傻傻问了句。

玉奴眼露精光：“韩真真，你莫装傻，你以为从千军万马中救出你与霍去病，是件容易的事?”

“左贤王救我？那么杀我们的人又是谁?”

玉奴抿了口茶，淡淡道：“卫青。”

“咳咳!”我胸口疼。捞过桌子上一杯水，骨碌碌喝个精光。

玉奴走上前，望着我一字一句道：“韩真真，实话与你说，卫青早在离侯山附近布置下天罗地网，只等剿灭霍去病，那场蹴鞠也是个陷阱，若不是我舍身相救，他早就没命了。”

明明是晴好的天气，我却感觉有个闷雷在远处响起，震得我耳膜发痛，我一时消化不了，只得捂住大口大口地喘气，想都没想，抡起手便给了自己一个巴掌。“啪”一记清脆的声音响起，帐内寂静得连针落地上都能听到。他俩火辣辣地望着我，我脸上火辣辣地红。

我捂着脸，一颗心落到了谷底。看来，这不是梦。

卫青要杀霍去病?

若我能回到现代，将这样的真相告诉21世纪的人，只恐怕会被史学家千刀万剐，直接送去精神病院。这是什么逻辑?不说他们同为汉朝名将，就说他们是亲戚，这个理论也不成立。

我回转过情绪，指着玉奴嚷道:“卫青是霍将军的亲舅舅，怎会想到要杀他?”

玉奴冷笑:“在这朝中，莫说是舅舅，就连亲兄弟都不会放过彼此，这有何奇怪?”

“可是他为何要杀他?”

“一山难容二虎，这么简单的道理你也不懂?”玉奴笑容更为阴冷，“霍去病如此年轻便与卫青并驾齐驱，若再过几年，声势更是如日中天，你以为卫家会放过他?”

“你胡说!卫大将军是正义的化身，有什么证据?只恐怕是你玉奴挑拨离间才是!”

“霍去病被围离侯山下，卫青为何迟迟不来救?”玉奴说着，逼近我的双眼，我一屁股瘫倒在地。

她的话说中要害，按理卫青逃出合围，应马上整顿军马立即来救霍军才是，为何一直没有出现他们的身影?赵破奴说，袭击霍军的人并不是匈奴的军队，那又是谁?

我忽然想起历史上对匈奴围歼的战役直到上次的漠北之战后便没有了记载，这次出征左贤王，按理说，应该在史书上留下痕迹才是，难道其中真的另有玄机?

我的心脏嘣嘣直跳起来，震得脑子发晕，思绪一片混乱。

忽想起卫青的吻，还有他最后的那句话:

“韩真真，离开这里好吗?永远的离开，不要再回来。”

难道，他在警告我，是因为他已经知道之后会发生这一连串的阴谋?

我愈想愈不敢往下想，从地上一跃而起，又问:“就算卫青要杀霍去病，你们又为何要救他，对了，还要救我?”

一侧的中年人忽然开口:“韩真真，你是真傻还是装傻?”

我半句话卡在喉咙口，再也出不来，仔细地朝中年人望去。眼前的中年人满脸胡茬，长着一副做土匪极有前途的相貌，但他的眼神却透着精光，像是一眼望进你的心里，他从座位上起来，一脸正经道:“你不认得我了?”

我吞了口干沫，弱弱道:“你是左贤王?”

他逼近我，我倒退一步，他还是逼近我，我又倒退一步，直到他的鼻尖顶住

我的额头，我不得不朝后倒下30度，一只手支在帐壁上，才不至于倒下。

"说，你把长生图放哪儿了？"

一记闪电跃过，这片干燥的沙漠中，忽然下起了倾盆大雨。雷电肆虐，仿佛要把这个世界劈成两半。

我被扔进一个禁闭的帐篷，重重地摔在地上，呻吟着半天也起不来。

一个声音从身后传来："你无事吧。"

我挣扎着靠在墙上，头也不回。我不想见到他的脸，不想，不想！不想！

"生气了？"

他的话音落下，我忽然一阵狂笑。

然后，是一片死寂般的沉默。

他怔怔望着我，我也怔怔望着他。

气氛压抑得如同这场雷雨。闷雷在天边滚动，豆大的雨珠敲打着皮质的帐篷顶部，每一记都像是打在心底。

我冷冷道："霍去病，你认为一个被自私无赖的男人作为交换条件用以保命的女人，在得知真相以后，她的状况可以用'生气'两个字就可以简单形容吗？"

许久，他缓缓道："抱歉……我别无他法。"

我的眼泪在眼眶中盘旋，我不能流下来，如果流下来，我会更看不起自己。我早就该想到，这家伙怎么可能会喜欢上我，怎么可能在危急时分，还会想到让赵破奴来救我？他救我的原因，只是因为我是他的牌，因为他知道我手中有左贤王的长生图的线索，左贤王一心想找到我。所以他拿这个与玉奴做了交换，他知道这次出征会受到袭击，而唯一能救他的便是左贤王……是的，甚至，可以肯定的是，一开始他从李敢手中救下我，就已经知道了我与长生图的关系，所以，他一直将我留在身边，作为他留命的一个筹码！

我终于明白什么叫欲哭无泪，如果现在有一把刀，我还是一刀捅死自己比较合适，不，如果有把刀，我要先捅死这个大混蛋才行！

我从地上一跃而起，闪电般擒住他的衣领："抱歉，你居然说抱歉？如果抱歉有用，那还要警察做什么？"

我狂吼："见鬼，我甚至还冲到战场来救你！"

他合上眼，不语。

我咆哮："天，我甚至还在大殿上亲你，我还冲进你的婚礼，喝了你的合欢酒。"

他猛地睁开眼，一把反擒住我的手，骨骼咯咯作响："卫青亲过你，不是吗？你与他又是什么关系？"

我怔住，半晌干干吐出一句："你跟踪我？"

"是的，我跟踪你。"

我倒退着身子，指着他的鼻子颤抖说不出话来。

被人伤害的感觉是怎样的？

我曾经被很多人伤害过，但所有的人，包括我的前男友，他们的伤害最多也就是厨房里水果刀刮过手指的一道伤口而已，但此刻，我终于明白，真正的伤害，是受到欺骗和愚弄以后，恍然大悟的那一刻，而且，愚弄你的人还是你曾经为他动过心，以为他是你生命中的真命天子的人……

霍去病一直在跟踪我，他早就知道我与卫青的关系，而卫青也很可能早就知道有人在跟踪我，所以每次带我去经社的路途都是故意绕很多次弯，仿佛想要甩掉什么人……我甚至怀疑，卫青接近我、吻我，也是不是计划的一部分？是试探我与霍的关系，或是想引导我离开他……

我浑身发冷，有种来自地狱的寒意包围了我。这个世界太可怕了，身边的男人一个个带着目的来到我周围，我却混沌不知，还以为自己是什么浪漫言情片的角儿，殊不知，自己根本是一个恐怖惊悚片中的倒霉鬼！

我现在还有什么可以相信？我连自己都快要不信了。

干干地问道："花园那次，也是一个局？"

他点了点头，沉声道："那回，玉奴想要杀武帝。我是故意运功击下太湖石，才避过一劫。"

"你早知玉奴是细作？"

"是的。"

"那你又如何想到与她合作？"

"当我知道，卫青准备在西征左贤王时对我下手时，玉奴便成为我死而后生的一张牌。"

"你既知卫青要对你下手，又为何要向武帝请命出征？"

"你以为我留在都城就可以活？"

我冷笑："的确，女人在你这里，都是一张不错的牌。"

他叹息："我们何尝不是他人手中的一张牌？"

"混蛋还有权利感叹人生吗？"我冷笑。

他学着我的口气，探上脸，一字一句道："韩真真，你认为一个立下无数战功，却被自己亲舅舅反复设计陷害的人，在这朝中如履薄冰走一步便被碎尸万段的家伙，连一声叹息的权利都没有吗？"

他说着，眼神里没有一丝温度。

我一时语顿，呆呆地望着他，虽然他的语气很淡，但我能听出他的悲切。

他逼近我，细细地打量着我，轻声道："我只是没料到，你会这般难过。"

我苦笑，只有苦笑，我还能说什么，我又有什么理由来责备他？说到底，我与他，什么也不是，即使被他利用，又有何可抱怨？我也不是利用过他吗？

我转过头，抹去眼底的那滴眼泪。是的，我对他而言，或者他对我而言，只

是个普通人而已，我不必也不应该这般难过。

我再次仰起头，恢复了轻淡的笑容。这才是我，乐观到盲目。

“韩真真被霍大将军利用了一回，其实也没什么大不了，人不为己，天诛地灭。”

我从地上站起，掸了掸身上的灰尘。

“好吧，就算逃出卫青的追杀，我们也不好过，现在我们身陷左贤王的营中，你以为他会放过你吗？”

“不会。”

“你把希望压在我韩真真的身上，可惜，我是个失忆人士，什么也给不了左贤王。”

“错了。”他抬头，坚定地望着我。

“什么意思？”

“找到左贤王，你才能找回记忆，找不回记忆，你就永远只能陷入无尽的追杀不是吗？韩真真，这么做，对你不尽是件坏事。”

我傻住，他或许说得没错。

我偷了左贤王的东西，但最终将它交给谁了，却一点记忆也没有。左贤王说，我在一个叫做“珍珠镇”的小镇上偷走了他的长生图，从某种程度来说，借助左贤王，我反而能真正地找回图。我真想早些结束这件事。什么该死的长生图，谁要谁拿去！

我想着，霍去病却已起身，缓缓走上前，忽然圈住我的身体，高高地俯视下来。我想逃避，他却更进一步。我干脆仰起头，直逼他的眼睛，冷若冰霜道：“霍去病，莫再用这种暧昧的伎俩来迷惑我，现在丝毫不起作用。”

他眯起眼睛，我见到当中隐约有水光闪烁，是泪吗？算了吧，我若是再相信，那我就是个十足的蠢货。

他低下头，在我耳边轻语道：“其实，我也很难过。”

第十七章　漠北探宝

马车颠簸，飞奔在迷雾一片的戈壁滩中，我、霍去病、玉奴，左贤王，目目相对，车内有种怪异的压抑气氛。

我被对面的二人看得心里发毛，于是转头望了一眼车窗外，迷雾中，隐约有数十骑匈奴兵紧贴着马车飞奔，与其说护卫着左贤王，还不如说押送着我与霍去病防止逃跑。其实他们也不必紧张过度，我与霍去病即便逃出这辆马车，在这鸟不拉屎、半毛不拔的戈壁滩上，不出一天就会饿死加渴死，成为秃鹰的美食。

我又转回头，发现气氛仍旧压抑，玉奴与左贤王用充满阶级仇恨的目光盯着我不放，大色狼则靠着车壁半眯着眼打盹。我于是干笑了声，用刻意平静的语气道："呵，今天天气不错啊。"

左贤王冷笑着，这种角色的人通常很喜欢冷笑，仿佛这种笑容可以增加他的神秘感和威慑力。他的冷笑很专业，就是只有一侧的嘴部肌肉参与，而眼部肌肉基本没有任何反应，一侧嘴角被死命地拉扯往上，整张脸庞却是僵硬的。

他说："韩真真，其实本王并不是个恶人。"

我连点头："对对对，左贤王是个充满爱心的好领导。"

左贤王又将嘴部肌肉从左往右上方扯了下："但，韩真真，若是这回到珍珠镇上，再找不回长生图，本王便将你的肉一块块切下来，拿去喂鹰！"

"左贤王先生，其实我也想找回长生图，双手归还于你。事实上，我对长生图半点兴趣也没有，可是，我成了悲惨的失忆人士，我甚至都记不得自己的生日是哪一天，也对您英俊无双的相貌没有丝毫记忆，我还可能有年过半百的双亲等着我回去养老。您放心，我到了珍珠镇上，绝对以百分百专业的精神配合您的调查研究，以找回原本属于您的东西。"

一侧的大色狼懒懒地开了口："长生图原本是我中原道祖老子的传世之宝，缘何成了左贤王的东西？"

左贤王怒目而视："霍去病，你少嘴硬，这回若是拿不回长生图，本王一样不会放过你！"

霍去病则不以为然，眼角带着笑意闭上眼睛，继续打盹。

我问了个刺中他要害的问题："左贤王先生，我一直有个疑问，你怎知这长生图是真是假？"

他一愣，表情尴尬起来，过半晌反应过来似地对我咆吼："本王费尽周折寻

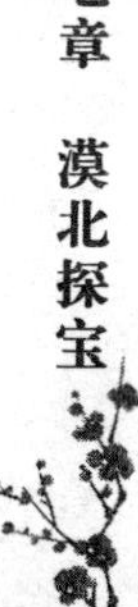

来的长生图，怎可能是假？韩真真，你再胡言乱语，我一刀切下你脑袋。”

我连忙吐了吐舌头。郁闷，我也只是说实话而已。想想上回在乞丐窝里，不就有人兜售假的长生图吗？这些古代人头脑怎么那么简单哪，我若是有经济头脑，定用活字印刷术先印上几千份，发一笔横财再说。

我想着，眼神却触到一侧带着调侃表情的霍去病，连忙厌恶地收回目光。

“我也很难过。”

昨晚这句话还余音未了地回荡在我的脑海里，从此以后，我对他的印象从放荡的花花公子，上升到了丑恶无比的“伪君子”的高度。原形毕露，还来这一手欲盖弥彰，我呸！

……

夕阳西下，漠北的黄昏是极美的。我不是诗人，也很难用华丽的词汇来描述这种画面，我快要枯竭的想象力能想到最多的是，那快要下山的太阳，是个煎到半熟的荷包蛋，装在一个硕大的平底锅里，而周围的晚霞则像一摊刚刚挤出的番茄酱，慢慢地向蛋心包围，红与黄水乳交融地配合在一起，勾起我无尽的食欲。

我清楚地望见，那黄灿灿的荷包蛋中心，不知怎么的，多出了几个黑点。然后，一个，两个，三个，数个，黑点不断增加，最后，慢慢地扩大，我的嘴形也随之扩大，张成了个僵硬的O形，因为我愈来愈清楚地望见，那黑点是一匹匹快奔的骏马，而马上则是一个个挥舞着长刀的人……

车外传来一记焦急而狂躁的声音：“禀报左贤王，有袭击！”

话音才落，只听噔噔噔连续不断的撞击声，显然是数十支羽箭射中了车身，有几个箭头穿越了车壁，与我的耳朵擦身而过。我吓得目瞪口呆，又听车外惨叫声不断，更是手脚僵成冰状，一动也动不了。一只大手抓紧我的手臂，将我的身体猛地朝车外掷去，我失控掉落车外，却见眼前已是一片杀戮场面……

身后传来霍去病的沉着的声音：“傻子，发什么愣！”

我这才反应过来，连忙捞起一把长剑，朝着袭击而来的一个男人挥去。那男人可能没料到一个纤细的女人也会武功，晃了下神，我却一刀砍向他的头部，眼见马上要落到他的天庭盖上，我的杀人恐惧症又开始作怪，心一凛，连忙剑锋一偏，剑头没有刺中他的要害，却还是浅浅划过了他的脸颊，一条长长的血迹惊现……

我吓得啪一下扔下剑，在原地跳了三下，连着鞠躬道：“对不起，对不起，我不是故意的。”

男人见我又蹦又跳的样子，也许是觉得好笑，也没有攻上来，反而将剑一横，双手叉在胸前，饶有兴趣地看我，薄薄的嘴唇含着一股笑意。

我脑子混乱了一阵，总算惊醒过来，对面正站着一个高大的年轻男人，夕阳在他背后闪烁，他的脸有些模糊，但清楚地印出他身体的轮廓，这是一副很有型的轮廓，米开朗基罗若是在，肯定会拿他作模特，创作出大卫像。

我想，长着这种身材，他的相貌基本可以忽略不计了，但我还是忍不住想要看清他的相貌。他却似乎猜出我的想法，干脆探上脑袋来让我看个清楚。我看到一双如鹰般锐利的眼睛，眸子浅若琉璃，睫毛浓密而修长，鼻尖高而挺直，我的心嘣嘣直跳，情不自禁地轻叹："哇！"

身材一百分，相貌一百分，若再有良好的家世，他简直可以与大色狼媲美，与卫青并驾齐驱。

我脑子里不知道怎么就嘣出一句："先生，你是什么人？"

他轻轻一笑，露出雪亮的牙齿："我叫费连城。"

"成婚了吗？"

"没有。"

"哇，要不考虑下我？"

"好啊，"

"好？"

"好！"

我其实处于胡言乱语的状态，手无寸铁的我已不能再退，他已经逼近我只剩0.01厘米，我已然是他可以随时捏死的一只跳蚤。

"方才变招不杀我，就是想嫁给我？"他的声音带着一丝玩味。

"呃。"

"我想先娶那个比你美的女人如何？"

"您看着办。"

"真的？"

"真的。"

我一屁股坐到地上，擦去额头的汗，大口大口地喘气。我是史上最不要脸的女人之榜首。

一把刀横插进我俩之间，同时看去，看到霍去病挑眉对着我嚷嚷："韩真真！你想嫁人想疯了？"

我刚想说什么，那男人已飞身而起，朝霍去病攻去。二人绕成一团，武功竟不相上下，但霍去病是带伤在身，体力明显不支，很快便落了下风，最后那叫"费连城"的男人，一剑指中他的咽喉。

我大叫："不要杀大色狼！"

"大色狼"三个字才出口，我连忙捂住口鼻……我这是怎么了？

费连城止住剑势，转头朝我看来，霍去病也朝我看来，然后，所有人都朝我看来……

场面静止下来，因为对方人数众多，左贤王的人大部分被制住。连玉奴和左贤王也动弹不得。

我看了一圈"敌人"，发现他们个个人高马大，一身匈奴人的打扮，却又与

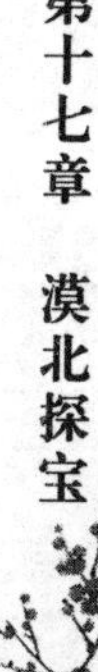

寻常匈奴人不一样，多了一些英武，少了些蛮气。

费连城朝霍去病看去，又回头朝我眨了下眼，嘴角勾起一抹调侃。

“大色狼，呵，有趣。”

……

左贤王终于开口：“你们是谁？”

费连城明显是他们的首领，他收起剑，精神抖擞地走到左贤王面前，古铜色的肌肤在夕阳下熠熠生辉。

“我们是谁不重要，重要的是，把你们的财物留下，其余的，滚蛋！”

费连城的队伍消失在已经变成绛红色的夕阳之中，临走前他还不忘对我回头一笑，勾出一个漂亮的脸部弧线，我的心里像是钻进了一只活蹦乱跳的小兔子，久久不能平静，后脑勺却重重吃了一拳，回头看去，见霍去病一脸不屑的模样。“你花痴吗？”

我回击他一拳，喝道：“我是花痴，与你何干？”

“恨不得他连你一同抢去才是吧。”他的语气酸溜溜。

“是啊，我宁愿与他同流合污成为江洋大盗，也好过与你这种虚伪小人在一起舒坦。”

“我好像记得你是我的侍妾吧。”

“我呸！”

……

“你们吵够了没？”一侧的左贤王忍不住了，走上前，刀子般的眼神在我俩脸上掠过。

霍去病回转脸色道：“说起这费连城是谁？”

“这一带有一些游散的部落，以游牧和抢掠为生，遵从自己独有的首领与信仰，从不服单于王管辖。费连城，你们谁听说过他？”他转头望着身后的侍卫。

一个侍卫上前禀报道：“禀报王，费连城是费连武尊的大儿子，费连武尊前些年因受单于手下的将领排挤，带着部落独立，脱离了单于的管制。”

“费连武尊？”左贤王低眉沉思。

……

经过一场劫难，除了财物少了许多，人员却没有太大的损失，马车飞奔了近一天，终于到了传说中的珍珠镇。

走下马车，看到眼前的小镇，我傻在那儿说不出话来，所有人也傻在那儿说不出话来。

茫茫沙漠之中，几间烂泥房，数道破栏杆，几头比狗大不了多少的瘦马在一边吃草。珍珠镇，好，充满想象力的名字，敢情只是个新版龙门客栈而已。

我上前倒吸一口气，左贤王上前也倒吸了口气，一个侍卫走上前也倒吸了口气，然后他说："禀报左贤王，看样子，沙尘暴已湮没了大半个镇子。"

我于是又吸了口气，刚刚想说话，左贤王拎起我的领子喝道："我限你三天，在这里回想起将图交给了谁，若三天后，你想不起来，就别怪我不客气！"

说完，他将我的身体像个装满垃圾的塑料袋一般，重重地掷到了地上。我揉着屁股还来不及起身，左贤王又下了道令："所有人马在客栈驻扎！"

……

在武侠片"龙门客栈"中，黄沙滚滚，男侠女侠们骑着高头大马来到这里，潇洒地一跃而下，掸去风尘，一脚踢进那种破得不能再破但却永远也不会破的客栈大门，客栈里是各式各样神秘人物，喝着酒，为着某种理由，最后拔刀相见，一片血海。

进入客栈的那一瞬间，我有一种以为自己是女侠的错觉，于是，我用了一种非常具有杀伤力的目光环视了一圈场内，然后，在嘴角蓄积起女侠特有的冷笑。

客栈内人不多。

东边一桌坐着四五个面目狰狞的男子，就像所有武侠影片中，一定缺少不了面目狰狞的男子一样。他们围着桌子，一边喝酒，一边四处打量，其中有几束目光与我相遇，立即凶光毕露。

我心一提，连忙又将目光转向南边，南边一桌坐着一个戴斗笠的人，不知是男是女。这种人物一般都是绝顶高手，深藏不露的那种。一个人喝闷酒，在关键的时刻，如闪电般地出手。我不由得多看他几眼。

北边是一男一女，长相很普通，但神情却很严肃，低着头喝酒吃菜。这种貌不惊人的家伙最可怕，往往带着某种目的来到这里，挑起事端的都是他们。

我的心情顿时严肃起来，不由捏紧了拳头。

一侧的大色狼推了我一下："傻笑什么？"

我在他耳边低语："待会一定有大事发生。"

霍去病忍俊不禁："有何大事发生？"

果然是出身显贵的官二代，一点江湖经验都没有。我指了指那对男女："你看，此二人坐北朝南，占据有利地位，待会儿，一定是他们先出手。"

"出手作甚？"

"打架啊。"

"为何要打架？"

"这种客栈，就是拿来打架的。"我朝他眨眨眼。

他怔了下，又问："那东边那一桌呢。"

"东边那一桌，长相凶恶，就是他们打架的对象。"

"好吧，那南边那个戴斗笠的男人呢？"

"你怎知他是男人？"

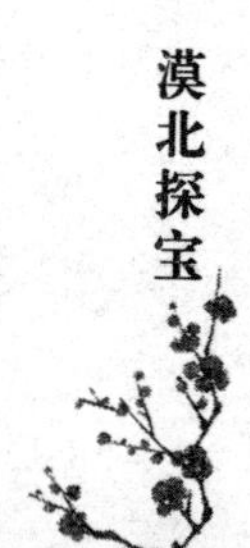

“他的脚那么大，除了男人还会是什么?”他反问我一句。

我有点尴尬，马上转移话题：“他是最后出手的人。”

“为何他是最后出手?”

“因为他是绝顶高手。”

“你怎知他是绝顶高手?”

“因为绝顶高手都是戴斗笠的。”

“呃，”他一时语顿。于是呷了口茶，忽然话锋一转道，“我看未必这样。”

“噢?”我好奇地眨了下眼。

他用指尖轻轻弹了下我的额头，娓娓道：“东边那桌大汉，面目狰狞，一看就是这客栈雇来的打手，功夫没几下，但摆在那儿吓吓人倒是不错。”

他说着，又转向北边那对普通男女：“他们确是有身份的人。但身着普通，只想掩人耳目，绝不会在此惹是生非。”

“他们会是什么身份?”我更好奇。

“你见他们衣着普通，但身上一尘不染，一看就是在这店里待了数天了。对不?”

我觉得有道理，点点头。

他又道：“那男人双脚来回搓了数下，说明脚上的鞋明显不合他的脚，想必只是装扮匈奴的衣着，却未必是匈奴人。”

“呃……”

“你再看他二人反复夹着菜，却一直没有往嘴里塞，只说明他们心不在焉，心思并不在吃饭上。”

“那他们是在干吗?”

“他们在等人。”

“等人?”

“是的。”

“等谁?”

“我怎会知道，要不你自己过去问他们?”大色狼朝我白了眼。

我被他将了军，有些不甘心，于是又问：“那么那个戴斗笠的男人呢?”

他摸了摸下巴，笑眯眯道：“我猜他只是个做生意的。”

他的话音落下，忽然见那“斗笠男”从座位上站了起来，朝场内拜了一圈，清了清嗓子，大声道：“各位好。”

所有目光朝他汇去。

他清咳一声：“有缘千里来相会，各位来自四面八方，聚集在这小客栈中，本是有缘之人。幸会幸会。”

说着，利落地从身后拿出一叠全新的斗笠，提高了声调：“最近沙暴横行，风灾肆虐，各位风餐露宿那么辛苦，实在需要这一顶遮风挡雨的斗笠来保护各位尊上的脸面，若哪位有兴趣，二钱一顶，在下可以半卖半送……”

他说着，咧嘴一笑，露出了满口黄牙。

“你这家伙，又来兜售货物？敢情我家店里，成了你的市场不成？”一个清脆而略带怒气的声音，从远远的楼梯口响起。

悦耳的铃声过后，一个身材曼妙、浑身是铃铛的女子从楼下走下，柳眉倒竖，指着那斗笠男恶狠狠道：“来人，把这家伙扔出去。”

话音落下，那东边的一群面目狰狞的大汉立马放下酒杯，冲上前去，很干脆地将那斗笠男一架，他即刻双脚离地，像件刚刚晾起的湿衣服，晃悠悠地被提到门口，随着一声沉闷的“砰”，他的身影消失在沙尘之中……

霍去病朝我挑了下眉，笑道：“绝顶高手被扔出去了。”

我承认我是武侠片看多了，想找个地洞钻下去。

那美女掌柜却已上前，细细打量着我们，猜测我们的身份。

左贤王一脸神秘的样子，刻意保持低调。玉奴开了口，提出住店的要求，美女掌柜恢复娇媚的笑容，连声应和。我见到她闪烁着眼神朝霍去病瞟去，霍去病也色迷迷地朝她瞟去，俨然一拍即合的一对狗男女。

我愤愤地移开目光，有种想抡他两巴掌的冲动。

食过晚餐，天色已是昏暗，外面风呼呼大作，我在想那斗笠男的处境一定不怎么样，左贤王却已示意我们上楼去休息。

经过那对男女身边，发现他们仍旧在喝酒吃菜，桌上那两碟小菜，似乎永远吃不完一样。

我好奇地朝他俩看去，却刚巧遇上其中一个男人的目光，他的目光很凛冽，像有股寒气逼进心里。我心一颤，隐约说不出是什么感觉，身后的大色狼却拍拍我的肩头，低语了句：“走，回房睡觉。”

我仔细回味他的话，不由得大惊：“谁跟你回房睡觉？”

他停下脚步，狡黠朝我一笑：“我和你！”

“我才不与你同房！”

他摆摆手：“左贤王的安排。”

说完，大笑着朝房内走去。我看着他臭屁的背影，气得牙咯咯响，身子却被一个侍卫推了把，一记恶狠狠的声音传来：“快走！”

……

左贤王将我俩锁进一间房。房外站满了侍卫，防止我俩逃跑。

我看着霍去病，霍去病也看着我。

我眨眨眼睛，说：“我睡床，你睡地板。”

“好啊。”他也眨眨眼。

我顾自和衣上床，没过几秒，身后却抚来一双大手，我惊叫，一脚踢去，他从床上一跃而下：“你想谋杀亲夫？”

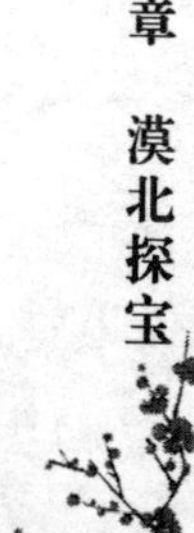

"呸！谁当你是亲夫？"我作呕吐状。

"我没写休书之前，便是你的亲夫。"他死赖。

我扯过一块白布和木炭："马上写。"

"我不写。"

"我写，写完你画押。"我刷刷刷在布上写下数个大字："霍去病休掉韩真真。从此两不相干！"

我特意在最后加上了无数个惊叹号，他瞪大了眼，摇了摇头："这是什么？"

郁闷，我差点忘记这是在汉代了，简体字在这里根本就是外星文字。

我将休书朝他一扔，嚷道："谁要你看得懂，这是我韩真真写给你的休书！记住，我已经休了你，你最好离我远一点，远到不能再远为止！"

说完，顺势将他的身子一推，刚好碰到他胸前的伤口，他痛得眼眉一抽，捂着胸口倒退了两步。

我想，出于人道主义的关怀，我便对他不那么绝情，于是扔下一条毯子，呛道："裹在地上睡，但记得，离我远一点。"

……

夜色悄悄爬进屋子。

黑暗中，响起他的声音："韩真真，你是个怪胎。"

"有什么诋毁我的话，快说。"

"左贤王只给了你三天的时间寻找长生图，你命悬一线，却还在计较着一些小事。"

"你觉得男女共卧一床，是件小事？"

"不是？"

"是？"

"不是？"

……

"有病先生，我的事我自己心里有数，你是怕我找不到图，自己连着没命是吧。"

"你莫非有计划不成？"

我翻了个身，将手枕在后脑勺下，悠闲道："我不需要计划，我只要跟着大将军的计划走就行了。"

"你怎知我有计划？"

"你那么老谋深算，左贤王哪是你的对手？只恐怕你早就已安排下一步棋怎么走了吧。"

"噢？"

我冷笑："你心里很清楚，即便找到长生图，左贤王也不会放过你，他之所以不杀你的原因是，留你一手，可作为威胁汉朝的筹码，而事实上，聪明如你，怎会主动羊入虎口，让我寻找长生图只是你拖延时间的权宜之计而已。”

我的话音落下，黑暗中却是一片沉默，我正疑惑着，忽然一个黑影探到我的鼻尖前，热热的气息扑面而来，我吓得手脚僵硬，连声道：“你……你离我远一点！”

他逼近我，细细地打量我，有种在我脑部进行CT扫描的意味。

“韩真真，你还算聪明。”他啧啧称赞。

我倒也坦然：“哪里哪里，我的聪明才智，在大将军那里，连个脚指头也算不上。”

“你有时聪明无比，有时笨得像猪，我真看不透你。”

“你不知道，猪其实是很聪明的？”

“你自认是猪？”

“猪有什么不好，安逸，平和，与世无争，比有些猪狗不如的人好了多去。”

他语顿了下，忽然笑了。

“我是有计划，可你怎确定我一定会带上你？”

我冷笑：“你必定要带上我，因为我有长生图，可以成为你与左贤王交易的筹码。”

他轻抚上我的脸。叹息道：“韩真真，连点人情味也无？你怎知我不会因为心疼你，而带上你？”

我哈哈大笑：“有病先生，你说得那么情深意切，让我快忘记正是你把我拖进这危险境地的事实了。你将我推下水，却站在船上说，瞧，我正准备救你呢，你快对我表示谢意吧。好吧，我此刻是不是应该流几滴眼泪来配合你？”

“你很记仇。”

“对，我就是一个烦躁、忧郁而且喋喋不休的大龄剩女，被现实的残酷磨砺得体无完肤，所以，你最好把你那套迷惑少女少妇的套路用到别处去。我与你之间，除了相互利用，什么都没有！”

“相互利用。”他重复着，笑着，声音渐远，“好，就相互利用。”

说着，忽然话题一转，道：“韩真真，我看，珍珠镇只是个幌子。你压根儿找不到长生图，是吗？”

我噎住声音，一时没反应过来，回神正想反驳，他却逼上一句：“你是真的失忆，还是根本不想拿出长生图？”

我冷笑：“你认为我想独吞宝图？”

“只怕是李敢和左贤王都会这般认为。”

……

我沉默下来。

仅存的声色画面，少得可怜。当然，如果我再找不到这该死的图，我迟早会被左贤王和李敢剁成肉泥。

珍珠镇，是我记忆的终结点，可是，我能找回什么呢?

我闭上眼睛，屋子里安静下来，窗外的风声大作，吹得窗棂啪啪响，一如心情不能平静。大色狼不知在想什么，我却不再理会他。

无论是他利用我，还是我利用他，我的命运终究不在他这里。

……

禁不住疲倦沉沉地睡去，迷迷糊糊睡了不知多久，“咣当!”忽然被一阵风声惊醒，猛地从床上坐起，浑身一阵冷汗。待定下神，昏暗的光线下，隐约看到窗户大开，而房间里空荡荡……大色狼竟然不见了。

忽有股冷气从脚底抽起，我在床上怔了三秒，触电似的一跃而下，第一反应便是冲到窗口看情况。

窗外风沙一片，什么也看不清楚。

我有种不祥的预感，天哪，这家伙真的不会就这么扔下我顾自逃跑了吧。

我愈想愈急，也容不得思考，从窗口一跃而下。

轻巧地落到地上，发现守在窗下的两个侍卫已经晕倒在地，果然是大色狼从这里溜走，只是这茫茫一片沙漠，既黑又冷，到处是毒蝎与蛇，他能逃到哪儿去?

风吹得我睁不开眼睛，捂住口鼻，在风中摸索着路，沿着墙壁勉强前行。

绕过一个拐角，风沙小了不少，原是马厩。低矮的棚子下，几匹马正在低头吃草，一盏微弱的马灯随风摆动……

昏暗中，却隐隐传来细微的人声。

我连忙躲进一侧草堆，凝神听去，竟是大色狼的声音，却有一个女声，虽听不清楚，但偶尔传来几声清脆的铃铛声，我一下便猜出是谁。

美女掌柜道：“哥哥所说可是实言?”

霍去病道：“句句是实，我本是中原生意人，可惜半路遇上强盗，被掳到这里，妹妹心地那么好，肯定可以帮我。”

“可他们的打扮像王府的人。”

“现如今的强盗均打扮成官兵模样，妹妹不会不知道吧。”

“确也是。你要我如何帮你?”

“只借我匹马，及几天的干粮便可。”

“我若是放了你，那些强盗可会放过我的小店?”

“妹妹和我一起逃便是了。”

霍去病说着，搂着那美女掌柜不放，她传来一声娇嗔，身上铃铛丁当作响。

“哥哥真坏，我若是与你一齐逃了，你可一辈子养我?”

“那是当然，回中原，我便买大房子于你，总好过在这沙子堆里开店。”

“那与你一起来的两位美女怎么办？你不管她们死活吗？”

“她们一个是强盗同伙，一个脑子傻嘴巴烦，我哪管她们。”

“好，那便说定，不过今晚风沙大，一时可走不了。”

……

我现在如果手边有一颗手榴弹，绝对义无反顾地朝那混蛋扔去。敢情这家伙的计划，就是泡妞加美男计，骗着美女掌柜和他一起逃。

而且这计划中，还居然没有我的分，竟然说我脑子傻嘴巴烦，好吧，霍去病，我与你不共戴天！

正当我想抱着火药筒与他同归于尽的那一刻，他却已搂着美女掌柜不见了。我气得肺炸，在原地跳了大约有几百下，对着那几匹老马骂了一通脏话，仍觉愤愤不平不解气。

最后，我作出一个最英明的决定：偷三天的干粮，然后，骑上马，一走了之！珍爱生命，远离霍去病！

……

尽管天色如漆，风沙漫飞，但丝毫没有影响我的判断力，盗贼的最大优势，就是可以轻易地找到一个场所中最值钱的部分在哪里，在这荒漠的孤独客栈中，显然最值钱的部分，便是它的厨房。

我正准备撬锁，却意外发现锁竟是开着的，推门而人，屋内一片昏暗，摸索了几下，忽然从身后传来一阵风声，似乎有人朝我袭来，我灵活一闪，顺手抄起一根木棍，朝那人劈头盖脸地砸去。那人躲闪不及，被我砸中肩膀，痛得哇哇大叫，在地上打滚。我乘机长身一跃，上前制住他手脚，低喝道：“什么人？”

那人在黑暗中瑟瑟发抖：“在下不是坏人，不是坏人……”

他反复强调着自己不是坏人，我听着声音熟悉，再仔细看去，却才发现他正是白天那个在店里兜售帽子的斗笠男。

“你在这里干什么？”我低低问道。

他不敢正视我，只颤抖着道：“在下，在下只在这里避避风沙，在下没想过偷东西，在下不是坏人，不是坏人……”

他又重新开始强调自己不是坏人，我于是放开了他，他一溜烟从地上起来，开始磕头：“女侠饶命，女侠饶命……”

地上不断地发出咚咚的响声，我想，这家伙手无缚鸡之力，还穷困潦倒，男人做到他这分上，也算是倒霉鬼一个，于是伸手扶起他，准备发表一顿男儿当自强的言论。

他在起身那一刻，终于接触到我的脸庞。

光线很暗，但我还是清楚地看到了他表情的变化。

他的表情原本是局促不安，但一触到我的脸，却顿时变成如见到撒旦魔鬼一般恐怖失措，月光照在他的脸上，更显得他的脸色煞白如死灰，嘴皮子像是充足

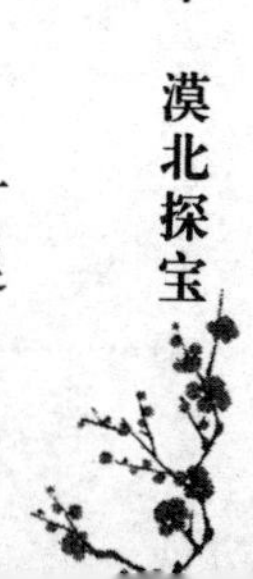

了电的按摩器一样，抖个不停，仿佛我是从地狱来一般。

我想也许是我睡眠不足的黑眼圈吓到他了，于是咧嘴一笑，表示出极有诚意的友好气氛与平易近人："先生，你无事吧。"

他一把推开我，连退了数步，忽然"哇"一声怪叫，朝门口冲去。

……

我追上他，他失神落入马厩的草堆，却仍拼命挣扎，嘴里发出怪叫不断。我想我长得并不好看，但不至于导致一个大活人对我的相貌避之不及。我忍不住在他脸上掴了两个大耳光，然后，无比坚定而明确地大喝一声：

"安静！"

他果然安静下来，一个大男人，在我身下，像只即将被强暴的小羔羊，这个画面本来很可笑，但我一点也不想笑，因为我从他的眼神中看出端倪：他，认识我！

在这个珍珠镇上，居然有人认识我，如果他认识我，那便可以找到更多的线索……

一种既期待又害怕的感觉浮上心头，竟让我木木地怔在那儿，一时没了动作。那男人也吓得一动不动，睁着死鱼般的眼神盯着我不放。

我反应过来，探下头，逼问道："你认识我吗？"

他连忙拼命摇头。

"不认识，不认识！"

"不认识我，为何要逃？"

"在下，在下一时惊慌……"

"说谎，你明明认识我！"我低低咆哮，做出一个狰狞的表情。这种胆小鬼，稍稍一恐吓，便能露出马脚。

他回避我的眼神，我逼上前："快说，不说，我一刀……"我做了个手势。

他瞬间睁大眼睛，只差是眼珠子滚出来，怔了三秒，忽然像小鸡啄米似的点头。

"在哪儿见过我？"

"珍珠镇上。"

"为何见到我要逃？"

他噎住声音，表情变作复杂。忽然用一种盒子挤压出来的声音，断断续续说了一句：

"杀人犯，你是杀人犯！"

第十八章　扑朔迷离

我对杀人犯的定义是穷凶极恶加丧尽天良，如今，这三个字，很不幸地与我画上了等号，听完斗笠男说了“杀人犯，你是杀人犯”这句狗血的话后，我有种再扇他20个耳光的想法。

我要对他说，我不但是一位见到血就会晕的胆小人物，而且还充满了无私爱心，我曾经救过流浪小狗，扶老奶奶过马路，我甚至还想到非洲去办希望小学。斗笠男，你居然说我是“杀人犯”？

我一把擒起他的衣领，所有的话像火山即将爆发的岩浆一样蓄积在喉咙口，下一秒就可以把他烧成灰烬，但我终于还是选择了理智地一笑，将他的身体扶正，然后，准备进行一番革命攻心教育。

“这位先生，你可知诽谤他人是有罪的？”

“在……在下明白。”

“那你说的可句句是实？”

“句句是实。”

“好，那我细细问来，你可不得骗我。”

“女侠若不杀我，我便实情相告。”

“我不杀你。你若说得清楚，我还照顾你的生意，替你推销斗笠如何？”

他朝我瞟了眼，有种英雄相见恨晚的意味。当然，他更明白自己的处境，知道一个白面书生与一个身怀武功的杀人狂魔之间，存在着多大的差距，于是脸上的表情迅速地变化，最终定格在一个视死如归的表情上。

“在下长年在这附近经商，三月前某一天，本是夜黑风高的天气，到了后半夜，却突降大雨……”

他开始娓娓道来，其实他的文采不错，描绘起天气、景色、气氛等，运用了大量的词汇与比喻，再努力几下，就快赶上高考满分作文了。只是，他说了一大通，竟全是废话，绕了半天，终于才说到正题上。

“我才走进庙堂，却看到你将剑刺进了那老伯的胸膛……”

一听到老伯两个字，我大惊，换作两只手死死掐住他，大吼一句：“什么老伯？”

他的脸绷成怪怪的青色，眼珠子夸张地暴涨，像条脱水的鱼。“我……我不认识他。”

他之后开始喃喃自语，我再也听不清，事实上，我的耳朵边嗡嗡作响，什么声音也听不见，我放开他的身体，他急急回转气息，我却混混沌沌坐到了地上。

左贤王说，我在珍珠镇上偷去长生图后，而这男人也说在三个月前见到了我，三个月前？正是我穿越过来的前几天，时间和地点都完全吻合。他说我杀了一个老人，而我仅存的记忆里，确实有一个老人，难道，是我刺杀了他？因为刺激太过强烈，所以，我穿越过来记忆中，便深深地印下了他的痕迹？

浑身开始发冷，思绪像是一盘刚刚打翻的面条，糊成一气，汁水横流……

韩真真，你是个好人，但并不能保证这世的身体没有做过坏事，你到底是谁？你的身上到底背负着什么？是因为长生图吗？这张神秘的图，到底还牵扯了多少血腥与可怕的事物没有浮出水面？

……

斗笠男见我发愣，于是抓紧机会想要逃跑，我飞身一把擒住他，他一副几乎要大小便失禁的模样，连忙求饶："求求女侠，放过在下……在下不会……不会将你的事说出去的……你大人有大量，千万……千万不要杀我灭口……"

我镇定下情绪，低沉着声音问他："那庙宇在哪儿？带我去！"

"沙尘暴早将一切吞没。"

"老人长什么模样？"

他怔了下，弱弱地回答："在下记不太清楚，只记得他胡子极白，穿着一件白袍，年纪约莫七十左右。"

"之后又发生了什么？"

"在下一见到血，马上就晕去了……"

"你既见到血案，又为何还有胆量留在这里经商？"

"战乱不断，风沙肆虐，方圆几百里，连户人家都找不到，这客栈虽小，却是来往人群的聚集之处，在下小本生意，只得留在这里维持生计，却不料，再次遇上女侠……"

他见我不说话，胆子倒大起来，反问我："女侠……是不是杀过人太多，记不清了？"

我瞪圆双眼，他吓得连声补充："您千万莫动气，如今乱世，四处是杀人放火，女侠杀一个两个，无碍无碍。女侠若喜欢，再杀上几百个，在下也无异议，只求女侠别杀我。在下流落四方，勉强糊口，却从未做过坏事……"

他碟碟不休说着，我脑子恢复冷静，快速转动，他说得那么有头有尾，连细节都吻合，看来确不是说谎，还好这里不是法治社会，否则我就一流窜在外的杀人逃犯，一辈子过不安心。

可是，这老人到底是谁？我是故意杀他，还是无奈之下才杀他？他为何不断出现在我的记忆里，而他口中说的那句话："反者，道之动。弱者，道之用。天下万物生于有，有生于无……"又是什么含义呢？

我将目光再次转到斗笠男身上，忽然有个问题浮上心头。

杀戮之后。长生图便不见踪影，那么，会不会是这家伙拿走的呢？又或者他知道有关的线索呢。

我兴奋起来，正想揪住他的脖子继续拷问，空气中传来一种奇特而细微的摩擦声，才不过0.01秒，他突然身子一僵，表情极其纠结，眼睛直愣愣地望着我，过了半刻，从嘴角缓缓流出一行血迹。

我傻在那儿，看着他身体变软，慢慢倒在我的前面，像只泄了气的皮球。我朝前面看去，一片黑暗，望不到底，然后，不过半秒，连续不断的空气摩擦声朝我袭来，我慌忙左右躲闪，只听丁丁声音不断，一个个闪亮的光点从我身边擦肩而过。

我回头一看，只见那些深深钉入墙壁的光点暗器，竟是一颗颗银光闪闪的铃铛……对面已经袭来一个身影，伴随着浑身清脆的声响，无须看她的脸，就知道她是谁。

我来不及分析美女掌柜为何突然出现，又突然杀死“斗笠男”，更来不及考虑她为何要袭击我，只得出招防卫，正面迎上她一拳，没料到她的内功极高，在二人相击的那一秒，仿佛有股极大的力量，从我的掌心直达心口，身体如簧般弹射出去，重重地摔在地上，呻吟着半晌爬不起来……

一口血从嘴里喷射而出，我这回是领略到大侠们身中内伤的痛苦了，五脏六肺如同泡在浓烈的硫酸里的感觉，难受极了。

她却收起招式，冷冷地打量着我，就像很多坏人，在你根本没有还手之力的时候，通常喜欢冷冷地打量着你一样，有种猫戏老鼠的骄傲意味。

……

夜风四起，她的声音如鬼魅般传来：

“你，是人，是鬼？”

……

我捂着胸口，又吐了口血，心想，这是个多么刺激的夜晚。

几秒钟前，我是斗笠男嘴中的杀人犯，这回，已经上升到“是人是鬼”的高度了。

昏暗的马灯下，美女掌柜的脸忽明忽暗，我白天见过她，并没有特别留意她的脸，此时，我细细打量下来，竟觉得有些熟悉的感觉，而且这份熟悉带着莫名的森冷，神经瞬间抽紧。

我可以保证，我穿越前一定见过她，而且，我与她之间发生了可怕的事。因为我的机体留存着一丝恐怖的感觉，挥之不去。

……

我从地上挣扎而起，梗着脖子强作镇定：“姐姐，初次见面，你打招呼果然很有个性，不过，我离倩女幽魂还有一点点距离，姐姐恐怕要失望了。”

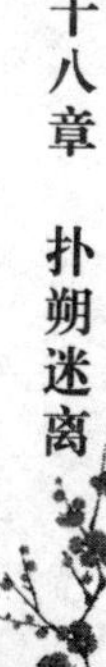

她冷哼一声："韩真真，你莫装蒜。"

"我真没有装蒜，我连根葱都装不了。"

她脸一沉，从牙缝里迸出几个字："少说废话，受死吧。"

"等等！"

我挥手制止住她，挤出一个媚笑。

"姐姐，你们这些神秘人物，说话为何总说半句？我反正打不过你，这又是你的地盘，杀我如囊中取物，也不急在这一时是吧。我们似曾相识，要不，我们泡杯茶，先叙叙旧，把接下去的半句说完行不？"

"少啰唆！"

她不再与我纠缠，挥掌向我头顶砍来，我趁方才说话间隔，暗暗捞到一根长棍，猛然横举挡头，不料她的掌风凌厉，竟生生地击断了碗口粗的棍子。虎口被震得发麻，惨白着脸，傻傻地看了下手中断成两截的木棍，差点没哭出来。见她又攻来，只得各持一截残棍，左挥右挡，勉强躲过几轮攻击……

她的攻势只增不减，忽然飞身而起，在空中长啸一声，却听一阵细碎而又清脆的铃铛声，如雨点般朝我袭来。我抬头看着满天"流星雨"，脑子倏然发白，想，完了，韩真真，这狗血的穿越人生，终于画上句号了。

……

后来，我才明白，我是这本惊悚片的女主角，真相还没有大白之前，导演不让我那么早死，早死的都是群众演员。

所以，千钧一刻，一只神奇的大手从某个恰当的方向，神奇地冒了出来，只轻轻一挥，便挡去了所有的致命流星雨，然后，极富艺术性和观赏性地在空中划出一个漂亮的弧线，轻柔而准确地接我入怀。

一阵天昏地暗之后，我定神看清了那张脸。

他嘴角带着一抹笑，脸庞周围有着一轮光圈，跟天使的造型差不多。我轻淡地吐出一句：

"大色狼，你来啦……"

他朝我笑着，将我轻轻放在地上。

黑暗中，又冒出几个身影，与大色狼一同围攻美女掌柜，只见一片刀光剑影……

我感觉到一股腥味的液体从我的嘴角开始往下流，眼前开始发黑，我想我是又要晕了，好吧，那就再晕一回吧。

……

在一种晃晃悠悠的感觉中，我渐渐苏醒过来，发现自己身处一飞奔的马车中。而马车上，坐着一脸轻淡的大色狼。

他饶有兴趣地摸着下巴，细细打量我。我揉了揉微醺的眼睛，正想坐正身体，却发现浑身没一点力气，内脏火烧火燎的痛感袭来，这才记起，自己受了内伤。

“我晕过去了？”

“是的，你晕得很及时。”

“你讽刺我？”

“不敢。”

……

“我受伤了？”

“嗯，七经八脉断了一半。”

“呃，我会死吗？”

“放心，一时半会死不了。”

“武功全废？”

“差不多吧。”

“我怎么那么惨。”

“你那点三脚猫功夫，不要也罢。”

……

我摸了摸身后贴着两张大膏药，于是又问：“这是怎么回事？”

“霍家的独门密膏药贴。”

“我是问你怎么贴上去的。”

“将你脱光，贴在两处穴道上。”他轻描淡写。

我想凑上去给他两个耳光，却无奈动弹不得，只得低吼着声音道：“混蛋！”

“我救你，你却连声谢也没。”他叹气，“世态炎凉。”

“你就不能早点来救我？”

“你如果能乖乖待在房里，还需我来救你？”

“谁让你半夜三更不睡觉去泡妞？”

“你果然是个醋坛子。”

“呸，我只是蔑视你那一套利用女老板出逃的下三烂计划。”

他没有直接回答，只掀开车帘一角，手轻轻一指，示意我往外看。

我探头看去，却见马车边，一左一右跟随着一对骑马的男女，却正是昨日店里遇到的那对长相普通的男女。

我回转过头，张大了嘴，干干道：“这才是你的计划？”

“他们早已备好马与干粮，在此等了我三天。”他轻淡一笑。

耳边响起声音。

“你见他们衣着普通，但身上一尘不染，一看就是在这店里待了数天了。对不？”

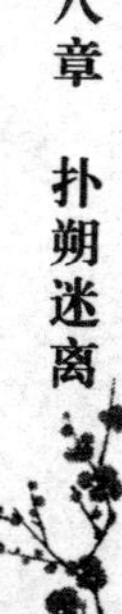

“那男人双脚来回搓了数下，说明脚上的鞋明显不合他的脚，想必只是装扮匈奴的衣着，却未必是匈奴人。”

“你再看他二人反复夹着菜，却一直没有往嘴里塞，只说明他们心不在焉，心思并不在吃饭上。”

“那他们是在干吗?”

“他们在等人。”

“等人?”

……

敢情他俩等的人，就是大色狼？这家伙还故弄玄虚，在我面前卖弄，真让人佩服之极。

想必他早在出征前，就已经想好了今天这一步棋。

我回神道：“既是这样，你何必去招惹那女人?”

他表情似笑非笑：“傻子，那女人一早就盯上你了。”

“呃?”

他却已探上头来，叹息道：“若没你这傻子搅局，我说不定还可留下她一命。”

“她死了?”

“自尽了。”

我额头冒汗：“她为何要自尽?”

“恐怕不想让我们知道她的身份。”

“呃……”

“唉，本是个绝色美人，就这么给你糟蹋了。”

“心疼了?”

“吃醋了?”

“呸，我吃你醋？笑话。”我重重给了他一拳。

他身体弓成虾状，脸上却堆满了笑意：“你怕我不要你?”

“当然，我是个脑子傻嘴巴烦的无聊女人，你不想摆脱我，难不成还想与我天长地久、白头偕老不成?”

“你放心，一时半会，我还舍不得扔下你。”

“一时半会，是多久?”

“也就七八九十年差不多也。”

……

我一时语顿，知道这家伙油嘴滑舌，根本说不过他，于是转了话题：“说正经的，你怎看出她有问题?”

他表情一沉，声音严肃起来：“她身上的铃铛叫做‘奇尊三步夺魂铃’，从她从楼上下来开始，我便听出了它的音质特殊之处。这种铃是由特殊的金属研炼而成，而这种暗器已失传很久。我所知，只有一种人才有这样的暗器。”

“什么人？”

他顿了顿，似是在思考，缓缓道：

“江湖上传说有一个神秘组织，名为天鹰会，其成员身份极其隐密，武艺高强，精通遁术，常常潜伏于各处，探听秘密，实施暗杀。而这‘奇尊三步夺魂铃’，正是他们的独门暗器一种。”

“你说她是天鹰会的人？”我瞪大眼。

“八九不离十。”

“这天鹰会是为谁服务的？”

他摇摇头：“天鹰会大隐于世，行踪极其诡秘。无人知道他们的目的何在、首领是谁，甚至，很多人到死，都不知道他们为何要杀自己。”

事情怎么越来越复杂，连黑社会都出来了。

我皱起眉头，思绪快速转动，也渐渐理出一些头绪。

……

我奉李敢之命，从左贤王这里取得了长生图，与一个白袍老人在珍珠镇上见面。那么白袍老人也许便是李敢派来与我接应的人，但之后，斗笠男说看见我杀了他，那么，当时的我极有可能是想独吞长生图，于是才杀了那老人。

假设美女掌柜是天鹰会的人，那么，她为了从我手上夺取宝图，又将我杀了……我很可能便是那时，正巧遇到了穿越过来的现代韩真真的灵魂，得以重生。所以，她才会一见到我，便说，你是人是鬼……

那么，照这样的分析，此时的长生图应该在天鹰会的手上？

……

我正思考着，霍去病却逼上来，勾起薄唇，似笑非笑道：“韩真真，连天鹰会的人都惹上了，看来你是凶多吉少了吧。”

见我不语，他声音带着一丝玩味：“要不要本侯爷来英雄救美？”

我与他四目相对。

眼前的男人虽然玩世不恭，却有着一对比好莱坞男星还要深邃的眼眸，漆黑晶亮，如水光潋滟，深似千年的潭子，永远看不清里面到底是什么……

我穿越过来的第一天，便遇上了他。他骗过我，利用过我，却也救过我。我想看透他，然而，不知不觉沉沦进去。我喜欢他吗？讨厌他吗？我可以信任他吗？我糊涂了心里对他的感觉，游离不定，像团越理越乱的线球。

马车一个颠簸，震荡了我的身体，让头脑瞬间清醒。于是苦笑。女人啊，万万不可忘记一个千古不变的道理：宁愿相信电视购物广告，也绝不可相信男人。

我回神扶正身体，只淡淡道：“英雄救美？算了吧，真真只想利用下侯爷而已。”

“噢，如何利用？”

“请侯爷回到都城后，帮真真找到天鹰会的人。”

“既是利用，那你准备付出何代价?”

我朝他白白眼，他朝我眨眨眼，我想一刀劈死他。

“真真本来想说‘以身相许’这类的狗屁话，后来想，侯爷见过的美女比我吃过的饭还多，一定不会稀罕真真这种货色，所以，也实在说不出口。于是，我想，对侯爷有一些吸引力的宝贝，恐怕也只有长生图了。待我找回长生图，将它献于侯爷如何?”

我的话音落下，车内透着一股压抑的沉静。

他淡淡笑着，并没有说话，只是目光带着一丝凌厉，在我的脸上来回地扫描，我气定神闲，没有被他的目光打败。

但，这都是我的伪装。其实我的心里很乱，一颗心猛烈地跳动。我承认，他的目光很具有杀伤力，他的嘴唇很性感很诱人。还好左贤王这事给我的教训太深刻了，让我明白决计不能相信任何美男计，才勉强保持住我的冷静与理智。

他笑了，打破沉默：“韩真真，你很聪明。”

“多谢夸奖。”

“你明知自己已难逃这个死局，无论找到或是找不到长生图，李敢或左贤王都不会放过你，所以，你想拉我下水，与他们拼死一战，是吗?”

我微笑，点点头。“侯爷，此时，长生图多半在天鹰会的手中，找到天鹰会的大本营，便找到了长生图，你难道真不想得到传说中的长生图吗?”

他凑上前来，气息扑鼻，嘴唇却逼上来，若有若无地触碰到我的唇面：“好，就让你利用一回。”

第十九章　再遇费连

马车忽然一个急刹，车外传来一记有力的喊声："侯爷，左贤王追上来，堵住了去路。"

话音落下，只听左贤王声嘶力竭的声音。

"霍去病，你们已被包围了，快快下来投降。"

我脸色一变，紧张问道："看来情况不妙。"

霍去病唇角一勾，竟闭目养神。

我挣扎着支起身："我们连马夫才5个人，打不过他们。"

他睁开眼，坦然自若道："我的两位手下，是军中第一高手。千军万马之中，也如入无人之境。对付左贤王那群乌合之众，他二人够了。"说着，又戏谑一笑，朝我看来，"胆小鬼，若是怕，就躲进本侯爷怀里来，本侯爷好好哄哄你，如何?"

我哼哼了两声，没有答理他，话题一转，讽刺道："传说中的民族英雄，原来这般谦虚，把第一高手的名号让给别人?"

他脸皮极厚："本侯爷是绝顶高手。嘻嘻。"

我直翻白眼："侯爷，你不介意我把昨晚吃的东西，吐在你的身上吧。"

"吐吧。"

"真的?"

"真的。"

"我吐了。"

……

二人胡扯着，车外却已经开打了。只听刀剑丁丁咣咣声不断，似是有许多人向我们的马车发起围攻，却一次又一次被挡了回去。没过多久，厮杀声果然渐渐平静下来，最后，竟是一片死寂。

半晌，一个声音又在外面响起。

"禀报将军，左贤王逃了。"

"好。"霍去病只说了一个字，继续闲云野鹤，我忍不住挑窗看去，却见外面横七竖八躺着数十具尸体，斜阳下，一男一女风轻云淡地伫立风中，不觉头皮发麻，真有种想吐的感觉。

我转头看着车内的男人，有种复杂的心情。

他安插这种高手在珍珠镇上，难道仅仅只是为了把他从左贤王手中救出来?

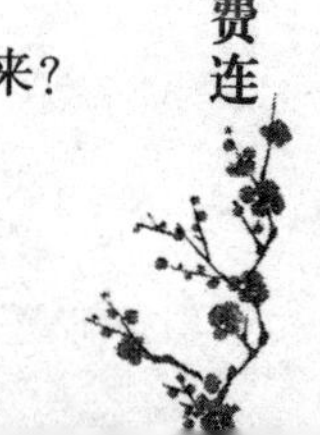

凭他的能力，完全可以干掉左贤王，又为何每次都放过他？他所做的一切，是不是还有其他的目的呢？

我想着，却又不敢往下想，我不想做那么复杂的人，我的目的很简单，借助霍去病，找到长生图，然后，一走了之。至于他是怎样的人，想做什么事，与我无关，我不想知道，也不敢知道。

我朝窗外望去，想转移注意力。天边忽然出现一层阴云，隐约带着咆哮，向我们席卷而来，我正在欣赏这美丽壮观的场面，身后的霍去病拍拍我的肩，冷峻一笑："猪，在看什么？"

"看风景。"我木木回答。

"沙暴，也是风景？"

我额头一湿，颤抖着道："你说沙暴来了？"

"你眼前就是。"

"那怎么办？"

"逃！"

他的话音落下，将我如擒小鸡般从车上掳出，才跳下车，沙暴却已光临，只见风沙漫天，昏暗一片，我只觉脸上噼里啪啦不断被小石子击中，痛得麻木，风力越来越大，地狱般的声音在耳边狂吼，身体不受控制般，被吹到半空中，像片无助的树叶，我凄惨地大叫："救命啊！"

一只大手，迅猛地擒住我，才让我不至于被吹到北极。模糊中，我见到霍去病一只手抱住一棵大树，一只手紧紧攒住我的身体，而我们的马车已被吹成了两截，在空中不断地翻滚……

我睁开眼，忍不住打了个喷嚏，因为我的眼里、嘴里、鼻里全是沙子。当然，我的身体的待遇也好不到哪儿去，因为，大半截都被深深地埋进沙子里，我想，此刻的我像极了一个刚刚从坟墓里爬出半截的千年僵尸，而且，随之而来的是难忍的痛楚，触电般地遍布全身，以至于我的表情也很纠结，像块被拧得没一滴水的破抹布。

这般狼狈模样，居然还让我处在一位绝世帅哥的注视下，而且还是那位有过一面之缘的高富帅——费连城。

他富有穿透力的目光，细致而带着调侃地打量着我，长长的睫毛，在微微带有蓝色的眼眸上，投下剪影。

我想，很多女人都极怕被帅哥见到自己蓬头垢面的时候，比如早上醒来满是眼屎，或是晚上卸下美瞳和假睫毛以后之类的。当然，我的状况比前两种情况糟多了。

他看得我心里生冷生冷的，我的淑女形象看来没什么希望了。我想，要么，我就把脸也埋进沙子，要么，我就给他一个风轻云淡的微笑。于是，我给了他一个风轻云淡的微笑，他也朝我微笑，然后，他说："姑娘好。"

"费大哥好。"我回了句。

"在下姓费连，不姓费。"他朝我眨了眨眼。

我连忙点点头，心想，没文化，果然很可怕："费连大哥好。"

他摸摸我的头："需要我救你吗？"

"好啊。"我继续点头。

上来两个大汉，将我从沙里刨了出来，我于是像只从沙里解放的土豆，直愣愣地躺在地上，一动也不动。

"你受伤了？"费连城半扶起我，轻声问着，我依偎在他的怀里，靠在他结实的胸肌上，差点就感动得热泪盈眶。

一记熟悉的声音响起："对，她受了内伤。"

我转头看去，却见一身灰尘的大色狼，恶狠狠地盯住我，表情有些僵硬，似乎很不满意我与费连城交集。

费连城唇角一勾："我问你了吗？"

"她头脑不太机灵，以后费连大侠有何事，就问在下好了。"大色狼毫不示弱。

我呛出口血来，费连城朝我瞟来："原来你是傻子。"

"不，他是疯子。"我朝大色狼指去。

"你们叫什么名字？"

"她叫朱三。"霍去病快速打断我，说谎连眼睛都不眨一下。

朱三？我呸，干脆叫猪头得了。

"对，我叫朱三，他叫大狼。"

我说着，得意地瞟了他一眼。他捏紧拳头。

费连城戏谑一笑，抚掌而起："好，一个傻子，一个疯子。一个朱三，一个大狼，果然有趣。但费连不论你们是傻是疯，既然二位被风吹到我手上，我便好好替你们疗伤，不过，须为费连部落听从调遣，如何？"

我与霍去病对视了眼，异口同声道："好！"

赶了大半天的路程，费连一行人，渐渐转入一个山谷，绕了不知多少弯，黄昏下，眼前开阔起来，我虽然身受重伤，筋疲力尽，躺在颠簸的大板车上，连说话的气力也没，但一见到眼前的景色，还是忍不住起身，"哇"了一声。

如果国家地理杂志准备评选新一届"人一生必须要去的十大景点"，我绝对会推荐眼前的这片山谷。

山谷被分为三个部分，一部分是连绵的群山，山的颜色是赤红加深绿，虽为撞色，却和谐得要命；第二部分，是一条银白色的地下长河，从群山中奔腾而出，如一条白色的腰带，恰如其分地环绕着整个山谷；而最中间的第三部分，炊烟袅袅，帐篷如点点繁星，点缀在酱红色大地上，仿佛一块价格不菲的波斯地毯。

我问费连城："这是什么地方？"

“落苏谷。”

“哇，好美的名字。”我不禁感叹。

“落苏是茄子的意思，有什么美的。”身边响起大色狼的声音。

我狠狠朝他瞪了眼，又转头对费连城道：“这是你的地盘？”

“这是我父亲的王国。”他高高骑在马上，嘴角带着笑意，风扬起他帽檐的流苏，帅气极了。

我眼露精光，深深感叹道：“费连大哥真是优质啊。”

他探下头来，笑眯眯道：“还想嫁我吗？”

“想。”我眼睛弯成一条线。

“要不先嫁我一回？”

“呃，不过，但我俩没有感情基础，先要恋爱才行。”

“如何恋爱？”

“比如吃饭、聊天、散步之类的。”

“噢？怎么这么麻烦。”

“当然，男人追求女人，是有过程的。”

“追求？”

“嗯，追求。”

他哈哈大笑起来，在我的鼻子上轻轻刮了下：“好，就先追求。”

说着，长鞭一挥，策马朝落苏谷的深处快速奔驰而去。

我流着口水看着他的背影，一侧的大色狼却酸溜溜道：“天下还有比你脸皮更厚的女人吗？”

我头也不转，只轻淡回了句：“没了。”

“别忘记你还是我的侍妾。”

“我把休书都写了。”

“那不算数。”

“算不算数都随你，反正你离我远点。”

“你……”

“你什么你？有本事，你在这里也找个女人娶了。”

“我才不娶强盗和野蛮人。”

“算了，你这副嘴脸，谁要你？”

……

我们半真半假地争执着，却已不知不觉到了山谷的最中心，也是这里的权力中心，部落首领的大帐。

走进装饰精美的帐篷，顿觉气氛严肃，还好我与霍去病都是见过大世面的人，所以，还算镇定自若。

我俩晃晃悠悠地跪下，却听费连城道："禀报父亲，这二人是我从沙暴中救回的陌生人。身受重伤，孩儿决定带他俩回营为奴，请父亲应允。"

大帐中响起一个声音，洪亮而具有权威：

"陌生人？抬起头来。"

我听着连忙抬起头，正对上一双炯炯有神的中年人的目光。只见他红光满面，气宇轩昂，身披兽皮制成的战袍，浑身上下透着一股不容你逃脱的霸气。他应该就是左贤王口中的费连武尊了。

"你叫什么名字？"

"朱三。"我弱弱地回答。

"朱三？"费连武尊下意识地皱了下眉。我连忙献媚："首领大叔，你长得好有气势。"

"噢？"他脸色一闪。

我补充道："这套兽袍款式繁复，一般人穿着，早被湮没了，而穿在大叔你身上，不但展现出优美的肌肉线条，而且还有形有款，极具明星范儿。大叔，这是今年的新款吗？"

我的声音落下，帐内安静得出奇。过不久，一侧的霍去病轻轻咳了下，朝费连城低语了句："我说她是傻子，你偏不信。"

费连城笑着，朝我看来，我只得低下头。忽听费连武尊哈哈大笑起来。

"这兽袍是我的女儿帮我缝制的，她心灵手巧，本是部落中最有本事的女人。"

"哇，大叔，何时有幸请小姐也替我设计一件？"

"好啊。"他爽朗地答应，说着，又转身朝费连城大笑道："儿子，你从何处找来这般有趣的女人？"

费连城眯眼笑道："她是天上掉下来的。"说着，若有所思地看向我。我被他看得满脸通红，赶紧低下头去。

"好好，有趣的人，就留在费连部落里吧。"费连武尊微笑着，又转向了霍去病，问："你叫什么？"

霍去病抬头，正想回答，帐外忽响起一阵银铃般的笑声："谁说叫我帮她缝衣服？"

随着声音渐近，一个矫健而秀气的身影风一样地飞进了帐篷。

待她身形落定，我才看清她的相貌，只见她十六七岁的年纪，明眸皓齿，皮肤带着健康的麦色，仿佛一颗打磨过的黑珍珠，光洁细腻，别有风味，一双带电的大眼睛，长长的睫毛一闪一闪，勾得人魂不守舍，那身材更是凹凸有致，充满了性感的张力。

我想，我是男人，我一定会在今晚梦到与她同床共枕。

可惜我是女人，所以我恨不得把她从我的眼前抹去，因为我已经看到了大色狼直勾勾的眼神，而她也很快在人群里找到英俊出尘的他，二人四目相对，有种

一见钟情的味道。

费连武尊道："潇儿，你又疯去哪儿了？"

费连潇目光舍不得离开霍去病，只心不在焉道："去山里玩了。"

"山里险峻，下次不许去。"费连武尊略带责备。

费连潇这才回神，调皮吐了舌头："父亲，女儿武艺精进，不怕妖魔鬼怪。"

"女儿家，安安心心缝衣做饭，找个好小伙嫁了才是。"

"又来嫁人之说？"费连潇似是平日里被父亲烦惯了，有些不耐烦，鼓起嘴来。

一侧的费连城呛了句："只怕没人敢要你这泼妇！"

费连潇给他一拳，喝道："嫁人也不嫁臭哥哥。"说着，她的目光又落到霍去病身上，绕着他走了一圈，啧啧道："要嫁，也要嫁这样的男人。"

说着，探近霍去病，笑眯眯道："哥哥，你叫什么名字？"

她的话音落下，我强烈地咳出一口血来，一侧的费连城扶住我，给了我一张椅子。

费连潇这才注意到我，也没等霍去病回答，指着我继续问："你是他什么人？"

我愣住，朝霍去病看看，又朝费连城看看，干吞了口口水，低声道："我？与他一点关系也没有。不过，费连小姐，你想嫁他也可以，但嫁人不是随便的事，要深入了解沟通，多多交往才是。"

"对。先要恋爱才是。"一侧的费连城笑眯眯地补充，现学现卖。

"恋爱？"她好奇地眨眨眼睛，朝一直没有发言的霍去病看去。

霍去病轻淡一笑，不紧不慢地道："比如吃饭、聊天、散步之类的。"

"噢？怎么这么麻烦。"

"当然，还要耐心地追求费连小姐。"他说着，目光却朝我看来，我尴尬转过头去，却遇到费连城的笑容。

几个年轻人你看来，我看去，气氛有点奇怪，费连武尊终于忍不住了，于是道："潇儿，带二位去帐篷休息，请部落的大夫为他俩疗伤。我与城儿还有事商量。"

"好。"费连潇干脆地甩甩头，朝我俩示意，"走！"

我与霍去病出帐的那一刻，听到费连武尊与费连城对话：

"半鞯联军部署怎样？"

"回父亲，孩儿已查明他们军队动向，人数远在预料之上，若形成合围，对我军极为不利……"

霍去病只是外伤，不过因为这些天未有好的治疗，伤口发炎得厉害，胸口触目惊心一片，大夫替他刮骨疗伤了好一阵，才去干净烂肉。想必这几天他痛苦得很，却没听过他叫疼，这会儿还一脸轻淡连眉头都不皱一下，费连潇却抱着他的手不放，心疼地大叫："狼哥哥，你痛吗？"

那家伙也来之不拒，故作隐忍状："有妹妹在，便不痛了。"

我恶心地抽筋，一侧正在为我搭脉的大夫却责怪道："别动。"

我只得镇定下来，用眼角瞟着那对狗男女亲热的模样，他却也瞟来，嘴角一扬道："大夫，这傻子会死吗？"

大夫道："姑娘受了极严重的内伤，恐怕凶多吉少。"

我的一颗心拎起："凶有多少，吉有多少？"

大夫很严肃："凶便是可能活不过一月，吉便是还能再活几十年。"

"大夫，你说得太不专业了，敢情跟没说一样。"

"那得看姑娘的福报有多少。"

"大夫，你的意思是让我去庙里烧香？"

大夫沉静下来，表情迅速地变化，似是在思考什么重要的问题，过了半晌，道："姑娘的命已极大了，不瞒姑娘，从你的脉相看来，你早死过一回，只是不知何原因，又重生过来。"

"呃……"

"这傻子命贱得很，哪轻易死得了。"大色狼在一侧懒洋洋地开口。

我想扔只鞋子砸向他的嘴脸，却无奈一点力气也无，只得朝他干瞪眼，费连潇却缠住霍去病，笑眯眯道："哥哥做我的贴身侍卫如何？"

"好啊。"他同样笑眯眯。

我扯着嗓子道："费连小姐，我做你贴身奴婢行不？"

费连潇朝我看来："你长得不好看，我不要。"

"小姐，千万不要以貌取人，有些人长得好看，心理可阴暗得很，我朱三可是心灵美的代表。不信，小姐先用上我一阵再说？"

费连潇怔住，细细打量我，我连忙补充道："我可是会做甜品的噢。"

"甜品？"

"嗯，吃了心里甜滋滋的食物。"

"好啊，我要尝心里甜滋滋的食物！"费连潇抚掌欢呼，"你俩好好在此养伤，待伤好了，我一齐收了你俩到我帐下。"

费连潇说着，又缠了霍去病一会儿，大夫说让我俩好好休息下，于是她便随大夫出帐去。

帐里安静下来，风呼呼作响。

霍去病清咳了下，道："我已记下出谷的路线，待伤好了，可趁夜色出谷。"

"茫茫荒漠，即便出了谷，我们何去何从？"

他探上身来，意味深长道："你舍不得你那费连大哥？"

"这也是个不错的主意，反正留在这部落里，总比出谷去被人追杀的好。"

"你以为这部落太平得很？"

"什么意思？"

“方才你没听到费连城与他父亲说，半鞯联军已出兵。”

“半鞯联军是什么东西?”

“傻子，亏你还是个匈奴人。”他刮了下我的鼻子，补充道，“费连口中的联军，即半月族与鞯答族两个部落的联合的部队。此三族本为一族血脉，却不知为何分裂成三族，其中又以费连族为一派，与其他二族对立，长年血战不止。这一带荒无人烟，而落苏谷是少见的绿洲地带，估计只为争这落苏谷的地盘才引来战争。”

“噢。”我白痴状点点头，心又开始嘣嘣直跳。这天下怎么这么不太平，看来隐居山林，真是痴心妄想。

第二十章　圣水之源

几日飞快过去，大色狼果然是贱男人的坯子，伤好得出奇地快，没几下便活蹦乱跳，我却惨一些，几天都下不了床，眼睁睁地看着他与费连潇搂搂抱抱，好不快活。

终于得以勉强下床，才走出帐去，却见部落里一片繁忙，人群穿梭如织，个个喜气洋洋，问了才知，原来是“泰真节”即将来临。

我不懂泰真节是什么意思，古代人和现代人差不多，挑个日子作为节日，大多只是为了找个借口狂欢或者促进消费，也让那些整天做着重复劳动的女人们有个体现价值的机会。

这不，一群女人正在制作奶酥，唧唧喳喳热闹得很。

我适时地加入了她们，她们笑眯眯地打量着我，我拍了一圈马屁，她们立马对我好感度俱增，热情邀请我一同制作奶酥。我尝了口奶酥，味道不错，又建议她们可以将它与小麦粉混和，可制作成奶酥饼，她们面面相觑了下，立刻有人拿来了麦粉，几次试验下来，成果出炉，女人们欢呼雀跃起来，决定聘请我为“泰真节”的一级大厨，为宴会制作甜品。

正谈得欢时，背后传来清脆的声音：“朱三，你怎在这里？”

我转头看去，见眼前立着三匹骏马，马上分别骑着费连潇、费连城，以及霍去病，阳光斜斜照射在他们侧面，让我想起一句话：“最美是少年。”

我掸了下身上的麦粉，正想开口说话，费连潇却已不耐烦了，从边上牵过一匹马，对我嚷道：“上马。”

我正愣着，她一把将我揪上马，道：“父亲让我与哥哥一齐去取沐河圣水以备泰真节用，你与大狼随我们一起去吧。”

我想说我大病初愈，武功尽废，对他们实在没什么用处，但一见大色狼与他们打成一片的模样，心里又不甘，于是扬扬头，笑眯眯道：“好啊。”

四人策马扬鞭，奔驰在广阔的草原上，白色的帐篷在两边快速地倒退，幻化成茫茫一片。他三人马术远在我之上，快得不得了。我勉强跟上他们的步伐，却已是气喘吁吁。四人朝密林深处跃去，脚边流水潺潺，沿着沐河一路寻源而上。

狂奔一阵，进了山林，四人弃马步行，到了半山腰，总算是停下休息，我上气不接下气，捂着胸口瘫倒在地。

费连潇却已缠着霍去病，替他捏肩捶背，哪还像他主人的模样，倒像个称职

的女仆。我不屑地转过头，却遇上费连城的背影，正在登高远眺。

我走上前，循着他的目光看去，谷外，大片荒漠，白茫茫一片，什么也看不见。

我问："费连大哥在看什么。"

他沉默不语，只微微蹙了下眉。

我又道："我知道费连大哥在看什么。"

"什么?"他转头看了一眼我。

我微微一笑，极深沉地吐出一句："恐惧。"

"恐惧?"

"是的，白茫茫中，一双双恐惧的眼睛，凝视着这片山谷。虽然，敌人梦寐以求想要征服这里，却因为有费连大哥在，他们被恐惧止住了步伐。"

我想，我如果开不了甜品屋，可以去做脱口秀主持人。

他笑了，露出雪白的牙齿："朱三，你这套奉承人的话，在我这里无用。"

我有些尴尬，轻轻地咳了下："大哥何必一针见血，我想这是个好的话题，你就不能配合我一下?"

他的笑意更浓："好的话题，嗯，这是恋爱的一部分吗?"

"当然，男女之间，不就应该先说点什么，再说点什么么?比如今天天气不错之类的，当然，战争也是个好的话题。"

"可惜战争迫在眉睫，却是件极残忍的事。"他脸色沉下来，叹息，"你可知，敌人的数量，是我们的十倍。"

我摸摸下巴，道："费连大哥，我唱首歌给你听吧。"

他星目闪烁，饶有兴趣地望着我。我开唱《血染的风采》：

也许我告别 将不再回来 你是否理解 你是否明白

也许我倒下 再不能起来 你是否还要 永久的期待

如果是这样 你不要悲哀 共和国的旗帜上有我们血染的风采

……

我唱得热血沸腾，打算着唱完之后，可以发表一番充满民族气概的言论，以调动费连城积极正面不畏强敌的民族情感。

正唱到高潮部分，忽从身后射来一颗小石子，正中我的臀部，我痛得哇哇直叫，愤愤转身，才见是大色狼一脸蔑视的模样，挑眉道："你再唱下去，野狼都出来了。"

草丛中，忽然响起了一声阴戾的吼声。

众人齐齐朝声音的方向看去，顿时一身冷汗。

草丛里，一对阴森森的野兽之目正对着我们，尖利的獠牙，泛着凶恶的荧光，两只前爪不断在地面摩擦，蓄势待发……

霍去病朝我直翻白眼："拜你所赐，果然引来野狼。"

我狠狠朝他瞪去，低喝道："恐怕是你这只大色狼引来的同伙吧。"

"现在怎么办?"费连潇担忧。

"我们杀不得它。"费连城声音冷峻。

"为什么?"我忍不住问。

"祖上有令，圣水之源，不得杀生，更何况狼是本族图腾，不能轻易伤害。"

"呃……"

"而且，而且，它们不止一只。"

他的话音落下，果然从草丛里，陆续走出一只只红眼大狼，精光毕露，仿佛下一秒便要将我们撕成碎片。

……

被一群野狼围住的心态是怎么样的？原来像是厨房里准备上砧板受死的那只老母鸡，想自己辛苦长成的肉成为他人的食物，在充满血腥味的唇齿之间被撕咬研磨……我不敢往下想去，转念想到，我是一个热爱动物的人士，或许我可以找它们谈谈。

于是，我清咳一声，挥手道："大家别慌，我来沟通一下。"

在众人目瞪口呆的表情下，我壮起胆子，学了两声狼叫。那带头的大狼朝我看来，竟也跟着叫了声。我想，原来不难沟通吗，于是又叫了两声，令人振奋的是，一群野狼齐齐开始号叫……

一侧的费连潇忍不住了，小声问道："你与它们说什么?"

"我说，今天天气很不错，大家可以坐下来聊聊天什么的……"

"呃……"

我于是开始不断地发出狼叫，狼群们也跟着号叫，山间回响着声音，像场混乱的音乐剧。

我一边叫着，一边示意众人跟着我的步伐悄无声息地移动，他们心知肚明，一群人很快找到了最佳的逃生出口。我见时机已到，高喊一声："逃命!"

众人撒开步子开始狂奔，狼群反应过来，闪电般地朝我们追来，逃了一阵，他三人轻轻一跃，都各自跃到了高耸入云的大树顶上，我却手脚并用，勉强爬到树干一半，几只狼跳得老高，差些咬中我的脚趾，我吓得哇哇大叫，一只大手擒住我，强大的力量传来，我的身体一个腾空，竟轻松跃到了树顶，不偏不倚地落进一个怀抱。定神看去，却是费连城笑盈盈的双眼。

窄小的树顶，拥挤的空间，他抱得我死死的，男性的气息扑面而来，我忘记了自己身处何地，忘记两个人立在树尖，其难度级别堪比杂技，而且下面还有一张张血盆大口等着我们的险境，我完全被这种浪漫而有创意的情节，深深地打动。我想，回去一定要记得给菩萨烧炷香，感谢她为我创造了与帅哥亲密接触的难得机会。

既然是机会，我不会轻易放过，于是我搂住他伟岸的胸膛，干脆将脸深深埋

了进去。我能感受到他精壮有力的股三头肌和三角肌，在我身上揽过，我心花怒放，咯咯直笑。他问："你笑什么。"

"没……没什么。"我忍住笑。

他抬起我的下巴，玩味道："狼群一时半会儿走不了，恐怕我们得在山上过夜了。"

"呃……"

"既然时间多得很，要不现在开始恋爱如何？"

"好啊。"我戏谑一笑。

"就从聊天开始。"

"得，你找个话题。"

"嗯，不谈战争了，谈谈你。你是什么人？"

"我从现代穿越而来，先是一个侍女，后来成为俘虏，接着变成侍妾，然后成为细作，又差点成为女鬼，最后，成了落苏谷里即将掉进野狼肚子的一块肉。"

"呵，真是复杂。"

"我也觉得晕头转向。"

"何叫穿越？"

"嗯，就是空中有一条看不见的路，而你碰巧就走了上去。"

"听上去挺刺激。"

"是不错，下回，有幸再次穿越，我一定叫上费连大哥。"

对面的大树上传来一阵猛咳，我循声看去，却见大色狼正捂着嘴咳嗽，仔细一看，又见他怀里居然也抱着一个人，正是那娇滴滴的费连潇。

方才明明二人一人抱一棵树，此时竟勾搭在一棵树上，气得我牙齿咯咯直响，忍不住呛道："费连小姐，你可得当心些，你身边这只大狼，比你树下的野狼可危险多了。"

对面传来费连潇不解的声音："朱三，此话何意？"

"你忘记他叫什么名字了吗？大狼，专吃你这类又嫩又懵懂的小萝莉……"

"潇儿喜欢狼哥哥。狼哥哥，你要吃了我，我都愿意。"

我额头冒汗，对面却传来大色狼不紧不慢的声音："费连兄，正好，我也提醒下你，你怀里这只女色狼，可比我凶猛得多，你若是惹上她，恐一辈子都没得安宁。"

"你……"

"原来你是女狼，难怪方才能说狼语。"费连城笑眯眯说道。

我干笑："他是疯子，甭答理他。"

"噢，疯子？我怎觉得你喜欢这个疯子。"

"呃，大哥觉得我会喜欢一个疯子？"我哈哈大笑。

"不是吗？"

“是吗?”

“我只是随口一说，你何必当真?”他似真似假望着我，我避开他的眼睛，天色暗下，掩蔽了我通红的脸庞，于是，转移话题，“费连大哥，我们继续恋爱如何?”

“好啊。接下去该干什么?”

“我再唱首歌给你听吧。”

“呃，算了吧，我怕再把狼群引来。”

“要不，听费连大哥唱吧。”

“你想听什么?”

“随便啦，草原情歌之类的。”

“好吧。”他倒也不拒绝，轻轻哼唱起来。他的声音浑厚而有磁性，带着浅浅的沙哑，竟好听得不得了。

民歌曲调优美婉转，我虽一个字也没听懂，但却被他的声音彻底打败，想，果然是优质男，半点毛病也挑不出来，连歌声也那么动听。

我听着入了迷。树下的狼群终于散去，月色悄悄爬上树梢，与我近在咫尺，竟有种美轮美奂的意境。我有种诗兴大发的冲动。于是说：“费连大哥，你懂废话诗吗?”

“你会作诗?”

“嗯。”我清了清嗓门，扯着声音道：“比如，天上的月亮真圆啊/真的，很圆很圆/非常圆/非常非常十分圆/极其圆/贼圆/简直圆死了/啊!”

一个石子飞来，击中我的额头，我从痴迷状惊醒过来，哇哇大叫：“谁砸的我?”

一个黑影在我面前掠过，顺势将我从费连城的怀里揪出，我一声惨叫，身体随着黑影急速下落，“砰”一声，重重摔在地上，屁股痛得起不来。

抬头看到大色狼闪闪发亮的眸子，气得大叫：“你想谋杀我?”

他手一叉，轻哼道：“狼群已不见了，还赖着别人不放作甚?”

“你管得着吗?”

“我是看不下去，实在令人作呕。”

“有比你抱着费连小姐不放那一幕更恶心的吗?”

……

我俩争论着，面红耳赤，费连兄妹一边哭笑不得，只得劝架。

我一本正经道：“费连小姐当心，这个人有艾滋病。”

“何为艾滋病?”

“就是女人太多了，脏得不得了的病。会传染噢。”

“狼哥哥，你有多少女人?”费连潇眨着大眼睛。

“呃，也就一百三四十个吧。”他恬不知耻笑着。

“哇，好，我也要做哥哥的女人。”她一把抱紧他，“我也要得艾滋病。”

我实在受不了了，原地转了三圈，高叫道：“圣水呢，我们赶快去找圣水。”

“天黑了，先找个地方歇息再说。”费连城道。

四人猫了一夜，天蒙蒙亮便朝山顶而去，气喘吁吁爬了一阵，总算是找到了圣水之源。其实就是个瀑布潭子，几千吨银水从百米高空冲刷而下，形成壮观的声响。

我想，就当到黄果树旅游吧，也不枉我为它差点进了狼肚子。

“美。”我赞叹。

费连城上前一步，苦笑：“只是个潭子，却引来杀戮无数。”

“你是指半鞯联军？”

“我三族原本共同生活在这一带，却有人想独吞此处宝地，所以四分五裂，自相残杀。”

“他们为何要争这里？”

“传说沐河之源，圣水之巅，是福泽的象征。”

“什么意思？”

“没什么意思。”他淡淡道。

“圣水有何用，喝了长生不老？”

他听毕，忽然笑起来：“只是普通的水而已。”

“呃，”我吞了口干沫，“为了一潭子水，引发战争？”

他意味深长地反问：“匈奴与汉朝的战争，又是为了什么？”说着，将目光转向一侧一直没有发言的霍去病。

我心一紧，只觉得他话中带话，他若是知道眼前这个年轻人曾经杀得匈奴片甲不留，又会是怎么样的反应？

那家伙一脸清淡，只微微一笑道：“欲望。”

费连城哈哈大笑：“对，说得好，欲望！人的欲望，永无止境。所谓国家、民族、政治，却全是欲望的代名词而已。”

他笑着，上前一步，逼问霍去病道：“大狼，你有何欲望？”

霍去病只淡淡一笑：“活下去。”

“噢？”

“只是活下去而已。”他笑容带着深意，让人捉摸不透。

阳光洒在他的侧面，勾勒出他丰神俊美的线条，我很少见到大色狼严肃的模样，他突来这样的表情，竟让我心嘣嘣直跳起来。

……

四人取得圣水下山。山下的人见我们平安回来，立马围上问长问短，费连城和霍去病显然是女人们的最爱，被围得众星捧月似的，他们的安危牵动了族内少女少妇少奶们的一颗芳心，估计彻夜未眠，担忧着偶像遭遇意外。

我被人群挤到一边，正在长吁短叹之时，被一群老婆子拖去准备晚宴的甜点，一见到厨具和食材，我便兴致大发，早忘记昨晚的惊险，撸起袖管便开始忙得不可开交。

天色渐渐变暗，部落里却灯火通明、热闹非凡，也许是费连族人天生乐观，丝毫未受到战争迫在眉睫的影响，男女老少打扮一新，将好酒好菜摆到了中间的空地上，鼓乐声起，一场盛宴即将开始。

我作为“后勤服务部”的成员，自是辛苦得很，待到几款甜品出炉，已是汗流浃背。一群老婆婆围住我，关心问道：“姑娘，你不参加宴会吗?”

“呃，我不会唱不会跳，还是做做幕后吧。”我挤出一个笑容。

“傻姑娘，泰真节是族里年轻男女定情的好机会，你可不能错过啊。”

我头疼。敢情是相亲大会？算了，我这种姿色，还是不去献丑了。

老婆婆们不准备放过我，纷纷拉着我的手道：“姑娘可有心上人?”

“呃，没有。”

“那就去寻一个!”一个老婆婆上前，充满力量地拍拍我的肩，我痛得龇牙，连忙道：“大娘，我长得太丑，没人看得上我。”

“姑娘心灵手巧，即便丑些也无事。”一个好事者上来安慰我，又一个好事者上来道，“再丑，我也替你打扮得像天上月亮一般美。”

众人一阵起哄，那人更是斗志昂扬，拖着我便往帐篷里跑。

我进了她的帐，吓了一大跳，一个大箱子里，全是脂粉口红，俨然一个专业选手。

“这……这……”我支吾着，她却上前，神秘兮兮道：“我原本是单于宫里的侍女，专负责娘娘们的美容打扮。这些都是我几十年的珍藏，你放心就是了。”

我额头一湿，几十年的化妆品，用了会不会过敏？我也来不及问，她已经拿着一个刷子朝我脸上抹来，我严重地打了一个喷嚏，却已骑虎难下。

化完妆，梳完发髻，我又被她扒了个精光，换上了她珍藏的衣裙，不过半个时辰，她的试验品终于出炉。一群老婆婆围进帐来，惊得目瞪口呆，半晌才回过神来，连声赞叹：“漂亮，真是漂亮。”

我不知她们的审美观是不是出了问题，想找个镜子照下也没机会，但多少可以想象出，一个年过六十的老妇，用过期的化妆品，打扮我这样一个天生不丽质的女人，效果可见一斑。

于是，揪住空当，嗖一下钻出帐去，撒开步子跑得飞快。

老婆婆们追上我，不顾我的惨叫，半推半就地将我推进了主会场。

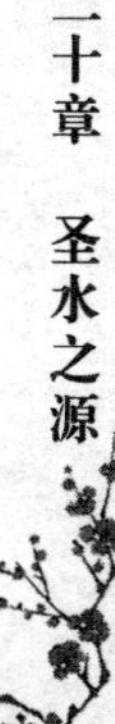

第二十一章　泰真狂欢

会场里人山人海，篝火烧得天空贼亮，一群牧民们围着火焰跳舞、手舞足蹈的场面，让我想起了现代酒吧。

我失神跨进一步，许多目光齐齐朝我射来，我想自己的脸像颗即将点燃的火柴头，烫得要命，想找个角落躲起来也难。

一个身影飘到了我面前，大惊小怪道："朱三，你可真漂亮。"

眼前是费连潇，她打扮一新，像只彩蝴蝶，其他人在她背后，全成了摆设，她上前一步，又补充道："朱三，你打扮过可真是个大美人。我喜欢你！"

"呃……"我胸口一滞，想，她多半是讽刺加安慰我，身体却不受控制地被她拉到了费连武尊面前，直嚷："父亲，朱三来了。"

费连武尊见到我，赞许着朝我点头，问："朱三，这些甜品可是你做的？"

我连忙媚笑："对对，首领大叔，好吃吗？"

"很好吃。"他笑眯眯地点头，又指了其中一盘道，"这是什么？"

"这叫黄豆酥。"我忙介绍，"是我将面粉煮熟后，切成黄豆般大小的丁状，凉后压制成方形，烤干后再分成若干小块，因为形似粒粒黄豆粘连而成，故称黄豆酥。"

"噢，黄豆酥？"

"对，因为它香酥可口，却易长期保存不变质。首领下回行军打仗，可以带上此种食物。"

"好好好！"费连武尊哈哈大笑起来，"朱三，果然是个有本事的女人。来来，赐座。"

我坐下身，转头见到费连城，嘴角带着笑意。

"你装扮过了？"他紧紧盯住我。

"呵，"我尴尬一笑，用手势配合着解释，"闲得无聊。"

他却只含着笑看我，看得我头皮发麻，忍不住问："我是否胭脂抹得太厚，又或者是裙子穿反了？"

"何意？"

"为何那么多人朝我看？"

"那是因为你美。"

"我美？"

“是的，你很美。”他深情地望着我。我想，那么深情的目光，应该不是假装，而且隐约觉得他看我的目光与以往有些不一样，当然，我不会相信那种王子灰姑娘型的故事会发生在我身上，他若是觉得我美，也最多仅限于今晚而已。

……

人群攒动，我在其中寻找着大色狼的身影，却见斜斜的角落里，果真坐着他的身影，只是被那费连潇缠得死死的，眼神却亮晶晶朝我瞟来，全是复杂之色。

音乐声忽然停下，众人目光聚到一个司仪模样的人身上，那人神采飞扬地说了一大通废话，大体意思是说部落里的男人们，即将开始一场争抢绣球的游戏，抢到绣球的男人，可以将它送给自己心爱的女人示爱。

男人们摩拳擦掌，跃跃欲试，我瞟见大色狼纹丝不动坐着，还捞过一块牛肉啃个不停，似乎不想参加这种无聊的游戏。

绣球架在高高的竹塔顶部，粗粗一看也有十几米高，没一点上乘的轻功，恐怕连边都触不到。

“铛”一声锣响，男人们长啸着，向竹塔席卷而去。只见火光倒映下，一条条身影如离弦箭般射向塔顶，只不过才触到一个角，身体转眼又被其他人踢飞，接二连三地摔到泥地上……又有几人算是团队合作，层层开始叠罗汉，几个五大三粗男人站在最底部，一个身手矫健者脚步轻点，像是爬梯子般，猛跃上罗汉顶，伸手朝绣球探去，眼见手指即将碰到那球，却不知从何处飞出个石子，暗算底盘的罗汉，整队人马功亏一篑，全摔倒在地上……又有人试图想要拿出了一长绳子，试图摔到架子上绑紧借力上去，都未能成功。

一时间，眼花缭乱，却无一人碰到绣球。

我流着口水，正看得兴起，却不料身边费连城忽然长身一跃，还未等大家反应过来，他的身影已像一只腾飞的大雁，潇洒飞向塔顶。男人们傻愣了下，慌忙朝他围攻而去。一个男人一手扶住竹塔一侧，一手便来要揪费连城，费连城就势按住他左手，往他小腹上只一脚，那人腾地像只被踢飞的任意球，在空中划出一个抛物线，重重朝地上摔去，痛得呻吟着直打滚。又一个男人瞅着空当朝费连城背后偷袭而来。他一个华丽转身，提起拳头，朝着那人眼眶眉梢只一拳，便像片树叶般飘荡下去。

连续几个男人落下阵去，众人被费连城的气势吓住了，一时间，竟无人再敢上塔去与其针锋相对，只得在塔下瞎起哄。

费连城微笑着一掸身上的灰尘，气定神闲地朝绣球伸出手去，就在最后一刻，忽从人群里飞出一条黑影，直冲塔尖而去。

众人发出一阵惊呼，待细细看去，却是一直置身事外的霍去病。只见一身黑衣的他，翩若惊鸿，风驰电掣，如天际谪仙般，轻轻落到了塔尖，一挥手，便挡开了费连城伸向绣球的手。这一变故，惊得在场人目瞪口呆，费连城反应过来，

星目闪烁，向他勾唇一笑："大狼好轻功。"

霍去病回以一笑："费连好气势。"

两个男人四目相对，却隐有火光交错，似是一场恶战即将开打。

脆弱的竹塔本就不牢固，这一番打下来，早已松懈开来，左摇右摆，像树即将被大风吹断的细树干。他二人只单足立在塔顶，竟稳如泰山，纹丝不动，所有人都知道，眼前两个男人，是绝顶高手，所以，大家全屏住呼吸，连大气都不敢出，场面反而有了片刻的寂静。

"费连兄这是想将绣球送给谁?"霍去病淡淡问。

"大狼兄又想送给谁?"费连城淡淡反问。

"自是送给心上人。"

"费连也是送与心上人。"

"费连兄的心上人是谁?"

"大狼兄先说。"

"不客气，你先说。"

"承让，你先说。"

……

二人你来我往，讨论个不停，塔下的费连武尊忍不住了，扯着嗓子大嚷道："两个傻小子，你们这还打不打？大伙儿看得脖子都酸了。"

武尊的话音落下，费连城一拳迎风挥出，拳风凛凛，如破碎的西风，直取霍去病的咽喉。霍去病脚步一溜，后退了三尺，迅速滑下塔顶，背脊贴上了一侧塔面，脚步轻点一横插而出的长竹竿，借力腾空而起，反而跃上了费连城的上部，凌空倒翻，双拳化作无数光影，朝他当头洒了下去。费连城却也不慌不乱，长啸一声，冲天飞起，二人在空中掌风相击，一时风生水起，天空如闪电掠过，沉闷的重击声后，两个身影如箦般弹射出去，塔下的观众发出一阵惊呼，顿觉冷汗涔涔。

却见二人在空中竟轻巧转身，不知怎么的，身体又稳稳落上塔顶，瞬刻变招，又是一番恶打。那绣球在二人手中你来我往，如一只跳跃不停的兔子，最后，二人同时伸手抢去，那绣球竟顺势一滑，朝塔下骨碌碌滚了下来……

眼见那小小的圆球落下，塔下的男人们兴奋起来，众人争先恐后围着抢去，我在一边却看得急了，人家打得辛苦，你们谁也别想捞渔翁之利！

于是，顾不得考虑，顺手捞起一根竹竿，助跑了一段后，飞身一跃，朝那球翻腾而去，然后……

我的脑子里又响起了一首歌——《冲动的惩罚》。

其实，我也不是特别清楚自己为什么要去抢这一个绣球，很不幸的，我再次为自己的冲动付出代价。这代价并不是我在空中翻腾的狗爬式造型彻底毁了我辛苦经营成功的淑女形象，而是那根该死的竹竿阴魂不散地钩住了我的裙摆，和我的裙子来了一记深情无比的牵手，像个恋恋不舍的分手情人，扯着衣裳不放，然后，只听细微而清脆的一记声响“呲”，我的裙子毁成了两半……还在空中翻腾的我，脊梁一路发凉到下半身，一个悲剧的事实摆在眼前：我走光了！

人群蓦然静下，所有人的脑袋保持着一个与天空齐平的角度，准备看着我光着腿部落地的那一刻。一只大手从空中伸来，只轻轻一卷，那即将散落的布料，神奇地回转到我的身上，接着，我的身体如落入一张席梦思大床一般稳健，轻巧落到了地上。抬头望去，却见是费连城不知何时从塔上飞下，接住了我，并很有技巧地保护了我。

我张大了嘴，喉咙里发出怪声。他温情一笑，又将我的裙摆拢紧了些，我觉得脸火烧火燎的烫，连忙站定身体，伸手抚紧衣物，极其尴尬地朝他一笑。

这才发现那绣球落在地上，骨碌一滚，平缓地滚到一人脚下。正是稳稳落地的大色狼，那家伙捡起绣球，朝我似笑非笑地扬了扬，我头发一阵发麻。居然被他拿到绣球！

众人们从这一幕中回转过来，兴许是没看成一幕走光大戏，让他们有些失望，人群里欷歔一片，我见到费连武尊上前一步道：“大狼，你取得了绣球，这是要送与哪位姑娘？”

人群再次沸腾起来，掺杂着许多女人的尖叫声。我见到小球在霍去病手里一抛一接，臭屁地游走于各位佳丽跟前，差一口就成演唱会煽动气氛的明星了。我心里不屑着，他却不慌不忙地走到我面前，忽然停了下来。

这下，心倒是猛地提到了喉咙口，胸口极闷，像是喘不过气来。

虽然，我并没有多大兴趣参与这种幼稚的相亲游戏，也知道，那脏兮兮不足一咫的小球与终身大事没什么关系，它带来的仅仅只是调动宴会气氛的娱乐效果而已。但，我必须承认，我紧张了。

紧张是因为，眼前的大色狼脸上露出温柔的表情，深情款款地望着我，如果此时的他，围上一块白色的围巾，那基本可以赶上《上海滩》中许文强向冯程程求爱的销魂一刻。我快要痴迷得不行，想他真的要将绣球送与我吗？我是他的心上人吗？我该拒绝他吗？

我闭上眼睛，内心强烈地挣扎着。我讨厌眼前这个男人，但却无时无刻地想着他；我一边告诉自己，他是个混蛋加伪君子，一边却无法忽略他让我心跳不已的眼神；我想扑入他的怀抱，却也想拿把菜刀将他劈为两半……

我沉浸在复杂中，却听人群一阵欢呼，睁开眼一看，大色狼却早已离我远去，走到了费连潇面前，将绣球交到了她手上。费连潇脸色绯红，抱着大色狼亲个不停。人们围着他俩，又唱又跳，气氛达到了高潮。

我显然是掉进了深海冰窟，又湿又冷，被汹涌的人潮挤得像片薄饼，无力地耷拉到一边，连喘气的想法都没了。

忍不住抬眼看去，见到那家伙与费连潇亲热的模样，忽然眼睛就湿了，刷一下起身，朝着无人处噔噔噔迈开步子跑去……

入秋，凉风阵阵，月亮像个大烧饼似的挂在天空上，我才觉肚子饿得咕咕叫，原来忙乱了一天，粒米未进。这样一个重要而喜庆的草原节日，我竟是在饥饿与落寞中度过。

从前，一人过年，一人过中秋，一人过情人节，却也不觉得辛苦，买只鸡，买瓶酒，对月相酌，人生几何；今天，却真的感觉到寂寞空虚有点冷。

原来，心里有了伤感，是因为有一个人存在，我赶不走他，他那么根深蒂固地存在，像是颗大肿瘤。我这是怎么了，竟然期望他会将绣球给我，竟然以为，他心里会真的恋上我，我果真成了琼瑶书中纯得像张白纸的怀春少女？算了吧，我虽有个十八岁的外壳，却有一颗二十八岁苍老的心，我是那个被社会打击的面目全非的大龄剩女，我忘了吗？

我在草地上躺下，四肢瘫成一个大字。眼睛木木地望着天空，脑子里空空一片。

一个声音在我耳边响起。

“你们去东边巡视一下。”

我探头一瞧，却见是一身戎装的费连城，对身后的一群侍卫吩咐着。那些侍卫回答：“遵命。”应命而去，他却上前一步，高高地俯瞰下来，英俊的脸庞被月色蒙上了光晕。

“费连大哥怎么来了？”我脱口而出。

“我带着侍卫正巡视着边防，你躺在这里作甚？”

我傻了下，回答：“噢，我在冥想人生。”

他眸光一闪，转身在我身边轻巧一躺，将手枕在脑后，淡淡回了句：“好，我也来冥想人生。”

我苦笑：“费连大哥的人生还需想吗？”

“何意？”

“你那么优秀、优质，加优越，像天空里那独一无二的大月亮，只待在那儿闪闪发光便成了。”

“我既是月亮，你又是什么？”

“我，”我轻笑一声，“我是只大月饼，被人咬了一半，丢进垃圾箱里发臭的那种。”

“朱三，你这般看不起自己？”

“你倒说说，我朱三有什么了不起的？”

他笑着，忽然摇头：“倒还真说不上有什么好处。”

“瞧吧……”

“也就是比别人美一些、有趣一些、本事一些而已。”

我的心跳停了下来，他这是在夸我吗？

转过头，见到他亮晶晶地朝我看来，心脏狂跳起来，支吾着道：“我哪有这么好。”

他却转开话题：“还想嫁我吗？”

“呃，”我吞了口口水，“那只是玩笑话。”

“我可不擅长玩笑。”他的声音一本正经，身体却探了过来，男性气息瞬间离我咫尺。我的脸色通红，一时说不出话来。他却逼上道：“继续恋爱如何？”

“好。”

“接下去要如何？”

“接下去。”

“聊天，吃饭，散步，我们都做了，然后呢。”他的脸探近我，我屏住呼吸，摇了摇头：“我……我不知道。”

“不知道？”他的语调多了暧昧，“恋爱不是你擅长的吗？”

“呃，我……我还真不擅长。”我额头发湿。

他的眼中闪过狡猾，唇角一勾，轻语道：“那让我来猜猜。”

他的唇落了下来，先是轻轻地落到我的眼帘上，然后一路向下，缓缓落到我的唇上，轻轻厮磨，一股电流瞬间传遍全身，却听他在耳边轻语：“接下去，是不是应该这样……”

话音落下，他的舌尖撬开我的双唇，霸道地探了进来。我僵住身体，一动也没动，我竟然没想逃，不知怎么的，我想试探自己对他的感觉，和月亮一般光辉的男人接吻，难道不是世上最美好的事吗？

很多年以后，我一直记着这个吻。

费连城，无疑是个完美的男人，但我必须承认，那一刻的自己并没有沉沦于他，也许，是因为曾经卫青也同样这样吻过我，而之后却发现是个阴谋，或，又因为我当时的心里，早已满满地装着另一个人，根本没有余地留给费连城。

他的吻细致而有温情，我相信，如果我是刚刚穿越至此的韩真真，我会毫不犹豫地爱上他，甚至可以为这个吻献上生命，但很不幸的，我想起了那个金銮殿上的强吻，无论如何，它在我心里的烙印，远远胜过一切。所以，我不得不如歌曲《迟到》中所唱那样“噢，他比你先到”，向费连城表示出遗憾。我之后终于相信一个道理，那便是人的缘分本是上天安排好的。他即便是个大混蛋，却终究是你的生命中迈不过去的坎。

他的唇离开了我，二人安静地对视着，夜风阵阵，吹得我心里发凉，他的表情带着惆怅，声音掺杂着落寞。

“你喜欢他？”他逼问。

我点点头，并不回避。

“我忌妒了。”他的眼中冒火。

“呃，要不，费连大哥去杀了他，我正省心。”我面无表情道。

“我不会杀他。”他浅唇弯起，“我会让他见到，你恋上我的那一天。”

第二十二章　联军启攻

我一夜未睡。

绝世帅哥亲了自己，当然要回味无穷，一晚是不够的，几晚都不够。我闭上眼睛，又睁开眼睛，身体从左侧翻到右侧，又从右侧翻到左侧。

心潮汹涌澎湃，像帐外此起彼伏的狂风。

我后悔，为何要表明对霍去病的心迹，其实费连城不错，好歹也是个首领的儿子，算作富二代，武功高强，相貌堂堂，还没娶过妻室，简直是黄金单身汉。狗屁大色狼，屁股后面跟着一大群女人，我即便进得他门，能挤进前十名已算幸运。我这是怎么了，居然拒绝费连城？

心理学说，得不到的东西是最好的，恐怕我对他便是这种心理，愈得不到，愈觉得好，待得到了，也不过如此。我此刻应该想费连城的好，或许慢慢会将大色狼从心里赶出去。

我想着，终于被睡意战胜，闭上了眼睛，才不过几秒，忽听到帐外传来动静，从床上一跃而起，却见一个黑影站在我面前。

“啊！”我刚想喊叫，一只大手捂住我的嘴，英俊的脸庞凑近了我，使得我终于看清了他。

“别叫。”霍去病一脸正经，见我平静下来，才慢慢放开手。

我瞪大眼，低沉着声音，“半夜三更，你来我帐上干什么？”

他拍拍我的脑门：“我已准备好路线与食物，黎明时分，正是最好的逃跑时机。”

“我不走！”我很干脆地回绝。

他逼近我，脸庞瞬间放大：“为何？”

“就不走，要走，你自己走。”

黑暗中，他沉默了半分，一把拉紧我的手，便朝帐外走去，我拼命挣扎，他干脆点住我的穴道，我哇哇大叫，他又点住我的哑穴。这回我没辙了，于是气鼓鼓朝他干瞪眼，他将我整个抱起，一跃上马，朝泛着鱼肚白的夜空中快速潜去……

风声颤抖，马的速度极快。我则在大色狼的怀里动弹不得，又气又急，不知跑了多久，马儿终于停了下来，他将我重重抛进草丛，自己也一跃而下。我痛得

眼眉直抽，他一点开我的哑穴，我便开始破口大骂。

“混蛋！狗屎！”

他探近我，一把掐紧我的下巴，神情极其冷酷：“现在告诉我，为何不想走？”

我扭过头，不再理他。他生硬地扳过我的脸，使我不得不面对他。他咬牙切齿道：“是因为那费连城？你喜欢上他了？”

“是的。”我冷笑。

“他有什么好？”

“他好得不得了，风趣幽默、善良英俊儒雅、武功盖世，还对我一片深情，我要留在他身边，永远陪着他。”

“人家那是逗你玩着，别自作多情。”

“说来说去，这事跟你大色狼一点关系也没有。”

“我只想担心你而已。”

我哈哈大笑起来：“有病先生，你还是去担心你的费连妹妹吧，反正你将绣球给了她，干脆娶来做个二房算了。”

“你是气我将绣球给了她？”他死皮赖脸地笑。

“我是气你，把费连大哥本来要送我的绣球抢去……而已。”

他轻抚过我的脸，笑眯眯道：“这种伢儿的游戏，你也当真？”

“既是游戏，你何必参与？”

他笑着，脸色一转，恢复严肃。

“说正经的，半鞯联军马上就要发动攻击，你留在这里，只会陷入战乱。”

“吼，原来霍大将军是贪生怕死，才会连夜出逃。”

“此战与我俩无关，何必惹上麻烦？”

“你忘记是费连族的人救了我们吗，若不是他们，我们早在沙子里成干尸了。你却在他们危难之中，弃他们而不顾？”我觉得气愤不已，扯着嗓子大叫。

晨光微露，淡淡扫在他的脸上，隐约见到他迟疑与复杂的表情，我知道他被我说中了心事，一时难以反驳。我蔑视地看着他，笑着，我承认，我喜欢他，但同时，我也讨厌他，这个自私自利的男人！

夜空中，忽然传来一记凄厉的响声，远远地，一道火光，划破天空。

才不过片刻，忽然从谷中传来猛烈的爆炸声，致命的沉默以后，忽然从谷周围四面八方，不断地射出火光，呼啸着向谷的最中心的部位，倾巢而去。

远远地，谷中顿时火光一片，照亮了整个天空。

我脑子嗡一下，说曹操曹操就到，不会是半鞯联军已经发动攻击了吧……我只觉手脚瑟瑟发冷，身边的大色狼忽然将我的身子一拢，二人在地上翻滚一周后，躲进了一侧的草丛。

我神魂颠倒了一阵，正想开口问何事，定睛看去，才见方才我们伫立的小路上，不知何时多了几个全副武装的士兵，手持长刃，目光如炬，似是在观察着什么。

他们很快看到了我们立在路边的马，脸上现出警惕与怀疑，蹑手蹑脚朝马儿的方向寻来。我见他们离我俩愈来愈近，神经绷成了一根弦，连大气也不敢出。

一伙人行至离我们四五丈时，霍去病手中如闪电般飞出几颗石子，分别击中几人的致命穴道。才不过几秒，那几人一声不吭，无声无息地朝地上倒去，只剩下一人，表情惊恐万状，扯着嗓子大叫："是谁?"

霍去病又飞出一颗石子，击中他背部的穴道，那人像个木头人一般立在那儿，动弹不得。霍从草丛中缓缓走出，拾起地上的长刀，架在那人脖子上，坦然自若地拷问："你们是半鞯联军?"

那人点点头，一脸恐怖。

霍去病又问："联军如何布置?"

"东西两军以火攻远袭谷中，以引起费连军恐慌，我等奉中军将领之令，探路带主力杀入谷中。"

"中军主力离这里多远?"

"距此五里左右。"这人果然贪生怕死，交代得很清楚。

霍去病一拳击晕他，转头对我道："此人是探子，联军主力恐怕片刻便到。"

"我们要赶快回去通知他们。"我大嚷。

霍去病摇头："联军已经往这个方向而来，我等即便回去通知，费连族人也来不及布防。这是出谷的唯一通道，我们此时若不出谷，联军堵上这里，我们恐怕永远出不去了。"

我狠狠给了他一个耳光，嘶哑着声音叫道："霍去病，你这个无耻的贪生怕死的卑鄙小人!"

他捂着脸，张大了嘴不信似地朝我看来，我一跃上马，朝他扔下一句："你走吧，逃命去吧，我韩真真再怎么样，也不会见死不救的!"

说着，便要扬鞭而去，身后忽然有人跃上，猛地擒住我，男性的气息扑来，一个声音耳语道："你可知，我们这一回去，很有可能被认为是引敌人入谷的细作?"

"我只想救人。"我心一紧，但嘴上仍硬。

他也没多说，只抱紧我，双腿朝马肚一夹，马儿朝着谷中的方向飞奔起来，呼呼的风声，伴随着他冷峭的声音。

"韩真真，你真不后悔?"

"我后悔与你无关，你后悔你就别跟我走。"我在马上颠簸着身子，神情不容退让，远处的火光离我愈来愈近，一颗心也愈来愈踌躇不安。

"傻子，我迟早被你害死。"

"我说过，怕死，你就走。"我头也不回，声音冷漠。

身后的双手搂紧了我三分，一个声音似有似无地传来："韩真真，我如何舍得下你。”

狂风大作，我不能确保这句话是他真实所说，还是我的幻觉所致，但即便是他说的，我也至死不渝地相信这个将情话与暧昧运用到葵花宝典级别的花花公子，说这一句话，根本没有掺杂任何与感情有关的因素，他这样说，只是他习惯了这样对女人说而已。

满目火起，上下通红，马儿再也不愿向前一步，我俩只得从马背上滚落，一路狂奔进火海。浓烟之中，呐喊声与惨叫声交织着，牧民四处奔跑，却还算有条不紊，或许我的担忧过甚，费连族也不是毫无准备。

人群里，见费连城带着一队兵士急奔而出，我连忙冲上前去，用比机关枪还要快几倍的速度，向他汇报："费连大哥，敌军已在入谷附近，再过不久就攻进来了。”

他看我的眼神有些异样，只冷冷问道："你方才不在帐内，去哪儿了?”

"呃，”我语顿，我俩离奇失踪，敌军却正巧来袭……大色狼没说错，他果然怀疑上了我。

霍去病上前一步道："时间急迫，联军过一炷香时间就到了，谷口窄小，易守难攻，布防得当，方能化险为夷。”

费连城一把擒住霍去病，忽然冷笑着："不用大狼兄提醒，费连军早已设下埋伏，敬候敌人。大狼兄，好自为之便是。”

说着，带着士兵大步流星而去。

霍去病转身朝我无奈地摆摆手，嘲讽道："我说你自作多情吧。”

我失神朝费连城的背影望去，忽然冷汗直冒。

原来泰真节的狂欢只是幌子，费连城早知敌人即将来犯，所以故意办宴会引来敌人错误判断，莽撞进攻。而大色狼显然早已看出费连城的布防，知道战争即将爆发，所以才欲带我出谷。我晕，敢情别人都算计好了，只我一人在那儿瞎操心。

我们随着撤退的牧民进了谷深处的密林之中，谷口杀声震天，牧民们安静得出奇，偶尔传来一些孩子的嘤嘤哭泣，被母亲喝声制止。所有人的目光，聚在那杀声的来源，虽然谁也不说，但都明白，此时内心的恐惧无以复加。

我忍不住问一位老者："大伯，费连军有把握吗?”

老者道："有神灵护佑，我费连族定胜。”

我很想说，神灵要管的事太多，万一顾不上这儿怎么办，又问："大伯，敢问费连军有多少人?”

"约有五千勇士。”

"联军呢。”

"听说有五万。”

“呃，一个打十个，有把握吗？”

老者朝我投来鄙夷的目光，发表了一番关于费连武士天下无敌的言论。我再不理他，转头低声对霍去病问道：“你身经百战，这种以一当十的战役，把握大不？”

他想了想，摇了摇头。

我头发麻，“你有计策对付吗？”

“没有。”他倒干脆。

“大色狼，你装傻！当年你带领八百骑兵，脱离大军在茫茫大漠里奔驰数百里奇袭匈奴，宰杀单于祖父，俘虏单于的国相及叔叔……”

“那是传说。”

“呃……”

“其实我带了八千人。”

“啥？”

“没啥，只是添油加醋，吓唬人罢了。”他翻翻白眼。

我胸口一滞，差点没一口气接不上壮烈牺牲了去，指着他半天说不出话来。

敢情古代打仗，一半是吹牛？

他逼上我，贼贼笑道：“韩真真，你的心上人风趣幽默、善良英俊儒雅、武功盖世，自会化险为夷的。”

“你……有病先生，你能不能正经一些。我们在讨论的是生死大计。”

他枕起双手，坦然自若：“放心，至少今天费连城能打赢这一仗。”

“此话怎讲？”

他在我额头上轻弹了下，脸色稍稍严肃，“你可见谷口挖下两条大渠？”

我点点头。

“渠上铺上干草，乍一看是普通的路面，但若联军进谷，费连军只要在两旁设下弓弩手夹击，敌军定会拥挤一团，千军万马同时踩上，渠面定陷。届时，联军的先头部队就会落入渠面，费连军再浇入滚油，点上烈火，就形成一道天然的火墙，联军定被这场面吓得大乱，回马出谷。费连城若是聪明，还会在敌后再设一支奇兵，再袭他后路。如此一来，联军便成了瓮中之鳖，死伤大半。”

他说得绘声绘色，仿佛亲临战场一般。我听得心惊肉跳，但又安下几分心，想，方才见费连城那么镇定的模样，他恐怕也有必胜的把握。

我又问：“那接下去呢。”

他闭目养神：“敌人胜在人数众多，若是全力进攻，也只得听天由命了。”

……

果然，到了正午时分，敌人退兵而去，听说，费连城在谷口用两面夹击的方法，斩杀了数千联军，那尸体烧焦的、断手断脚的，七零八落堆得像山一样高，一时间，血流汇向了沐河，将沐河染成了鲜红。费连城又命令将敌军尸体叠加成

墙，一来挡住敌人新一轮的攻击，二来，也起到了震慑敌人的作用。

军队凯旋而归，族人们夹道欢呼，费连武尊在道口迎接儿子战胜归来，却见他竟是躺在担架上被士兵抬了回来。

武尊上前心疼地握住儿子的手，费连城扯眉隐忍笑道："只是外伤，无事。"

费连潇从一侧蹿出，惊呼："流了这么多血，还说无事？"

我也实在忍不住，从人群里冲出，细细打量他的伤口。晕，盔甲里已被鲜血注满，还结成了块。我眼泪夺眶而出，捧着他的脸："费连城，你会不会死？"

费连城朝我生硬一笑，似是想说什么，但终眼睛一闭，晕了过去。我的心像是被扯开了个洞，对着人群拼命喊："快输血，快给他输血啊！"

第二十三章　绝处逢生

费连城失血过多，昏迷不醒，被带到大夫那里疗伤。几个士兵过来，将我与霍去病带进了囚禁室，大战在即，想必我们昨晚令人生疑的行为，让费连城不得不作出这样的决定。我倒也不怪他，只是担忧着他的伤势。

霍去病见到我的神情，在一边直哼哼："担心什么，只是一时的失血，过几天就醒来了。"

"你说得轻巧，流那么多血，哪是玩的?"

"我征战沙场，几次差些踏进鬼门关，这点伤算什么?"

"那是你走狗屎运!"

"瞧你那副担惊受怕的样子，是怕心上人一命呜呼，没人敢要你了吧。"

我目光如刀子般削他一眼："难得有人喜欢我，你想咒他死不成?"

他啧啧道："倒也是，这费连城真是瞎眼了，会喜欢你这种货色。"

"人家这是欣赏我的心灵美，哪像你，只凭相貌识女人。"

"我若是只凭相貌，早弃你不顾，还这里陪你受死作甚?"

"想走，你走就是了。"我干脆也要赖皮。

"你要我走，我还偏不走!"他玩味一笑。我直哆嗦，敢情脸皮子比我还厚。

他却得寸进尺，一把搂紧我："我的伤口还未痊愈，也给我输些血如何?"

我推开他，大嚷道："滚……滚开，我怕恶心。"

……

守卫与我熟知，我与他打探消息，听说敌人集结谷外，又发动了新一轮的攻击，这回因为费连城还未醒来，只得费连武尊亲自带军前去，虽也是大胜，击退了敌人，但我方也死伤不少，一时，帐外多了许多的伤兵残将，呻吟声惨叫声此起彼伏，场面一片混乱。

我再也忍不住，和守卫交涉了一番，得以出帐去，加入了救治伤员的队伍。一个士兵大腿烧伤，女人用烧红的刀子刮去他的烂肉，他无力地号叫着，正巧抓住我的左手，力量大得惊人，几乎要将我的手臂拧断似的。我痛得眼泪直流，正对上他肝胆俱裂的眼神，只觉脊梁嗖嗖冒着冷气。

我知他是极疼，所以强撑精神，朝他莞尔一笑，将他的脸搂进怀里，那士兵在我怀里，号叫声渐轻，我忍住疼痛，开始唱《我是一个兵》……

当然，我唱得是极难听的，不过场面倒是安静下来，可能人们没有意识到，

这种凄惨的场面上，居然还有人在唱歌。士兵在我怀里哭得像个婴儿，大家怔怔朝我望来，我笑眯眯比画："音乐疗法。"

远处行来一群人，人们见状纷纷起立行礼。却是费连武尊一行，很令人振奋的是，费连城居然跟在后面，见他身上缠着绷带，脸色苍白，但看样子应该是无事了。

他一见到我，嘴角微微上扬，勾出一个笑容，又见我抱着一个男人不放，眉头又重新皱了起来。

费连武尊神色沉重，眼含热泪，抱拳向众人道："武尊无能，让各位族人受苦了。"

人们纷纷跪下，连磕头道："首领放心，我等誓死保卫落苏谷。"

费连武尊又发表了一番激励族人的演讲，众人高喊口号，场面极其感人，有种当年抗日群众同仇敌忾的气势。我在一边听得热血沸腾，只差是冲上前请命作敢死队，后来想到自己内功尽失，跟个活死人差不多，也只得作罢。

费连城不知何时走到了我边上，我激动道："费连大哥，你的伤怎么样?"

他眨眨眼睛："死不了。"

我解释道："我不是细作，那晚只是误会。"

他点点头，淡淡道："我明了。如你是细作，怎还会回来?"

"费连大哥信任我就好。"

"你为何不逃?"他忽转头看着我。

我微笑："舍不得费连大哥。"

他爽朗笑道："原来你心里有我?"

"那是当然。"我毫不避讳，"我还等着嫁给费连大哥呢。"

"光嫁还不成，要恋上我才成。"

"呃，恋到何程度?"

"这般高。"他作了个手势。我吐舌道："哇，比我的人还高。"

他笑着，阳光照射着他雪白的牙齿，映得皮肤光洁黝黑。我想，和这样一个有情有义有幽默感的男人，生一大群孩子，是件不错的事。

背后响起大色狼酸溜溜的声音："唉，大敌当前，居然还打情骂俏?"

我抛去一个掏心剜骨的眼神："你管得着吗?"

"哪里，我只是提醒你，时间不多也。"

"大战在即，你却说这种泄气话?"

"我只实话而已。"

二人又争了起来，费连城上前一步，对霍去病道："大狼，那晚你想带着朱三跑，是心里害怕了吗?"

霍去病正与我争得面红耳赤，听到费连城的话，忽然脸一拉，似是想发作，却又克制住表情，咧嘴一笑："我一小小武夫，自是保命要紧。"

"只是为了活下去?"费连城嘴角一歪。

"是的，活下去。"他坦然回之。

费连城眉目一展，淡淡道："南面有一秘密小路，可潜出谷去，你若是想走，我即刻派人送你出谷。"

他说着，又转向我，笑容中带着疲倦："朱三，实话与你说，以我族的实力，获胜的把握，一成也不到。不出意外，半鞯联军三天内，就会攻破此谷，届时，这里所有的人，都活不了。你们不是我族人，即便弃我们而去，也是情理之中。我再给你一机会，可以随他出谷去。你愿意走吗?"

他的话音落下，是一段小小的沉默，我的心突然隐隐作痛，他说得那么清淡如水，却是在我心口剐着肉样难受。

"我不走!"我很坚定地望着他，然后，上前勾住他的臂膀，"我还等恋上费连大哥呢。"

"你不怕死?"

"怕，怕极了，不过，有费连大哥保护我，便肯定无事。"

费连城与我相视而笑，转头对上霍去病的眼睛，再问了句：

"你呢，如何?"

日光洒下二人的身影，同是1米85以上的个头，雕塑般的侧面，眼神犀利炯炯有神，让我想起了灌篮高手中的流川枫和樱木花道。

霍去病表情很复杂，一直沉默不语。我很难想象，一个民族英雄此刻在别人眼中成为懦夫的感觉是怎样的，又或许，我最后的那一句"费连大哥会保护我"刺激了他的自尊。他只那么默默站着，一侧的拳头渐渐捏紧，隐约泛出森白……不知哪来一阵风，吹得他衣裾纷飞，迷乱了我的心情。

他会走吗?他若是此刻真走了，我恐怕永远见不到他了。但，霍去病，你若真是懦夫，若真舍得下我，走也就走吧，我又何必牵挂。

……

正在此时，远处忽然飞马来报：联军再次发动袭击，已突破了第一道防线。

场面顿时紧张起来，人们情绪激昂，有人视死如归上前请命，有人抱在一起痛哭，有人七嘴八舌商量对策。费连武尊的表情越发沉重，但语气坚定，激情洋溢说了番话，意思是即便与敌人同归于尽也要保卫家园之类的。众人热泪盈眶，有种即刻赴死而去的壮烈心情。

我的心再次震撼，但也无法避免大难临头的恐惧，因为，死亡真实就在你不远处，想到密密麻麻的敌人铁骑，从你身上踏过，自己变成一盘炸酱面的模样，心里就发虚。好吧，我又后悔了，我还是跟大色狼溜之大吉比较实在。

就在一片混乱之际，忽见霍去病身形一闪，跃上高坡，重重地长叹一声。"唉，吵死了。"

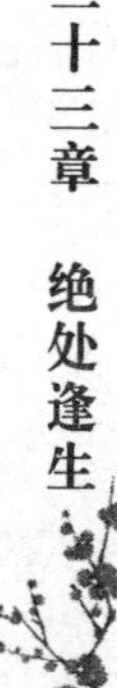

他这一声叹，倒是镇住全场，众人愤怒地朝他望去，表情僵硬如铁。

只见他半倚在一棵树下，从树上捞下一根树枝，在手中玩将起来，一边玩，一边调侃道："吵成一片，无一个有用的。"

"大狼，你此话何意?"费连武尊上前，表情严肃。

霍去病嘴角斜斜上扬，瞟了我眼，淡淡道："原本想置身事外的，但有人说我保护不了她，只逼得我出马，来证明大狼的男子气概。我见她那么可怜又加盲从，罢了，就证明一回喽。"

说着，猛地折断树枝，眼神变得凌厉。

"半鞯联军是吗? 好！看我如何将他们杀得片甲不留!"

……

场面安静得像根针掉地上都能听见似的，所有人目光集中在霍去病身上，竟无人发出声音。

我承认，那一刻，光线照得霍去病像上帝一样光辉灿烂，帅到极致。我张大了嘴，差些就流出口水来，浑浑噩噩之间，他已跃然下坡，将断枝嗖扔进我怀里，我失神接去，他朝我眨眨眼，转身对同样目瞪口呆的费连武尊道："武尊大人，你若想救族人于水深火热，便听我的，如何?"

费连潇第一个跃起，高喊道："大狼，你真英武，我听你的!"

费连武尊皱着眉，上下打量着霍去病，他的心情一定是疑惑的，换成是我，也不会信一个黄毛小子的胡言乱语。

一个副将走上前，一本正经道："首领，此人深夜出逃，细作的嫌疑未清，不得随便将兵力交与他。"

费连武尊想了想，摇摇头道："大狼，你年轻气盛，但打仗不是儿戏，我族手中只几千人，底牌已不多了，由不得你胡来。"

正胶着着，忽然费连城上前一步道："父亲，就信这大狼一回。"

说着，他朝霍去病转身，意味深长一笑：

"就让费连看看，你如何保护你的女人?"

霍去病俊眉一挑，冷哼了声，飞只身上马，对费连武尊道："请首领给我两件东西。"

"何物?"武尊问。

"八百骑兵。"他回答。

"还有呢?"武尊又问。

他深吸了口气，从牙缝里迸出几个字来。

"半个时辰!"

半个时辰能做什么?

我想，我应该会坐在阳台上发呆，或者欢天喜地做出全麦饼，我也曾用这段时间，从博物馆中偷出过国家二级文物，但其惊险程度却远远比不上带着八百人，冲进几万人的战场的惊心动魄。

就在霍去病领着八百人消失的接下去一秒，我不受控制地朝他们远去的方向拔腿追去，气喘吁吁地爬上了一个高坡，努力张望着他们的身影朝着火光一片奔袭，渐渐地变成了一个个小黑点，接着，见到那些小黑点从火光里横冲直撞，若隐若现，我已分不清哪个是霍去病，只觉心里空空像个无底洞似的，还噌噌噌地往上冒寒气。

我从未怀疑过大色狼的武艺高强，但以卵击石的这种事，不是每个人都做得了的。特别是，他曾经与我说过，以一敌十，根本很难有胜算。那些他横扫匈奴的事迹，大半经过强烈的艺术加工，添油加醋，以讹传讹……想来，这家伙原本想溜之大吉，却被我一个激将，就不计后果冲动而去。才二十出头，果然是愣头青一个……算了，我实在不敢再往下想。

我转头一看，身后已站满了人。男女老少们，伸长脖子张望着远处的战场，都在期待着结果。

一个人道："我猜这家伙是在吹牛。"

又一人道："我打赌他有去无回。"

又一人道："我想恐怕他能支撑到傍晚。"

又一人道："我们还是另寻出路，别信那人的鬼话。"

……

我怒发冲冠，伸出中指迸出一句英文："Shut up!"

人们目瞪口呆，场面安静下来。我恶狠狠道："如果冷嘲热讽可以掩饰你们内心的焦虑，如果冷眼旁观可以平复你们的恐惧，那么离我远一点!"

人潮后退一片，渐渐交头接耳。我知道，他们根本没听懂我要说什么，其实我也不知道自己要说什么。我心里乱得要命，如果此刻有架战斗机，我一定冲锋陷阵而去。

就在剑拔弩张的时刻，忽然有一个人大喊："联军撤了，联军撤了!"

众人齐齐望去，却见硝烟渐退，联军密密麻麻的人群，朝着反方向迅速退去，而从烟雾中隐约冲出一队人马来，朝着谷内的方向而来。

大家傻愣了下，忽然个个反应过来，刷刷刷转身，蜂拥着朝坡下跑去，我被人挤压得不行，鞋掉了一只，连滚带爬蓬头垢面跑到场面上，却见欢腾一片。意气风发的霍去病带头骑着马凯旋而来，听说他孤军深入，势如破竹，只带了八百人，便斩杀了敌军数千人。敌人还以为天将降临，吓得屁滚尿流，慌乱之中只得退兵。

当然我不能肯定这个夸张而且带有明显修饰痕迹的消息是否准确地反映了战场的真实情况，因为我想，只半个时辰，杀几千只鸡都不够，又何况是杀几千个人。但无论如何，我悬着的心总算放下了。很明显，霍去病打了漂亮的一仗，也

拾起了费连族人对他的信任。

我拼命挤到"偶像"身边，拉拉他的袖子，挤出一个笑容："你受伤没?"

他朝我白了眼："走狗屎运，毫发无伤。"

"采访下，那八百壮士怎一下战斗力那么强?"

"我与他们说，后面有一排弓箭手等着，跑在最后的那位，就会被射死。"

"呃，你真是混蛋。"

"哈哈哈。"

他笑着，爽朗的笑容没有一丝从战场上下来的疲倦与恐慌，却像极了天真烂漫的孩子。我知道，虽然他句句玩笑话，但若没有他当机立断，闪电风雷，没有他一夫当关，万夫莫开，那八百壮士，不可能成为勇士，敌人也不会措手不及，乱了阵脚，逃之夭夭。

我是在那一瞬，忽然坚定了内心对他的情意，明白自己为何会喜欢上这样一个混蛋，因为他玩世不恭的表面下，隐藏着某种坚毅而睿智的东西。

内心充满了柔软，于是，我用一种难得的温情似水的声音，道："说实话，你吓死我了。"

"真的?我还以为你只咒我死得快些呢。"

"我为何要咒你死?"

"亲夫死了，你便与你的费连大哥双宿双飞了。"

"好浓的醋意。"

"现在我是大英雄，你后悔了吗?"

"呸，只暂时吓跑了联军，离你的片甲不留，差距大了些吧。"

温情很快退却，我们又开始斗嘴不停……

费连武尊走来，给他来了个大拥抱，说了番赞叹的话。费连城上前，抱拳道："大狼果然是条汉子。"

霍去病表情严肃起来："不说废话了，联军被突袭，只是暂时退兵，还需长远之计。"

一行人进入大帐，商议对策。

费连武尊道："大狼，你有何良策?"

霍去病道："先说首领预备如何?"

费连武尊浓眉一皱，沉声道："我族尚有五千兵力，以骑兵为主，现在谷口抵设三道防线，照敌人的攻势，恐还能抵上四五日。"

"四五日后呢?"

"若敌人攻破防线，我族人便全民皆兵，与其拼死一战。"

霍去病沉吟，忽抬头道："错了。"

"错了?"费连武尊愕然。

霍去病点点头，一字一句道："此战略，有三错。"

"三错?"

"第一错，费连军皆为骑兵，骑兵特点是快、急、准，应打闪电攻击战，你却一味防守，骑兵像是被缚住四肢的猛虎，浑身的优势无法发挥，等于坐以待毙。"

武尊想了想，点头道："有道理，那第二错呢。"

"第二错，错在将所有兵力全线布置于谷口，一败皆败。"

武尊的表情更沉重，连声问："还有第三错呢?"

霍去病未开口，一侧的费连城便接上道："第三错，是死守谷内，等于坐在一个硕大的笼子里等死。"

他说完，朝霍去病欣然一笑，霍去病也回以笑容，似是说中他想说的，二人对视，竟有种惺惺相惜的意味。

武尊逼问："那大狼的意思是……"

霍去病眉目一聚，露出睿智的光芒。

"主动出击，引贼入谷，将这硕大的牢笼让给他们。"

"你说，把落苏谷白手送与联军?"

"是的。"

"不行！弃谷而逃，不战而退，我费连武尊怎对得起费连族列祖列宗……"

费连武尊一发不可收拾，喋喋不休说着一些本族的信仰、道德理念、老祖宗的名言大义，以及勇往无前玉石俱焚的种种英雄事迹，我一边听得头大，很想上去插一句"大伯，列祖列宗们全忙着在投胎，没空管我们死活"，不过还是咽了回去，只是在心里嘀咕，古代人真是无知，好端端的活人，总是要忌讳死人的想法。

霍去病道："只是暂时的撤退，并不拱手相送。"

武尊沉默下来，在那张铺就精美兽皮的太师椅上坐下，眉前川字更深。

费连城上前道："父亲，大狼所言，恐是我族唯一的出路。"

武尊思考许久，抬头对霍去病道："你说下去。"

霍去病眸光一闪，道："宰杀所有牛羊，其肉用盐腌制带走，残骨则焚烧至灰，其余的食物也如法炮制，能带的都带上，带不上就烧干净。之后，除派一支敢死队守住谷口，其余人，从秘道撤走，敢死队则引联军长驱直入。撤出谷的军队，兵分两路，一路以闪电之势，袭击联军运送粮草的队伍，抢断粮草。另一路，回守谷口，以伏兵之势，联军一出，便打，不出便不打。"

我忍不住插嘴："不是说行军打仗，粮草先行吗?"

霍去病道："先行的粮草只管他们几天的温饱，战事一拖，新的粮草便要重新送来，但因为运送粮草的队伍与主力有几十里的延迟，然他们不甚明了前方战场的形势，防卫必松懈，我们若是突袭，十拿九稳。一来可以拿来为我所用，二来，则掐断了他们的补给，他们就得活活困在谷内。"

我又问："几千人，能守住谷口不让五万人冲出谷来？"

他眼一眯，道："谷口窄小，易守难攻，我方埋伏在道路左右两旁，又断绝敌方的后路，造成敌方骑兵作战上的围地，前进的道路狭隘，退归的道路迂远，他们前进后不能退回，进入后不能出来，如同陷入天井之内，困于地穴之中，这是骑兵作战上的死地；我们便可以弱击强、以少击多。"

费连潇抚掌道："大狼哥哥说得真好！"

我想了想，又问了个更白痴的问题："谷内资源那么丰富，他们完全可以自产自足，搞大生产运动，我们万一耗不过他们怎么办？"

他用手指在我额头上轻弹了下，笑道："傻子，已入干季，这谷里活蹦乱跳的，该杀的都杀了，该躲的都躲了，他们去哪里寻食物？"

"噢。"我摸摸额头，傻傻点点头。

"谷内原来只养活一万费连族人，此刻，突然多了五万人来，且，联军本不是同一族群，各有各的小算盘在，你想想，届时会如何？"

他又道："我方还可再派人深入沐河源头，投入毒物，不出几天，那些士兵们便病的病、死的死，个个连说话的本事都没了，还如何打仗？"

我恍然大悟，他说得很有道理。落苏谷自给自足，有它天然的生态平衡在，这一下从一万人到五万人，个个又是血气方刚的军人，这里的资源根本就不够他们汲取。若再切断他们的水源，这五万人定乱作一团。霍去病竟想用这种方法，消磨他们的斗志，挫败联军之间的团结，不战而屈人之兵，果然妙极。

我忍不住朝他看去，但见他眼眸黑白分明，看去竟觉带着冷意，唇角些微地扬起，目光却投在远处。一时说不出的心神荡漾，难以自已……原本只是在历史书中，了解霍去病横扫匈奴的事迹，那时的感觉，苍白得很，到了这世，遇上他，只觉他飞扬跋扈，拈花惹草，没一点正经，却在这临危一刻，才知他深谋远虑，英明神武，有将相之才……

唉，英雄，真实地站在面前，谈笑间，敌人灰飞烟灭，这种感觉，还真不是挂的。

"妙！"一侧的费连城忍不住抚掌高叫，"他们以为据险阻扼，以逸待劳，但一旦补给和水源被切断，便成'为敌所栖'。届时，我方围攻疲劳困乏的敌人，便可以十击百。"

"万一联军不上当，没有尽数入谷如何办？"费连武尊还是有所忧虑。

费连城轻笑道："父亲放心，联军挑起战争的目的便是夺取落苏谷，一但谷中空虚，他们必急不可耐地要抢占地盘，谁会慢下一分呢？"

武尊眉头一展，豁然道："我怎么没想到呢。"须臾，又担忧道，"此计甚好，只是关键一步，是那支敢死队须拼尽全力抵挡敌人，既争取时间，又要引敌深入，若这一步败了，全局皆败啊。"

费连城坚定道："父亲不用担忧，孩儿愿领五百奇兵，作为敢死队，引联军入谷。”

我听得头皮发麻。费连城，你难道不知这敢死队去而无返，是极危险的任务。你这般说来，父亲只恐怕是更担忧了吧。

费连武尊热泪盈眶，却也没有拒绝，只握住儿子的手，默默地点头。

费连潇直呼，“我也随哥哥去。”

“混混，你来添什么乱!”

“我要去！我武艺渐精，以一敌百……”

“不准去!”武尊咆吼，打断女儿。费连潇双眼带红，只差是哭鼻子。一侧的霍去病微笑上前，温柔道：

“潇儿，你协助首领即刻撤退族人，还有许多事要做，部落少不了你。”

“可是……”

“听话。”大色狼又开始施美男计，费连潇不情愿地点点头，我却一边听得刺耳。难不成这家伙与她有过一腿？连称谓都改了，潇儿？我呸!

霍去病见我挤眉弄眼的样子，上前轻刮我的鼻尖，我下意识缩头，他却笑道：“你这家伙，跟着首领大叔走，千万别跟丢了。脑子那么笨，被联军抓去，也只有喂猪的分。明白否?”

我听着愤愤，正想发作，转念一想，不对啊，怎听着像临别遗言似的，于是脱口问：“你呢?”

霍去病跨上前，高高地俯视着我，我忽然想起第一回见他，也是这样的角度，我心里有丝害怕在蔓延，然后，一点一点地，渗进血管，变成了疼痛。

他俊眉一挑，笑容扬起某种坚定和坦然，然后，轻轻道：

“我得好好看住你的费连大哥，省得万一无了他，没人要你，韩真真哭爹喊娘寻死觅活，一辈子黏着我不放，我可就惨了。”

第二十四章　关键一战

大队人马忙碌着，一切在有条不紊并掩人耳目的状态下进行。我被人连拉带拽，跌进了朝着山里方向而去的大部队，脚步虽走着，脑子里却像是钻进了两只苍蝇一直嗡嗡叫个不停。

……

大色狼说完那段与费连城一起率领敢死队引敌深入的话后，我的胃肠肝肺开始不停地绞痛。五百人，打五万人……呃，这狗血的敢死队，就是一送死队啊。

费连城为族献身，情有可原，霍去病，你是大汉民族英雄第一品牌，犯得着阴沟里翻船吗？如果你要证明你的男儿本色，之前所做的一切，已经够了，足够了！

当时，我的第一反应，是破口大骂："你神经病啊，不要命啦！"

然后，他死死盯着我，所有人也死死盯住我，我心里一空，捂着胸口呛了几声，有两只苍蝇始终执著地在帐里嗡嗡飞着。我想一巴掌扇去，它们却钻进了我的心里，怎么赶也赶不走。

我的眼睛湿了，他伸出手，轻轻拂去我脸上的水渍，然后，在我耳边轻语："放心，我死不了。"

费连城上前，与他合掌一击。二人的手紧紧握在了一起，像二战中丘吉尔与罗斯福结盟的画面。

……

一个人推了我一把，催促道："朱三，快走，前面便进山了。"

我却停下脚步，转身望着离我愈来愈遥远的大色狼的身影，心像是被扯出个口子，不停地冒血。

"发什么愣？"那人敬业地再次在我耳边催促。

我一把扯紧他的衣领："大哥，问你个问题。"

他一怔，眼睛瞬间睁大了两倍。

"生命与爱情，哪个更重要？"

"呃……"

"快说！"

"啥叫爱情？"

"你有没有学过文化？"

"啥叫文化?"

"算了，爱情就是你喜欢某个人。"

"我未有喜欢的人……"

"那你喜欢什么?"

"我喜欢我家的黄狗。"

"好吧，在活命与你家黄狗之间选择一样，你选哪个?"

"我家黄狗!"

"有志气!"我拍拍他的胸脯，长吸一口气，坚定了自己的信念。我若是弃大色狼而去，岂不是连狗都不如?

于是，我飞身上马，朝着大部队的反方向狂奔而去。

……

联军似乎已经开始攻谷，一片杀声与火光交织，费连军在谷口挖出两道战壕，战壕边架起了尖利的木刺编成的阻隔物，联军第一轮的攻击，采用箭阵，在弥漫的硝烟之中，不断有飞箭如雨般射向谷内，有的落进战壕，有的噌噌噌钉在了阻隔物上，像一只只竖起利刺的豪猪。

费连的五百骑兵躲在百米开外的隐藏物后，不急于出击，只默默等待着战机。我策马而至，从马上滚下来，却也来不及揉痛，拔腿便朝霍去病所在的位置跑。

霍去病与费连城正向副将布置指令，一见到我，二人同时脸色一变，脱口而出："你怎么还没走?"

我愣住，脑子里空白了三秒，说："我是来帮忙的。"

"你能帮何忙?"

"卫生兵、文艺兵什么的，我还可顺便做厨师……"

"傻子，快走。"

"我不走!"

……

霍去病火了，一把揪住我的臂膀，将我拖到一边，恶狠狠道："你这家伙怎么这么麻烦？快滚，别拖我们后腿。"

"我能亲你吗?"我没等他说完，忽然打断他。

他怔住，一张俊脸僵得像块冰。

我也不知哪来的勇气，忽然一把将他搂进怀里，对准他性感薄唇狠狠亲了下去……

这是我第二次强吻霍去病，事实上，我也不甚明了自己为何有这种冲动，也不清楚，在这样的残酷战场上，众目睽睽下，做这样的事，会造成怎样的不良社会影响，但我真的无法控制自己的情绪和理智，我像个减肥失败的胖子，一见到食物时气急败坏，对准那块肥肉，根本就失去了应有的矜持。

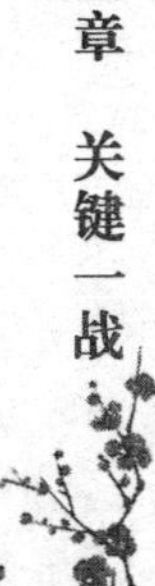

我亲住他，大约有十秒，也许是太过突然，他僵硬着身体还未反应过来，我却已一把推开他，他趔趄了一步，抚住嘴唇望着我，眼神中尽是意犹未尽。

我干笑："千万别自作多情，我亲你，并不是爱上你。呃，只是方才你表现得太英雄，太性感，我的动物本性作祟而已。当然，费连大哥也很有气势，我现在就去亲他一口……"

基本，我是在胡言乱语，也许是时空穿梭让我的大脑受损，导致有些神经质以及脑部功能紊乱，反正，不符常理的事我做多了，身边的人，吐着吐着，也就习惯了。

他一把抓紧我，狠狠道："谁允许你亲别的男人？"

我们俩对视着，费连城走上前，无限感叹道："二位商量完了吗？要不，先和联军打上一仗后再商量如何？"

锣鼓喧天，漫天遍野的杀声与马蹄声扑耳而来，震得大地也微微颤抖，迷雾散去，渐渐可以看到，敌人如潮水般从谷口涌出，银色的长刀在手中挥舞，在日光下发出逼人的寒光。

霍去病飞身上马，对着骑士们长喝一声道："按计划行事，记住，务必在日暮前，将敌军拦在此处。日暮时分，鸣金停止而故意不止，队伍则即行撤退，继续后退三里再回头反击。"

他转身，又掷于我一把剑，冷眸凝道："找个地方躲起来，别让我再见到你！"

我失神接住，却见他与费连城已狂奔远去，于是来不及多想，也找来一马，跃上用力一夹，跟上前去。

……

联军第一拨人马攻到，从深邃的战壕中，忽然升起碗口粗的绊马绳，那些才跃起准备跳过阻隔物的马匹，被这突来的巨绳生生拦住了步伐……只见有的扎进尖锐的万刺丛中，有的紧急刹车，骑手从马上弹射出来，落入前方的战壕，后面的骑兵躲闪不及，撞上了前部被拦的人马，顿时乱作一团。军士马匹自相践踏，死者无数，惨叫声此起彼伏……

混乱之中，联军慌忙整顿队伍，第二波攻势又猛烈袭来，才跃过第一道战壕，忽从两侧射出无数强弩，联军队形未稳，又突遇弩雨，吓得慌不择路，将领大声喝令队伍向前行进，兵士们却只各逃性命，谁也不肯回身厮杀……

又见霍去病长臂一挥，隐藏在两侧的费连军心领神会，点燃早就准备好的火箭，朝着联军的方向齐齐射去。那地上早涂满了硫黄粉，那火箭一落到地上，顿时火光四起。联军陷入火海，无数个火人开始惨叫着狂奔，马匹受惊，许多人纷纷摔下马来，要么被自己人踩死，要么引火烧身……

我在一侧看得心惊肉跳，想费连军一兵未动，联军却已大乱阵脚……果然是兵不在多，用兵如神，才是关键。

太阳已渐渐隐入西面……

霍去病一跃而起，振臂高呼：“杀！”

此时，战壕两侧忽然响起漫天金鼓，一时硝烟中，旗帜乱舞，杀声震天，霍去病与费连城带头，领着一支骑兵从浓烟中冲出，速度快如闪电，联军还未反应过来，齐刷刷地便掉了一地的人头……

一时间，血流成河，晚霞似乎也被这战场染成了赤红之色，堪比修罗地狱。

……

我闭上眼睛，不忍再看眼前的情景，但在战场上闭上眼睛，显然不是一个好主意。

于是，我深吸一口气，强撑着睁开眼来，双腿将马肚一夹，朝着战场奋力奔去。迎面闯来一个火人，马儿受惊抬起前蹄，我从马上落下，那火人却朝我“怀抱”而来。随着撕心裂肺的声音近在咫尺，我想我可不能变成北京烤鸭，于是连忙慌乱一躲，好不容易避开他的身势。那火人却不放过我，伸出两只火爪子朝我抓来。我惊叫一声，死命一脚踹开他，他的身子被我踢得老远，我正庆幸，却闻到一股焦臭，只见臂上，竟粘连着一团黏软的很烫的东西，那显然是一块被烧熟的皮肤……我低头狂吐起来，却又听到杀声朝我而来，抬头看到一个联军士兵，右臂上插着一支箭，却用不熟练的左手拾着长刀，面目狰狞朝我冲来。我连忙抬剑一挡，他却杀红了眼，大声地吼叫，嘴角甚至流出血来，我瞅住空当，不管三七二十一，抬剑便朝他的胸口刺去……一股热热的液体喷射到我脸上，我定睛看去，那士兵木愣愣地盯着我，眼珠渐渐翻白。我这才看清自己的剑，已深深地刺入他的心脏。他顺着我的身体向下滑去，双手无力地摆动……

好吧，我终于成功地杀了一个人。

我以为我自己又会晕去，但不知是鲜血的腥味让我变得兴奋，还是我真的很想证明自己的价值，我猛地从他胸口抽出剑来，转身又朝另一个人杀去。

……

鸣金声起，费连军开始按计划向后撤去，我也连忙上马，追随大部队的方向而去。混乱之中，霍去病一眼看到我，脸色大变，喝道：“混蛋，你怎么还在这里？”

我一边骑着马儿飞奔，一边扭头朝他得意喊道：“我杀了四个联军。”

“谁稀罕？有本事，你杀四千给我看看！”他竟朝我投来鄙夷的神色。

我偏转马头，贴近他前行，恶狠狠道：“大色狼，你能否说句好听的？”

“你想听何好话？”

“譬如你真勇敢之类的。”

“你这是添乱。”

“你莫进这敢死队，不就成了？”

“哈，当初是谁哭着喊着要回谷来，守着你的费连大哥不放？”

“那是我，你难道也恋上他，要为他送命不成?”

“你这话是什么意思？你真恋上他了?”

“说，你为何要留下做敢死队?”

“说，你为何方才亲我?”

“我们可不可以不要谈这个话题?”

“谈什么？今天的天气吗?”

我语顿。我见到他漆亮的眸子在硝烟里闪闪发亮，我忽然想明白了，方才为何要亲他。

那是因为，我觉得这种危险的境地中，我可能会死在这里，或者，他也会死在这里。如果生命只剩下几个小时，那我不会放过这样的机会，让我最后怀着遗憾离开这个世界。

其实我真的想再亲他一回，只是，我们此刻各骑一马，而且后面还有几万的追兵，这显然不是个好主意。

最最关键的是，我清楚地看到，他的身后，袭来一道银白的光线，这是一支冷箭，照它飞行的路线来看，它会不偏不倚地射进霍去病的后心……

我脑中第一个反应，是从马上飞跃而起，朝着大色狼扑去。显然这也不是一个好主意，但却是我此刻能想到的唯一主意。

我狗爬式地飞跃，勉强跃上了霍去病的马，猛力将他一推……然后，我的背后，忽然一记刀剑入肉的感觉，剧痛顿时传来，迅速扩张到每一根神经。我发现了一个不幸的事实——我中箭了。

我像个软体动物般，朝着马下瘫去。一只大手猛地托住我，我见到大色狼焦急的双眼，他的嘴里似在呼唤着什么，我却听不清楚，只微笑着，艰难地挤出一句：“好啊，好啊……”

第二十五章　龙出升天

我做了一个梦。

梦里，我和西装革履的大色狼在教堂举办婚礼，我兴奋地与他拥吻，亲朋好友包括我的前男友，都来向我祝贺，主持婚礼的牧师走了出来，却是阎罗王。

我吓得双腿发软，指着阎罗王说："你……你……你来做什么？"

阎罗王笑道："你在地府里成婚，必定是由我来主持婚礼。"

我吐出一口血来，狂叫："我不要死，我不要死！"

我不停地叫着，终于迷糊地睁开眼睛，感觉自己是在奔跑的马上颠簸，五脏六腑散落一地，周围杀声一片……我又闭上眼去，就这样不知睁眼闭眼了几次，终于发现颠簸的感觉没了，身体落在实处。我于是睁开眼来，看到一个空洞的穹顶，隐隐约约有各种奇异的石块交错，像极了我曾经游览过的瑶琳仙境。

是地狱吗。

我脑子里第一个便冒出这个词，浑身冷汗涔涔。

一张脸探上来，满是惊喜。

"你醒了？"

我见是大色狼的脸，放下心来，又不信似地问："你是人是鬼？"

他眨眨眼，玩味道："非人非鬼，只是一匹恶狼而已。"

我环视四周，问："这是哪里？"

"沐河源头的山洞里。"

"半鞯联军呢？"

"在山下围着呢。"

……

"我伤得如何？"

"离死不远了。"

"呃……"

"不过还能再活个几十年而已。"

"武功尽废？"

"早废了。"

"晕，我死了算了。"

"你属猫，有九条命。"

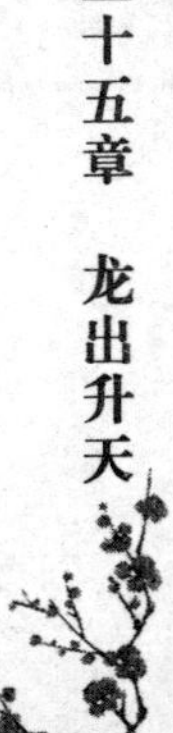

"我还属蟑螂呢，打不死的小强。"

"阎罗王不愿意收你，有何办法?"

"方才做了梦，这老家伙还主持我阴府婚礼呢。"

"真的? 你和谁成婚了?"

"当然是费连大哥。"

"骗人。"

"我骗你作甚?"

……

我再次环视山洞一周。又问：

"我们还有多少人?"

"不到十个。"

"呃，费连大哥呢。"

"放心，还活着。"

"他们人呢?"

"被我赶出洞去。"

"为何要赶他们?"我奇怪问。

他表情一僵，下意识地朝我身上看了眼。我低头看去，才见自己的上半身，竟空无一物，唯一的布料，便是胸口那缠得紧紧的绷带。

我的脸刷一下就红了，抡起手便给了他一耳光。

他捂着脸颊不信似地朝我望着，似是要发怒。我轻喝一声："滚出去。"

他甩甩头，声音带着懊恼："若换作你的费连大哥为你疗伤，你会打人吗?"

"你管得着吗?"

"我彻夜不眠为你疗伤，你却不谢我?"

"你忘记我是为了救你才受伤的?"

"好吧，念在你救我的分上。"他的表情软下来，又开始死皮赖脸的模样，"你中箭后，反复说好啊好啊，是庆幸的意思吗?"

"什么?"我瞪圆了双眼。

他抚唇偷笑："你是觉着，救了一回我，便表现出你有多重要了，是吗?"

"胡说八道。滚……滚出去!"我恶狠狠朝他抡起拳头，无奈伤口一拉扯，痛得直咧嘴。

……

从洞口出来，阳光刺得我眼发酸，洞口果然只凄惨地站着不到十人，个个浑身是伤，但仍威武非凡，想必在这样的屠杀中，能幸存下来的人个个都是绝顶高手。

费连城坐在一块大石头上，浑身缠满了绷带，似是伤得不轻。一个侍从正在为他治疗手臂上的伤口。他一见我，嘴角浮起笑容："朱三，你醒了?"

我踉跄着朝他走去，才碰上他的身体，他便眉一抽，似是很痛的模样，但嘴上仍笑着，调侃道："我方才要为你疗伤，大狼差些就要与我拼命，我见他一副要吃人的模样，只得作罢。"

霍去病走上前，接上道："费连兄，你伤得只剩半条命，如何还救得了别人？我为你着想而已。"

费连城挑眉道："虽说如此，然朱三可是我心中最重要的女人，莫说还有半条命，哪怕只有一口气，我也得救她。"

我听得热血沸腾，差点就激动得晕过去。大色狼却冷哼一声道："费连兄，你说话还是留着些余地，这朱三别的不怎样，花痴病极为严重，只怕她听了这话，从此腾云驾雾，黏着你不放，你想甩也甩不了。"

费连城轻轻刮下我鼻子，笑道："你真会黏人？"

"呃……"

"你既有花痴病，也亲上我一回如何？"

我的脸必定像柿子一样红，幸好，这时有几人回来汇报，说已在沐河源头投下毒物，不久便会流遍整条流域。

费连城神色变得严肃起来，我知道他在想什么，在圣地投毒，他家老祖宗知道了，必定气晕去多次，但无论如何，这是唯一获胜之道，列祖列宗们也怪不得他。

又有人来报，说联军派出一支队伍，正向山上搜寻而来。

情势变得危急起来，大家都明白，此处不可久留。

我忍不住问。

"那我们如何逃出去？"

"原本的秘道为防联军发现，早已封闭，我们几人要另寻出路，才能出谷去。"

夜幕降临，一行人决定，再在这洞里猫上一夜，明日再从南面下山。

瀑布像个大窗帘似的挂在洞口，一如既往地奔腾着、轰鸣着，还未燃尽的火堆，噼噼啪啪地冒着火星，后背的伤口也疼得要命，像是针扎似的，只得趴着睡。古代真是凶险，一伤未平，一伤又起，要命的是，周围横七竖八睡着一群男人，觉着自己像是一棵被遗忘在大蒜堆上的野葱……

瞪着眼睛，怎么也睡不着，望着深不见底的穹顶，决定开始数羊行动。

一只羊，两只羊，三只羊……

"嗖！"一声尖厉的声音，擦着空气而来，又听"噔"一声响，抬眼看去，一支羽箭深深地刺进了洞壁……

守夜的侍卫冲进洞来，边跑边扯着嗓子喊："快跑！联军袭来了！"

话未说完，一支箭便从他喉咙口穿出，两眼一白，倒在地上。

接着，从洞外，忽然射出无数支箭，穿透瀑布，疾雨般袭来，一人大喝："趴

着别动!”众人反应极快，纹丝不动地俯在地上，任箭雨贴着脊梁柱飞速掠过……

我不是反应快，我是吓得根本没了反应，手脚冰凉贴在地上动弹不得。过了几秒，箭声落下，不知谁将我从地上一擒而起，在我后背上狠狠拍了一下：“醒醒!”

洞外已是杀声震天，侍卫们围住费连城疾声道：“小主，洞口已被包围，现在怎么办?”

费连城皱起眉头坚定道：“出去肯定一个死字，往洞深处撤。”

七八个侍卫同时跪下，抱拳道：“小主速撤，我等誓死守住洞口。”

我被这视死如归的场面感动得一塌糊涂，大步上前握住其中一位侍卫的手，正准备发表一顿感言，身子被费连城一拎，连跌带摔地跟着跑去……

“费……费连大哥，他们……他们……”

“他们早将生死置之度外。”费连城急促的声音向我解释。

“可……可是，他们很勇敢……”我发现我很鸡婆。

他猛停下步子，认真望着我：

“朱三，这便是战争，战争里，谁死不重要，谁先死才重要。我是首领，我活得久一些，更有益处，你可明白?”

我拨浪鼓似地点头，一侧的大色狼声音传来：“她有病，费连兄不用管理她。”

我往黑暗里踢去一脚，却踢了个空，追杀声又渐渐传来，没法子只得跟着他二人朝着黑暗深处蹒跚而去……

燃起火把，在一个深邃的未知的溶洞里摸索，并不是件浪漫的事。头顶上岩石犬牙交错，或立或躺，如虎如狼、光怪陆离，两侧岩墩上坐卧不少奇形怪状的钟乳石，怪石林立，像张牙舞爪的鬼怪。洞愈走愈深，连背后的追杀声也渐渐淡去，恐怕那些联军也害怕这怪兽喉咙似的深洞，不敢再往前一步。

我的心也似悬在一根线上，步伐开始发软，弱弱地扶住费连城的衣袖，问道：“费连大哥，你觉得这洞有出口吗?”

“我不知。”

“呃，你进来过吗?”

“没有。”他很干脆地回答我。

我头皮发麻，又问：“那有其他人来过吗?”

“有。”

“他们如何?”

“进来，便再未见到过他们出来。”

“呃，”我胸口痛，又问，“我们出不去怎么办?”

他停下脚步，认真地望着我，英俊的脸庞在火光下熠熠生辉。

“出不去，就死在这里。”他说。

我深吸口气，干笑：“好吧，人生自古谁无死。”

“如此气势的诗句，谁说的？”他问。

“一个叫文天祥的人说的。”

“下半句呢？”

我想了想，说：“就是不知道怎么死。”

“这也是他说的？”

“不，是我说的。”我继续干笑，“不过，现在我知道自己会怎么死了。”

……

“你除了说丧气话以外，能不能说些其他东西？”边上传来大色狼不耐烦的声音。我加快几步追上他，喝道：“好啊，我不说丧气话了，唱歌给你们听如何？”

“罢了，我怕把鬼引来。”

“好好，那我说笑话给你们听吧。有一个糖，在雪地里走着走着，它觉得好冷，于是它变成什么？”

他俩瞟我一眼，我抚唇笑说：“很简单，它变成了冰糖。”

说完，我大笑。他们仍瞟我一眼，没有表情。

于是，我又说：“好吧，再来，一颗卷心菜，一边走一边脱衣服，结果怎么样了？”

他们二人终于停下脚步，相互对视了眼。我大笑道：“很简单，最后它没了……哈哈哈。”

我笑得直不起腰，他二人用手托着下巴饶有兴趣地打量着我，似是在看马戏团的猴子。

我呛了声，又说：“一只黑猫把一只白猫从河里救起来了，你们知道后来那白猫对黑猫说什么吗？”

费连城终于开口了：“喵——”

“哈哈，”我抚掌直叫，“费连大哥真是太聪明了。”

“还有吗？”他笑着，一脸调侃。

“有只鸭子叫小黄，一天它被车撞倒，它就大叫一声‘呱’！然后呢？”

一阵沉默，大色狼刷刷走上前，在我额头上猛敲了下，说：“傻子，有完没完！”

他一把擒住我往前走，我跌着身子，气喘吁吁道：“唉，我只是改善气氛而已。瞧，还有比这更糟的地方吗？四处是吸血蝙蝠、毒虫……”

我话未说完，嘴唇忽被一软软的物体堵住了，顿时瞳孔骤睁，双目赤红。这才看到，原是大色狼竟突然用嘴唇吻住我。我反应过来，努力想推开他，他却死死制住我的身体，让我动弹不得。我如小兽呜咽，发出“唔”，他却抱得更死，将我逼到一侧的岩壁上，舌尖霸道地撬开我的双唇……

我快接不上气来，他却突地放开我，我抚着嘴唇，摇了摇头，正想破口大骂，他却唇角一勾，风轻云淡地说道：

"放心，我未恋上你，当然也没有丝毫动物本性作祟。只是你啰唆个不停，像只打不死的苍蝇。我亲你，只是想让你闭嘴而已。"

大色狼说完，心满意足一边笑一边扬长而去。我哑巴吃黄连，僵着卡通表情一定很滑稽，身后走上来的费连城表情复杂，忽摇头啧啧道："我怎没想到这法子?"

山洞一下子变窄了，像一条约三米宽的通道，穹顶越来越矮，压迫在头顶让人喘不过气来。火炬也不合时宜地熄灭了，传出一股焦炭味。顿时，眼前陷入漆黑，伸手不见五指。

我屏住呼吸，下意识地牢牢抓紧走在一边的费连城，他感觉到我的恐惧，大手拍拍我的肩头，似是让我安心，扶着我沿着冰冷潮湿的岩壁继续前行。

前方忽传来霍去病略带疑惑的声音。

"等等，前面好像有光。"

"光"字还未说完，只听他一声疾呼，声音稍纵即逝，即刻变得遥远，似是掉进了极深的坑内，一缕余音，回声连连。我直呼："大色狼!"拔腿便朝黑暗中狂奔而去，才不过几步，只觉脚下一滑，身体瞬间放空，急速下坠……耳边风声阵阵，脑子嗡嗡不绝，只得无助地摆动着四肢，也不知坠了多久，只听"哗啦"一声巨响，身体跌入一片冰凉的水中，刺骨的寒意肆无忌惮地从我的眼睛、耳朵、嘴里，溢入我的身体。我的身体不断下沉，有股力量在一直一直将我往下拉……

我开始还能折腾几下，但最后放弃了努力，我知道，自己那点三脚猫的泳术，根本不可能从这样的旋涡中龙出升天，我想，这回是真要死了。

人生自古谁无死，原来，我是淹死的。上回没淹成，这回逃不过了。忽然想起穿越过来的那天，死亡，重生，将几千年的沧海桑田，化为转瞬之间的时空穿梭。不知这回能穿到哪儿，或者，这回真到地狱找阎罗王主持婚礼算了。

我奇怪自己在临死一刻，还有时间胡思乱想，当然，到了后来，我连想的力气都没了，"反者，道之动。弱者，道之用。天下万物生于有，有生于无……"

这句魔咒忽然回响在耳边，无数个幻影在眼前闪过，一个老人的身影若隐若现，周围却是白茫茫一片，身体像叶小舟在激流里翻腾，黑暗、寒冷，掺杂着绝望，也不知过了多久，忽然觉得自己像只被下水道冲出的蟑螂，一下浮出水面……

身体湿漉漉地垂搭在坚硬的岩石上，呛鼻的感觉从胃底抽起，"噗"一声，喷泉似地吐出一大口水来，转而猛咳不止，半天才回过神来。

人生自古谁无死，结果，我还没死。不知怎么的，竟还带着一丝小小的遗憾。死不可怕，死的感觉才要命，郁闷的是，经历了几次死的感觉，却一次也没死成。

身体渐渐恢复了知觉，才觉浑身又酸又痛，特别是背后的伤口阵痛不已，但恐惧的感觉更甚，因为黑暗中，周围一点声音都没有，除了哗哗的水声。

我第一反应，是开口大叫："大色狼!"

洞天回声连连，嗡嗡隆隆，起伏不绝，似是很遥远的地方，回响过来："大色狼!"

又叫了声："费连城!"

还是冰冷的回音，背后冷汗涔涔，这才慌乱地起身，朝着黑暗中摸索过去。

右上方，隐约传出光线来，大色狼最后说"前方有光"，应该就是这束光线。眼前的黑暗，随着这束光线，一点点由黑转灰，由灰转淡，视线适应了，洞里比先前亮了许多，能基本看清眼前的事物。

这才见到，周围像个大房子似的，又高，又深，一口气呼去，冷嗖嗖的。想必方才是被急流冲到了山洞另一个层级的空间。

突然看见不远处躺着一个身影，几步冲上前去，却见是昏迷不醒的费连城。

昏暗中，隐约见到他双眸紧闭，嘴唇煞白的。又见脑门上殷红一片，可能是在急流中碰撞到坚硬的石块……

心一紧，连忙伸手到鼻前探呼吸，竟微弱得很，顿时，恐惧感铺天盖地而来，我的费连大哥，不会真的就此壮烈牺牲了吧。

双脚瑟瑟发抖，几乎要哭出声来，来不及多想，俯倒在地，一边按压他的胸口，一边对准他的薄唇开始人工呼吸……

一个很有趣的事实。

那就是……我根本不懂什么该死的人工呼吸!

我对准费连城结实的胸脯一阵猛压，又对准他性感的嘴唇一阵猛啃……我甚至认为，自己根本没在救人，而是在吃帅哥豆腐……

但我的内心又急又慌是真的。

急得眼泪狂飙，慌得六神无主。

我还没有做好准备接受这样一个又高又帅而且还有那么一点点青睐我的"火星男"就此在我面前消失，就像大色狼说的，如果没有他，还有谁要我？我的下半辈子，需要这个超级备胎来满足我作为一个大龄剩女的私欲和虚荣。哇哇哇，费连城，你不能死。

我一边哭着，一边对着费连城的嘴唇又是吸气，又是呼气，几乎崩溃……

就在我的嘴唇再次碰到他时，那对炯炯有神的眼睛，忽然睁开，我吓了一跳，还未回神，身下忽然传来一股力量，猛地翻转过我的身体，我从俯看的姿势，瞬间变成了直挺挺地躺到了地上，像根刚刚被采下的玉米棒，而一个巨大的身形，将我整个覆盖住，昏暗中，我看到了费连城笑眯眯地俯瞰着我，如在看一件刚刚上手的猎物。

脑中似有惊雷炸开，不知是惊是喜是尴尬还是无措，只得僵着嘴皮子，发出

细若游丝的声音："费连大哥醒了?"

"嗯，我一直都醒着。"

"那费连大哥为何不说话?"

"我只是在冥想人生而已。"

"呃，我还以为你死了。"

"你以为我死了，为何一直亲我?"

"那……那是人工呼吸。"

"何叫人工呼吸，是恋爱的一种吗?"

"呃，不是不是，只是，只是救人的一种方法而已。"我的脸已经红到了脚指头。

他低下头，忽然又吻住我，灼热而心跳的感觉，从他的唇面一点一点溢入我的神经，我听到他在耳边轻声呢喃："那再继续人工呼吸，如何?"

我想，现在好了，换成我壮烈牺牲了。他再吻上一分，我恐怕就决定明天与他上民政局领证算了。

有股奇怪的力量，让我用力地推开他，然后，用双手支住他的胸膛，朝他干笑："费连大哥真会开玩笑。"

他嘴角浮起笑容："你亲了大狼，于是大狼又亲了你，所以，你方才亲了我，我此刻回亲你，不也是情理之中吗?"

郁闷，什么理论。

他哈哈大笑起来，终于决定放过我了。只轻轻在我鼻尖上刮了下，笑道："傻瓜。"这个动作让我想起了大色狼。

……

"对了，怎不见大狼?"我望着湍急的水流，有种恐惧的心理逐渐蔓延。

费连城不紧不慢道："莫急，他定是被急流冲到了别的支道。"

"他会不会……"

"不会。"他朝我眨眨眼。

"你如何肯定他一定不会出意外?"

费连城微微一笑，出乎意料淡定道："当年，他是汉宫的急泳冠军，如此水性，怎可能出意外。"

他话音落下，我脑海里却似炸开一记惊雷，嗡嗡直响，对着急流猛地呼出一口气来，半晌没回过神来。

黑暗中，费连城淡定如初，星河璀璨的双眼，浅浅弯成了两道涟漪，却透着一丝精灵的光芒。

我颤抖问道："你早知他是霍去病?"

"嗯。"

"那你也知我是谁?"

"你是朱三。"

"呃，"我额头一湿，吞吐道，"你不想知道我真正的名字？"

"这很重要吗？"他反问我一句，笑容意犹未尽。"名字只是符号而已。"他探上身，若有所思道，"事实上，我更愿意唤你作朱三。"

他笑着，从容得像春晚上的金牌司仪。我其实很想问他是不是苏格拉底学院毕业的高才生，为什么散发那样的哲学气息。

我吞下口水，弱弱道："原来费连大哥一直瞒着我。"

"朱三先瞒着我罢了。"

"唉，大哥生气了吗？"

"有一些。"

"对不起。"我想我应该解释一下。

他只浅浅一笑，并不回答，我本想接下去说些什么，他竟没给我机会，我不知他是真生气了，还是真无所谓，我的内心焦虑而局促。活在自己的世界中太久，真相大白的那一刻，费连城坦然自若，我却似一个市井小人，只觉是被重重扇了两记耳光，火辣辣地痛。

我一时无语，瘫坐到一块半湿的岩石上，嘴一咧，做出一个古怪而痛苦的表情，因为背后有一个伤口，不深，也不浅，是那支该死地为大色狼挡去的箭伤，湿漉漉的衣物又黏又冷，像刚刚从海里捞上的海带，粘连着伤口，很显然，伤口又重新撕裂开来，痛入骨髓……

"为何要救霍去病？"我问，"他难道不是匈奴的死敌？"

他唇畔噙笑："你忘了答案？"

我想起那回在圣水源头费连城与霍去病的对话，恍然大悟。

"匈奴与汉朝的战争，又是为了什么？"

"欲望。"

"对，说得好，欲望！人的欲望，永无止境。所谓国家、民族、政治，却全是欲望的代名词而已。"

……

唉，他俩为何喜欢唤我傻瓜，原来他们早已心知肚明，只我这傻子后知后觉而已。罢了，韩真真，在这个纷乱的朝代里，竟能活到现在，真是万幸。

费连城从怀里拿出一块火石，成功点燃火堆，暖意扑面而来，接着走上前，敲敲我的脑门。

"接下来我要做件事，你答应不可怪我。"

"什么事？"

"你先答应我。"

"好吧，我答应你。"

我抬起头，吃力地望着他。他高得像座山，火光映得轮廓俊秀冷削，闪得我睁不开眼。

他朝着目瞪口呆的我微微一笑，伸出手来，只听刺啦一声，我上身的衣物被撕成了两半……

这真是趟刺激的古代旅行，我承认，从此以后，我不再抱持古代男人有多保守的说法，至少，我遇到的两个男人，先后为我疗伤，但其犀利开放的作风，即使在21世纪，也绝对是天下无敌。连未经同意便脱女人衣服的这种殿堂级猥琐行为，也可以做得如此浑然天成、潇洒如风，不带一丝色情的意味，我不得不说佩服。

当然，我第一反应是一手捂住胸口，他刷刷点住我的穴道，我立马动弹不得，像只被剥得精光的粽子，浑身冒油。

他脸色一沉道："说好不怪我。"

我说："这是……"

"替你疗伤。"他低头，声音镇定。

"可……可……"

"你背后有一箭伤，若不处理潮湿的伤口，不久便会化脓，接着，长出蛆虫来，一点一点将你背部的肌肉，啃得只剩骨头……"

"有那么夸张?"

"很多士兵都是这样死的。"

"呃……"我头皮发麻。

"当然，你不会即刻死，渐渐，你的肺部会暴露在外，吸上一口气，便有万箭穿心的痛楚。接着，你的浑身会有脓血四处溢出，发出难以忍受的恶臭。"

"求你别说了。"

"你想死吗?"

"不想。"

"那便是了。"他熟练地剥去我伤口上又黏又冷的绷带。我痛得牙一龇，他抬眸给我了一个温暖的微笑："只消片刻就好了。"

我不知他的这番话有多少医学理论依据，是否带着一半恐吓的意味，但很明显的是，我被他吓倒了。我不得不怀疑，如果没有他。自己真就会像只烂桃子，成为微生物滋生的摇篮，慢慢在这黑暗的山洞里腐烂。

不可否认，他的表现很正人君子，丝毫没有掺杂大色狼那种狼子野心的混蛋风格。我渐渐适应了这尴尬的场面，在这个穿越时代中，我在无耻女人的道路上越走越远，有种一发不可收拾的气势。我甚至有些怀疑，自己是不是处于半发情状态，以至于对于这样的场面无动于衷。

"这真是让人难堪的情景。"我说。

"的确有一点。"他笑容复杂，"朱三的身体，对我还是极有诱惑力的。"

"费连大哥直接……"

他手指灵活穿梭。在包扎完的绷带尽头，打了一个精致的结，然后，细细地打量着我，仿佛在看一件艺术品。

借着火光，我在水面上看到了自己的脸。显然，红得很奇怪，像盘倾倒一气的水粉颜料。

我说："将我的穴道解开吧。看来，费连大哥也需要同样的疗伤。"

……

陌生的空间，我与费连城的交集在相互疗伤的过程中展开。就像他赞叹我的肌肉线条一样，我也被他精美健硕的轮廓吸引。结实得如同花岗岩般的肌肉上，划满了鲜红夺目的伤痕，我从未否认过我是个色女，但奇怪的是，这样赤裸相对的场面上，我们的状态似乎超乎寻常地自在与融合，丝毫没有尴尬的意味。

"费连大哥真的喜欢我吗?"我不受控制地问出这一句。

"喜欢。"他淡淡回答。

"为何喜欢?"

"需要理由吗?"

"当然需要，我是个身份不明的家伙，而且还瞒着费连大哥那么久。"

他抬头望着我，忽然笑了。

"大哥笑什么?"

他止住笑，反问我："朱三在担心什么?"

"呃……"

"担心我只是玩弄你？或是怕，是我想利用你或霍去病吗?"

他的直言不讳，让我的脸瞬间变红，甚至比在他面前脱光衣服还要让人难堪。

"大哥的话，让我像个世俗小人，无地自容。"

他大笑，轻轻刮下我的鼻尖："你是个世俗小人，不过世俗得很有趣。"

"好吧。"我眨眨眼，这勉强算作赞扬。

"你恋上我了，才会在意这些，不是吗?"

"是的。费连大哥是个充满魅力的男人。"

"恋到何种程度?"他逼问。

"很多。"

"比霍去病还多吗?"

"呃，差不多吧。"

"差不多是多少?"

"费连大哥问得真是清楚。"

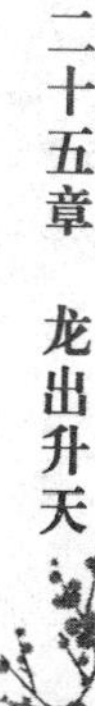

他凑上我的脸，气息落在我的鼻尖上。我闭上眼睛，不敢再看他。

我再次睁开眼睛，他却已离开，目光落到远处，不知在看什么，又似是在思考着什么。我望着他清俊落拓的侧面，心嘣嘣直跳起来。

他转过身望着我，眼底藏着某种坚定，然后，他说：

“嫁给我如何？”

“这……”我的喉咙里挤出一个音节。

“这是个不错的主意。”他打断我，表情淡淡，“我俩命悬一线，恐怕活不到明天，忽然觉得，这辈子如果就这么没了，没娶到朱三这样的女人，是种遗憾。所以，问问我的朱三，心里如何想。若是能活下来，与我凑成一对，怎么样？”

我的耳朵里响起类似耳鸣的东西，接着，我的身体从那块长满藓类植物的大石头上，猛地滑向地面，也不觉痛，只是张大嘴，默默地望着对面的这个男人。而他也默默地望着我，像是一直望进我的心里。

从某种程度来说，我享受这样的过程。费连城是个另类的男人。如果说，从前我只看到了他的英俊与幽默，那么，此刻，我看到了一个从容、温雅、冷峻、内敛、绵里藏针的男人。

无论如何，我喜欢他。

而且，如火箭升空的速度在不断增加。

这种喜欢，异于对大色狼的迷恋，而是一种类似于安全温暖之类的东西。好吧，我不想说该死的什么兄妹之情的话，我坚定不移地相信，我若是与他一起，定是对美好的情侣。

他凑上前，眼神闪亮。

“你舍不得他？”

“好像有一点。”

“他恋你吗？”

“应该有那么一点吧。”

“他娶你了吗？”

“呃，这当中有些技术问题。”

“算了，那是自欺欺人。”

“好吧，从理论的层面来说，他并没有娶我。”

“他属于那个王朝。”他说着，语气沉下来，“有朝一日，他终将回到那里。你想回去吗？”

“不想。”

“那么，你留下来。与我无忧无虑，策马扬鞭，只简单地活着，好吗？”

我傻着，许久挤出话来：

“费连大哥，你在说笑吧。”

他探上身，只离我半寸之遥，他的气息湿润而灼热，加速了我的心跳。

他只是将他的嘴唇落了下来，触电的感觉一丝丝地从唇面渗进我的血管，在周身造成了酥麻，那火箭般增长的爱恋，此刻排山倒海地涌来，如破裂的水管，怎么堵也堵不住。我没有逃避，甚至在迎合。他的吻激烈起来，火花在一边爆响着，挑动着气氛如此暧昧。

他低哑的声音，似有似无地响起。

“真真。只简单地活着，和我，好吗？”

……

很长一段时间，我都无法将费连城这段激动人心的表现从脑海中抹去。

只简单地活着，这句话对我的诱惑力实在太大，已经囊括了我所有终极的梦想。我能想象在漠北的草原，开一家甜品屋，我的帅老公打猎回来，身后跟着一群姓费连的小孩，那种其乐融融的场面。这真是让人感动万分，我以为自己是现代婚姻市场中的下架产品，沦落到打折角落中的那种，想不到到了古代，还能遇上这样的极品男人，这算是求婚吗，虽然地处这个狗血的前途渺茫的山洞中，没有浪漫的玫瑰来营造气氛，不过，我已诚惶诚恐之极。这个梦想，如果承载到大色狼身上，根本是痴心妄想，有人说，美好的婚姻是在对的时候，遇到对的人，显然这两个条件当下都完全符合。如果我把自己的未来压到那个虚无缥缈的霍去病身上，那我一定是疯了。

事实上，接下去，我们吻得很久、很深，心灵相通的感觉在彼此间蔓延。这一晚，我也忽然明白了一个道理。

原来，女人的心里，一直有两个男人。

一个是魔鬼，一个是天使。

霍去病是魔鬼，而费连城是天使。

魔鬼夺取了你的心魄，而天使挽救了你的灵魂。

在这片陌生的时空，天使让我找回了一直缺失的安全感，就像从颠簸的小舟上，迈进大陆的那一步。

第二十六章　我是老聃

费连城小心地牵着我的手，重新朝着光线的方向摸索而去，我能感觉到从他手心传来的温度，带着一些潮湿和亲切感。

前面愈来愈窄，再向前走，忽然见了底。但底部还有一个小洞，黑漆漆深不可测。他握住我的手添了三分力："跟着我。"

火炬微弱闪烁，勉强躬行，忽闻前方传来人声，紧接着又是嗡嗡隆隆的回声，撩乱耳际。

我们同时顿下脚步，仔细听去。

两个人的对话，偶尔还伴着笑声。

"小子，再说个笑话听来。"一个老人的声音。

"有只鸭子叫小黄，一天它被车撞倒，它就大叫一声'呱'！然后呢?"一个年轻人的声音。

"老夫猜不出来。"

"它便变成小黄瓜了。哈哈!"年轻人大笑起来。

我听毕，大喝一声："大色狼!"甩开费连城的手，三步化成两步，朝着声音的发源处急奔而去……

很快，眼前宽敞起来，竟是个硕大的空间。前厅高宽均有几十米，像一间豪华的客厅，错落有致地遍布精美的石钟乳、石笋，似是摆了很多艺术品一般。

大厅的中间，放着一张石桌，石桌上放着碗盏，还有一把锡酒壶。最重要的是，石桌边坐着两个人。一个是大色狼，另一是个年迈的老人。用一个字来形容他：白。白衣，白发，白须，白脸，啥都白，从头白到脚。

二人对酌谈笑，本是极为畅快，我一出现，他俩同时转过头来，诧异的表情凝结在脸上。

我噔噔噔走到石桌前，对呆若木鸡的霍去病咧嘴一笑，叱道："你很清闲吗?"

"呃，还好吧。"他微微一笑。

"你可知我们差点没命?"

老人横插一句，啧啧叹道："小子，你的女人发飙耶。"

"老伯，我可不是他的女人。"我抢上一句。

身后追上费连城，关切地扶住我的身体，这一暧昧的动作，没逃过老人的眼睛，他轻轻抚须，指着费连城道："错了，错了，应该是这小子的女人。"

霍去病本是坐着的，一见到我与费连城的亲密动作，脸色顿时大变，从椅上一跃而起，一把推开费连城，喝道："这算什么？"

"你凶什么？"我低喝了句，"是谁将我们弃下不顾，在这里悠闲喝酒？"

霍去病不理会我，怒目而视费连城。

"你对她做了什么？"

费连城面不改色，只淡淡回道："未做什么。"

气氛骤紧，那白须老人却抚掌笑道："好好好，两个小子先打上一架再说，老夫最爱看打架了。"

我朝着白须老人深深一拜道："老伯您好，看来您是位情感专家，而且您的古墓派造型很有创意，敢问老伯在此住了多久？"

"百来年吧。"

"好吧，老伯，虽然您脱离社会很久，也很希望看一场大戏，但我们实在有急事，能不能为我们指引一条出去的路？"

费连城上前，补充问："老伯，我等要事在身，劳烦您了。"

霍去病在一边冷哼："他要肯说，早说了，非让我陪他喝得肚子疼。"

我与霍去病面面相觑了下，老人拿起酒杯，扯开话题："来来来，先喝上几杯再说。"

……

我不知道三个大活人在这陌生的黑洞里，陪着一个看似神经功能紊乱的老头，喝着名为"酒"实质可以称作"汽油"的液体，算不算作是件疯狂的事。恐怕这老家伙在这里待得太寂寞无聊，好不容易逮到几个活人陪他，他自是不想放过我们。我们为了博得他的好感，只得轮番上阵。

霍去病显然有些吃不消了，到角落里去吐了三回。我冒着胃溃疡的风险，与老头继续拼酒，我们玩起了"两只小蜜蜂"。老头自然是输得很惨，白脸也终于变成了红脸，从椅子上滚落了好多次，但却没有投降的意味。

但他看我的眼神，明显比先前温暖多了，充满了某种相见恨晚的情绪。他深情地握住我的手，花白的胡须不断地颤抖。

"姑娘，你嫁人了吗？"

"还没。"我吞下口水。

"这两个小子，你相中哪个？"

"呃……"我朝两个男人相互看了眼，又吞下一口口水。

他指着霍去病："我替你琢磨，这家伙，是个混蛋。"又指着费连城，"这家伙，是个宝贝，嫁他得了。"

费连城举起酒："老伯，敬您一杯，您真是明察秋毫。"

霍去病一边嚷嚷："老家伙，她早嫁与我了。"

"胡说！"我脱口而出。

霍去病一跃而起，酒精让他有些兴奋："胡闹！"

"我叫韩真真，不叫胡闹！"我朝他翻白眼。

"老伯，她答应嫁给我了。"费连城接上一句。

"你说什么？"霍去病眼珠暴红。

"别嫁了，在这里陪老夫吧。"老人又插嘴。

"呃，老伯，我不走古墓派路线的。"我头皮发麻。

"你看不起我？"

"不不，只有一点点小小的麻烦。"

"有何麻烦？"

"我得先出洞去。"

"出洞去作什么？"

"外头在打仗，老伯。"

"打仗不好玩。"

"是啊，人在江湖，身不由己，老伯。"

"看来，老夫得重出江湖。"

"老伯您有何本事？"

"老夫长生不老。"

"老伯，您的长生不老在战争中派不上用场。"我额头发湿。这老家伙没病，那一定是我有病。

霍去病凑上嘴脸，脸上写满了兴趣："老家伙，你真是长生不老之人？"

老伯眼冒精光："老夫还骗你这黄毛小子不成？"

"敢问您的长生之术在哪儿？"

"罢了，看在老夫与各位如此有缘的分上，给你们看一件宝贝。"

"何宝贝？"

老夫神秘一笑，声音刻意压低，然后，一字一句地吐出三个字：

"长……生……图！"

老人说完这三个字。洞内是段小小的寂静，一滴冰冷的泉水从黑暗无底的洞顶，不知怎么落到我的天庭盖上，是种刺刺的冰感。我打个了哆嗦，气氛有点怪。

他从怀里摸出一张图来。我一看，这图与上回在乞丐帮里见到的假冒伪劣产品一模一样，我差点没晕过去。

"这是长生图，若能参透其中玄机，便能长生不老。"他神秘笑着，白须掩饰下的皮肤，形成了褶皱，像只被捏实的塑料袋。

"老伯，您这图满大街都是。假货。"我说。

"你见过真图？"

"我见过假图。"

“没见过真图，又怎知这是假图?”

“呃……”我一时语顿。

老人眯着眼睛，转向一侧的霍去病：“小伙子，你想不想长生不老?”

“想。”

“真想?”

“真想。”

“年纪轻轻，怎想着死事?”

“年纪轻轻，谁又能知道明天不是死期?”

“年纪轻轻，哪有那么快死?”

“年纪轻轻，还有许多事没做，便死了，岂不可惜?”

我一边听着刺耳。这家伙争得倒在理，他 24 岁就死了，想想就明年的事，真就应了这话。不知怎的，想起这些，心里突然灰暗起来。

他真的年纪轻轻便死了，我会难过吗？罢了，我不敢往下想去。

……

我发着怔，边上却已交易开了。

“好，小伙子，既然你这般怕死，这图我卖你就是了。”

“多少钱?”

“一两金子。”

“贵了。”

“那五十铢。”

“好，出洞去，我便把钱给你。”

老人一跃而起，拍拍屁股：“现在就走!”

……

阳光照得刺眼，山脚下的空地上，投着三个简短的倒影。

很显然，我们出洞了。

老人带着我们走了不到 15 分钟，便轻松地出来。

我终于明白，绕了一个大圈，三个大活人，在这陌生的黑洞里，陪着一个看似神经功能紊乱的老头，喝着名为“酒”实质可以称作“汽油”的液体，其目的，只是为了高价兜售他那份假冒长生图。该死的，这图在都城只需花两铢铜钱便能买到，却拿走了费连城身上的一块玉佩，折价算了五十铢。我特别怀疑，这老头是不是每天守在这里博迷路的傻子。我们同时明白了一个道理，就是什么叫“虎落平阳被犬欺”。

“嘻嘻!”老人笑着，表情一转，既严肃又充满神秘感，“姑娘，看在老夫与你这么有缘的分上，老夫再送你一本精装版的长生书。”

“呃，老伯，这回要钱不?”

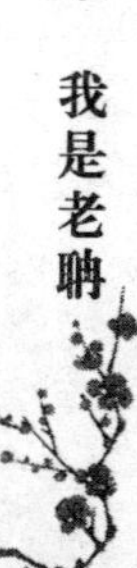

“不要钱。”

我还未回神，他却已从怀里揣出一本书来。一看那名字，我们三人都倒吸口凉气。

《道德经》。

“呃，”我擦了下额头的汗，生硬道，“老伯，这书发行量很高。”

“啥？”老人木然，“别处也有老夫写的书？”

我捂着胸口猛咳。

“老伯，这书是你写的？”费连城也忍不住了，上前一步问。

“是。”老人一本正经。

霍去病道：“老家伙，你便是老聃？”

“老夫姓李名耳，又名老聃。”

“咳。”我们三人同时捂着胸口猛咳。

霍去病又问：“你既是老聃，那敢问如何参透长生之术？”

老人深陷的眼窝中，隐约有精光一闪。

“物极必反，盛极必衰，活着便是死了，死了便是活着。”

“老家伙，你说得很在理，但与没说是一样。”

“无为而治，不言之教，说了便是没说，没说便是说了。”

我们三人面面相觑。

好吧，他没病，我们有病。

老人哈哈大笑，抚掌道：“罢了罢了。老夫饿极，先找东西吃去。告辞。”

……

一阵风吹过，场面安静得很。

我忍不住呛道：“早知他是个骗子，何必当初，唉，害得我喝得胃疼。”

“你以为我愿意喝那马尿？”霍去病眼眉一抽，又对着地面狂吐。

我直哼哼：“对，你宁愿陪着一个骗子喝马尿，也不顾我与费连大哥的安危。小黄瓜是不是？”“我呸！”

“少说废话，方才说嫁人是怎回事？”

“我嫁谁你管得着吗？”

“我当然管得了，你是我的侍妾。”

“求求你了，你有几十个老婆，放过我吧。”

“我偏不放。”

“你侵犯人权！蔑视妇女！虐待弱势群体！”

“……”

费连城上前道：“先不争了，当务之急，是先找到费连驻地。天色已黑，我们先在附近猫上一晚再说，明日再找大部队。”

……

夜幕下，漠北的草原，如湖面一般宁静。

我了无睡意，眨吱着眼对着星空发愣。

……

长生图。

这件始终阴魂不散伴随着我穿越之旅的神秘物件，多少人拼尽全力寻找它，然而，却已有多少人为此送上了性命。

曾经听说过有种平行空间理论，比如走路，我在路上走着，前方随时可能出现两条路，我在思考是选择走左边还是选择走右边？于是，世界在我的选择中一分为二，一个我走了左边，另一个我走了右边，这一分化便决定了我这个世界可能的命运，选择走左边的我下一秒钟可能遇到一个乞丐，于是，世界又开始分化……整个世界都会跟着分出去了，于是有两个互不相干的世界，其中各有一个一模一样的我，只是我俩永远都不会碰到一起，也就无从知道对方的存在，这就是所谓平行宇宙了。

选择，人们因为选择或被选择而走向不同的空间。有的生，有的死，但最终，在某一个空间里，还是有人会活下来，从这个角度来说，人确实可以永生。

“物极必反，盛极必衰，活着便是死了，死了便是活着。”

“无为而治，不言之教，说了便是没说，没说便是说了。”

自己在思考的是一个深奥的哲学命题，这对只有高中文化的我来说，绝对是个死胡同。

……

翻开老人送我的那本《道德经》，只漫不经心地看着，当看到第29页时，却激得我差点从地上跳起来。

虽然是古体字，但我还是能清晰辨出上面的文字。

“反者，道之动。弱者，道之用。天下万物生于有，有生于无……”

……

晕，这一句反复萦绕我耳中的魔咒，居然是流传百世的《道德经》中的名言！

那白须老人临死之前，为何要说这一句话？他想告诉我什么，还是临死的哀号？

更惨的是，我听不懂，也看不懂这古文言文的含义，没有百度和国家地理频道的日子真是悲惨。

我忍不住呛了句：“没文化，真可怕。”

……

“你在想什么？”

原来是大色狼，不知何时，躺到我的身边，篝火映着他俊俏的侧面，他又离

我咫尺之近，竟顿时让我心跳加快了一倍。

“你吓我一跳。”我埋怨了句。

“原来你睡觉是睁着眼睛的？”

“我死了也是睁着眼睛的，信不？”

“韩真真，你为何嘴上怎老带刺？”

“那是因为你欠抽。”

“我有那么糟？”

“你没那么好。”

“我既没那么好，你为何几次强吻我？”他贼笑连连。

我做了个想吐的鬼脸，吡道：“唉，我强吻你并不代表有多爱你，就像你强吻我也并不代表你有多爱我一样。”

“女子遵循矜持之道，岂可像男子一般风流？”

“算了，你们不也讲究君子之道吗？怎么就允许州官放火，不许百姓点灯？”

“韩真真，你这些乱七八糟的想法，都是从哪里冒出来的？”

他一把抓紧我的手，将它牢牢制住。我挣扎低吼：“你作什么？”

他凑上前来，死死盯住我，锲而不舍地逼问道：“废话少说，山洞那晚，你和费连城单独在一起，做了什么？”

“没做什么。”

“撒谎！你与他眉来眼去，别当我看不出来。”

“对对对，我只答应嫁给他而已。”

我本是半真半假地说出这句话，想激激他逗他玩，却不料他竟僵硬着表情，半天没吭声，只用目光死死地望着我许久，看得我心里发毛。

须臾，他缓缓放开我，只道了句：

“好啊，你嫁他，也是好事。”

我看到远远的星空，有颗流星划过，一如我的心情，坠入黑暗。

没料到他竟就这么简单地应了我的说法，似乎所有的一切本就与他无关。

我原本期望看到他狗急跳墙为我忌妒到眼红的样子。我在期待吗？我这是怎么了？

或许，这本来就与他无关。

好吧，本就无关。

我有点头晕，但我还是微笑着保持镇定的样子，没头没脑回了句：“侯爷真是好气度。下回我家孩子认你做干爹如何？”

他已懒懒地躺下身去，并没有回应我的调侃。眼睛木然望着不知何处，一种伤感的气氛在蔓延。

许久，他说：

"韩真真，若有一天我死了……你，会难过吗?"

有人说，历史是无法改变的。若我穿越至此，试图改变什么，那么一切将不复存在。

霍去病突提"若有一天我死"的话题，我心口似撕出条缝来，冷嗖嗖地直冒凉气。内心深处，对此一直避之不及。

我无法面对，眼前的男人会在不久的将来魂归天国，而我竟什么也做不了。

魂归天国……

我怎能想象自己有朝一日，参加大色狼的追悼会，文武百官哭作一团，汉武帝颤抖着声音，说着霍去病同志万古长青、永垂不朽之类的那种场面。我无法想象自己届时的状态，可能会哭得稀里哗啦，又或者，会直接晕过去。可我甚至连他的家属也算不上，最多只算是他众多粉丝中的一个而已。

好吧，我想他平安。

即便远远地望着他，知道大色狼还臭屁地活在这个世界上……

仅此而已。

……

不知怎么，又想起了平行空间的理论。

这是个深奥的理论，我那点智商最多只能想到，我穿越到汉朝，改变了某些东西，然后，领着大色狼进入另一个他不会死的空间。

这可能发生吗?

……

我胡思乱想着，咧嘴笑着说：

"大色狼，你知道平行空间吗?"

"知道。"他轻淡回道。

"你知道?"我脸色一变。

他刮下我鼻尖，调侃道："就是有无数个韩真真，我正巧遇上最傻的那个。"

我傻住，竟接不上他的话。我佩服霍去病的理解力。作为一个两千年前的古人，他竟能听懂平行空间理论?

"大色狼，你给我听着，正因为你遇到了最傻的那个韩真真，所以你便不那么容易死。"

"此话怎讲?"

"至少等我死了，你才有机会死。"

"……"

"因为我会先被你气死。"

他探上身，眯起眼睛打量我：

"韩真真，你舍不得我？"

我一时有很多话要与他说，但竟连一个字也说不出。我只有默默地望着他，他也默默地望着我。夜色在满天星辰中渐渐沉沦。

第二十七章　决战时刻

天亮了。

一队人马朝我们飞驰而来，远远地便听到费连潇惊喜的喊声。

“哥哥，我终于找到你们了！”

……

费连武尊受了重伤，全身上下缠满了绷带，不细看跟个木乃伊似的。但显然，他的情绪是乐观向上的，脸上充满了自信的微笑。

这些日子来，他带领全军依霍去病的战略，战事出奇顺利。敌人果然弹尽粮绝，节节败退，每回冲出谷来，便被斩杀无数，只几日，已损了上万人马。那尸体堆得像山一样高，血流成河。

初冬的寒意已渐渐弥漫草原，枯黄的叶子上已凝起了被血水染红的薄冰，触目惊心。半鞯联军集结所有兵力，预备向费连军，做最后的殊死一博。

据探子来报，联军花了数日，铸成了钢铁铜壁，以盾阵开道，试图在谷口扯出一条血路，又有一支援军，约有几千人，由半月族王亲自带领，已开至数十里之外，预计明日便可攻至落苏谷，包抄费连军。

看来敌人已经把老底都亮出来，准备与费连军赌上最后一局。

恶战在即，众将表情如铁，气氛严肃，帐内透着紧张的意味。

武尊道：“我军只剩不到四千的兵力，而且连日征战，早已身心疲惫，敌人虽为强弩之末，但人数仍是我们的数倍，前后夹击，我军便腹背受敌，危急啊。”

费连城道：“父亲莫忧，我虽为劣势，但我军士气正浓，趁胜追击，胜算并不低。谷内败军人数众多，战斗力却不强，只是那半月王的援军全副武装，来者不善，关键是要趁他们立脚不稳，先打个措手不及。”

“你是指突袭援军？”

费连城点点头，正想说什么，霍去病却在一侧插嘴道：

“敌军刚到，行阵没有布定，前后没有联系上先头骑兵，我派小支精兵袭击其左右侧，其必定败逃；再派骑兵从侧翼拖住敌军，时而奔驰而去，时而奔驰而来，来往必快疾如风，实施突击则猛烈如雷霆。敌军日落黄昏想收兵回营，全军心怀畏惧，我方骑兵则窥视在两侧，快速袭击敌军后卫，逼近敌军营垒的入口，不让他们撤回。敌人奔跳，士卒散乱，我方骑兵或从侧翼攻击，或从前后夹击，敌人必败。”

“好啊，”费连武尊连拍霍去病的肩头，称赞道，“大狼，你竟有如此将相之才，真是让人赞叹。”

帐内一片啧啧之声。

我在一边听了通兵法，一愣一愣，忽然冒出一个想法。

“咳。”我重重咳了下，吸引了所有人的目光，“打扰一下。那个，那个，我有一个想法，不知可以说不?”

……

男人们的目光很具备杀伤力，显然，他们对混在军帐中瘦小得一只拳头便能捏死的我，非常地不屑一顾，我还得寸进尺地发言，更是激起了他们无限蔑视的目光。

几十束充满雄性激素的光线向我聚来，照射得我全身发毛，我下意识吞了口干沫，清了清嗓子道：“嗯，我呢是这么想的……那个打仗呢，是要死很多人的对不对？我们在座的都不想打仗的对不对?”

男人们朝我围攻过来，我退至帐边，擦去额头的汗水，然后继续道：“其实呢，不用那么麻烦。有个很简单的办法，可以不需死那么多人的。”

“什么办法?”所有人异口同声地问道。

我轻咳了下，一字一句道：

“把那想打仗的头儿，抓来，或者，咔!”我做了个切西瓜的动作，“不就成了?”

……

见到男人们脸上豁然开朗的表情，我有种莫名的成就感。前一刻，我还是那个默默无闻躲在角落中端茶送水的无知少女，这一刻，我成为了众男人灵光一现的灵感来源。这是一个多么具有人道主义光环的提议，避免了生灵涂炭、血雨腥风，连我自己都被自己感动。

正沉浸在热血沸腾之中，男人们却已不再理会我，我被挤到了大帐一角，看到霍去病与费连城召集众人，正商量着如何趁夜潜入援军营中，虏获半月族王的计划。

郁闷，竟无人上前赞扬一番，譬如“朱三你真是兰心惠质，老谋深算”之类的。我心里小小的失落了下。

罢了，这是个男人的世界，还是出帐去找些人间烟火填饱肚子比较实在。

我正想朝帐外迈脚而去，身后议论渐浓。

“那半月王生性多疑，常配数十名贴身侍卫，一寸不离。除了他的侍妾，他人根本进不了他帐内。若想取他性命，恐怕难。”

“这般说来，只有女人能近他身？”

“听闻这老家伙喜好女色，派个女人去，倒是个办法。”

“只是派谁去好呢？”

帐内安静下来，我本是背朝大家的，一只脚迈开一半，顿在空中，踩也不是，不踩也不是，这份安静让我僵着很尴尬，身子摇摇晃晃地转过来，这才发现，所有人直愣愣地望着我。

“呃。”我喉咙干干，有种烧灼感，正想说话，众人却一下炸开了锅。

“朱三行不？”一个人说。

“不行！她色相一般，恐引不起半月王兴趣。”又一个人说。

“我看她长得不错，浓眉大眼的，有野性美。”又一个人说。

“族内比她美的人多得是。”

“那些女人均不会武艺。怎么去得了？”

“我去吧。”费连潇呛道，“我有武艺。”

“不行，半月族多数见过潇姑娘，去不得。”

……

大家七嘴八舌地说着。

……

一个人走出人群，正义凛然地说道：“韩真真，全族的希望都在你身上了。”

我倒吸口气，干干一笑：“呃，大哥，您看我这相貌能行吗？”

“勉强凑合。”

“这个，这个，美人计是需要技术含量的。”

“朱三胆识过人，一定能马到成功。”

“大哥，我怕死。”

“放心，我们会暗中掩护你。”

“大哥，我要是失身怎么办？我是黄花闺女耶。”

“你若失身，族内小伙由你挑来便是。”

“呃。”我哭丧着脸，一屁股坐到地上。

费连武尊摆摆手，示意他退开，接着上前用充满理解与关爱的语气，柔声对我道：“朱三，你非我族人，我也不会容你赴险。他们说的话，你全然当作没听见。这件事，我自会安排，你先出去吧。”

我僵硬着身体，并没有立即走。阳光从帐帘缝中透进来，映着费连武尊充满父爱的脸庞，我最见不得这样的表情。如油画作品中的藏族老人，刀刻般的皱纹、深邃而慈爱的眼神，有种巨大的悲伤，隐藏在大地色系的皮肤下……

感性思维在脑壳中强烈地运作，让我的心跳与脉搏同时超过150。我知道接下去的话完全可以不用说，但它还是不受控制地从嘴里嘣了出来：

“首领大叔，其实，我可以去试试。”

我的话音落下，两个声音同时响起。

“不行!”

“不行!”

费连城与霍去病各跨一步上前，对视了下，费连城说：“傻子!”霍去病说：“疯子!”

“谁叫你去送死?”他俩又异口同声。

声音落下，是一段小小的沉默。大家默默望着他俩，我也默默望着他俩。我想，他们这是在为我唱二人转吗？一股暖流涌上心头，真是泪流满面。

我最终还是决定去送死，反正死了不止一回了，这就像是极限运动爱好者，对那种生死一线的快感欲罢不能。费连城和大色狼怎么面色狰狞，也阻挡不了我奔赴半月王营帐的决心，既然这个主意是由我先提议，那么再由我去完成，才堪称完美。我从未如此肯定过，要像霍去病一样，证明自己具备同样的勇气和力量。当然，后来我才知道，一切都只是费连武尊的激将法而已。

他俩拗不过我，只得对着我干瞪眼，我伸伸舌头笑说自己魅力无穷，半月王绝对被我迷得神经衰弱，那费连武尊倒也干脆，见我“上了钩”，连客气话都不说一句，立马话锋一转，唤来一群少妇，帮我进行形象改造，又挑了一群少女，做我的随从，一群人如蚂蚁般涌进帐，又如蚂蚁般涌出帐去，待一切落定，我与少女们已打扮一新，俨然一支专业的歌舞伎团。

众人们啧啧称赞我打扮之后，竟也独具风韵，我也来不及研究其中拍马的成分有多少，发表了一番“留取丹心照汗青”的言论后，领着帮少女昂首阔步地出帐，朝着半月王的方向而去。霍去病及费连城带着一帮人急急地跟在后面，暗中保护我们。

半月族军是半鞯联军的主要成员，也是最骁勇善战的一部分，听说半月王是联军的灵魂人物，其本人神秘莫测，只知他已年愈六十，至于相貌，众说纷纭。有人说他身高八尺，声若洪钟，力大无比，又有人说他贼眉鼠眼，尖嘴猴腮。

但无论如何，我知道，这是个狠角色，一想到要勾引这样的可怕男人，心里便嘣嘣直跳起来。

远远地，半月援军的军营如繁星点点，驻满了山坡，远望见军人们磨刀霍霍，杀气冲天，又是秩序井然、军纪鲜明，估计，若是真打起来，必是一场恶战。

一行人屏息不语，少女们有几个则瑟瑟发抖，低低抽泣，想再一步，就要羊入虎口，前途未卜，我安慰她们一番，说：“走!”

费连城忽拉住我手，坚毅的眼底，泛起红雾。

“傻子，这本与你无关，你何必掺进来?”

“怎无关？费连大哥的事便是我的事。”我语气特意透着轻松。

他握住我的手，渐渐添了几分力，这个沉静的男人脸上现出少有的风起云涌，呼地将我搂入怀里，在我耳边语道："这次，我定娶你！你休想逃走!"

明明是说得坚硬如铁，却透着十分深情款款。只是周围一群人听得个个面红耳赤，只有霍去病脸色煞白，如吃了苍蝇般难看。

我干笑着推开他，脑子空空地只应了句："好!"

"记得，将半月王迷昏后，便即刻离开，接下来的事，由我们来处理。可明白?"

……

大战在即，女人却终是男人的弱点，那些半月军人很快发现了我们。我们假装惊慌失措，弱不禁风的身影引得男人们血脉膨胀，很快，如老鹰捉小鸡般很快捉住了所有女人。

个个被捆结实，扔进了黑黑的牢笼，等候半月王的发落。

夜幕降临，营中燃起了熊熊的篝火，据说是半月王为明日的大战举行最后的宴会，以激励众人拼死一战。

我们自是成了最现成的"慰安妇"，像龙虾似的穿成一串，送进了宴会现场。

或许发泄对即将而来死亡的恐惧，男人们传杯递盏，狂歌痛饮，一时间，场内酒气冲天，筹觥交错，宴会在疯狂的气氛中达到了高潮。

女人们一进场，顿时嘘声骤起，上百双色迷迷的眼睛生吞活剥似地抛来，引得少女们个个腿脚发颤，连走路也趔趄不已。

我见到中间有个年逾六十的老人，身着兽皮制成的战袍，高高在上，威风凛凛，气度不凡，想，他应该是传说中的半月王不假。

又见他只微微摆手，女人们便被男人抢夺一空，左拥右抱的个个进了男人们的怀抱，一时尖叫声与嬉笑声此起彼伏，只留下我空空落落站在中间，想必是我长相最美，必定是要留给头儿的。我的手心渐渐出了湿汗，但仍强作镇定地望着那半月王，只等他的发落。

他一捋胡子，苍老的脸上形成了密麻的皱纹，我一想到要对着这样一张脸亲下去，胃里便开始翻江倒海。他朝我打量过来，我连忙挤出一个媚笑，随着音乐的节奏，扭动着身体，如水蛇般游到了他的身边。

我充分挖掘着我对肚皮舞的理解，并将它们积极地运用到勾引大计中，我想夜色这般浓，又有火焰与酒精赋予的暧昧加分，此刻的自己在男人眼里，必定美得像朵花。

我卖力地扭个不停，眼神似有似无地挑逗半月王，但是……

那老头却似对我心不在焉，竟连看也不看我一眼，只顾着自己喝酒。

我急了，眼睛瞟到一侧桌边有个男人正准备往嘴里送酒，上前一步，不管三七二十一，抢过他手中的酒，咕噜噜喝得精光。

顿时，心跳加快，面红耳赤。我满意一笑，砰放下酒杯，刚抹干嘴角的液体，

却刚巧对上我抢酒的那个男人的眼睛。

虽伴着酒意，视线有些朦胧，但我的心还是凛了下。

那是怎样一对眼睛?

眉眼竟似糅合了仙气与妖气，清丽出尘中携带了入骨的魅惑。

天下竟有这般美丽的男人，若不是他那健硕的身形，我真以为他是个女人。

他斜斜地靠在椅背上，只微微一笑，玩世不恭地打量着我，我的脸不由自主烧红了，身体僵在那儿，竟就这么愣着半晌没反应。

……

终于回过神来。脑子快速转动，想，完了，难怪那半月王没反应，说不定是个断袖，而眼前这个美男便是他的男宠，真是那般，我便真没机会了。

不行，我如今是骑虎难下，再怎么也要演下去。

好吧，逼我上必杀计了。

朝“男宠”咧嘴一笑。问：“请问，还有没有酒?”

他一怔，眉目一挑，也未多言，只递上一壶酒。我捧着咕咕喝到直对着地面猛咳不停，待站定身体，只觉血脉贲张，不知哪来一股勇气，将下身的裙带往上一撂，在腰间用力打了个结，俨然一条迷你超短裙……

……

现场安静了三秒，人们怔怔盯着我的超短裙不放，不知谁先笑了声，接着人群一片哗然，众男人们拍手叫好一片。我见到那位“男宠”脸色一闪，可能也没意识到世上还有这般肆无忌惮的女人，但很快恢复那勾魂的笑意，修长的手指抚上了嘴唇，饶有兴趣地斜斜地瞟着我。我朝他坦坦一笑，刷刷转身走向目瞪口呆的半月王，扶着他的身体，便开始跳钢管舞。

……

其实我没有学过钢管舞，我对其的理解，比肚皮舞还要不如。我抱着半月王松垮垮的身材，一阵乱摸，加一阵乱啃。我这段舞蹈，若是参加“达人秀”之类的，定会被人通过微博传上网，转发为芙蓉第二。好吧，扯远了。

不过，后来我才知道，钢管舞其实很简单，重要的是，你必须完全抛开所谓的淑女的禁锢，将自己定位在一位街边舞女的位置上，那，你便成功了。

我见到半月王的眼神开始变得迷离，眼珠子一动不动地跟着我的身影移动，周围叫好声不断，男人们兴奋地从座位上起来，哨声掌声一片。我也被这气氛感染，随着强烈的音乐，动作更投入夸张起来。

终于，那半月王再难自禁，噗下，将我按倒在桌上，眼神火辣辣地直冒火，嘴唇像两根肥硕的香肠不断地抖动，下一秒，便要吻上我的脸。

我见他上了钩，心中窃喜，双手用力撑住他的胸口，嗲声嗲气道：“王上别急，我们先喝上几杯行吗?”

听到“王上”二字，他的脸色突一变，又惊又慌的样子，嗖下离开我的身体，喝道：“你胡说什么？竟敢乱呼王上的名号？”

我胸口一凉，奇怪地问道：“你不是半月王？”

“废话，我当然不是。我只是王上御前侍卫长，你怎可胡乱唤我作王上，真是大逆不道！”老头怒发冲冠，下一秒便似要冲上来吞下我。

我脸色大变，指着他颤抖着问道：“你……你不是半月王，那……那半月王……半月王在哪儿？”

最后一个字还未说完，腿却被桌角绊了一跤，身体一斜，冷不防落进了一个人的怀里，我惊魂未定地看去，却正遇上那对翩若惊鸿的双眼。

他眼角带着笑意，似是天上弯月，笑意中隐约带着嘲讽，笑得我浑身冰凉。

“你……”我支吾了着，“你是……”

“男宠”笑眯眯点点头，道：“真是不巧，我是半月王。让姑娘失望了吧。”

……

嘣，我的心似是落入冰窟，真是透心凉。

韩真真，你这个智商为零的倒霉家伙，牺牲色相拼尽全力，结果全是白费工夫，还差些失身给一60岁的老头，真是够“创意”。

半月王，不是说年逾六十，贼眉鼠眼吗？怎与眼前这个花样美男联系在一起啊，呜，韩真真，这回你可囧到家了。

我想着，从那半月王怀里嗖下跳出身来，对着地面哇哇大吐起来。

待吐完胃里的东西，抬着头，看到半月王正抚唇笑眯眯地望着我，于是尴尬一笑，道：“不好意思，不好意思，肚子不舒服。”

半月王探上身来，慵懒里几分兴味：“本王原以为姑娘看上我御前侍卫长，心里正赞叹着姑娘眼光独特，口味新奇，正想看场好戏呢。姑娘这身子不适，确是扫兴了。”

说着，哈哈大笑起来，于是，所有人都哈哈大笑起来。我从头顶一直红到脚跟，想找个地洞钻下去。

不过，韩真真的抗击打能力，天下无双，算了，豁出去了。

于是，我清了清嗓子，高声道：“好吧，各位，笑完了吗？笑完了，我来说几句行不？”

场面上安静下来，我行礼道：“各位大哥，我朱三只是一介女流，带着一帮姐妹在这战乱里只求苟且偷生，误入英雄们的大营，心中又急又乱，又惊又怕，我为姐妹们生计着想，想引半月王欢喜，得以放过我们姐妹一马。只是心中急迫所致，错将侍卫长大叔当作半月王，朱三实在无地自容，又实属无奈。大哥们笑也好，骂也好，但求放我们姐妹一条生路。”

我这一招，叫欲擒故纵。

方才一幕，半月王必定怀疑上了我，我若再纠缠，他必认定我是细作，立马

推出去斩了也不定，所以，此时，以退为进，是上上之策。

我说着，于是又充分发扬了“影后”级的演技，适时地来了点梨花带雨，一边抽泣一边擦拭，那些姐妹们也纷纷跪到中间，个个磕头求饶，一时间，场面上动情得很。

男人们最见不得女人的眼泪，一群大老爷们被我们哭得心都碎了，个个起立向半月王求情，说放了我们算了。

半月王并无表情，只默不做声望着我，那幽幽的眸子里有种捉摸不定的光芒闪烁，过了半晌，忽笑道：“好啊。放了便是，只是……”

他说到一半，忽指着我，薄凉的笑意从唇边掠开。

“你，留下！”

这是张上好的兽皮制成的大毯子，睡在上面又软又温暖，还有淡淡的奶香味，烛火闪耀，映着那毛皮上，发出温润的色泽。

我直挺挺地躺在上面，心情忐忑。

半月王放走了所有的少女，却只留下我，扔进了他的大帐，接下来等待我的是什么，脚指头都能想到。

我的计划成功了一半，接下来，便是为革命献身的机会到了。

说实话，其实也不赖，好说歹说，那半月王也是个花样美男，自己似也不吃亏吧。但他也是那个挑起战争的魔头，这种人多半心理变态有虐待倾向，谁知道他会对我做什么?

唉，不想了，只得走一步看一步。

帘门被挑开，进来一人，忽明忽暗的烛火，映着他艳若桃李的面庞，微醺的双眼，眯成了浅浅的上弦月，似笑非笑地望着我，说不出的妖魅迷人。

我吞了口干沫，心里全是复杂意味，他却跌撞着过来，整个怀抱住我。

一股异香扑鼻，我竟失神了片刻，迷乱中，他绝美的五官似有些不真实起来，我想努力推开他，他却用力将我手脚一制，唇角些微扬起，微微打量我一番，接着，便朝我的脖颈用力吻了下去……

“唔，王上。”我低呼，用尽全身力气，推开他的吻，迅速调整语气道，“我们，我们先喝一杯如何?”

他闻言竟低低闷笑，轻轻放开我，坐正身体，道：“好！”

我连忙配合着坐到一边，拿过一壶早已放入迷药的酒，斟了一杯，递到他面前，柔声道：“王上，请！”

他接过酒，却没有立马喝，只是往地上一搁，一把搂过我的腰，在我耳边低语道：“朱三，你从哪儿来?”

“呃，其实呢，我从哪儿来不重要，重要的是，我遇到了王上你。”我心里暗暗佩服自己，如若有一天回到现代，我定报名脱口秀主持。

他微笑：“本王有这么好？”

“好好！”我承认接下去的话，句句出自真心，“我本以为王上是个年逾六十的老伯，却不料，长得这般俊美，像极了韩星。”

“韩星是谁？”

“韩星就是美男的代名词。”我神采飞扬。

他扑哧一声笑来，笑容灿烂得几乎闪晕了我的双眼，我有些后悔了，唉，这样的美男，真掳到费连军中去，万一来个五马分尸，乱箭穿心，还真是可惜了呢。

不对不对，怎么又来色迷心窍了呢。我下意识拍拍额头，连忙又递起那杯酒，送到他的唇边：“王上，我敬你一杯。”

他接过酒杯，倒也不拒绝，只是也给我斟了一杯，示意我与他合饮。这回我便为难了，推来搡去，也不愿喝下一口。见他怀疑心渐起，心中急了，连忙砰下放下酒杯，说：“算了算了，先不喝，我们来玩游戏吧，输了喝酒，如何？”

“什么游戏？”半月王目光一闪。

“两只小蜜蜂。”

“好啊。”他倒也干脆，“你教来便是。”

“行，记得三局两胜。”

连玩了三局，他却连赢了三局，我本是猜拳的好手，却不料他竟比我玩得还要上手，输得我脸色惨白，牙齿直打哆嗦。他却笑眯眯地望着我，递上酒来：“朱三，你输了，喝酒。”

我额头发湿，想这回完了，没灌晕他，自己先晕了。

来不及多想，一把勾紧他的脖子，说：“王上，朱三酒量很差，若再喝上几杯，可能就倒了，待会无法服侍王上，王上忍心吗？”

他闻言眯了眸，道：“也好，那我如何罚你？”

“任凭王上处置。”我吞下干沫，心里有点发虚。

他轻闷一笑，往那硕大的兽毛枕上一靠，双手在胸前一叉，玩味道：“那，就再跳段方才的舞蹈。”

“呃，”我头脑发晕，瑟瑟起身，“王上，你确定要看？”

“确定。”他轻笑，迷醺着双眼。

我想我快撑不下去了，但回念一想，对着一个糟老头都能跳钢管舞，此刻换成一个帅哥，也没什么大不了，于是头一甩，抱着帐中的那根大柱，便开始扭动起来。

虽然我很卖力，但也能明显感觉到自己像只表演杂技的猴子，上蹿下跳，左扭右摆，怎么看怎么奇怪。他也似乎忍不住了，向我招招手，示意我到他身边表演。我极为尴尬地走上前，又不自然地扭动了几下，心想，这真是奇怪，方才对个老头都能投入表演，对着这极品帅哥，却反而放不开手脚了。

他又做了个手势，我没明白，他脸上扬起暧昧的神色，又重复了一遍，这回

我真看懂了。晕，他竟让我脱衣服……

“这……”我嗓子干干。

“脱光，再跳。”他淡淡地回了句，说得倒是风轻云淡。

我手脚发麻，真就那么愣住了。好吧，我承认我是色女，但我绝不是欲女啊……呜呼哀哉。

这半月王果然是变态人群，太可怕了。

我反应过来，下意识地捂住胸口，倒退了一步，他却慢慢从毯子上起身，朝我逼来。

我无路可退，只得死命闭上眼睛，喃喃不知其语。

他的气息逼来，我不得不睁开眼，死死抓住他衣襟，不再让他靠前，抬眼望去，看到他浓密颤颤的长睫，心一阵狂奔。

霍去病，费连城，你们在哪儿，韩真真就要失身了……我哭。

他低下头来，调侃道：“就这般色胆，如何派你来勾引本王。呵呵。”

话音落下，我脸色大变。

他……他早知道？

见我惊恐万状，他哈哈大笑起来，捏捏我的脸庞，道：“瞧你吓成这般，还有胆做细作，哈哈哈哈。”

“你……你……”我“你”了半天，说不出一句话来。

他说：“既然来了，就好好聊一聊，顺便让帐外的那两位，也进来一起聊聊如何？”

第二十八章　终须一别

烛光微动，映着四张年轻的脸。

霍去病与费连城，正坐在我与半月王的对面，并没有人说话，四人只是默默相望，眼神中各怀心事。

半月王首先开了口。

“费连兄，你不认识我了？”

费连城凝神打量半月王，豁然开朗：“你是秦铮？”

“确是我。”半月王哈哈大笑起来，“我还记得六七岁时，与城儿哥哥一齐上山打猎，围堵一只野猪，差些掉进悬崖之事呢。”

费连城也回以爽朗之笑：“记得记得，那时，要不是小铮临危抓紧一棵大树，恐怕我二人都没命了呢。”

二人叙旧得起劲，我与霍去病对视了下，他却不放过我，猛地探近头来，在我耳边低语：“傻子，方才的舞真是不堪入目。”

我狠狠瞪他一眼，回敬道：“真是站着说话不嫌腰疼，是谁牺牲色相舍命一搏？”

“算了，我倒是觉得你看上这半月王俊秀绝伦，想勾搭一番才是。”

我气得咬牙切齿，在他大腿上狠狠拧了下，喝道：“你倒是会说风凉话！”

他痛得哇一声大叫，顿时吸引了费连城与秦铮的目光。二人齐齐朝我俩看来……

安静了下，他二人从我们身上收回目光，继续交谈。

“秦铮，我三族本是同根生，何必为了一个不必要的理由，血肉相残，生灵涂炭？”费连城叹息。

秦铮同样叹息：“我本是极力反战，但我父王坚决主战，我也实在拦不下。不过，此回父王归西，我新近即位，亲揽军权，想就此结束战事。”

“你不是来打仗的？”费连城一惊。

秦铮点点头：“我已发出和书，次日便可到你父亲手上。我愿意出面，为三族和平做出调停，定下永不交战的协议。从此，在落苏谷附近，和睦相处，再不许纷争。费连兄，你可支持秦铮？”

“费连必定支持！”费连城大喜，朝秦铮深深一拜。

见这一幕，我心中长叹一声。

搞什么鬼，早说嘛，害得我在这里又唱又跳像个小丑，还差些失身。愈想愈生气，干脆一个起身，抱拳道："各位帅哥，你们慢慢商量，我头晕，先回去睡觉了！"

秦铮脸上浮起笑意，转头问费连城道："费连兄，这位姑娘是谁，真是有趣的人儿。"

费连城温柔地朝我看来，声音中带着绵软："她是我待嫁的妻子。"

"呃……"

帐内似有似无地响起惊愕的声音。

我见到霍去病脸色如铁，一言不发，而秦铮也难掩失意的表情，但很快恢复笑容，大笑道："哈哈，费连兄果然好福气，能娶上这般的奇女子。秦铮原本还在想，若她未嫁，将她娶到我族中当个王妃也不错呢。"

我脸色通红，朝秦铮干笑："呵，王上真是会开玩笑。"

秦铮果然实现诺言，联军主动放下武器，与费连军交好。双方在谷前签下协议，从此和平相处，不许再战，又在落苏谷划下边界，三族各领一块绿洲，休养生息。

血腥的战争终于结束，天空也似变得明媚起来。

费连族中有喜事传来，费连城将迎娶新婚妻子——就是我。

当费连城在武尊面前跪下，正式提出婚约的要求时，我正在大帐里睡觉，然后冲进一帮女人，带头的正是费连潇。她欣喜着尖叫，手舞足蹈，抱着我大叫："嫂子，你就快成我嫂子了！"

我还来不及反应，所有人都朝我跪下了，我刚想开口说话，费连潇便说要为我制作一件最美的嫁衣，让我成为最美的新娘。我还想开口说话，却没人理我了，一群人风一样地卷出帐去，只留下我一人怔怔发呆。

我的脑子嗡嗡作响，还未适应我将成为费连城妻子的现实，发了会呆，从床上一跃而起，朝着费连城的大帐飞快跑去。

冲进帐，费连城正与一群人围坐在一起。

其中一个是霍去病，而其他几个人，我一见便傻了。

带头的那个，很熟悉。

浓眉大眼，英气勃勃。

正是霍去病的手下副将——赵破奴。只见他一身风尘仆仆，似是刚刚寻到霍去病的行踪。

我身子一软。

不知是喜，是悲，是怕，还是酸。

"这……"我说。

"这是大狼的朋友。"费连城心照不宣地介绍，"他们是来找大狼的，后日便要带大狼回家。"

我喉咙干干，对上赵破奴的眼睛，他见到我眼中泛过惊喜。

"韩……噢，不，朱姑娘，我已听到你的喜事了。朱姑娘找到归宿，我们大家都替姑娘高兴。"

我心怦怦直跳，木木地转向霍去病，见到他面无表情，只冷冷地望着我，一颗心忽然狠狠地被人揪起，又骤然下坠……

原来，他根本不在乎。

他是侯爷，他是将军，他有那么多的容华富贵，怎会就此放弃？费连城说得没错，他必定要走，头也不回地走！

韩真真，你果然失败，失败透顶。黄粱一梦，终有醒时。

我强挤出一个笑容，道："谢谢。"

笑容慢慢变成了苦笑，我原来是想找费连城说个清楚，但此刻看来，不必要了，完全没有必要！

一步上前，语气变作淡漠。我说："大狼，你一路走好，以后没朱三陪你，你可轻松愉快多了。再没人发傻发疯来替你惹麻烦了。当然，我也再听不到你叽叽歪歪说个不停的嘲弄声，再也无须忍受你四处泡妞的丑陋画面，我有费连大哥这样的优质归宿，真是欢欣鼓舞，我上辈子定是造了不少功德，才得今世能遇上费连大哥。好吧，大狼，你得好自为之，虽然你很讨厌，也很三八，但骨子里还是个好人。希望你今后好好改造，飞黄腾达，长命百岁，永垂不朽……"

我又碎碎说了些什么，自己也不太清楚，最后向他深深鞠下一躬。这很奇怪，像是在参加他的追悼会。

我想，再这样下去，自己肯定会哭出来，于是，找了个理由，撒腿往帐外奔跑而去……

我跑着跑着，终于跑到一个无人的地方，黄昏降临，草原上金黄一片，将我包围，我恣意躺在草堆上，木木地望着天空，脑袋一片空白。

霍去病一行明日便要上路，武尊舍不得，预备办一个小型的宴会，以欢送霍去病一行，表达离别之情。

我远远地躲在帐里，不想去参加这种带着一丝离别情绪的宴会，但也忍不住透着窗户偷偷看出去。只见人们在空地上架起了篝火，男女老少们拿出乐器，弹唱起嘹亮的民歌。宴会现场，费连武尊与半月王秦铮同坐一台，费连城与霍去病、赵破奴一行，分坐两侧。

武尊时不时拿起酒来，向霍去病一行敬酒。霍去病倒也来之不拒，一杯接着一杯地喝。

火光映着霍去病的脸，英俊的五官，没有一丝表情。我习惯看到他嬉笑怒骂

的表情，难得见到他如此淡漠的样子，心里说不出的滋味。一想到，接下去可能永远见不到他，更是眼头一湿，连忙转头，不敢再望去。

费连潇冲进帐来，一见我便大喊："嫂子，你怎还在这里?"还未过门，她已来不及唤我做嫂子了。

我傻在那儿，正想找个理由推脱，她却不耐烦地一把拉住我的手，说："快快随我去宴会，大狼就要走了。你和我去拦住他，再怎么也不能让他走!"

她的气力极大，死命地将我往帐外拖，我半推半就地进了宴会现场，所有人朝着我俩望来。

费连潇扯着嗓子便大喊起来："大狼，你哪儿也不要去！留下来好吗?"她说着，眼圈一红，似是要哭出声来。

霍去病微微起身，正想说什么，费连武尊却低喝一声道："潇儿，不得放肆，一边坐着去!"

费连潇急了，一把扯过我，示意我帮她说几句。我恍惚着神情，望着霍去病的脸，一个字也说不出。费连武尊一摆手，几个人上来将费连潇连拉带扯地按到了一边，费连潇哭着喊道："大狼，留上半年几月再走不迟，为何急着要回去。"

费连潇这一闹，场面气氛顿时冷下来。人们开始默默低下头，有种离别的情绪在蔓延。

我心里一团乱麻，目光散乱地望着地面，一侧的费连城伸手悄悄牵住我的手，我抬眼，却正遇上他的星目。他的眼神有种失落，似乎隐约感觉到了我的情绪。我们默默相望，却说不出一句话来。

秦铮上来打圆场，提及部落婚礼在即，何不想想这婚宴如何来办才热闹，大家开始七嘴八舌，气氛一下轻松起来。

说着说着，便说起我与费连城的情感历程，有人说是我的英勇气概打动了费连城的心，有人说是我无敌电眼虏获了帅哥的魂魄，还有人说，是我的过人才华让他甘于拜倒在石榴裙下。

我准备找个理由回去，才一起身，却听秦铮与费连武尊道："今日难得一聚，何不让准新娘为我们高歌一曲，一来庆祝我三族摒弃前嫌，重归于好，二来，也欢送大狼一行，顺利上路，如何?"

这一提议，引来众人一片叫好，掌声雷动，所有目光瞬间集中到了我的身上。

唱歌?

唱歌?

唱歌?

忽然有种排山倒海的情绪，将我淹没……

好吧，此刻的自己，还真想高歌一曲。

我晃晃悠悠走到场中，捞过一把叫不出名字的琴。

一记混乱的琴声在我指下响起，场面顿时被我震慑，所有人都冷嗖嗖盯着我不放。

安静得很，风也似乎停了，只听到自己的心跳声。

转头，望着大色狼离我咫尺之遥，却似隔着千山万水一般。伤感的情绪慢慢在心头酝酿。

自己并不擅长走多愁善感的路线，但是，今天是怎么了……

忽然想起第一次见他，他高高俯视着我，如谪仙再世。为了留条性命，金銮殿上，我捧着他的脸玩法式湿吻。误入他房中，他调侃着我说："你这是在勾引本侯爷吗?"策马扬鞭，他搂着我在风中轻语："韩真真，我如何舍得了你?"

他戏弄过我，欺骗过我，甚至利用过我，他的影子却仍深深地在心里扎下根。

然而，回忆那么多，却未在他心里留下丝毫痕迹……否则，怎会面对我与另一个男人即将结合，他无动于衷?

混蛋，是个混蛋!

那么不经意地掳走我的心，我却似无力抵抗，连句挽留的话也竟说不出口。

笑话，真是个笑话!

我在这里欢歌笑语，却是要送他远离。

他就这样将我抛离在这片漠北的土地上，甚至连句情话也不留于我怀念。

然而，我却如何留下你。大色狼，你像展翅的大鹰，飞向浩瀚的世界。你在漫漫历史长河中，是颗闪亮的星辰。而我，这才是我最好的归宿……

霍去病，你走吧，走得远远的，走出我的心里，再也不要回来。即便有朝一日，你死得面目全非，也与我韩真真没有一点干系。

……

我微微一笑，启唇唱道：

把每天当成是末日来相爱
一分一秒都美到泪水掉下来
不理会别人是看好或看坏
只要你勇敢跟我来
爱 不用刻意安排
凭感觉去亲吻相拥就会很愉快
享受现在 别一开怀就怕受伤害
许多奇迹我们相信才会存在
死了都要爱
不淋漓尽致不痛快
感情多深只有这样
才足够表白

死了都要爱

不哭到微笑不痛快

宇宙毁灭心还在

……

声音渐渐淡去，我怔怔站在场中，怔怔望着霍去病，像是要望到他心里去。

场面安静得很，只听得到风声呜咽。人们似乎感受到我的情绪，也无人鼓掌，甚至连交头接耳也无。他们怔怔地望着我，表情各异。有的疑惑，有的感慨，有的愤愤，有的伤感。

霍去病慢慢从座位上站了起来，缓缓向我走来。

他走到我面前，高高地俯视下来。幽幽的眸子里，有着一种特别的坚定和热切。黄昏下，漆黑的瞳，反射着火焰般的光芒，迷人，却充满着张力，似是一不小心，便会引火烧身。

他朝我伸出手，我迟疑了下，他强制牵着我，走到费连城面前。

他说："费连城，我得带走这个女人。"

费连城并没有回答，他甚至没有从座位上站起来表示惊异，他似乎早意料到这一切般，只是淡淡地与霍去病对视。二人的目光在风中复杂胶着，隐有闪电交错。

我却怔住，心跳漏跳了三拍。茫然望向大色狼，他转头正巧望着我，若有所思道："这家伙，唱得真是不堪入耳，哭得真是丑态百出，我真应该离这杀猪般的声音远一些，可是，我的心里全已装满了这样的声音，赶也赶不走，躲也躲不开。所以……"

"请费连兄成全，让我带走这个女人。"

费连城终于从座位上站了起来，英俊的脸庞凝结起二月的寒意。

"你凭何带走她？"费连城问。

"我爱这个女人。"霍去病面不改色，只淡淡回答，"爱她。够了吗？"

……

风嗖嗖地刮过。

一滴未干的热泪缓缓从我的脸庞悄悄滑落。他望着我，伸出修长的手指，轻轻拂去它，我正想开口说些什么，却被他一口打断。

"闭嘴！"

"韩真真，你这个妖怪，再啰唆，我一刀斩了你"。

他说着，顿下，缓缓捧住我的脸，一字一句道：

"你给我听着，你是我的女人！从此以后，再不许离开我！一步也不可以！"

第二十九章　情意切切

晨光微露，这是个离别的清晨。

细暖的阳光淡淡地洒在费连城英俊的脸庞上，如裱了层金光，离得这般近，我才看清他的眼竟有种蓝，让人想到一望无际的海水。

我想，天使都是这样的吧，纯净得连一丝瑕疵都无。

我说："费连大哥，我要走了，当然，我不想说什么狗血加虚伪的话，譬如真是舍不得你之类的，那如同在炎热的夏天穿上厚厚的棉袄一样让人觉得好笑。当然，我也从未期待过你能牵着我的手，说'韩真真，你一路走好，我祝福你与霍去病白头偕老，你的幸福就是我的幸福'之类的话。费连大哥，我吃不消与你说这些陈腔烂调，但我确实有许多话想对你说，你能明白吗。"

他笑着，嘴角带着一丝无奈："我明白。我能说不明白吗?"

"唉，你的话中还是带着责备。"

"怎么办呢，我本想娶你为妻，此刻却要面对你将与那个家伙远走高飞的事实，我无法抑制他厚颜无耻当着众人说什么要把你带走时，心中的愤慨。"他直言不讳，"当然，我不会说那些所谓祝福你们幸福之类的话，其实我想给那混蛋一巴掌，直接将他掷入沐河。"

"呵。"我苦笑。我真的喜欢眼前这个男人，若是没有大色狼，我想跟他生一大群孩子。

他上前一步，轻轻握住我的手："你走上那条艰难的路，希望有人能保护你。你自作聪明的性子，真是让人担忧。"

"真真还有许多事需要面对，还未有资格过简单的人生。"

"罢了，不必找理由，你爱那个家伙，像是着了魔。"他无奈地笑着，捏捏我的脸庞。

我说："无论你信不信，待一切处理完了，他和我便会回来，回来与费连大哥一起策马扬鞭，过逍遥的日子。"

他颇有深意地笑着，并没有回应我的话，将我的手掌翻过来，用手指似有似无地画了一个圈，说："真真，好好保护自己。若有一天被人伤害了，便回来这里。"

我流下眼泪，他轻轻地拭去，转身走向一言不发的霍去病，坚定道："霍将军，谢谢你救我族人。"

一语道破身份，霍去病脸色一闪，却也镇定，只同样抱拳回道："费连兄，也谢谢你。"

二人相视而笑。

费连说："仕途茫茫，前途未卜，将军，策马扬鞭、朝花夕拾的日子，一去不复返了，请你好自为之。"

霍去病深深一躬，再抬起头，眼眸竟带着一丝疲惫。

"去病铭记在心。"

……

落苏谷的画面，渐渐远去。

往前望去，狂风卷起草流，如连绵的海洋，一望无际的空荡荡，心像是生起一个洞，空空落落。

前途渺茫，大概如此吧。

转过头，盯着霍去病，他的脸随着马车的震荡而变得模糊不清。我探上身去，说："大情圣，我一直是那个自以为聪明，却其实又笨又冲动的傻瓜。明明知道你是那种将情话信手拈来的花花公子，但还是跟着你走了。既然这样，你能多少表示一下吗？"

他探过头来，嘴角一斜："表示什么？"

"呃，"他在装傻，我心里念着。才不过几分钟，他便又回到那个玩世不恭的状态。我开始后悔了，想自己要不要跳下马车，奔回费连城的怀抱。

"好吧。"我咽了口干沫，学着他的口气，重复了那段话：

"我的心里全已装满了这样的声音，赶也赶不走，躲也躲不开。怎么办……韩真真，你给我听着，你是我的女人！从此以后，再不许离开我！一步也不可以！"

我抚掌笑道："哇，真是美丽动人激动人心的情话。我学得像吧，一个字也不差。我承认大色狼真是此中高手，拿捏情话得心应手到炉火纯青。连我这种滴水不漏的大龄剩女，都差些被感动得三月不知肉味。不过，既然说了，多少也来点鲜花巧克力什么的，也不枉我牺牲自己，跟随你回到那个刀光剑影的世界里，是吗？"

他嘴角的笑意更浓，声音都带着玩味："鲜花、巧克力？"

我叹息："算了，全然当我没说过。"

他似是实在忍不住了，哈哈大笑起来，一把搂过我，我猝不及防，撞进他怀里，脸色通红："你……你……你做什么？"

"我正准备亲你，像情人一样。你不是让我表示一下吗？"

"算了，你这种表示，还不如不要。"

"你真是小气又难搞。"他皱起浓密的眉。

我推开他，整理衣物：“对，我就是小气又难搞。”

马车正好一个颠簸，我身子摇晃了下，他却乘机再次捞过我的身体，紧紧拥在怀里。我正想说什么，他却猛地用嘴唇堵住我的嘴。

“唔。”我放大了瞳孔，一股热血涌上额头。

他却霸道地将我制在角落中，整个来了个零距离，我甚至能感觉到他狂乱的血脉在跳动。

“不许动手动脚。”我低低吼着。

“都已经决定跟我了，还计较这些作什么？”

“好吧，实话与你说，我跟你走，并不代表什么，我只是……”我寻找着理由，“我只是想长生图的事没有解决……而已。”

“罢了，莫找借口，你喜欢我，是吗？”

“有病先生，你别再耍我了行不？”

“你这小脑瓜里，为何总是冒出些可笑又自卑的念头。”他无奈叹着，嘴唇轻轻落在我的额头、鼻尖、耳垂、唇面……

“你不相信我，难道还不相信你自己？你为何不听听自己的心，它在告诉你，你眼前的男人，爱你爱得发狂，他想你成为他的女人，永远也不离开。”

我渐渐感到酥软温存，连骨头也仿佛开始液化。我有气无力地扶住他的身体，轻声道：“我不信，我看不见……”

“你看不见，那就闭上眼睛听，由我来告诉你。”

我不由自主地倒在马车的软榻上，他靠近我的身体，伸出手，轻捧住我的脸庞，指尖带着热度。我浑身的血液仿佛同时聚集到那一点，如触电般刺刺又带着丝许甜味。

“韩真真，你这个敏感得如受惊的兔子一般的女人，仔细听着，再听一遍，好好听一遍。接下去的话，不是拿你取乐消磨时光，韩真真，大色狼喜欢你，爱你，真心地爱你。行吗？听懂了吗？还会再唧唧喳喳吵个不停吗？”

我不敢睁开眼睛，我的心突然停止了跳动，这种感觉很奇怪，就像是你无意中在电视上听到你买的彩票，中了头奖的那种不可置信的状态。

我深深地吸了口气，终于鼓起勇气睁开眼睛。他满是深情地望着我，让我想起了许文强向冯程程表白的时刻，那种眼神装是装不出来的，除非他有影帝一般的演技。

他低下头来，在我耳边呢喃：“瞧，我的话都说到这分上了，你是不是该表示一下。”

“表示什么？”我的声音也变作沙哑，我想我快晕过去了。

“死了都要爱，就像你唱的。”他的唇落在我的唇上，似有似无地磨蹭着。声音也同样变得沙哑而又灼热，仿佛下一秒便要点燃。

“拿出你在大殿上、战场上，扑入我的怀抱的勇气来，表示一下好吗？”

"先说明，你得堂堂正正娶我。"我不知怎的，忽地冒出一句。

"好啊。"他像是听见了，又像是没听见，双手将我的身体用力一勾，更贴紧他的身体。

"再说明，现在我不会失身于你。我崇尚婚前无性。"

"好啊。"又逼上一步。

"还有，你得休了那群大老婆小老婆，让他们全部人间消失！"

"全听你的。"他在我耳边轻磨，声音变作颤抖，"现在说完了吗，可以让我好好亲你吗？"

我怔了下，心脏狂跳如雷，却在瞬间戛然而止，接着，如被点燃了火药般，再难自已，情不自禁地朝他的双唇，狠狠地吻了下去……

"将军，前面有处水源，我们休息……"赵破奴的声音从车外传来，随即他掀帘探进头来，一见到车内暧昧的一幕，脸红耳赤，惊得话说到了一半，连忙缩回头去。

我俩却未理他，只是热烈地吻住对方，相互挑逗，相互纠缠，像是要吸出对方的魂灵，又如千年的藤萝，再也不分开。

我们走走停停，停停又走走，沿途，霍去病如同换了一个人，对我爱护有加，只差是捧在手里怕碎了，含在嘴里怕化了那种状态。说来也奇怪，习惯了与他嬉笑怒骂的日子，他这一好，反而令我不自在了。

在回归的途中，赵破奴隐身的功夫一流，他与那些侍卫如人间消失般，很少在我与霍去病的视线内出现，似怕打扰了我俩二人世界的气氛。但不知怎的，只要霍去病一挥手，他们又会神迹般地出现，真是当仁不让的人才。

一切完美得几乎没有一点瑕疵，除了我偶尔见到霍去病与赵破奴之间的眼神交流，有种特殊的默契，这种默契总是似有似无地避我远之，让我感觉到了些许不安，但又说不出是什么。

前面离都城不远了。

想必再过一天左右，他便回到都城，成为了那个一人之下万人之上的大司马，虽然他说愿意为我休了所有的妻妾，他甚至说，待安顿好都城的事，他便与我一起回到落苏谷，过逍遥的日子。但，至今我仍不敢相信这一切是真实存在的。

然而，即便这一切不是真的，光是这些情话，就够我回味一辈子了。

……

听说霍去病回来，汉武帝连鞋也没穿，从床上一路奔到宫门外，吓坏了一片宫女太监。寒风中，他捧着霍去病的手，久久说不出话来，场面颇为感人。

一番离别重逢的表白以后，汉武帝为霍去病在宫内设下房间，说是要他好好陪自己住几天，来个促膝谈心之类的，又立马决定在次日设宴招待霍去病，说是为他洗去风尘和霉气。

第二天很快到了，我也有幸受到邀请参加宴会，这是我第二次进入皇宫。

大殿还是那么气派，人还是那么多，侍卫还是那么面无表情，所有人该干吗就干吗，一群人似乎活得生龙活虎、有滋有味，并没有因为霍去病的到来或是离去而改变什么。汉武帝英气勃勃地坐在龙椅上，双眼恢复了深沉精厉，天生帝王相。边上坐着一位头戴凤冠的大美女，我偷偷瞟上几眼，她的目光柔柔与我相遇，却透着无形的力量。

这便是卫子夫吧。那位历史上著名的灰姑娘，这是我头回见到她，果然美中带刚，与众不同。想必，在这血腥的后宫生存，不是一般人能支撑得了。

正式的宴会开始，一片官话套话泛滥，大多是说霍大司马吉人天相，如有神助才能安然无恙之类的。汉武帝更是大大发表了一通相思之苦的感言，表示失去霍去病的日子，是多么的心神不宁、寝食难安，只是说了一大通，只字未提霍去病在离侯山附近古怪遇袭的事，这难免让我心里犯嘀咕，又忍不住朝着霍去病看去，见他只淡淡笑着，心照不宣的样子。

众人又开始谈论再过几日，便是两年一度的甘泉宫狩猎之事。我忽想起，正是这次狩猎，霍去病射死了李敢，造就了历史上最郁闷的皇城惨案，那李敢含冤九泉，连个名分也无，算作悲剧人物。原本我蛮同情这家伙的，老爸李广死在卫青手上，自己又死在霍去病手上……但经历了一系列事件后，知道这家伙并不是个好人，此时，有些兴灾乐祸起来。不过，现代的史学家一直认为霍去病是为了替卫青出气，才故意误杀李敢，此时看来，却完全不是这么回事。离侯山事件，明显是卫青的陷阱，想置霍去病于死地。这舅甥关系竟是如此血腥，让人情何以堪。

想起卫青，这才发现宴会上，不见卫青的身影，自从回到都城，我一次也没见到过他。但听说他抱病在家，安心休养。但到底是为何，我心留疑问。

我闲着无聊，又在人群里找着公孙弘的影子，果然见他与宝贝女儿公孙芷一脸郁闷地坐在一侧，并朝我投来咬牙切齿的目光，我也毫不退却回投以辛辣的眼神，还特意朝霍去病又坐近了三分。

公孙老头晃晃悠悠起身走到殿中，说了番冠冕堂皇的话，大家忙着吃喝，也没啥人理他。直到他贼眼开始溜溜，我暗念“不好”，心想：“这老家伙，肯定又要使诈了。”

他果然清了清嗓子开始向汉武帝禀奏：“霍司马大难不死，必有后福，此回霍司马的爱妻玉奴不幸罹难，臣之女公孙芷年方十七，风华正茂，臣斗胆奏请圣上，成全爱女与霍司马一段美好姻缘。正好冲喜以解霉气。”

他这一说，殿上可炸开了锅，众人连声应和，霍母卫少儿更是激动万分，忙着起身向刘彻表明心迹，说这样的姻缘可谓天作之和。

刘彻面不改色，只淡淡向霍去病转过身问道：“爱卿，你意下如何？”

霍去病起身正想回答，我跃上前，大声喝道：“没有如何，谁想嫁给霍司马，

老娘和她拼了!”

这一喝，即刻镇住全场，所有人僵成一块冰，有的嘴张一半没合上，有的半口酒含嘴里汩汩往外流，殿上沉默了半分钟，不知谁先发出声，顿时一片哗然。

刘彻挥手示意所有人安静，只浅扬唇角，淡然道：“韩真真，怎又是你?”

“禀报陛下，就是我。”我一脸坦然。

“好，说说你何出此言?”

“霍司马是我的男人，他只能娶我一人。他已经把他家大小老婆都休了，现在也不会娶新老婆，除了我。我绝不允许第三者插足，想都别想!”

我的声调是很坚定不移的，我甚至还摆了一个英雄就义的造型，来强调这种决心。大殿重新安静下来，可能大家已经无法用传统儒家价值观来评价我的作为，所以干脆无语。算了，我成了儒家道德沦丧的典范，人至贱则无敌，他们可能是这样想的。

我环视了圈人群，忽然想起那精神洁癖的董仲舒怎不见了。若是他在，必定会上来说一通什么“君为臣纲，父为子纲，夫为妇纲”的狗血理论。我不管，我要向封建大男子主义挑战，为古代妇女争取权益树立榜样。

刘彻探上身，问：“你说霍司马是你的男人? 古往今来，只有男人拥有女人，何来女人拥有男人一说?”

我深吸口气：“不瞒陛下，我与霍司马已定情漠北，他向真真许诺，此生只爱真真一人，只娶真真一人。请陛下成全。”

殿内哗然更甚。我得意地朝面红耳赤的霍去病看去，狠狠给了个脸色。

“你可知霍司马少年英雄，意气风发，这样的男人，如何只许娶一女人? 岂不是让天下人笑话，让女人们欷歔?”汉武帝忍不住逼问。

“既是少年英雄，更应用情专一、痴心一片，才配得上英雄这二字。”我毫不退让。

大殿上已经有人瘫倒在地，不知是被我石破天惊的理论所吓，还是被我与汉武帝当庭争论的勇气所折服。反正，我又做了一件可以载入史册的事。

汉武帝沉默半晌，转头问霍去病：“爱卿，你有何话可说?”

我一把扯过霍去病的身体，低喝道：“大色狼，表示你决心的时候到了。”

他朝我眨眨眼，一脸为难，在我耳边低语：“韩真真，有必要这般兴师动众吗?”

“呸，你不许耍赖。”

“呃，真就只能娶你一个?”

“对。”

“娶个二房吧。仅多一个而已。”

“多一个也不行。”

“半个?”

“半个怎么娶？你想养二奶？”我声音控制不住地咆哮，殿内响着嗡嗡的回音。所有人木愣愣地望着我，包括刘彻。

霍去病吞下口水，理正了被我扯乱的朝服，躬身道：“禀报陛下，臣与韩真真情深意长，永订终身。此情天地可昭，日月可鉴，比江水还要汹涌澎湃，比群山还要连绵不绝。她在臣眼中，是一颗价值连城的夜明珠，是一朵举世无双的雪莲花，是一块天然去雕琢的美玉……”

大殿内冷嗖嗖的，所有人仍怔着。估计他们也认为眼前的霍大司马和韩真真一样，神经也变作不正常。

他脸上浮起坏坏的笑意。瞟了圈众人，突然清了清嗓子，开唱：

死了都要爱

不淋漓尽致不痛快

感情多深只有这样

才足够表白

死了都要爱

不哭到微笑不痛快

宇宙毁灭心还在

……

他才唱了几句，我扑一声，差点没把方才吃的全喷出来。殿上的人也不约而同地扑了下，接着是稀里哗啦倒地一片。

霍去病笑着搂过我，在我脸颊上狠狠亲了口，执著唱道：

死了都要爱

不哭到微笑不痛快

宇宙毁灭心还在

……

我转过头，正对上他的脸，他的表情超具娱乐精神，唱着《死了都要爱》，比现代人在KTV里的自娱自乐更加富有喜感，只是……

我看走眼了？

那对漆黑晶亮的眸底，似乎有种一闪而过的悲伤，愈往下看去，愈觉得它能量巨大，仿佛拉扯着我沉沦下去。我忽然笑不出来，有种不安在心头蔓延。

……

武帝终于是听不下去了，打断了霍去病的表演，表示深刻理解他的真情诚意。刘彻一边说着，一边目光触到我。我本是诚惶诚恐地准备向皇帝献谄一笑，却不料他的目光极为深沉，似乎在我身上寻找着什么。我被他看得发毛，浑身忽冷忽热，隐约之中，有种致命的熟悉感，扑面而来，却又说不出是什么。方才的那份不安，却越发地浓烈起来……

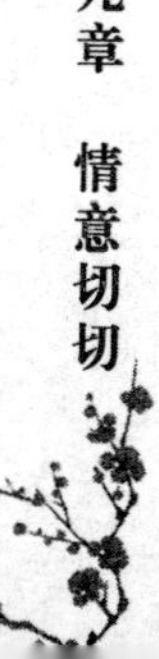

第三十章　迷雾重重

宴会结束时，天色早已漆黑，人群渐渐在我面前散去，霍去病也不知隐没何处，只有皇宫中暗红色的灯火，随风飘摇。

我的心情始终是心神不宁的，这种患得患失的感觉让我很不舒服。方才一幕，历历在目，我冒天下之大不韪的危险，大胆在皇帝面前表明与霍去病在一起的决心。

我何时变作如此勇敢，又如此茫目。我像只不知死活的飞蛾，不要命地扑向火焰。

然而，他怀抱着我，唱《死了都要爱》时，那种眼神，确实让我心惊胆战，丝毫没有甜蜜之感，却有种莫名的恐惧。这份恐惧，在接触到汉武帝富有深意的眼神后，越发的沉甸甸。

一阵凉风吹来，神志清醒了些，眼前也清晰了些。

当然，当我看到整齐站着四五个面如死灰的皇宫侍卫，泰山压顶般站在我面前时，我的所有一切，肌肉、神经、血液都如触电般无比地清醒过来，迅速进入战备状态……

现场凝结了十秒，我怔怔地望着眼前的皇宫侍卫，他们也目不转睛地望着我，仿佛在打量一件打折商品。我快速地在脑中分析了一圈，决定先说句讨好的话来，打破这份僵局。

“大哥们好，值班很辛苦吧，嘿嘿。”

并没有人答理我，现场冰一样地冷。他们的目光，训练有素的一致，而且发出那种“公检法”特有的凌厉光芒。我终于明白“用眼神杀死人”是何种状态。

弱弱地瞟了一眼他们手中的装备，那是明晃晃的刀，货真价实的刀，不是电影电视剧中那又软又钝的道具，若是砍向我的脖子，一刀一落那种。晕，摆出这样的造型，是来抓人的吗？

可是，他们为何要抓谁？

抓我？

我吃了霸王餐？我又得罪了某位怨妇？或者，方才的言语在殿上触犯了汉武帝？

我分析了所有的情况，于是又安心下来，朝他们投去了一个让世界充满爱的微笑，又道：“大哥，我想出宫去，请问走哪条路最方便？”

后来，我才知道，和皇宫的侍卫聊天，并不是个好主意，因为他们只用左脑思维，情商根本为零。他们的眼神都是一个款式的，就是仿佛要将你身上的衣物剥得一丝不挂的那种。而且，当他们用这种眼神看着你时，说明，你厄运当头了……

两个人同时走上前，用沉默的眼神再次剥削了我的身体，接着，一人架住我的一侧身体，将我从台阶上，一路往下拖去……

我开始哇哇大叫。

“大哥，我自己走就成了，您别客气了……”

“哇，你们，你们这是带我去哪儿……”

“苍天，我犯啥罪了？”

“哇哇哇……救救我……”

……

我的呼救，最后变成了冷风中的一丝哭泣，只得由他们架着我，朝着黑暗中走去……有种末日当头的感觉扑面而来，方才那种恐惧，忽然变作了现实。只是可笑的是，至今还没想明白其中原由。

眼前渐渐明亮起来，随着一声沉闷而又冗长的开门声，发现进入了一个烛火闪烁的宫殿。

不远处站着一个高高的男人，烛火侧照着他，斜斜地在乌金砖地上，抛下长长的倒影，一直延伸到我的脚前。我知道他是谁，一颗心已经到了喉咙口，连呼吸也停止下来。

刘彻缓缓转过身，浅浅挑着眉，慵懒里几分兴味，却隐有寒光烁烁，让人生出股毛骨悚然来。那两个侍卫放开我的身体，退出门去，我突觉身子一空，没了着落，只腿骨一软，“啪”一下，就跪下了……

“参见……”

“起来吧。”刘彻一口打断我，只挥手示意我起身。我傻了半晌，竟没力气从地上起来，只得用手一支，才勉强瑟瑟站直了身子。

我低着头，并不敢看皇帝，只隐隐感受到那份庄重和紧张的气氛，在这个硕大的空间里蔓延。他的身子在屋子里逛了一圈，最后在龙椅上坐下，沉默了会儿，突然开口说道：“韩真真，朕问你一个问题。”

“啊？”我忍不住抬头望他，连忙补充道，“陛下，请问。”

他瞥眼一扫，淡漠道：“你可知为何来此？”

我开始额头发湿。

刘哥哥，是你让侍卫拖着我来的，我怎么知道原因？

但在古代，面对皇帝说错一句话，便会五马分尸的例子比比皆是。郁闷，我该怎么回答呢。

气氛沉默着，他倒也不急，只耐心等我回答。我的脑细胞以十倍的速度进行

运转，不知怎的，嘴皮子突地就嘣出一串话来。

“真真有三个答案，不知陛下想听哪个?”

刘彻英俊的脸上，闪过一丝惊异，却立马回转面无表情，闲闲道：“都说来听听。”

我清了清嗓子，壮起胆子道：“第一，陛下喜欢韩真真，想与真真私下聊聊生活感情和工作。当然，这是个娱乐性的猜测，陛下全当没听到。”

“第二，陛下讨厌韩真真，想把真真找来痛扁一顿，当然，这也是个技术性的猜测，陛下想斩人，喝一声就够了，不必那么麻烦，所以也不成立。”

“第三，陛下是想关心真真与霍司马的感情发展历程，其实，这是个肥皂剧一般的冗长故事，陛下那么日理万机，也应该没多大的兴趣听我扯淡，所以也不成立。”

我说着，咽了口干沫，又道：“在陛下提出的这个命题中，真真只能妄自揣测，如有不道之处，请批评指正。”

我的话音落下，刘彻的手重重砸向了那张上好的紫檀木桌，只听砰一声重响，在深幽的宫殿内惊雷般回荡……我双腿一软，又跪下了……

刘彻却起身，哈哈大笑起来，径直走到我面前，竟扶我起来。我战战兢兢起身迎上他的目光，他道：“朕再问你个问题。”

“陛下请便。”

“韩真真，你到底是谁?”

我眼珠子骨碌转了三圈，有种走进迷宫的感觉。人说帝王之心深似海，我总算是领略到了。

但情势之下，我已经来不及多考虑，只弱弱回答：“这个么，真真也有三个答案……”

他脸上惊异更浓，只眯眼道：“好，也说来听听。”

我擦去额头的湿汗，鼓起勇气道：“第一，我是韩真真，韩剧的韩，真真假假的真。我未见过父母，所以也没机会和他们讨论下这个名字的渊源，其实呢，名字只是符号，只是派出所里登记的几个白纸黑字，虽然这个名字狗血了一些，但念上去还算顺口……”

“好了，说第二个。”刘彻终于不耐烦了，打断了我。

我咽了口口水，又说：“第二，我谁也不是。在这里，陛下您是天，是神，是丰碑，是偶像。我，包括这个殿外千千万万的子民，都是您的人，您说我是谁，我就是谁，您说我不是谁，我就不是谁……”

我喋喋不休地说着，所说的基本没有经过大脑思考，耳际嗡嗡不绝，连自己都不清楚自己在说什么。刘彻似又不耐烦，但终是忍住了，转身坐下，喝过一口茶，耐心地等我说完。

我一口气说了许多歌颂刘彻丰功伟绩加无上权威的马屁，内心更坚定了今后回到现代，一定报名做脱口秀主持人的想法。刘彻又呛声道："好吧，那第三呢。"

"第三，我也不知道我是谁，这话，说起便复杂了。打个比方，现在左边有个韩真真，正走向左边，右边也有个韩真真，正走向右边。其实呢，右边这个韩真真，正是从左边走过来的，于是，两个韩真真便重叠在一起。这种状态，是社会角色混乱症，简称人格分裂。"

"你说你是另一个韩真真？"刘彻眼中精光一闪。

我抚掌道："陛下真是兰心蕙质，一听就明白了。"

刘彻低头沉思片刻，缓缓抬头，又问道："另一个韩真真。呵，有趣。"

既而，又仰天长叹。

"天意，果真是天意。"

我心想，刘大哥你有完没完，我说了那么多搅糨糊的废话，你居然听得津津有味，还配合着长吁短叹，可真是有闲情雅致啊。

刘彻定了定神，亦是含笑："韩真真，天下既有向左向右两条路径，你自是明白做人不能太过执著的道理，各种风景各有独到之处，你的眼中，也不能只装下霍去病一人是吗。"

"呃。"他突提这个话题，让我有些措手不及，不明他何意，却有种预感，接下去的话，才是正题。

刘彻抿过一口茶，顿了顿，继续道："左边的韩真真一心向着霍去病，右边的韩真真，是否也可向着某人呢。"

"某人？"

"对，某人。"

"真真不知某人是谁。"

"你知道某人是谁。"

"呃……"

"朕只问你，可向着他的方向走去吗？"

我隐约觉得刘彻的话中带话，这某人是谁……

是卫青吗？

与霍去病背道而驰的人，除了他还有谁？

只是，刘彻说这话又是何意？

他难道知道这二者的纷争？

我，一个无足轻重的小角色，怎又会在武帝嘴中提及？难道卫青向武帝提亲要娶我？

哎哟，我肚子痛。

……

"陛下，抱歉，给我三秒钟，让我消化一下。"我在原地转了一圈，做了一个仰天长思的造型，终于镇定下情绪，说道，"弱弱问一句陛下，若我不朝着某人

的方向而去，会有何后果?”

刘彻逼上来，眼神中有种凌厉。

他并不说话，但这份沉默让我抓狂。这场匪夷所思的谈话，本就隐藏着某种深刻的危机，我却百思不得其解，他却那么具有威胁性地望着我，仿佛在逼迫着什么……

我是头回这般近距离看刘彻。这位享誉中外的帝王，开拓汉朝最大版图，功业辉煌，举世无双，却离我咫尺之遥。近看来，他极英俊，精致的胡须，很好地刻画了国字脸形，眼珠透着琥珀的颜色，与烛火交相辉映……具有这般正义感的相貌，在电视剧中通常都是扮演英雄的多数……只是，那犀利不同寻常的眼神，只似有一只手，撕破眼前人的所有伪装，让你无处可躲。

脑中莫名闪过卫青也有过这同样的神情，突然明白之前那份熟悉感，是来自哪里。

从心底抽起一股凉气，开始弥漫全身，我并不是一个特别敏感的人，但此刻，也能觉到这迎面扑来的危险……

殿外忽响起侍卫响亮的声音。

“禀报陛下，霍司马求见。”

深夜的皇宫花园，幽深绵长，那曲折的小路，在巨人般的假山树木间盘踞。从刘彻的宫殿出来，沿着细碎的石子路，我低着头跟在霍去病的身后，二人的步子，与这夜一样悄无声息。

方才霍去病的出现，将我与武帝的那份胶着状态中“解救”出来，但心此时还未平静下来，反而，更加地惶恐不安起来。

刘彻何意?

某人是谁?

霍去病又为何突然出现?

……

眼前是一大片碧波荡漾的湖水，金黄色的月亮配上微泛金光的湖水。

我见到霍去病远远地站在湖边，目光轻眺夜空，只给了我一个背影。轻风拂起他的衣袍，像只翩飞的蝶，天地之色，配上这一绝伦俊秀的身影，真是难以言喻的和谐。

我迟疑下步伐，不敢再往上一步。只怕再上一分，便破坏了这绝美的画面。

忽然想，眼前的男人，在不久的将来，便会离我而去。

这如同你中了头奖，可是过几日发现你居然患了绝症，让人无限欷歔。

看得见未来，便意味着你丧失了当下的快乐。我为何是穿越人士？如果不是，此刻的自己，应该与他温情绵绵、甜言蜜语才对。

未来，他即将结束自己短暂的生命历程，成为名垂千古的短命英雄。如果没有记错的话，他应该是病死的。真是见鬼，他长得如此生龙活虎，怎会得病而死？这是什么狗血的剧情？

我再不敢往下想，再想下去，便真要神经衰弱不可。此时脑中忽闪一个念头，很快地抓住了它。我上前一步，他却正巧回头望着我。我们凝视了许久，他温情地朝我伸出手，我顺从地依进他的怀抱。

他忽然低下头来，用心地吻住我，我措手不及地被他的温柔包围，发出轻声呢喃，他的吻却激烈起来，如一只狂躁的猛兽。

我的激情渐渐被点燃，迎合而上。两人紧紧相拥相吻，似是要吻到对方的心里去。

"大色狼，我们多久可以离开这里？"

他沉默下来，渐渐放开了我，忽然若有所思道："不久。"

我探近他，又问了句："不久是多久？"

他并没回答我的问题，只轻轻搂我进怀，在我额头上深深一吻。

"真真，你会永远留在我身边吗？"

不祥的感觉愈浓，这让我很不舒服。我想问他很多问题，却一个也问不上来，甚至都不知从哪里入手，或者，我根本没胆往下问。

我说："大色狼，除非你说你不爱我了，否则我便赖你一辈子。"

他轻吻我的脸，说："你不会骗我吧。"

"你也不会骗我吧。"我说。

"你若是骗我呢？"他反问。

"我若是骗你，我便不得好死。你若是骗我，我便一刀斩了你。"我斩钉截铁地回答。

他笑着，搂紧了我三分："好。"

夜风渐起。

我说："大色狼，再唱一遍《死了都要爱》如何？"

"觉得我唱得悦耳动听？"

"简直不堪入耳，只是让你再唱一遍，可得挖苦你一番而已。"

"果然刻薄。"

……

歌声似有似无地在风中飘扬。

月色隐入云层，风渐凛冽，不知是心，还是身体，在这瞬间，变得更加紧密。

……

方才那个念头，渐渐清晰起来。

我想，我应该做些什么。

是的，应该做些什么。

……

第三十一章　天鹰真相

乞丐长老眯着一对皱巴巴的眼睛，上下打量着我："姑娘这一身风尘仆仆的样子，可是从漠北刚回来？"

"你知道我去了漠北？"我一怔。

"当然，我还知道你与霍大司马同在漠北草原走失，当今圣上心急如焚，派人寻找了你们近半年，终于迎你俩回朝，宫中还设宴三天，为霍大司马压惊呢。"

"长老真是消息灵通。"我感慨。

"那是当然。"他贼贼笑着，"姑娘，今日来找老夫，可有什么事？"

我见他贼溜溜的眼神，知道在我脸上寻找着关于那几铢饭费加医药费的线索，于是很利索地从怀里摸出一锭金子，放进他的手中。

"感激长老的救命之恩，这是上回欠长老的钱。"

他苍老的双眼发出了万丈金光，慈祥得像如来佛祖一般，激动地握住我的手，嘴皮子喃喃说道："姑娘……真是个爽快人。"

我一口打断他："长老，欠您的，我都还了，再请您帮我一件事。"

"何事？"他毫不犹豫地回答，"老夫一定效劳。"

边上传来一阵应和，我转头望去，乞丐们已将我围得水泄不通，个个眼冒精光。

我定了定神，从怀里摸出一颗"奇尊三步夺魂铃"，沉声道："请各位帮我找到这个铃的出处。我要找到一个组织的总部。名叫天鹰会。"

我阴森森地吐出"天鹰会"这三个字，现场出乎意料地安静。乞丐们面面相觑，长老上前一步道："姑娘，你是为情所困吗？"

"姑娘是为了某人，才会涉入迷局吧。"

"问世间情为何物，只教人生死相许。"

"长老，我佩服你的八卦精神。你应该去做情感顾问这个非常有前途的职业。"

"姑娘过奖。"

"的确，我想找到天鹰会，是想救一个人。"

"姑娘怎知，找到天鹰会，便可救他？"

"只是一丝希望，但总比等死好。"

"这是个迷局，姑娘应该慎重。"

"此话怎讲？"我一惊。

他脸上闪过神秘的光彩，道："姑娘，有些事，还是莫太清楚的好。"

"长老，你神秘莫测的话语，确实击中了我的好奇心。但我深爱着那个男人，即便刀山火海，也阻止不了我前进的步伐。他过不久便要死了，我不能眼睁睁看他死。"

长老长叹一声，怜惜似地打量着我。

"你真想找天鹰会吗。"

"是的。"

他低头想了想，又感叹似地朝着远方露出一个充满深意的笑容。然后，转头望着我，一字一句道：

"好吧。我便是天鹰会的人!"

我承认这是趟刺激而又让人沮丧的穿越之旅，情节跌宕起伏，出人意料。在听完乞丐长老的那一句"我便是天鹰会的人"之后，我那么迟钝而受伤的脑袋，根本来不及应付这快速变化的剧情，便被不知是谁，重重地在后脑击打了一拳，眼前一黑，便失去了知觉。

不知过了多久，待我迷迷糊糊地醒来，却躺在一个昏暗的空无一人的房间里，毫发无伤，四肢活动自如。

一度断裂的思绪开始活跃起来。

我还活着。

……

乞丐是天鹰会的人。

……

主动送上门。以这种充满挑战性的方式，进入天鹰会的老窝，倒也算是个进展，不管如何，我离我的目标近了一步。

我的目标是找到天鹰会，便可找到长生图，有了长生图，便可救得霍去病一命。这是我前几天在离开皇宫以后，经过无数次思想斗争，做出的最重大、最积极、最让人感动的目标。虽然，连我自己也不能确定长生图是否真的可以存在，但连穿越这样的事都会发生，又有什么不可能呢?

……

其实，我的脑袋现在很混乱，事实上，此刻的自己武功尽失，甚至还有些神经错乱，被早潜伏在身边的乞丐长老掳到了这个陌生的天鹰会老巢，这一切，看上去都不怎么妙，仿佛冥冥之中有人在操控一般……

我却还在这里乐观地进行自我安慰，真是佩服韩真真的心态，看看此刻的自己，很落泊，很无措，很受伤……心里莫名发毛起来，只觉得阴森森的冷，直入心底。

……

挣扎着起身，摸索到门边，开始想着怎么从这里逃出去，折腾了半天，转念一想，以退为进，在此守株待兔也不错，于是干脆一屁股坐到桌边，见有一壶茶，竟是热的，于是干脆倒了杯咕咕连喝了好几口。

忽从屏风后走出一个熟悉的身影，一见他的脸，我如受惊的跳蚤般，在原地连跳了三下，最后像个木头人般傻在那儿……

大家可以理解这种状态，就像一本 90 分钟的电影，进行到第 80 分钟的那一刻，走在真相的边缘，有种进入故事尾声的结局感。然而，真相大白之前，往往都是极为险恶的。但愿这是场喜剧。

……

卫青坐在我的对面，紫木檀制成的圆桌上，茶水氤氲起白雾，迷蒙了他的相貌。

多久没见到他了？

一年，半年，几个月？其实也不久，但为何他的相貌陌生了许多。

我的手心全是汗，湿又黏，他的淡定让我不安。

这像极了他是高高在上主宰一切的神，而自己是那只不明方向的蝼蚁。他淡淡笑着，一如他第一次与我见面时的那份坦然自若。他的嘴唇薄而带着上翘的弧度，好看得不得了。我记得它曾经落在我的唇上，轻磨淡吻，现在想来，更是千般滋味在心头，说不出的复杂。

“你是……”我干干地吐了句，声音似卡在喉咙口，艰难得很。

“我是天鹰会的人。”他淡淡说着，语气平静。白雾淡去，清晰了他的相貌。我心脏却嘣嘣嘣一阵狂跳，又骤然而止，身体和脑袋就像是瞬间被抽空一般。

我记得第一回见到他，他带着阳光的笑容，问：“你是谁?”我差点陷入他的迷情，难以自拔，然而，他却是天鹰会的人。那回想起这一幕，简直让人心寒到极致。

他究竟是何目的？

思绪一阵狂奔，没了方向，终于控制住情绪，镇定问道：“这到底是怎么回事?”

他并未立即回答，只是捧过一个漆金匣子，缓缓打开，郑重其事地从里面拿出一张羊皮纸，递到我面前，我低头一看，上面画满了密密麻麻的线条及符号。

“这是什么?”

“这是长生图。”

“这……”我神经抽紧。

“看来，你真的全忘了。”他语气带着一份落寞。

我倒抽口气，拾起这张传说中的长生图，反复掂量，觉得陌生又熟悉，上面的文字和图案我一个也看不懂，看了半天，木木说道：“我真是全忘了。”

他探上身来，端详我许久："那由我告诉你。"

"此图又名龙符，相传得此符者，不但可以长生不老，还得以号令天下，一呼百应。当年，高祖皇帝便是得到这道龙符，开创了大汉朝。但外人只道长生图可得长生之术，却不知其中奥妙，只有少数人得知这秘密。"

龙符？我一惊，这个字眼隐约熟悉，是不是电视里那个经常用来号令全天下的符？在古代，龙符，就代表至高无上的皇权？晕，一张破纸，就能糊弄人？

"你到底想说什么？"我忍不住插嘴。

"普通人得到此符，确是没多大用处，但若手上有兵权的人得到它，那就不一样了。"

我额头发湿。

"譬如李敢？"

他点点头。

"譬如霍去病？"

他还是点点头。

"你的意思是，他们想做皇帝？"

他仍然点了下头，眯着眼看着我。

我心里生冷生冷的，又陡然燃起一把火，从座位上一跃而起，冷笑道："只凭你这空穴来风的故事，能说明什么？"

他抿了口茶，淡漠望着我。我凑上前去，继续冷笑道："卫大将军，这个假话也编得实在离谱。我问你一句，既然你知道这龙符的秘密，又如何证明，你不是为了想做皇帝，才夺走这长生图？"

他不惊不变，道："天鹰会自古便是长生图的守护者。历代成员，以守护长生图不为奸人所掳为首职，以保天下太平为先。数十年前，长生图流落民间，我等尽力寻找此图，只是取回原本属于自己的东西而已。"

我哈哈大笑起来。

"卫将军，你真是会编，敢情赶上写悬疑小说的了。据我看，你只是忌妒霍去病如日中天，影响到你的位置，所以处处陷害于他，那回离侯山遇袭真是太完美了，却没料到左贤王横插一脚吧……此刻，霍去病安然回来，你又来编造一个可笑的谎言，来诋毁自己的亲外甥。卫青，我对你真是失望。你离我心目中大英雄的距离实在相去甚远。唉，真是可惜。"

我喋喋不休说着，他却一直淡淡望着我，淡定得让我心慌。我说着说着，便停了下来，屋子里重新安静下来。他端详着我，我也端详着他，我们便这样默默相对。

他的眼睛是淡褐的，在烛光下，变得通透。我记得那个夜晚，与他在经社的船上对酒当歌，人生几何，有种幻觉一直萦绕在我潜意识中。空灵的声音再次响起："真真……真真……"似是幽灵的呼唤。

心忽然一拎，致命的熟悉感再度袭来，莫名一阵空荡荡的感觉，晃神回来，却是一身冷汗。

他忽然开了口。

“再听个故事如何?”

……

“那是个很冷的冬天。落下的雪片，覆盖着冻死的、饿死的、战乱而死的尸体，像小山一样。人们在寒冷中奄奄一息，孩子的哭声被哀号声淹没。

“一个男孩，十一二岁的年纪，已经四天没进一粒米，蜷缩在冰冷的雪地里，只差半步，便魂归西天。这时，有一个同样衣衫褴褛的红衣女孩，路过此处，送上了手里唯一的一块干饼，救了那男孩一命。

“男孩得以保住最后一口气，他对红衣女孩说，待到山花烂漫时，他一定要找到她，娶她为妻。

“男孩与女孩失散以后，进入一大户人家为奴。终于有一天，他又遇到了那个红衣女孩。

“她已经长大成人，但他一眼就认出了她的眼神，而她也一眼便在乞丐群里见到了他。

“二人欣喜重逢，男孩才知，女孩已经成为了一个秘密组织的成员。为了保护她，男孩也加入了这个组织。他心里一直记着当初的承诺，想要娶她为妻，想要保护她一生一世。

“他俩情意渐深，而男孩一路飞黄腾达，进朝为官，成为朝中数一数二的人物，不久便娶了公主为妻。女孩伤心难忍，不辞而别。这一别，便是三年……

“直到，有一天，他得知她的消息，她却处于生死之际……

“男孩千方百计，不顾一切将她救出，她终获重生，却……”

他说到这里，声音忽然哽咽了下，不知从哪个角落里吹出一阵风来，让我忍不住打了个寒噤。

“再见她时，她却已不认得他……”

他似乎说不下去了，只是默默望着我。我捂着胸口，傻在那儿，从脚底抽起一股凉气，一点一点渗入血管中，弥漫到全身，最后，竟不由自主地从椅子上滑到了地上，像摊冰凉的水……

“男孩千方百计，不顾一切将她救出，她终获重生，却……”

“再见她时，她却已不认得他……”

他的话语反复在脑中重复，竟有丝耳鸣的错觉。

脑海中又回忆起那铺天漫地的白色，似霜，似雪，似云，仿佛自己置身于冰天雪地之中。“真真……真真……”来自天际的呼唤……

艰难地扶住卫青的身体，喉咙里嘶哑而又干涸地挤出一句：

“红衣女孩是……”

他猛地拥我入怀，热泪盈眶。

“卫青想说道歉，却只字难提，真真……你如何不认得我了?”

我僵着身体，血液仿佛凝固。这个变故如过山车般，让我一时难以消化……只是傻傻望着他，半晌说不出话来。

他低头吻住我，轻声呢喃：“你忘了？那年的雪，因你那抹红袄而变作灿烂。你忘了？忘了我们携手山间，山盟海誓的时光？真真，你踏尘归来，却换作了另一个人……这是何等残忍的事?”

他只拥我入怀，温暖的体温有种致命的熟悉感，使得我忍不住颤抖，像只受惊的羔羊。

“你为寻长生图，而陷入绝境，天鹰会的人本想将你灭口，我为你求来一线生机，却无奈你恍若两人，对自己的身份一无所知，甚至，连对我的忆念也无丝毫。真真，现在的你身上牵连着长生图的重要线索，全天下有阴谋的人都在找你……”

“你听我言，速速离开都城，什么也不要问，什么也不要管。离开霍去病，离他愈远愈好。”

我心跳如雷，身体如僵硬一般，竟有足足十秒，说不出话来。

原来，我穿越前的身份，是李敢与天鹰会的双重细作。潜入民间寻找长生图的线索，却在最后拿到长生图的那一刻，被天鹰会灭了口。然而，卫青却救起我，让我得以重生……

但……

但这一切若是真的话，那么岂不是说明霍去病对我另有所图?

我忽然泪流满面，一把推开他，咆哮：“你有何证据?”

“你不信我?”

“我为何要信你?”

他眼中尽是怅惘：“你果真恋上他了。”

“是的。”我毫不犹豫地回答，一字一句道，“我爱大色狼，他说他也爱我，待他处理完都城的事，他便带我回落苏谷，过无忧无虑的生活！他不会骗我，我也不会骗他。我们说好了。”

他苦笑，身体趔趄倒在椅上，久久说不出话来。

忽然，狂笑起来，眼中尽是惆怅：

“他不会骗你，你不会骗他？哈哈哈!”

“事实是，他在骗你，而你也在骗他，真真，你到此时还未明白吗？在他心目中，一直认为你在骗他，因而，他也在骗你，你懂吗？你俩只是在相互利用而已。”

“不！我没想利用过他！没有。”我的眼泪如断了线般流个不停。

“可笑，真是可笑。原来韩真真的重生，并非为卫某而来，而是为了另一个

男人……真是天意弄人!”

只抬起头，目光中透着凌厉。

“霍去病早知你是天鹰会的人，他留你在身边，只为寻得这长生图。你的一行一踪，全在他监控之下。他只是借你之手，以你为诱饵，助他拿到想要的东西而已……”

“他拿到又如何?”

“甘泉宫狩猎，近卫三百，均佩箭出行，你想想此中的道理吧。”

我倒退一步，傻在那儿。

甘泉宫狩猎?霍去病难道想谋杀汉武帝?

我冷笑。

“这是个伪命题。谋反的前题是必须有长生图，但他没有十分把握知道我一定有长生图，所以，他不会走那么险的一招棋。”

……

他逼上一步，一字一句道：

“他带你回京，本就知你会走这一步，你今天走到这一步，便已暴露了长生图的踪影。这一切，已早在他的预料之中，你若不信，出门便知分晓!”

他的话如当头一棒，让我僵在那儿像个木头人。

“真真，你信也好，不信也好，卫青护你一生的意愿，本无半点假。都城即刻有大事发生，你莫再蹚这浑水了，离开这里。有朝一日，卫青辞官而去，与你过无忧无虑的生活，好吗?”

……

一路狂奔，也不知自己是怎么跑出来，深夜的巷子，空无一人。长长的街道，像一眼望不到底的深渊，冷风肆虐，使我的衣袂狂飞，一如我的心情。

“真真，卫青护你一生的意愿，本无半点假。都城即刻有大事发生，你莫再蹚这浑水了，离开这里。有朝一日，卫青辞官而去，与你过无忧无虑的生活，好吗?”

这话语如魔咒般不断回响，让我趔趄着步伐，几近瘫软在路边，没有力气迈出一步。

很想这一切都是卫青在胡扯。但，挥不去的熟悉感……叫我如何说服自己?

况且，他为何要骗我?

我只是一个无足轻重的韩真真，他不必编这样一个谎言来麻醉我，这毫无意义!

“韩真真，我看，珍珠镇只是个幌子。你压根儿找不到长生图，是吗?”

“你是真的失忆，还是根本不想拿出长生图?”

“你明知自己已难逃这个死局，无论找到或是找不到长生图，李敢或左贤王都不会放过你，所以，你想拉我下水，与他们拼死一战，是吗?”

“侯爷，此时，长生图多半在天鹰会的手中，找到天鹰会的大本营，便找到了长生图，你难道真不想得到传说中的长生图吗?”

……

霍去病与我的对话，历历在耳，此刻回想起来，恐怕都另有深意。

忽想起霍去病与左贤王做的交易，依霍的能耐和军威，何须左贤王来救?他几次放过左贤王的性命，是不是为的是留下他，以找到长生图的线索?而我随他流落漠北，是不是也是事先安排好的?在回都城的途中，他与赵破奴眉来眼去，是不是已经在谋划什么?他对我的柔情蜜意，是不是只是为了让我最后将长生图双手奉献于他?

愈想愈心惊，再不敢往下想。

“嘣”一声巨响。

长街的尽头，忽然响起一惊天动地的爆炸声，顿时火光冲天，烟雾弥漫……

我慌乱着步子，朝着那火光的方向狂奔，待近，却发现正是方才自己出来的地方……脑子如被大铁钟重重砸了下，嗡嗡作响……

火光肆虐，在风中愈烧愈旺，不知是幻觉，还是真实，我竟真在火影中见到了一张脸。

那张在我心里魂牵梦萦的脸，那么熟悉那么真实地出现在我不远处。

我僵硬着喉咙，绝望地吐出了三个字：

“大色狼……”

他似是听见了，又似是没有听见，他的表情如此陌生，陌生到让我心惊胆战。他远远地望着我，眼神里带着血淋淋的刀子，刺向我的心口。那里，划出个又大又长的口子出来，痛得我无以复加。

铺天盖地的火焰，似是向我压迫而来。再难自控，身子如软体动物般瘫倒在地……忽从身后伸出一只大手来，接着便是股刺鼻的呼道呛入鼻腔，眼前一黑，终于再无知觉……

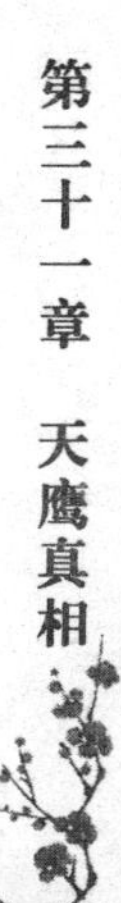

第三十二章　幕后之手

雪下得很大，片片在空中随风散落，如鹅毛枕头破碎一般。

远远地，一个红衣女孩，蜷缩在角落中，无助的双眼，正对上我的视线。她向我伸出手，我茫然地接过，瘦弱的枯指比雪还要苍白，透着死寂的阴森。

“你叫什么?”我喃喃问。

“真真……”她说。

“真真，你在这里干什么?”我抚过她的脸，她的脸渐渐开始变化，忽然间，变作了我的脸……

我惊叫着一把推开她，她弱小的身体倒在雪地上，红色的破袄在白雪中绽放如最夺目的罂粟……

我一路狂奔，双脚赤裸在雪地中，却如踩在烈焰中的灼痛。无数人在我身边倒退，他们向我伸出手来，不断地呼唤着我的名字：

“真真……真真……真真……”

我睁开眼。

清冷的汗水，从额头滑下，恐惧掏空了我的身体，使我不得不大口地喘气，又忍不住对着地面，一阵猛咳。

擦去额头的汗，空虚着身体，摇摇晃晃走到门口，眼前熟悉的霍府，让我觉得陌生，空荡荡的府邸，仆人、侍妾、卫士、霍去病……不见一人影，阳光刺刺照在我脸上，只得眯眼凝神，深吸一口气。

“你听我言，速速离开都城，什么也不要问，什么也不要管。离开霍去病，离他愈远愈好。”

卫青的话，再次回响耳边。

可是，我有的选择吗？有吗？

是谁掳我回霍府，已经无须考证，是谁制造了那场爆炸，也无须考证，是谁一直一直在跟踪我，更加无须考证。这一切却是考证了卫青的话果然不假……

扶着廊柱，在一侧的台阶上坐下，竟不敢再往下想，怕再想下去，不敢面对的现实，即刻在眼前出现。

记得第一回见到霍去病时，那是个血腥的战场，蓦然回首，对上了他如星的眸子，从此万劫不复。

我厌他，恨他，蔑视他，甚至辱骂他，但却赶不走他在我心里留下的痕迹，或许正如卫青所讲，重生的韩真真只为另一个男人而来。

如何能忘记，与他在草原上策马扬鞭的日子，他的笑容比最美的星辰还要璀璨，雪白的牙齿，像是最闪亮的钻石……

若时间只停在那一刻，若现实只如那刻一般单纯美好，该有多好……

只是……

我为他而来，他却未必为我而活。这个世界，正如歌里所唱，一个人扔了，一个人捡起。感情尚且如此，人生尚且如此……

我叹息，被人利用，并不可怕，因为至少你对他还有价值，可怕的是，被利用后，你失去价值的那一刻，茫然失措，奄奄一息。

我苦笑，终于明白大龄剩女一直活在自己的世界中，用自以为是的人生态度和视角，来诠释男人，而到最后，受伤最深的一定是自己……

这是个沉重而毫无意义的话题，如果事到如今，我还在试图谈论我与大色狼之间的感情，那将是多么可笑而无知的一件事。事实是，我只有手足无措地待在这个硕大的囚笼中，等待着现实的审判。

一场早知道结果的审判。

……

“你醒了?”一个熟悉的声音，在身边响起。

我并未转头，那种娇滴滴的声调，此刻隐约透着某种阴冷，但却不妨碍我听出她是谁。

我淡淡一笑，道:“是的，醒了。”

花媛在我身边坐下，随着我的视线朝前方看着，许久，忽然淡然道:“韩真真，你心里在想什么。”

“想什么……”我不自觉地重复了遍，忽然苦笑，“想，传说中娇艳如花的花媛，竟也只是霍去病的一个党徒而已。”

她清冷一笑:“何出此言?”

我转过头，盯着她的眼睛，嘲讽道:“算了吧，是你一直跟踪我吧。”

花媛脸色一闪，但很快恢复平静，只默默点了下头。嘴角蓄起复杂的笑容，道:“侯爷已经出发了。”

“嗯。”我只默默回了句。

“你不想问其中干系吗?”

“何必问，我早知结果了。”

“噢?”她声音透着惊奇。

我苦笑:“我所知的结果，是他误射死了李敢，而事实上，他想杀的人，是刘彻。不是吗?”又逼上一句，“我还知道的结果是，霍去病杀不了刘彻，结果却被刘彻知道了他的阴谋，所以他不是病死的，而是被刘彻处死的，所以，你的侯爷，马上就要死了……”

她似是被我的言论击得脸色大变，一时，阳光半阴半阳地落在她的侧面，足有半分钟的沉默。

许久，她镇定下脸色，冷笑道："韩真真，有句话，不知当讲不当讲。"

"你说吧。"

她停顿了下，眼神坚定地望着我，一字一句道：

"你已进入权力的核心，只有闭上眼用心去看，否则，你会死得很惨。"

……

我木在那儿，竟不知如何回应她。她说得那么高深的一句话，与梦中的老人如出一辙，隐约觉得有道理，却不知她言下何意，艰难地吐了一句："我只想睁开眼看清真相……"

她却清冷一笑，只探近一步道："并无真相，一切只在于你心中所信。"

"所信……"我喃喃重复了遍。

……

"韩真真，侯爷说了，你若要走，叫我便放你走。他只说，愿你一切平安。"

……

有一种天气，很难解释清楚，厚厚的云层盖在天上，阳光半透不透，却又刮着嗖嗖的冷风，让人骨头发痛。

有一种状态，也很难解释清楚。走在路上，像是在走，又像是想停，前方明明有很多的路，却又不知往哪个方向去，回头望去，却又是一片茫茫然。

路人们从我身边不断地穿越，各自忙碌着需要忙碌的，而我就像是掉入了一个不属于自己的大坑，想呐喊，却又无力发声。这种格格不入的状态，持续了不知多少天，我一直处在崩溃的边缘……

不知怎的，我走进了一扇门。眼前人影绰绰，我晃神了半晌，才看清自己进入了一酒家。大汉朝的子民们兴致勃勃地喝酒聊天着，谁也不会朝我这普通人多看一眼。

小二一眼发现了我，客气地招呼："姑娘，来点什么?"

"啊?"我木木地反问了他一句，"来点什么?"

"对，来点什么。"他友好地重复。

"好吧，就来点什么。"我机械地回了句。

他朝我看了许久，终于知趣地消失。我找了个角落坐下，望着窗外的人来人往，脑袋一片空白。

过了很久，我的桌上仍是空的，我一拍桌子，大喝一声："小二，快来点什么!"

小二匆忙赶来，用抹布掸了掸桌上的灰，讨好道："姑娘，您想好来点什么了?"

我发了会儿呆，道："你说我应该来点什么？"

小二额头隐约出了汗，半晌支吾道："那小的就随便给您来点什么吧。"

"早说不得了。"我挥了挥手，不再理他。

目光又投向窗外，怔怔发呆。

天上的云真厚，厚得比大色狼的脸皮一般。哑然失笑，想起那次他在大殿上唱"死了还要爱"，真是让人欢畅。这样的状态原本是我心中所信的。只是心中所信，总是被现实无情地打败，让人不得不怀疑一直坚守的信仰，像走在路上的那份无措。

我们常常站在人生的十字路口，选择下一条要走的路。往左走，或是往右走，会有不同的结果，会进入不同的空间，会有不同的人生……我此刻走的路，到底是哪一条？接下去，又该走哪一条？又或者，我已走入了死胡同，再难前进一步？

大色狼，他又在选择走哪一条路，向左走，或是向右走，哪一条是他能活下来的路，哪一条是他追逐权力与欲望的路，哪一条又是他曾经单纯美好与我相爱的路……

我抿过一口酒，酒精真是个好东西，能让人暂时麻痹，脱离现实。可能与花媛所说的那样，一直一直闭着眼睛，何尝不是件好事。

……

远处的街道，忽传来隐隐约约的哀乐声，伴随着声音愈来愈近，悲号声、抽泣声、鼓乐声愈来愈清晰……我从窗口望出去，只见一支庞大的送丧队伍缓缓而来，从我所处的酒家前经过……一时间，白色的纸钱如雪花般纷飞，平添一种悲恸的气氛……

酒家中的人们已经不安分了，大家放下酒杯，拥挤到酒家的门口窗口，努力探头望去，一边望一边感叹。

"真是可惜……年纪轻轻，就这么撒手而去……"

"唉，李家真是悲惨。前段时日，刚刚死了李广老爷子，这会儿，儿子也死了……"

"听说，李敢将军是被霍将军一箭射死在甘泉宫的狩猎场上。"

"对，我也听说了。唉，这么不明不白死了，皇上却只轻描淡写地一带而过，想那李敢大将军也曾立下平定匈奴的汗马功劳，却终敌不过当今皇上对霍去病的喜爱之情……"

"我听说，当年李广将军因失职一事在卫将军面前自尽，李敢耿耿于怀，曾在校场上出手袭卫将军。为此，身为亲外甥的霍将军才报一箭之仇呢。"

"唉，何必呢。"

"对了，事发以后，霍将军去了哪儿？"

"听说，皇上特意留他住在宫里，亲自护他周全，以防李敢余党报复于他。"

“唉，皇上真是对霍将军宠爱有加。”

人们还在谈论着李敢之死，我却没什么心思听下去，捞着酒壶子，又躲进另一个角落中，继续独饮。

角落中坐着一个身影，我隐约觉得熟悉，细看而去，他却正巧抬头，与我的目光相触。

四目相对，我不由一惊，差点脱口而出“董大人”，他却苦苦一笑，拿着酒壶，走到我的桌前，坐下了。

“生若夏花，死如秋叶，为死去的魂灵，干上一杯吧。”

第三十三章　真相大白

眼前的董仲舒比我记忆中的清瘦憔悴了许多，很难让我与那位意气风发的历史人物联系在一起。

我知道董仲舒的命运最后也是碌碌无为，辞职收场，眼前他的状态，恐怕已开始走下坡路。

他替我倒上一杯酒，说："干！"

我迟疑了下，与他一干而尽，酒劲上来，忍不住问："董大人，别来无恙?"

他瞟了我眼，嘴角一扬道："你终还是知道我的身份。"

我眯眼一笑，道："那回在经社，我早猜出您的身份了。"

"经社……"他苦笑，又猛上一口酒，许久才缓缓道，"你既知我在经社中的身份，更应该知道我是如何离开经社的吧。"

我一时语顿，不知他所言何意。

他眼神闪动，透着一股深意："我离开经社，还是拜韩姑娘所赐。"

我脑中一惊，忽然想起那回，我在经社中无意提及董仲舒曾与霍去病在府中见面一事，至此之后，便再也未见到过他在经社出现，难道……

一种不安跃上心头，不由惊问："董大人，何出此言?"

他并未直接回答我，只是将目光投向远处渐行渐远的送丧队伍，眼底渐渐聚起悲凉的意味，竟看得我嗖嗖冒冷汗。

良久，他转过头，认真地望着我道："韩姑娘，你可知，这个世上的生存之道?"

"真真愚昧。"

他说着，抿过一口酒："世上有两条路。一条是左，一条是右。人亦此，国家亦此，政治亦此。"

"何为左，何为右?"我问。

他深叹："左强则右弱，右强则左虚，此消彼长，但重要的不是左右，而是身处洪流之中的弱小人物是否选择正确的那条路。"

"您的意思是，随大流，而求生存?"

他点点头，又摇摇头，只道："对，也不对。反者，道之动。弱者，道之用。"

"天下万物生于有，有生于无……"我打断他，接上这一句。

他朝我笑来，只叹许道："姑娘也知其中含义?"

我点点头又摇摇头："我无数次听过一个老人说过，也知它是老子的名言，却不知其意。"

他苦笑，道："我深受孔孟之儒学影响，认为'事在强勉'，'治乱兴废在于己'，只要尽力'行道'，那就会'德日起而大有功'，却不料，事到如今，才顿悟老聃当年短短数言，道尽天机，可悲可叹可笑啊……"

我想，他这是在感慨儒学思想境界没有道学的高深吗？古代文人说话真是累，绕着弯子都不直说。于是，我清咳嗓子道："董大人，我的文化程度不是很高，请您解释得清楚一些。"

他面无表情，唇角些微地扬起，目光却投在远处，不知在想什么。沉默让我不安的情绪加剧，我烦躁地拾起酒，猛喝了一口。他却突然开口道："示弱，才是生存之道。"

"始终让自己处在弱势，不争锋芒，不求功名，才能真正立足于世。董某终于明白这个道理了。"

他说着，叹着，拿起酒壶，咕咕喝个精光，砰放在桌上，脸上却扬起难得的光彩。

"幸好，终在最后一刻明白此道，不似李广等辈，就这么白白失了性命……到死，也不知自己错在哪儿……哈哈。"他悲恸笑着，声音竟有丝恐怖。

我隐约明白他想说什么了，一把握紧他的手，逼问道："你忽提李广和李敢的死，难道另有隐情？"

他转头望着我，眼神中带着些许同情："韩真真，你身为经社之党徒，为何至此还未明白其中的道理？"

"什么？我何时是经社的人？"我脱口而出，一脸诧异，"董大人，你在说什么？"

他逼上我的脸，细细打量了番，带着一丝讽意道："看来，果然如皇上所言，你什么都忘了……"

我愈听愈糊涂，什么，怎么又扯上皇帝了？

他推开我的手，缓缓道："罢了，我与你一一道来吧。"

"天鹰会的总部，便是经社。"

"而经社的中心人物，便是当今皇上。"

"韩真真，你是天鹰会的人。换句话说，你也是皇上的人。"

咣，一个酒杯落在地上，骨碌碌滚得老远。我张大了嘴望着董仲舒，表情凝结在脸上。

"当年，董某曾提议'夫不素养士而欲求贤，譬犹不琢玉而求文采也，养士三法以太学为最重要'。皇上采纳我言，成立了经社。所谓的经社，是大汉朝最核心的权力中心，均为皇上最为信任之人。在经社中，一句话便可以改变整个国家的走向，一个人可以决定数以万计的生命，控制天下所有的财富。而天鹰会正是经社的喉舌、爪牙，是少数人控制这个国家的工具。他们是皇帝的眼睛，是头脑，他们潜入大臣、武将、儒生之间，只为揣摩其对皇帝的忠诚……皇帝利用这样的组织，决判着身边人的去留、生死、荣辱……

“我本是经社一员，却因韩姑娘的一句话，便失了权力的顶峰位置，细细想来，却也是天命，更是福分。一如卫青将军那样，伴君若虎，如履薄冰，活得实为辛苦之极啊。”

他说着，稍稍停了下，观察着我的表情，又继续道：“你现在明白，何谓生存之道了吧。”

最后一抹阳光也被云层盖去，天色越发地阴暗起来，重重地压在心里，让人喘不过气来。

董仲舒的意思，我终是明白了。

真相，真让人寒心。原来，政治的本质是哲学，是老聃的那句话：“反者，道之动。弱者，道之用。万物有生于无，无生于有。”

我喃喃自语，不知怎的，冒出一句：

“根本就没有长生图，对吗?”

他探上身来，冷笑道：“韩真真，你终是聪明的。”

“当年高祖皇帝，曾留下密旨，将长生图的传说散播于世，密旨中称，凡欲求长生图，且有兵权者。杀!”

我浑身发冷，不住颤抖，瘫倒在椅背上，竟久久说不出话来。

我如何也想不到，那条神秘的画舫竟就是这个王朝的权力中心，里面的每一人都是决定这个国家命运的人。原来，他们谈笑风生之间，只为了试探我的虚实。而我在无意之间，也履行了我作为天鹰会成员的职责……

凡欲求长生图，且有兵权者。杀!

好!

果然是帝王之心深似海……

古往今来，帝王既需有才华之人为其卖命，又不放心将兵权交与他人之手，身处巅峰，却时时控制着所有人的心理、欲望、妄想……帝王，政治，皇权，果然是世上最最可怕的东西……

想当年，刘彻与梁王争夺皇帝之位，当了皇帝后，把当初助自己当上皇帝的人杀的杀，关的关，贬的贬，成为真正的孤家寡人，后来，又迷信蛊术，妄想长生不老，听信江充等奸臣的话，开始怀疑戾太子刘据有弑君之念，把长公主与驸马贬为庶民，皇后卫子夫被逼自杀。历史上，却对他的残暴鲜有记载，褒大于贬，功大于过，其实，政治的血腥隐藏在那些光彩的史书下。

原来，天下的皇帝都一样!

恐惧到极致，反而是冷静的。我的头脑从未如此清醒，不知哪来的力气，坐正身体，沉着道：

“李广是怎么死的?”

董仲舒长叹：“这要问韩姑娘你。”

我惨笑。

“是我杀了李广?”

他点点头：“当年，你潜入李广身边，明是替他寻长生图，暗却在他取得长生图后，奉圣上之命，处决了他。而天鹰会的人也奉命将你灭口……”

我不得不惨笑。

记得穿越来的第二日，我在霍去病军中听到飞马来报，说李广将军自刎，临死前还说：“我与匈奴大小作战七十余次，好不容易有机会跟着大将军直接与单于作战，但大将军把我调到了东路，本来路途就远，又迷了路，天意如此呀。况且我已经六十多岁了，实在不能再去面对那些刀笔小吏。”

历史与真相，只是胜利者书写的，谁又能料到，这位震慑古今的大将军根本就不是自尽，而是……是死在我的手上……

我梦中，那个反复出现的白须老人，原来……原来就是大名鼎鼎的李广将军……

可笑，真是可笑之极……

难怪，他在死之前，说：“反者，道之动。弱者，道之用……”原来，他只是顿悟了生存之道，知道为何而死，感慨政治的黑暗与人生的无常……

我真想哭，但真的哭不出来，我甚至想笑，笑自己的无知与无耻，但我更清晰地认识到一个事实，这个事实在我脑海里如过山车般激荡。

“所以，李敢也是因长生图而死?所以，这次狩猎并不是霍去病杀的他，而是……而是武帝处决了他?”

他苦笑着点头，又猛灌了一口酒。

我额头发冷，颤抖道：“先杀李广，再杀李敢，接下来，便轮到霍去病了，是吗?”

“所谓留他于宫中保护他，根本就是囚禁于宫中，最后，以病死之名，诏告天下……”

我愈说愈心惊，竟一屁股滑落地面，久久回不上气来。

原来，所有一切的幕后主宰竟是汉武帝刘彻，是那个捧着霍去病似宝贝一般的刘彻，是那个名垂青史、流芳百世的好皇帝刘彻!

李广、李敢、霍去病……这些为他浴血奋战的将军，在平定匈奴，扩大版图后，却一一被他处决，而这样的处决竟都兵不血刃，甚至表面上与他丝毫无关。他，刘彻，还是历史上那个好皇帝，那个待臣如亲爱民如子的好皇帝……我几乎能想象到他在众将追悼会上，痛苦流涕的模样……

这，便是真相。

所以花媛说：

“你已进入权力的核心，只有闭上眼用心去看，否则，你会死得很惨。”

可笑，真是可笑。

可怕，真是太可怕了。

真相，竟如此残忍、如此血腥，让人不敢相信一切是真的。

……

董仲舒低下头，认真地望着我，一字一句道：“韩姑娘，这便是政治，这便是皇权。匈奴已灭，他们已经失去了存在的意义，求强者，只会被更强的人毁灭，他们均是未领悟到这一点，才会走上死路。想当年，董某胸怀大志，抱着拳拳爱国之心，欲为我大汉朝强盛，奉上一己之力，事到如今，却才明白所谓的抱负，本是黄粱一梦。如今的董某早已心灰意冷，只想归隐田间，求得半亩苟延残喘之地……我无话可说……韩姑娘，你要保重啊。”

我喃喃自语：“求强者，只会被更强的人毁灭……”

“哈哈哈!”我狂笑起来，忽地起身，将桌上的所有物件全摔到地上，仰天咆吼，“好！太好了！我真是佩服！我不得不佩服！董大人，您的话太经典了。事实上，不可一世的大汉最终也将走上末路。东汉末年分三国，有个家伙叫曹操，他会以丞相的职位，取得‘魏王’称号，结束这个历史上最强大的王朝。之后，西晋，东晋，南北朝，隋，唐，宋，元，明，清……你方唱罢，我方粉墨登场，果然没有长久的强者。正是老子所说的那句，反者，道之动，弱者，道之用。天下万物生于有，有生于无……经典，太经典了，哈哈!”

董仲舒愣愣地望着我，他显然是半知半懂我的话，出于文人的素质，他并没有打断我，由着我疯子般地长吁短叹，最后，只得送上一杯酒，来配合我的抓狂情绪。

发泄了所有的情绪，终是筋疲力尽，最后，瘫坐在椅子上，有气无力对着董仲舒道：

“看来我也活不久了吧，经社何时决定灭了我？董大人，能否透露一番?”

他一把扶住我，苦笑道：“韩姑娘，你能走到此时，是有一人一直在暗中保护你，你不可不明了他的情意……”

我眼一湿，耳边响起卫青的声音：

“真真，卫青护你一生的意愿，本无半点假。都城即刻有大事发生，你莫再蹚这浑水了，离开这里。有朝一日，卫青辞官而去，与你过无忧无虑的生活，好吗?”

终难控泪水夺眶而出，身体再次软瘫在地上，不住地抽泣起来。

我恍惚着神情，从店里踉跄而出，喝得大醉，连走路也失了方向，眼前的街道模糊而悠长，人们如鬼影般攒动，我又笑又哭，不知被多少人撞倒在地，又重新挣扎着起身，再往前去。

风忽然狂作，人群不知何时散去了大半，几个蒙面黑衣人从数十丈的空中飘然跃下，落在我面前眼前，明亮的刀刃在手间闪烁，逼人的杀气，在眉前凝聚。

我只苦笑。

杀我韩真真，何劳来这么多人，一个人，一把刀，就够了。

死到临头，反倒坦然起来，只干脆在地上一盘腿，支起下巴，“笑逐颜开”道：“各位打扮真是太专业了，不知道杀人是否也一样专业?”

几人面面相觑，其中一人朝另一人打一手势，手中的剑直飞半空，与此同时，那人双臂一张，背后“铮”的一声脆响，一剑脱鞘而出，与那剑在空中一碰，光芒猛然暴射，夺人双目。

道道绚丽的剑光挥洒而下，朝我当头劈来，隐约伴有风雷交作之声。我于是闭上眼睛，不知怎么，耳际响起大色狼唱《死了还要爱》的声音。

死了都要爱

不淋漓尽致不痛快

感情多深只有这样

才足够表白

……

作为一个古代人，他唱得不错，算作是古代卡拉OK的高手，他只听我唱过两遍，却一字不漏地记下歌词，让人不得不佩服他的记忆力，他还唱得深情款款，差点让我以为他爱我到极致，这一切，如今虚幻到真实，竟是心头那一道深切的伤口，比即将落到我脖颈的那把凌厉的刀还要让人痛不欲生，他是我心里的魔鬼，用他那种残忍的方式，将我万劫不复。

死了都要爱，呵，真是个笑话。

算了吧，爱情只是相互追逐和相互利用的游戏而已，何必上升到死的高度?男男女女，嬉笑怒骂，最终也是悄然而过的过客而已，没那么崇高，没那么感人。

死了罢，死了多干净，再是横尸荒野，被狗啃完最后一根腿骨，也与你无关。你是那个空气中缥缈无踪的塑料袋，从另一个角度来看这个世界了。

韩真真，你真要死了吧。但是奇怪的是，你怎么还没死?

那两道剑光，刺中我咽喉的时间，应该无须一秒吧，只半秒的时间，我居然也能感慨如此多的人生哲理?

我睁开一只眼，又快速睁开另一只眼，接着，我的双眼瞪若铜铃，连嘴也配合着半张不合……

眼前一片刀光剑影，一场武打大战正在我的眼前进行……

只见一群白衣人，不知何时，出现在我眼前，与那群黑衣人，绕成一团，打得不可开交。白衣人冲天剑气漫天飞舞，连破黑衣人的数道攻势，黑衣人怒吼连连，手中长剑挥舞成一巨大的光体，让人眼花缭乱，忽然，几支剑透体而过，朝着带头的那位白衣人急攻而去，那白衣人灵活一转，双脚在一侧大树上蜻蜓点水，身体轻盈一跃，那剑体“轰”的一声钉在地上，掀起数十丈高的泥波土浪，向四周急推而去……

白衣人不敢怠慢，数剑如雨捣出，一团团黑气砸向黑衣人。带头的白衣人纵身空中，长剑一指，人剑合一，斩开黑雾，闪电般刺向黑衣人的咽喉，只听到几声沉闷的呻吟惨叫，黑衣人一个个如泄了气的皮球般，瘫倒在地，动了几下，便没了声响……

我始终怔在那儿，被这一幕惊得无所适从。风狂乱地吹拂着我的身体，终支撑不住，朝着地面倒去……

倒下的那一瞬间，一双手伸了出来，稳稳地接住了我的身体，我蒙眬着醉眼望去，隐约看清了他的相貌。

“费连大哥!”

……

我已经记不清楚在古代昏死过几回，昏死的最大好处，便是能跳过所有的血腥与混乱，直达最清晰和乐观的部分。当然，前提是我的结局必须是个喜剧，我的身份必须是那个女主角。

我睁开眼，看见费连城惊喜的双眼，双眼一湿，忽然扑入他怀中，一言不发。

时间凝结在这一秒，有种再是风霜雪雨我也不愿意从这个怀抱离开的冲动。这个世界太过纷乱，我不知该信谁，该信仰什么，只眼前这个怀抱，才是真实而坦率的，让我感到港湾般的温暖。

他像个父亲一般，轻轻拍打着我的后肩，说：“吃些东西吧。”

我摇摇头。

“怎么了?”

“我怕……”

“你怕什么?”

“怕，一放开费连大哥，你便会消失……”

他笑了，扶正我的身体，温柔道：“我哪里也不会去，你忘了？费连永远等着你。”

我鼻子一抽，忽然哇哇大哭起来。

他迟疑了下，最终还是将我紧紧搂进怀里。我哭着，像是要把所有的眼泪流干，泪水湿透了费连胸前的衣襟。他却拥我更紧，默默任由我哭到极致。

我哭着哭着，便累了，于是他拥着我入睡，我醒来，又继续哭着，他却还是拥着我不放，直到，我终于哭得没有一点气力，只剩下干号……

夜色降临。

屋内燃起烛光，费连城的脸更添温暖的神采。我倒在他怀里，就像躺进一张温暖的大床，我说：

“费连大哥，你知道吗？故事已经到了结局。”

“怎样的故事，怎样的结局？”他淡淡问着。

我说：“就是，原本以为是场完美的爱情故事，后来才知是个狗血的悬疑大片，糟透了，烂透了。现在要收场了，不得不收场了。”

“说来听听。”他还是风轻云淡。

我闭上眼睛，想了想，说：“我从一个未知的空间而来，没有头等舱的待遇，像只垃圾袋一般，噗，被扔进了一个血腥的战场，呵呵，漠北大战，这是一场多么著名的战役，历史上怎么说来着，经过这次大决战，危害汉朝百余年的匈奴边患已基本上得到解决，是汉武帝反击匈奴战争的最高峰……我也有幸遇到了这次大战的风云人物——大色狼。腥风血雨中，他回头望我的样子，真是帅呆了，或许那一刻，我已经臣服于他的美男计了吧。真是个笑话。从此，他在我心里就扎下了根，赶也赶不走，躲也躲不开。之后，我便开始神经发作，头脑发晕，做了一系列智商为零的荒唐行为，譬如在金碧辉煌的大殿上强吻他……冲进他的婚礼喝了他的合欢酒……蹴鞠场上不顾一切地飞身救他……可笑的是，我所做的一切，原在他眼里，全是骗子的伎俩。他早知我是天鹰会的人，早知我身系长生图的最终秘密，他默不做声，春风化雨般将我控制在手里，一步一步，达到他所要的目的。

“我并不知他真正的目的是什么，或许他真的想利用长生图造反，或许他已经意识到，朝中处处险恶，他若不孤注一掷，恐怕难以生存。身处巅峰的人物，我自是不能理解他们的想法。这当中最残忍的部分就是，我一直以为我没有骗他，也一直以为他没有骗我，而他，他一直在骗我，而且认为我也一直在骗他……当然，当他此刻被刘彻囚禁宫中，或者被推上砍头台的那一刻，他心里更是坚定了这个想法。他想‘韩真真，你真是个混蛋，你果然是汉武帝一条深藏不露的鹰犬’。

“好吧，我是条鹰犬，一条丧失记忆神经错乱的鹰犬。为了那张虚无缥缈的长生图，我替刘彻扫除了李广，歼灭了李敢，还将霍去病推上了断头台。我想说我是无辜的，可是没人会信，每个人都活在面具之下，我的面具是喋喋不休、废话连篇的穿越剩女，连费连大哥也被我吸引迷惑，只是此刻，你是不是会想，应该颁我一个最佳女主角之类的奖项。瞧，我在说什么，我又开始神经质了。”

我说着，眼泪流了出来，费连城拥住我的手，又紧了三分。这是种绝望的心情，像是你坠入山崖之前，紧紧抓住那根枯老的树干一样。

“然而，我却真是爱着他，像患了绝症般地喜欢他。我不敢相信，他抱着我说‘从此你是我的女人，再也不许离开……’这样的话，是出于虚假的心灵；我不敢相信，他望着我，唱《死了还要爱》时，那不是出自真心的部分；我甚至不能相信，那回在皇宫中的见面，竟是我们的绝别。真是糟糕，再怎么样，也好歹与我合影留念一番……他怎可以做得如此风轻云淡，不动声色，他甚至连句再见也没说……”

我崩溃地哭着，却没有眼泪，当事情变作不是你能想象的地步，回忆就变成了心头那道道裂开的伤口。

费连城却轻轻吻着我的脸，温柔得像个天使。

“这不怪你，真真。你是个好女孩。”

“算了吧。”我苦笑，“我是那个让人望而生怯的皇帝的走狗，是那以蒙骗他人为目的的双重细作，我不知从前的自己做过多少坏事，害过多少忠臣，当大色狼第一眼看到我时，他心里不知唾弃到何种程度……”

“何必这样想，这不是你的错。”

我拥住费连城，他真是个天使，说的话那么让人温暖，仿佛是世上唯一懂我的人。虽然只是苍白无力的安慰之词，但也足够了。

他说：“真真，我们回草原吧。”

……

我并不擅长走伤心悲切的路线，知道自己哭起来像个难看的柿子，像怨妇般哭哭啼啼长篇大论之后，我不得不平静下来，来面对必须活下去的现实。必须转移注意力，来寻找人生积极向上的意义，过另一种无忧无虑的生活。

此刻，似乎只需跟着费连城一行，躲开天鹰会的追杀，回到广阔的大草原，便可以重新开始一切。譬如开一家甜品小屋，生一大群孩子……

我想，我应该将大色狼从我的生命中抹去，用一切能用到的方法。

……

但，很多人都能明白这种状态。

当你明知道应该怎么去做的时候，你却无论如何也做不到。

我甚至不愿意离开长安这个是非之地，尽管这里处处是杀机……

我在等什么？

或许，我也不清楚自己在等什么。

望着被厚厚的沙尘掩住的皇宫方向，那里暗流涌动，不知蕴藏着多少洪水猛兽。我若转身离去，他便真像歌里所唱那样，永远尘封在记忆中。我若挺身前去，又将如何面对他，面对我并不能掌控的现实？

我终还是要走的。

“走吧。”费连城的声音在身后响起。我回头看了一眼他，英俊颀长的男人，站在夕阳下，像尊雕像。

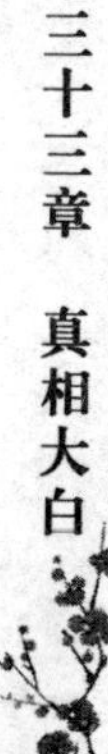

第三十四章　真相背后

古代长安的轮廓，渐渐在我眼前淡去。

我想，每个故事都有一个结局，我的电影也快落幕，大家可以想象到悲剧电影即将结束的那最后几分钟，屏幕是多么的昏暗混沌，灰色的音乐回荡在大厅里，人们脸上带着悲伤，拿着吃空的爆米花袋离去的场面。我韩真真的故事，是不是就应该这样结束？

其实，伴随着费连城这样一个优质的男人，行走在回途中，也算不是什么糟糕的结局。出了长安地带，被人追杀的危险也少了许多，我们相扶相依，倒更像是一对出门旅游的情侣。

费连城真是新时代好男人的典范，坐怀不乱，对我照顾有加。我沿途还赚了不少妇女同胞羡慕忌妒恨的目光，只是，我始终觉得空空的，脑袋空，身体空，连骨头似乎都是空的。费连城在前面走着，我便跟着。他与我说话，我好像是听到了，又好像是没听到。

人生是个微妙的旅行。

我们竭尽全力，奋不顾身，追逐，思考，获取一切我们认为对于生活有利的因素，来让自己活得更精彩。我们自以为什么是对，什么是错，以为找到了生活的重点，但事实上，我们的人生，更多的只会被一些不相干的东西所改变。

就比如，我踌躇在回漠北的路途中，却在某个清醒过来的早晨，忽然看到了院子里有一只红嘴的鸟。

它静静地站在离我不远的树枝上。它的眼睛是黑黑的，精光透亮，像极了心中某个人的眸光。它拍了下翅膀，饶有兴趣地朝我望来，我的目光不由自主地集中到它的身上。

然后，我对自己说：“不行，我得回去。”

我疯狂地冲进费连城所在的房间，他正半依半靠在榻上，捧着一本书，他的目光对上我。我的表情凝固在脸上，足足僵了半分钟。

“费连大哥，我得回去。”

他放下书，坐正了身体，他的眼神并没意料中的那般惊异，他一如既往地平静似水，只默默道：“回去哪里？”

“回去长安。”

“回长安作什么？”

"回长安，去见大色狼。"

他顿了下，又问："如何突然这样想？"

我想了想，说："因为今天早上，我看到了一只红嘴的鸟。"

"红嘴的鸟？"

"你不觉得红嘴的鸟很奇怪吗？"

"这与霍去病有何关联？"

"当然，你想，为什么今天早上出现的不是一只白嘴的鸟，却是红嘴的呢？"

屋子里一片沉默。

他缓缓从榻上下来，走到我面前。

"真真，你怎么了？"

我退了一步，喃喃重复了遍："我，怎么了？"

他扶住我的身体，再重复了遍："你怎么了？"

我哽咽了下，他却逼问："你想见他？"

"是的，我只想见他！"眼睛忽然湿了，"我不想电影就这样结束，我的故事从此画上句号，我的生命里不能缺少大色狼这一部分，那就像是从我身上截肢一般的不完整。至少，我应该看着他走完生命的最后一秒，至少，我应该对他再发表一番他是混蛋的言论再放他走。至少，他应该带着对我的恨意或是歉意离开这个世界。还有，至少我应该参加他的追悼会，送完他最后一程，才算完美是吗？"

我一口气说了那么多，几乎是从心底里蹦出来一般。

人，做个选择并不难，难的是选择后不会后悔。

……

费连城眼中闪过几分激赏，却又很快清晰地淡去。他并不惊诧，仿佛早已了然于胸，凝神走到窗边，朝着雾蒙蒙的天气看去，转而悠长绵远地叹了一口气。

"你真的想回去？"他问。

心提到了喉咙口。通常这种时候，对方接下去说的话，往往很重要，每个故事都是这样。

时间一分一秒地过去，我努力在他脸上寻找着蛛丝马迹。

耳际响起大色狼玩世不恭的笑声，有种念头在我脑海渐渐浮现，我似乎忽略了一个最关键的部分，就在最后一瞬，脑海突然清晰，脱口而出：

"你为何来长安？"

"草原之上，他与我深谈了一夜。他说，此番回长安，已是死路一条。原本不想带你回归这是非之地，无奈你竟割舍不下。他知你的身份，却不怪你，只是，天命难违，武帝已决定灭了他。霍将军自知大限将近，难逃厄运，回长安处处险境。他请费连来长安，能护你最后一程，有朝一日，带你回草原，过策马扬鞭、

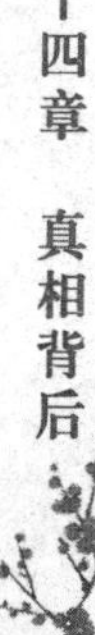

无忧无虑的日子……”

房间空荡荡，一如我心，空荡荡。费连城的话反复回响，像挥之不去的魔咒。

……

我能想象到，霍去病站在风里，对着费连城款款而谈这些话，谈及他的死、我的离别，谈起武帝的残忍、政治的无奈……平静得没有一丝波澜，甚至还带着小小顿悟的模样。他那么深情厚谊地说出这些话来，正义凛然如山涧挺拔碧绿的修竹，大大颠覆了原有的形象，叫人情何以堪。

想起回长安的途中，他深情地对我说：

“你不相信我，难道还不相信你自己？你为何不听听自己的心，它在告诉你，你眼前的男人，爱你爱得发狂。他想你成为他的女人，永远也不离开。”

“韩真真，你这个敏感得如受惊的兔子一般的女人，仔细听着，再听一遍。好好听一遍。接下去的话，不是拿你取乐消磨时光，韩真真，大色狼喜欢你，爱你，真心地爱你。行吗？听懂了吗？还会再唧唧喳喳吵个不停吗？”

真是让人揪心，不惊，不变，不怒，不悲，把那么深厚的东西，藏得里三层外三层，需要多么残忍的力量。

大色狼，你真是让我佩服，你残忍得让我佩服。

……

忽然冷笑，道：“过无忧无虑的日子……他是不是疯了？没有大色狼的日子，我怎么可能过无忧无虑的日子？他以为他是谁？他是上帝，足以安排我的人生？他知道我想要什么人生吗？他根本不知道！他以为他逃得出我的人生吗？我要告诉他，他的人生离不开我！”

费连城上前一步：“费连深知将军的情意，他只为你平安。”

“你帮他一起瞒我？”

费连城沉默了下，感叹道：“费连本不应向你隐瞒，但细想来，将军这般做也是无奈之举，然，再细想来，即便我瞒着真真，你也会义无反顾地回去救他。费连愚钝，应该早与你说明真相。但你放心，我早已派出精兵数十名，深入皇城，寻找将军的踪影，力救将军于生死之间。此刻他们还未有消息来，说明将军暂时性命无忧。”

……

一声鸟鸣，那只红嘴的鸟儿扑棱着翅膀，落在了窗台上。

我转头望去。

鸟儿也朝我望来，红色的小嘴在阳光下闪闪发亮。

我承认，从此以后，我对红嘴的动物有了一种莫明的情愫。这种感觉一下很难解释清楚。

……

我说：“费连大哥，你知道平行空间吗？”

他神色一凝，表情愕然。

我微微一笑，说：“我，韩真真，背负着长生图的秘密来到了这个空间，遇到了霍去病，这绝对不是偶然，穿越前，我那短命的叔叔说，让我来救一个人，我终于明白，我要救的是谁。我的到来，一定有我的意义。这便是命运的安排。命运告诉我，因为我，所以时空发生了变化，空间偏移了方向，我们将进入另一个平行空间，一个霍去病活到九十九的空间！”

“费连大哥，我要回到皇宫，我要偷一件东西。”

“你想偷什么？”费连城问。

我挺直了身体，朝着无限广阔的天空，深吸了口气，然后，转身对着费连城一字一句道：

“我要把大色狼，连人带心，偷回来！”

第三十五章　惊天营救

我并不是个武林高手，甚至不能算是高智商人群，但我是个盗贼。

盗亦有道，我们这不是偷，只是借，借了不还而已……我想起了前男友的话，是的，我向汉武帝借一个人，就是我的情人霍去病。我要把他从皇宫里借出来，再也不还！

显然，我要去皇宫偷人的计划，得不到费连城的认可，也得不到他手下那群武林高手们的认可，他们用看超级笑话般的表情望着我，严重地打击了我的自尊心。

然而，在这危急时刻，自尊心只能暂且放到一边，事实上，这群来自费连族的高手们，根本无法深入那铜墙铁壁似的宫殿中，而我可以。

费连城有一支不错的“特战部队”，之前，已经深入长安的每一个细节中，探听到了一些蛛丝马迹。

有一点可以确保的是，霍去病还活着！这让我放下三分心。

更让人惊喜的是，“特战队员”还取来了汉宫的详细地图。

皇宫共有大大小小宫殿不下百所，其中，最中心的便是“东宫”——长乐宫，为太后与皇后的居地，以及“西宫”——未央宫，位城西南角，皇帝居此，为朝会、布政之地。

在长乐宫与未央宫之间，有一座“武库”。

相传这“武库”修建于高祖八年，由当时的丞相萧何主持，平面呈长方形，四周筑墙，墙内有七个仓库，房中原有排列整齐的兵器木架，是当时全国的武器制造和储藏中心。关键是，这武库已荒废多年，实际已成为一个只进不出的迷宫。

情报说，霍去病，作为政治要犯，很可能被关在这个皇城最神秘的部分——武库。

现在摆在面前有三道障碍。

第一，我们得进入皇宫。

第二，我们得进入武库。

第三，我们要设法从武库出来。

“宫中共有几个入口？”我问。

“东西南北各有一门。”一个武士说道。

“从外宫到内宫，共有几百名皇宫侍卫把守，每两个时辰轮流换班一次，东南西北角，各有弓箭手占据高位监视，莫说是人，就连一只老鼠也逃不过他们的眼睛。”又一位武士皱着眉头说。

我皱下眉。

重兵把守并不是我皱眉的原因。入室盗窃，哪个傻瓜会敞开大门让你大摇大摆地进去？现代的防盗措施，比古代先进多了，所以这并不是我需要担忧的问题。只是，皇宫实在太大了。要在这样大的一个皇宫里找一个人，不是件容易的事。我得引开皇宫侍卫，从而争取至少半个小时以上的时间。

正寻思着，忽然想起方才武士话来，一把握住他手，灵光一闪道：

“老鼠？你刚才说老鼠？”

“是。”那武士一脸茫然。

我眯眼深思，忽有了个主意。

“好！就老鼠！”

……

夜幕下，又是一轮明月当空。

为了这场营救行动，连日的预备已让我浑身疲惫不堪，然，我终是了无睡意，在床上辗转反侧，不能入眠，只得推开房门，望着眼前的一片月色，心中久久不能平静。

明日，我将展开我这一生中最冒险的行动。

进入这个王国最核心和最危险的地方，寻找一个名叫霍去病的人。

我偷过很多东西，有钱，有物，有珍宝。这回不同，我偷的是一个人。

一个在这世与我纠缠至今的男人。

我想起，见到他的第一天晚上，他死皮赖脸地来一出“霸王硬上弓”，又将我远远掷进水里，冰凉的感觉至今还在。我忘不了他站在岸边嘻嘻贼笑的臭屁样。当时的他在想什么？

我与他在山谷中相遇，他抱着美妞泡温泉，我偷去他的衣物，他光着身子跑进破庙躲雨，寒冷之中，我竟是与他相拥一夜。当时，他又在想什么？

与公孙芷的婚约落了空，是他唆使我从中作梗，为此我差些被那小丫头害死，平阳公主宴会后，被莫名在黑屋里吊了三日，待他来救我时，扑入他的怀抱，失声大哭。我当时，却又在想什么……

与他的回忆一幕接着一幕，比电视连续剧还要精彩。

从穿越那日起，我一直过着惊险刺激的日子，甚至已经习惯于这样的快感，现在想来，倒是充实的，因那其中，一直有大色狼的存在。他虽然讨厌，口无遮拦，但一直充实在我心里，像是给了我某种生活的意义。

我不得不承认，他的笑像印章一样，印在我的心里，是怎么也抹不去的。

如今，他身陷囹圄，我不能想象他脸上失去那份坦然与调侃的模样。

正如费连城所言，即便我不知真相，我也会义无反顾地回去救他。

是的。

毫无理由地去救他。

我抬头看着夜空，想，他此刻是不是也这样望着，他是否心里也在想着，这个该死的韩真真竟就这么舍他而去……他又是否在想，这个韩真真其实没什么本事，一定躲在角落中又哭又闹。

我转身望见一个人，他似乎早就在了，就像他一直没有离开一样。

他走上前，若无其事地道："还没睡？"

我微笑着，说："睡不着。"

他替我披上衣物，说："天寒地冻，出了房门记得披个物件。"

我闭上眼睛，感受他声音中绵软温润的暖意，缓缓倒在他的背上，他自然地搂住我的身体。

我说："费连城，一直想问你一个问题。"

"讲。"

"为何喜欢我？"

他转头望着我，声音不轻不重："你已经问过了。"

"可是你没有回答我。"

"大色狼为何喜欢你，他会如何回答？"

我语顿，他微笑："问他人为何喜欢你，就如同你问老天爷为何生下你的道理是一样的。"

我赞叹着，又靠近他，这个男人天生便让人有安全感。

"费连城，你觉得值得吗？"

"值得？"

"是的，为了我这个傻女人，出生入死。"

他一把搂过我，在我的额头上狠狠一吻："傻女人，自作多情。我等只是为谢将军救我族人之恩罢了。"

"呃……费连大哥怎如此不解风情。"

"要如何解风情，真真才满意呢。"

"譬如情深意切地说，费连城真舍不得你，但为了你的幸福，我愿陪你赴汤蹈火，在所不辞之类的……"

"嗯，就像你头回见我时说，要嫁与我一样？"

"呃，算是吧。"

"好，那我便说，费连城真舍不得你，但为了你的幸福，我愿陪你赴汤蹈火……"

"费连大哥真是幽默。"

"呵呵。比不上你的大色狼吧。"

……

"费连城，你知道我最喜欢哪本电影？"

"电影？"

"就是一个故事，一个很多人的故事。"

"嗯。"

"我最喜欢的电影，叫《偷天陷阱》。一群人完成了一个根本不能完成的任务，真是让人佩服。"

……

我们聊着，似乎忘了时间，一边聊，一边笑着，夜就这样深下，风凉凉地吹在肌肤上，却没有一丝寒意。虽然迎接我们的明天，是个险恶的未来，又或者，这将是我们最后一个笑谈人生的夜晚。我们如此珍惜这种时刻，丝毫没有提及明天的艰难困苦，心有默契地回避着那种长吁短叹、凄凄切切的小女人情怀。

……

第二天，傍晚时分，正是人视线最弱的时候。

月亮与太阳灰蒙蒙地在天际遥相呼应，食过晚膳的人们懒洋洋地打着饱嗝，享受着一天中最轻闲的时刻。

雄伟的汉宫像一位匍匐的巨人，悠然地俯在皇城根下。充满张力的暗红色在黄昏下，显得更加的苍茫肃穆，让人不寒而栗。

一支队伍悄然无息地出现在高耸的宫门前。

"咣"一声脆响，两把明晃晃的长刀，挡在了队伍的面前，后面是两张木无表情的侍卫的脸。

"站住！你们是谁？"

我上前一步，赔笑道："二位爷，我是霍司马府上的侍妾，名叫韩真真，大爷可认得我？"

两个侍卫一听我的名字，探上头来，仔细打量番我的脸，忍不住点点头，嘴角一歪道："想起来了，我认得你，你便是那个名震都城，要霍司马休了所有大小侍妾的韩真真吧。"

"呃，"我脸刷一红，连声应道，"二位爷果然消息灵通。"

其中一人笑道："你的事，全都城谁人不知？"

"对对对，既然二位爷知道真真我，请二位帮忙放行通融下，真真应霍司马之令，送要物进宫。"

侍卫朝我身后看去，打量了番汉人装扮的费连一行，目光又落到了那一辆黑糊糊的马车上。

"马车里是什么？"

……

侍卫走上前，“刷”一下，掀开了车帘，探头望去，却是一股阴阴的冷风和腥味扑面而来，他忍不住呛了几口，骂道：“什么东西这么腥?”

我连从马车里拿出冰块和一只大蟹，道：“爷，这是从霍司马家乡捎来的金尊皇蟹，连日快马送到都城。霍司马前些日子吩咐奴婢尽快送入东宫，给太后和皇后娘娘尝尝鲜，爷，您瞧，这还冰着呢。”

“这一大车东西，不得随便入宫!”侍卫毫不留情地拒绝了我。

一侧的费连城上前一步道：“二位爷，这若是过了时辰，那冰化了，蟹可就坏臭了。届时，司马大人怒了，皇上怒了，太后怒了，我们可担当不起啊。”

那侍卫脸色一闪，稍有犹豫之色。

另一侍卫上前喝道：“你们这等来历不明的东西，怎能随意呈于太后与皇后娘娘?”

我连忙补充道：“二位爷的心情我完全理解，爷放心，这车食物进了内宫，自有御膳房的公公们仔细检查，哪随便入了太后、皇后二位娘娘的玉口？我们与其在此讨论这些细枝末节，还不如二位爷先放行我们，待我们与公公们交接完，如有疏漏，那也是公公们的事，与爷无关，但若耽误了蟹的新鲜，二位爷倒是吃了分量，得不偿失呢。”

两个人面面相觑了下，似乎被我说动了，但他们明显怀有超强的责任感和高度的革命警惕性，大步上前，朝着马车里狠狠地戳上几刀，忽闻马车内隐有“叽叽”的鼠叫声，一行人顿时冷汗涔涔，侍卫脸上隐有怀疑之色。我情急之中，大叫一声：“有老鼠!”

二人被我一惊，齐齐朝我望来，我扑进其中一人怀抱，勾住他的脖子，双腿盘缩，浑身发抖，一边抽泣一边大喊：“老鼠！有老鼠！我最怕老鼠了。”

他一把推开我，厌恶道：“哪有老鼠!”

“我方才听到鼠叫。”

“只是老鼠叫，怕什么!”他连抖着被我压皱的军袍，气呼呼说道。

费连城见时辰差不多，再也拖不得了，于是上前道：“二位爷，赶快放我等进去吧，再不进宫，这冰就全化了……”

他二人怔了下，又回头看了眼马车，确认马车内无危险人物后，冷若冰霜地朝我瞟了一眼道：“你随我带着马车一起进去，其余人留在宫外。”

我朝费连城望去，他英眉一皱，面露难色。

单刀赴会，深入内宫，只全凭我一人决断，此中凶险，可想而知，但事到如今，已无其他法。这一车的“定时炸弹”，是整个营救活动的关键。只能成功，不能失败。

我朝他作了个手势，示意B计划开始，他心领神会地点点头，但脸上却难掩担忧之色。

……

侍卫敬业地在我面前走着，我悄无声息地牵马跟在他的身后，木头轱辘在青石板路上压出生硬而刺耳的声响，在这寂静悠长的宫道中，更显得突兀。

汉宫可能是因为太大了，大到再多的人，在这其中，也会隐没在各个角落中，所以，沿途几乎没有看到人，偶尔有些行色匆匆的宫女和太监经过。我知道，这宫殿表面上看似平静，但在各个角落中，不知有多少双眼睛和耳朵正注视着你，甚至连你身上一个小细节都不会放过。

天色已暗，宫里隐隐亮起暗红色的灯笼，随风飘荡。更显这气氛诡异，我的手心满是湿汗，甚至浸湿了攥在手里的缰绳。

不知走了多少路，这才算是到了内宫。

我虽来过两次皇宫，但这汉宫实在太大，皇帝办宴会的地方、接见群臣的地方、选妃的地方，每个地方都相差十万八千里，你压根儿找不到方向。所以，这回进宫来，我虽狠狠地研究过皇宫地图，但心里也无十分把握。

抬头望去，只见眼前的宫殿气势磅礴，猜想这应该是到了长乐宫附近。

长乐宫是太后与皇后居住的地方，离皇帝住的未央宫也不远，这也就是说，我已经到了汉宫最核心的部分。

果然，宫门一开，一群太监像鬼魂一般，瞬间出现在我们面前。

其中一人上前道："来者何人?"

那侍卫道："禀报公公，此女说是霍司马的侍妾韩真真，应霍司马之令，从老家捎来金尊皇蟹，送与太后及皇后娘娘品用，小的不放心，一路护送至此，请公公查验。"

公公上前打量番我，我忽然想起，他就是上回我入宫选秀时遇到的那位公公，连忙笑嘻嘻："哎呀，是公公您？你还记得我韩真真不?"

他一怔，又细细看了会儿我，不屑一顾道："原是败犬女。"

"正是真真我。"

"韩真真，你金銮殿上强吻霍司马，大闹官家婚礼，意图谋害平阳公主，还逼霍司马休了大小侍妾，独宠你一人。你的'丰功伟绩'可是天下皆知，老奴也不得不说佩服之极。"

我调侃似地道："公公，真真的丰功伟绩，有没有写入史册呢?"

他用鼻子笑出声来："此等丑剧，怎可入堂登册，岂不被后人笑话?"

"唉，真是可惜。但，真真的丰功伟绩远不至此呢。"

"噢？此话怎讲?"他脸色一变。

我贼贼一笑，道："公公，先说句对不起，接下去要发生的事，真真也是无奈之举，若有朝一日，公公还记得今天真真的丰功伟绩，麻烦您老人家和写史书的那个司马先生说句话，好歹也让真真在历史上留个名，沾点光。行不?"

"你胡说什么?"公公的脸有些微怒，似乎对我这番牛头不对马嘴的话，非常

地感冒。

我朝着马车一指，说："公公，先别怒，您赶快验货吧。"

……

从此以后，我更确信一个真理，便是所有的大事都是被一些小事改变的。那些不经意出现在你身边的经常被你忽略或蔑视的小事物们，它们会改变你的人生，甚至是历史。

我的计划，分为A、B两部分。

A部分，是为吸引尽可能多的皇宫侍卫的注意力而设计的，而这个部分的主角，便是——老鼠。

当然，不是一只老鼠，而是，上千只老鼠！

我相信没有人会喜欢老鼠，特别是上千只身上绑着迷雾弹的老鼠们……

为此，我在长安城最阴暗恶臭的角落，待了整整一个晚上，用了大约一百公斤的蜂蜜，吸引了这些馋嘴的小家伙们进入我的陷阱。此中细节，我再也不愿提及，在此简略跳过。

接着，我们又在一间封闭的屋内，用迷药熏晕了所有的老鼠，并小小地发挥了作为一个盗贼所必备的化学知识，引导费连武士们，制作了几百枚简陋的"迷雾弹"，绑在了老鼠的肚下。这些可怜的家伙们会在适当的时辰醒来，之后的效果将是一场好莱坞巨片。而这个时辰，正是这位可怜的公公掀开马车帘的这一刻……

自古以来的太监，有洁癖者占大多数，我可以猜想到他们对老鼠的憎恶程度，所以，当那位公公掀开帘子，忽然见到眼前黑影一闪，一只最早醒来的老鼠，从冰块底下，"嗖"蹿到马车壁上，并朝他眨了下精光毕露的小眼睛时，公公突然一个抽搐，竟就那么魂不守舍地站在那儿，半晌没反应。

那小东西也极富有娱乐精神，干脆以迅雷不及掩耳之势，朝他怀里扑去，那公公吓得连退三步，一屁股倒在地上，正想破口大喊之时，却见那马车突地涌出一道"黑流"，铺天盖地地朝他覆盖而来……

公公的声音悲惨地被淹没在黑流之下，连人影都不见。而这股黑流，迅速蔓延到宫里的各位角落，有的窜进了宫门，有的爬上了梁柱，有的钻进了宫女们的裙裾……

一时间，宫殿如炸开了锅，小家伙们四处乱窜，找到一切能找到的缝隙，见缝插针，无孔不入……未出片刻，整个皇宫，到处是鼠乱……

侍卫们四处赶来，朝着这些不速之客挥刀砍去，却不料，才砍到一只，那鼠身上的迷雾弹，便因遭到重击，而突然爆炸……一个爆炸，又引发了另一个爆炸……接二连三的爆炸不断响起，顿时，整个皇宫一片迷雾，那迷雾中，又掺杂着我特意加入的迷幻成分，闻上几口，人们便纷纷倒地……于是，有的被踩扁，有的被迷晕，有的挥刀乱斩，有的龇牙乱咬，场面上，哭叫声，厮杀声，此起彼伏。人与鼠，鼠与人，展开着一场前所未有的混战……

这样精彩的场面，我却没太多的工夫欣赏。我知道，这场混战可以给我带来大约半个小时的时间，在这短短的期限内，我要找到霍去病的藏身之处，这个把握实在连百分之一都不到，但却已是我唯一的机会。

在鼠祸发生前的最后一刻，我已从怀里拿出蒙脸巾，蒙住了口鼻，并对准最高的宫殿顶楼，射出了我的装备之一：绳索箭。

这在现代，叫特工索，当然，那是电控的，可以直接从一楼，直飞跃到二十层高楼之上。但在古代，我的要求就不能那么高了，只能用绳索箭来代替，这种箭在古代并不算新鲜，很多刺客和细作都使用，所以我不费周折地便找到了它。

在多为木制结构的皇宫中，绳索箭是很实用的，朝最顶端的木制物体射出箭后，会垂下一条绳索，我便能一跃而上，躲过迷雾重重，占据最高点，以看清整个宫殿的形势……

当然，这个过程是惊险而刺激的，显然这该死的绳索箭是为有轻功的刺客们准备的，还好我的身子不算重，晃晃悠悠上了楼顶，却吓出一身冷汗。

心想，在古代，没轻功，果然可怕。

……

没轻功，可怕的地方远不只此，因为就当我在那金黄色屋顶快速行走的同时，我的脚忽地踩空了一脚，似是刚好踩中了那几片松动的瓦砾，结果，脚下一滑，身子却快速朝下滑去，眼见即将坠下屋檐，情急之中，慌忙擒住廊檐一角，才勉强止住下滑的态势。我才呼出一口气，无奈那廊檐整个豆腐渣工程，支撑不到三秒，便嘣一下断成两截，只听空中掠过我一声尖厉的惊叫，接着是迅速下坠，终于重重地摔进了一个院子。

浑身骨头如同重新拼凑了一番，痛得我头晕眼花，金星乱舞，定下神来，细细望去，却是一个精致的小院，小桥流水，曲径通幽，皇宫里的纷乱奇迹般地与这里无关，仿佛世外桃源。

我揉着屁股起身，忽听身后传来一个柔美的声音：

“你是谁?”

我木着身体转过，望见一张翩若惊鸿的脸庞。

与在朝上的艳丽不同，眼前的她简单地绾着一个螺髻，没有半点金玉装饰，脸上更是不施粉黛，透着一股清新的苍白之色，所谓嘴不点而含丹，眉不画而横翠。我脑中浮起了一句诗：若把西湖比西子，浓妆淡抹总相宜。唉，反正是怎么美，怎么来吧。那些靠美瞳和PS过活的现代美女，见到这样的素颜绝色，必定是无地自容吧。

卫子夫，难怪当年汉武帝在众多美女中一眼相中了她，美色果然是进入后宫

的必备条件之一。

她一见我的脸，隐有惊异之色，虽然我有纱巾蒙面，但显然，她还是认出了我："是你，韩真真。"

我连躬身作礼道："参……参见皇后娘娘，想不到皇后娘娘还记得我。"

她淡雅一笑，道："叫人如何不记得你。"

"呃。"我尴尬一笑，也不知如何作答。她却又接上道："你来此作什么？"

我干笑："没……没作什么……我……我是进宫来逛逛，逛逛而已。嘿嘿。"

"逛逛？"她眉一挑，笑意更浓，"在屋顶上逛？"

"呃，只是体验下高处不胜寒的感受。"我死撑。

"高处不胜寒……"她喃喃重复了遍，眉忽一展，道，"倒是被你说中了些道理。"

我想，在深宫中处久的人，多半有些心理问题，容易把简单的事情想得复杂。我若是在这里和她纠缠下去，恐怕计划就付诸东流了。

"娘娘，你的心情我非常理解，娘娘母仪天下，独宠圣恩，自是能体验到高处不胜寒的意味。韩真真在此，祝您与圣上白头偕老，永浴爱河……"

我一边说着，一边脚步却不经意地移动，我必须选择一个最佳的位置，以便于击中她的后脑，然后，射出另一支绳索箭，重新跃上屋顶。

然，当我的脚步移到离她只有半米之遥时，她忽朝我仰起头，嘴角浮起嘲讽："韩真真，你是想击晕本宫，再去救你的大司马是吗？但可以告诉你，本宫10时，便随卫将军习武，虽无万夫莫开的武功，但对付你这样的三脚猫，还是绰绰有余的。你，想试试吗。"

我额头一湿，干笑道："好吧，娘娘真是一针见血，真不愧为历史上最著名的奇女子。若不是真真今天实为要事在身，真应该找您签个名先。其实，真真也不想绕弯子，此次进宫，就是想救出霍去病。娘娘若是不允，大可唤来侍卫，将真真捉拿归案。但真真也不会束手就擒。真真此时的怀中，还有羽箭数根，外加水果刀一把，真真虽是三脚猫的功夫，但救霍司马的心无人可挡，我会拼尽全力，奋力抵抗，以抗争到最后一秒。娘娘，你也大可试试。"

我一口气说完，然后，摆了一个英雄就义的造型，风吹得我衣袍鼓成了一个包子，但丝毫影响不了我此刻的英雄气概。

她端详了我数秒，秋水明眸流转过敬佩的光彩，她缓缓起身，带过一阵奇异的清香："韩真真，你果然不是个一般人。难得圣上对你也赞叹有加。"

"谢谢娘娘夸奖。"

"本宫虽得恩宠，但尤羡慕你与霍司马的敢爱敢恨、自由畅快，更喜欢你不循常理、坦然率真的脾性。"

"圣上待您不好吗？"

"好？呵，怎一个好字了得？"

“此话怎讲？”

她仰天长叹。

“若一个男人，心中只留下他自己，这种好，便可想而知。”

黄昏下，她的肌肤通透如玉，同为女人的她，被风吹舞的样子，比我好看不知多少倍，连那份溢出的失落，也带着一丝楚楚动人的风情，让人望而心叹。

深居宫中的女人，聪明如她，所以便痛苦如她。青史留名如何？母仪天下又如何？在这种伤感和充满姐妹阶级情怀的氛围中，我的母性精神得到了充分的爆发，于是，我激动地握住她的纤纤玉手，脱口而出道：

“娘娘，您别难过，我充分理解您作为一个后宫人士的辛酸苦辣，无数部宫斗剧中，全方位地展示了你们为了一个男人朝思暮想、容颜老去的悲剧。这不是你们的错，也不是皇上的错，而是这个时代造成的社会悲剧。当然，在若干年以后，妇女终于得到解放，成了当家做主的社会新力量，顶起了半边天。娘娘，虽然您看不到这欣欣向荣的未来，但也请您不要失去对生活的信心，正是因为有您这样的人存在，才产生了姐妹们前赴后继，向封建三座大山，挑起了革命的昂扬斗志……”

我滔滔不绝地说着，卫子夫怔得像个木头人，始终没有插一句。事实上，她根本没办法插一句，她若是能插上一句，我倒真佩服了。

终于，她忍不住了，挥手示意我停下。我咽下还未说出的半句话，她只指引我的目光朝屋顶上看去，但见屋顶上盘踞着几个人，正是前来与我汇合的费连城一行，正满脸疑惑地朝我俩望着。

卫子夫莞尔一笑道：“韩真真，本宫其实全然没听懂你在说什么，但也知你是为本宫好，在此先谢过。只是，本宫提醒你，你的时间不多了，若下回有空闲时，再来找本宫说这些话也不迟对吗？”

我额头冒汗，这才恍然回神。

要命，自己这是在干什么？差点忘记这是进宫来救人的。

好吧，此刻觉着自己除了做脱口秀主持人以外，可以试试妇联主席这个更有前途的职业。

我连躬身谢道：“谢娘娘提醒。”

她行至几步到我跟前，脸色一闪，笑意变作复杂：“韩真真，即便去病不是本宫的侄甥，本宫也不会拦你的脚步。你可明白。”

“明白明白。”

“只是，本宫要奉劝你一句话。”

“娘娘请说。”

她顿了下，似是思考了几分，缓缓抬头道：“要想救出霍去病，只一个方法。”

“这个方法便是，你要让圣上，看不见他自己。”

"让圣上，看不见他自己。"

卫子夫的话犹在耳边，我反复捉摸着这话，不解其中深意。当然我的步伐已不能再犹豫了。飞身再次跃上屋顶，几条黑影迅速朝我汇来，稳稳落在我的身边。带头的费连城上前一步道："你在和谁说话？"

"呃，卫子夫。"

"大汉皇后？"一行人惊呼。

"是啊。"我轻描淡写。

"你们在说什么？"

"聊聊工作、生活、婚姻什么的。"

"……"

"不说了不说了。现在宫里情况怎么样？"

"乱作一团。"

我调侃道："此时，皇宫大部分的侍卫都忙着招待老鼠大人呢。看来，这些大人们可不好侍候啊。哈哈。"

费连城一笑，道："亏你想得出这狠点子。"

我意识到此刻不是说笑的时候，连忙沉声道："武库的方向应该就在不远的东面，我们得快些找到它。"

费连城点点头，转身对身后武士道："你们兵分几路，吸引众侍卫。"又转头对我道："我与你去武库。"

我说："此行危险，我一人去吧。"

他一把抓紧我手，竟也不理我，径直挟着我的身体，朝着东面飞去……

鼠祸果然吸引了皇宫大部分侍卫的注意力，而且，夜幕降临，也很好地掩饰了我们的行踪。于是，我们很快找到了传说中的"武库"。

眼前是一栋奇怪的建筑。

因为我们站在高处，所以得以见到全貌。长长方方，东西长少说也有近一公里，南北宽也有几百米。这么大的一个建筑，竟没有一扇窗户，简直与一座坟墓无异。

月色惨淡地在它身上洒着一层白霜，更显得阴森可怖。我俩迟疑下脚步，从另一个宫殿的楼顶，小心查看着它的情况。

在它的唯一入口处，仍然敬业地站着两个全副武将的侍卫。

凭费连城的功夫，处理两个侍卫不在话下，但我们很快意识到，就在不远处，正是一个侍卫营的歇息处，若杀了这二人，恐怕立即会引来更多的侍卫，反而打草惊蛇。

正在犯难时，我从怀里取出一支响箭。这也是我的装备之一。

"这是什么？"费连城问。

我微微一笑，并不回答，朝着对面的宫殿，嗖射出一支响箭……

那箭钉进了一根梁柱上，接着，便不停发出一种轻微持续的声响，果然，那门口的两个侍卫一听有异样，警觉地朝那方向看去，我又乘机再射出一支，这回，他俩忍不住了，连忙拾起武器，朝着那个方向急急赶去……

这一来回，只有不到一分钟时间，但对我这样一个职业盗贼来说，开一把古代的锁，完全不在话下。

我与费连城同时从屋顶跃下，蹿至大门前，我只摆弄了几下，便打开了那把锁，费连城惊得目瞪口呆，轻声问："你这是从哪儿学来的？"

我朝他挤挤眼，笑眯眯道："品质源于专业。"

正得意之际，忽从身后传来一声大喝："有刺客！"

我俩回头望去，却见是一群侍卫，正持刀气势汹汹地朝我们奔来，心中暗叫："不好。"

话音落下，连串的黑影却如闪电而来，瞬间将我俩围得团团转。

忽见其中二人手中的刀影翻飞，一道道白色的杀气随着舞动四散开来。皇宫侍卫向来是百里挑一的好手，此番的架势已让人心提三分，费连城却也是清风徐来，水波不兴，左手背负，神情桀骜，待那二人杀到眼前，起身躲过凌厉攻势，绕转身子扬起袖袍，一股劲道抛出，竟就这般生生地将那杀气逼了回去。那二人退回原处，与余下几人相互对视了眼，似是在传达此人不好对付的信息，众人默许了下，忽齐齐拔出刀来，舞得风生水起，嘶叫着朝费连杀来……

众人齐上，费连城虽武艺高强，却也渐渐落了下风，我内功尽失，勉强抵过几道攻击，费连城转头对我喝道："你快进去，我来应付他们！"

"不行，"我脱口而出，"他们有十几人，你应付不了！"

那些侍卫听出我们的意图，忽刀锋一转，齐齐朝我袭来。我连退数步，退至半掩的门边，却迟迟不愿弃费连而去。

他见着急了，快步挡住我面前，扬开袖袍，劲风升起，刚做好准备，那刀锋已到，只听一记细微的刀入肉的声音，费连呻吟一声，身子微微颤抖了下，我惊看，那袍子上已是血红一片。

"费连……"

"废话少说，快走！"他朝我猛一推，我一个趔趄，跌进了武库的大门。眼前顿时一黑，脚下不知被什么东西绊了跤，竟连滚了好几个跟头，一时天昏地暗……

"费连大哥。"我轻声哭着，在黑暗中嘤咛了几句。竟是空空的回响。

不知怎的，进了这门，便自动关上，而那些侍卫竟不敢进门来追杀我。

恐惧很快代替悲切。

武库，显然不是个善地。

黑暗压得我喘不过气来，好不容易支起身体，努力睁大眼睛，半晌才适应了

黑暗的光线，眼前渐渐清晰起来……

眼前，是一条狭窄的通道，通道的尽头，是两条不同的通道入口。通常这样的结构，说明了一个现实，那就是，这条通道的后面是无数条通道。道生一，一生二，二生三，三生万物……唉，再混下去，我都要成哲学家了。

这是个迷宫!

盗窃者，有一条不成文的经验，那就是永远也不要到你不知道怎么出来的地方去偷东西。

迷宫，是世界最顶尖神偷的死穴……

我却已顾不得想那么多，我的时间不多了，霍去病的时间也不多了，甚至，在外头浴血奋战的费连城时间也不多了。

咬咬牙，朝着左边那条黑黑的通道，埋头便钻了进去……

掏出火石，在黑暗中摸索，心里一边走，一边犯着嘀咕，心想，这汉武帝为何要设计这样一座奇特的建筑，难道只是为了关押要犯?

愈走愈觉得曲折通幽，开头还能记得来的方向，但绕了几个弯后，却已晕头转向，抬头望去，每个转弯都一样，心里估算着，差不多快走了大约一刻钟，却还是没有找到出口，额头顿时湿漉一片……

心中大急，不由得失声喊道:“大色狼，你在哪儿?”

“大色狼，你这死变态的，死了没，没死呛句声，放个屁也行。”

声音嗡嗡不绝，却只是在曲折的空间中，传来的回音阵阵，丝丝入耳，却更添一份恐怖之意。

冷汗涔涔，我深吸口气，干脆哼唱起歌曲来。

我是一只小小鸟
想要飞呀却飞也飞不高
我寻寻觅觅寻寻觅觅一个温暖的怀抱
这样的要求不算太高
……

“大色狼，你在哪儿，在哪儿?”

前面的地势也愈来愈低，路面湿滑起来，忽然隐隐不知哪个方向传来了轰鸣声……我突觉不妙，正想收住脚步，却不料脚下一滑，身体不受控制地朝下坠去……

与普通的下坠感不同的是，我身体的下落仿佛有种空虚的力量在托着我，这种感觉很难描述清楚，仿佛浮在空中似的，与我从现代穿越过来的那种感觉极为相像。

我一开始还有知觉，但再下去，却是头晕眼花，眼前一片金星混乱，也不知自己坠了多久，飞了多久，忽然听到“轰”一声沉响，顿时漆黑一片……

混沌之中，我半梦半醒，也不知自己身在何处……

一个熟悉的声音在我耳边不断呼唤。

“真真……”

“真真……真真……”

我猛地睁开眼，突然看到了费连城的脸。

第三十六章　时光机器

我看到了费连城的脸！

我看到了费连城的脸！

天哪，我怎么会看到费连城的脸！

我无法形容此刻自己心中的恐惧，这种恐惧就像是从十八层地狱里抽起的凉气，渗进你血液中的那种夺命的寒，让你万劫不复的寒！

对！是费连城的脸。

但是，此刻在眼前的他，安然无恙，毫发无伤。

一个惊人的事实。

眼前的费连城，是20分钟以前的费连城！

而，此刻的我，也是20分钟以前的我！

我俩正站在武库对面的宫殿顶上，观察着武库守卫情况，商量着如何不打草惊蛇的情况下，支开那两名侍卫……

低头看去，自己的手中，正拔出一支响箭在手……准备射向某一处，来引开那两个侍卫的注意力……

费连城见到我手中的箭，不出意料地问：

“这是什么?”

他的声音如晴天霹雳落下……我不由得颤抖了下，几乎瘫倒在地。

……

一个念头，快速从脑海中蹦出。

那个武库是个时光机器！

我进入了武库，所以不知怎的，竟回到了20分钟以前的时空!!

我并不是第一次穿越，但不知怎的，这突来的第二次穿越，竟让我浑身毛骨悚然……

因为我无法接受，在公元前120多年的西汉王朝，竟有着一台时光机器！

这……

这……

这……我简直无话可说！

老天爷，这剧情也太……太离奇了吧……我原本以为是场浪漫琼瑶剧，后来变作惊险悬疑剧，此刻……此刻……居然变成了一部科学幻想剧……

转头望去，那硕长如一个长方形坟墓般的武库，黑压压地立在我的眼帘下，竟像只张嘴的怪兽……

我捂着胸口大口喘气，费连城疑惑朝我看来，我意识到根本无法向费连城解释关于时空穿越的科学道理，于是强力克制住，收回了箭，说："没什么，我只是拿出来玩玩。"

费连城疑惑地望着我，说："时间已经不多了，我们得引开侍卫。"

我脑海里浮现出方才最后那一幕斯杀的场面，于是只哭丧着脸道："我本想射出箭，引开两个侍卫，接着跃至大门口，撬开锁进入武库，但当我们正准备进入的时候，就会被一群侍卫发现，接着，你只得保护我说让我先走，而自己却与一群皇宫侍卫打成一团，最后还受了重伤……这不是个好计划，我们想想其他办法。"

费连城目瞪口呆，说不出话来。

我知道他在想什么，他肯定在想，我是不是疯了。

但我也来不及解释更多，因为，事情比我想象的还要糟……

屋檐下，不知何时立满了密密麻麻的箭头，像极了立在田地中的麦梗，一致朝上，对准了我与费连城的心脏。

我知道，我俩只需动一个手指头，那箭雨就可将我俩瞬间变成两只刺猬。

哪儿冒出来那么多的皇宫侍卫，不都捕老鼠去了吗？

带头走出一个熟悉的身影，我一见他的脸，惊呼："卫青……"

我的故事完了吗？

没完吗？

我想，真应该完了。

再不完，我就要疯了。

穿越……死亡……战争……阴谋……长生图……

好吧，现在连时空机器也登场……

我承认有那么一点应接不暇，甚至一度开始怀疑自己是不是真的活着？

淡定，韩真真。

你还活着。

只是背运了些。

只是你的A计划与B计划，全盘失败了而已。

只是你经过短短的时空穿越，回到20分钟前，接着又被卫青为首的皇宫卫队，拿下了而已……

他站在风里，一如既往地玉树临风，他的目光有种穿透力，像是不容你逃脱的利箭，他只轻轻说道："韩真真，你跟我来。"

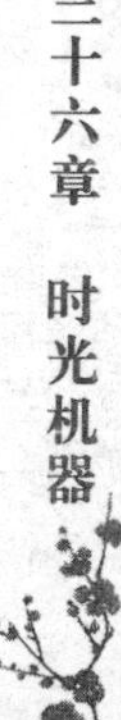

……

卫青走在前面，我默默地跟在后面，费连城也默默在跟在我的后面。

他是第一次见到卫青吧，也可能是最后一次。

因为在知道那么多真相以后，我的命，或许他的命，看来都应该是奄奄一息了吧。

卫青不发一言，只领着我走向一个陌生的地方。我不知道等待我的是什么，但知道，一定不是什么好的结局。

罢了，我已经尽力了。卫青也尽力了，费连城也尽力了。

一切都是天意。

我并不指望此时一前一后的两个男人，还能救我于水火之中。

他们，一个无奈，一个无力，我深知他们的情意，但这一切，全只怪我，怪我生错了时代，穿越错了时空，恋错了人。

走到一座宫殿门口，卫青终于停了下来，转头望着我，他那么深切地望着我，眼中满是说不明道不清的东西，他说："真真，有人要见你。"

我愣在那儿，半晌木木回了句：

"将军，我见到时光机器了。"

他神色不惊，只微微蹙眉道："在下本望你能远离这些是非之地，无奈，还是不甚了解真真之心意，你赴汤蹈火而来，本是为了另一个人，这一切也只是天意而已。真真，卫某已尽力了，但请真真原谅卫青……"

我捧住他手，但终未扑入他的怀中。

分离之际，这些都是徒增伤感的东西，还是不作为吧。

我淡淡笑着，眼里却有湿润：

"应是请将军原谅真真……"

他伸出手来，拂去我额头上的那几缕头发，隐忍道：

"进去吧。"

我只身走进大殿的门。

悠长的门楹挤压声，在空气中摩擦出回响，萦绕于耳。

这是个空旷的大殿。

殿中，烛火朦胧，屏风后，透着两个健硕的身影，隐隐却传来笑声和交谈声。

我心一提，知道那声音是谁的，但终还是忍住，轻声下跪道："韩真真求见。"

"进来吧。"一个熟悉的声音响起。

我小心地提着裙摆，碎步走到屏风的一侧，屏气凝神并不敢抬头望去。直到其中一人道："起来吧，韩真真。"

我抬眼望去，一见他二人的脸，便傻住了。

左边那位，正是汉武帝刘彻，而右边那位，正是霍去病！

我傻了三秒，脱口而出："大色狼！你在这儿？"

话音落下，是片刻的安静，突然，刘彻抚掌大笑道："大色狼，哈哈，去病，你何时成了狼族异类？"

霍去病面露尴尬，只道："请陛下恕内人无心乱语之罪。"

这一句"内人"说得我脸色通红，顿时手足无措起来。刘彻看出我的心意，笑意更浓："好，内人，朕倒真是欣赏你这内人，为救夫君于险境，竟连老鼠都请来帮忙了，真是妙哉妙哉。"

我连忙跪下，咚咚磕头：

"真真愚钝，冒犯天子圣地。"

"你来这天子圣地作什么？"

"我是来偷一件东西。"

"何物？"

我朝着霍去病轻轻一指，坚定道："大色狼。"

刘彻一怔，即又哈哈大笑起来："韩真真，你果然胆大包天，竟敢到宫里偷人？"

"请陛下恕罪。"我深深拜下身去。

刘彻止住笑容，似真似假道："韩真真，你所做之事，哪一样不是死罪，这死罪加在一起，那死几回也不知了。"

听刘彻这样说来，也不觉得怕，倒有种释怀的感觉，于是，干脆鼓起勇气道：

"圣上想杀我？"

"是的。"刘彻笑眯眯。

"圣上也想杀霍司马吧。"

"是的。"刘彻仍然笑眯眯。

"那既然如此，真真有个不情之请。"

"说。"

"真真是死罪无数，也不怕再加上一条了吧。所以，斗胆恳请陛下一事，请陛下放过霍司马一命，真真愿替他死，死两回。"

"死两回？"刘彻眸光一闪，又问，"朕倒是头回听说死两回，如何死两回？"

"呃，真真是负责被杀的，至于怎么杀，那是技术型的问题，要问陛下。"

我也不知我怎么就想出这样一句义薄云天的话来，这种话多半用在英雄就义的时候，观众们感动得热泪盈眶，但死的是英雄，不是他们。所以，话一出口，我就后悔了。

冲动是魔鬼。

刘彻探上身来，调侃道："好！就让你死两回，朕允了。"

他的话落下，我是片刻的怔木。强烈的思想斗争在我的脑海展开，有种千军万马齐轰鸣的气势。我在想，死两回的技术难度并不高。

凌迟处死，便成了。

先在我上半身切下十块肉，再在下半身切下二十块肉，放在一起，整个一新鲜肉铺，我必定痛得哇哇大叫，然后晕死，再晕死，不，可能还没下第一刀，我就晕死过去。糟糕，我是革命意志如此淡薄的韩真真，我竟说出这种为他人死的话。好吧，我真的后悔了。

“啊，陛下，您这就允了？好歹也犹豫下行不?”我慌不择路地连忙改口，狠狠瞪了眼一侧的大色狼，这家伙居然面不改色，还优哉游哉在一侧看热闹。真是气煞人。

“怎么？朕满足你的愿望不成吗?”

“呃，这个，我只是个假设和推论而已，还没有成为一个结论啦。要不，陛下您先开个会讨论下先?”

“去病，你说如何办?”刘彻笑盈盈地转向霍去病。

霍去病抚唇，眼中闪闪烁烁。

“内人想替夫君死，臣感动得三月不知肉味，也请内人死后，陛下为其在皇城根下，立下忠洁的牌坊，以流芳百世。臣定于每月初一及十五，以告慰爱妻亡灵，以谢她忠贞不二的旷世情怀。”

“好你个大色狼!”我气得一跃而起，朝他没头没脑地挥掌而去，“你……你……你才流芳百世、遗臭万年呢，我劈死你这个没良心的。”

打闹了一番，刘彻却已在一边笑得直不起腰来，边笑边指着我道：“韩真真，你这家伙，叫朕如何舍得杀你。”

我一听，连忙跪在地上，连声道：“陛下，这可是您说的，君无戏言呢。”

刘彻只示意我起身，说道：“你可真逮着机会不放呢。”

“那是，陛下的话，真真最爱听了。”

他笑容微敛，神色严肃下来，道：“来来，坐下，我正与你的大色狼谈论长生的问题，朕也来听听你的说法。”

“长生?”

“正是。敢问韩真真，你认为人真可长生吗?”

我心中叹息。

汉武帝同志，方才还要真真死，此时又来谈论长生。真真实在跟不上你天马行空般的跳跃思维。

脑中忽想起方才卫子夫的话。

“让圣上看不见自己。”

想到这里，忽有些明白过来，于是深吸口气，道：“人可长生，亦不可长生，有即是无，无即是有，活着便是死了，死了便是活着。”

现场一片沉默，刘彻的表情凝结在脸上，竟未立即做出反应。而霍去病朝我瞟来一眼，透出些许赞叹之意。

其实我也不知自己怎么会说出这话来，忽然想起那回在落苏谷遇到的骗子老头，他那时曾说过这样的话，当时，听得糊涂了，此刻想来，这般糊涂的话用在这里，倒正适合不过。捣糨糊是不是，好吧，我最擅长了。

一下，觉着自己思路大开，于是又道：

“比如李广李敢，妄图永生，却反而落得惨淡收场，又比如真真想救霍司马于水火，却反而逼到此刻的死路。死，只源自对生的渴求，若我们忘记了生死，又何来生死？”

“忘记生死，又何来生死……”刘彻喃喃地重复了遍我的话。

“陛下，您用长生图来试探天下人的生死观，利用天下人对死亡的恐惧，来巩固您的政权，殊不知，正是这份对死亡的恐惧，带来了人世间最致命的灾祸。您是最懂生死的人啊，知道，愈怕死，便愈不能永生的道理，您难道也要自陷这生死的陷阱吗？”

刘彻不语，浓密的剑眉微微上挑，似是在思考着什么。我见机补上一句：

“陛下，请您细细想想这其中的道理。”

他轻叹息：“遥想当年，老聃与天地重寿，与日月同福，朕身为天子，费尽心机，却也始终参不透这长生之术，幸而请来各方神人，制出武库这可让时光倒流的神器，但其中天机却如重重迷雾，难得拨云见日之时……”

“不瞒陛下，真真也是从未来而来，真真以为，回到过去，能改变一些东西，达到自己想要的方向，殊不知，历史如洪流涌过，自有其不可逆转的潮流。真真不想杀人，却无形害了许多人，真真不想爱上谁，却仍义无反顾地爱上谁。我以为，世上本有平行空间的存在，但事实上，在一个空间里，只有一个真真，只有一种活法，我们活在这个世界上，选择一条路，只有尽力而为地走下去，没有回头的方向。这便是真真明白的道理。”

哲学是种很奇妙的东西。

它可以让复杂的事物变成简单的道理，更能让本来简单的道理，变成让人高深莫测听不懂的火星语。而这种火星语用到政治或是谈恋爱中，真是得心应手，屡试不爽。

其实，与武帝说的这番哲理深奥的话语根本就是胡扯，连我自己都听不明白，武帝肯定是没听明白，但和政治人物打交道的法宝，就是要说一些比他们还要深不可测的话语，他们就拿你没办法。

我终于明白卫子夫为何要说“看不见他自己”的道理了。

其实，他若是糊涂了，我便安全了。

刘彻听着，脸上果然出现赞叹似的表情，缓缓地点了下头，又重复了我的话：“选择一条路，只有尽力而为地走下去，没有回头的方向……是啊，没有回头的方向。”

他长叹一声，从座位上起来，望着遥远的窗外，沉吟道：“朕费尽心思，想借

时光神器而获得永生，却不料，这神器只能助朕回到过去，千篇一律地重复曾经的日子，无论朕如何努力，也改变不了既定的历史……朕这才知道，追寻的东西就在当下，而不应寄希望于虚无缥缈的未来或过去。罢了，罢了，朕明白了，朕真的明白了……"

他说着，感慨地转向霍去病，若有所思道："爱卿，世间皆为过眼云烟，唯有知音长存，你有未来而来的韩真真，与你两情相悦，真是羡煞朕了……朕多想与你一样，能自由自在地敞开胸怀，只对一个女人好，只为她牵挂一生……即便只是短暂的一生。"

"陛下……"霍去病刚想说什么，却被刘彻打断："朕身处巅峰，恐怕没这机会了。罢了罢了，你们走吧。"

我与霍去病同时一惊，相互看了下，几乎不相信刘彻的话是真的。

就这么放我俩走了？帝王之心深似海，真是佩服。

他微笑地朝我俩看了眼，又道："骠骑将军去病从军有功，病死，赐谥景桓侯，绝无后。这段话，算作是朕送与爱将的最后一份大礼罢。"

我俩仍旧傻着，刘彻上前，苦笑道："还不走？想待朕后悔了不成？"

刘彻显然没有后悔，否则，我与霍去病不会那么顺利地走进一条密道，绕了不知多少弯，在神不知鬼不觉的情况下，走出了皇宫，走向了光明的黎明。

当见到东方曙光在天空招手的那一刻，我的眼睛刺刺地带着一些湿润，差点就要唱出《明天更美好》的歌句，来配合我重获新生的喜悦。

我深吸了口气，转身望着霍去病。

二人都知道，彼此心里都装满了东西，却不知从哪里开始说起。

我至今是疑惑的。

我的心里有许多的思路缠绕在一起，像团解不开的麻。

我说："大色狼，现在只我们两个人了，你该老老实实与我交代一番真相了吧。"

他意犹未尽地一笑，并未马上回答，只是在思考着什么。我也不打扰他，知道这场猫捉老鼠的游戏，实在太多的环中环、计中计，他一时也很难解释清楚。只能给他一些思考的时间。

他终于抬起头，缓缓道："长生图确是皇上掌握天下人心理的一件工具，但你可知，这长生图也是一件神器。当年，长生图从老聃手上流传于世，只是，世人却不知其中奥妙，包括高祖皇帝。"

我忽然明白了什么，插嘴道："长生图其实是武库的设计图？"

他点点头，又道："但直到武帝这朝，皇上才发现长生图的秘密，于是根据图将武库建造成一个可以控制时光的机器。但，当时建造此库的所有人都被皇上杀了，所以，知道武库真正秘密的，几乎没有其他人。"

“那你，又是怎么知道这一切的？”

霍去病怔了下，并没有直接回答我的问题，反而话题一转，道：“武库的设计并不成功，只能回到片刻的过去，也不能前往未来，虽然改变了一些东西，事情却仍旧按照它原有的轨迹进行。皇上想要重建武库，无奈所有人已死。”

“重建武库，为何非要这些人来建？”

他冷峻笑道：“这些人是非常人。”

“如何的非常？”

“因为他们是与你一样的人。”

“我？”

“嗯，如你所说，由现代穿越而来……”

“呃……”我“噗”滑到地上，冷汗直冒。

好吧，我不得不说，在这个穿越横行的时代，有除我韩真真以外的其他穿越人士并不奇怪。看来，穿越来的人在这里混得不怎么样，我若是有机会回到现代，一定要写一部穿越宝典，教育那些想穿正在穿努力穿的姐妹们一句忠告：古代很危险，快回 21 世纪去。

霍去病却只淡淡望住我，语气不惊不变：

“正如你说的那句，死只源自对生的渴求……皇上是发现了这点，才真正领悟到，历史是无法改变的现实。”

我勉强支起身子，说：“你的意思是，昨日无论我如何回到过去，也无法逃避我与费连城最终被卫青捉住的事实，是吗？”

“是的。”他点点头。

我明白了一些，原来武帝是想借时光机器获得长生，却被一次次证明，在同一时空里，历史无法改变的现实，所以，他才长吁短叹，一脸超然。

我又问：“你既知其中奥秘，也深知当年高祖皇帝曾立下‘欲求长生图者，且有兵权者，必死’的遗旨，却还义无反顾地寻找它的下落，这又是为何？”

他又沉默下来，阳光浅浅洒在他的侧面，有种阴晴不定。

“我想，寻到真正的长生图，以重建这台时光机器！”

我嘣一下从石头上跳起，指着他喃喃道：“你要时光机器作什么？”

他朝我坦坦一笑，一把搂我入怀，亲住我嘴道：“很简单，可以和我的真真，一齐回到 21 世纪，一齐上 KTV，唱信乐团的《死了都要爱》……懂吗？”

第三十七章　大结局

这是个阳光明媚的早晨。

两个长着红苹果般小脸的男孩，撒开双腿，从碧绿的草坡上，急奔而下，扯着嗓子大嚷："妈妈，妈妈，哥哥欺侮我！"

"不不，是弟弟耍赖。"

我掸掸手上的干面粉，拂去额头的汗水，喝道："吵什么吵，叽叽歪歪，和你家老爹大色狼一个德性！"

两个孩子在我身前收住身势，略小的那个呛道："妈妈评理，哥哥说我姓费连，就不是我霍家的孩子！还打我！"

"呸！好你个老大，姓了霍就了不起了？费连城是弟弟的干爹，也是你的干爹，给我听清楚了！"

老大委屈道："我只是说了一句，老二就瞎编说，妈妈和爸爸都是现代人，从 21 世纪穿越过来，是妖怪！我气不得，才打人的！"

我听了就火大了，喝道："21 世纪穿越过来就是妖怪吗？老二，你再胡言乱语，小心我揍你！"

两个孩子同时哇哇大哭起来，一个声音从身后懒洋洋地传来。

"韩真真，这老妈当得真是糟，母老虎一般。你懂不懂教育方法呢？"

我头也不回，只冷冷回道："大色狼，你是从 21 世纪穿越而来的大学教授，而我只是个小偷加惯偷，没什么文化，这教育重任，干脆就落你一知识分子肩上得了。"

一双大手从身后搂住我的腰，接着，带着温热的气息，轻轻落在我的耳边，暧昧的声音响起：

"确是个神偷，回到公元前 120 年，偷走了我的心……"

吻落了下来，我半推半就地逃避，"责怪"道："大色狼……当着孩子的面，你想教坏他们？"

"不过是群小色狼而已，再说，坏了，就再与你生一打，不急。"他贼笑着，一把搂住我，强烈的吻迅速风驰电掣而来……

肩并肩，躺在一望无际的大草原上，以天为被，以地为床，我深吸口气，顿觉心情无限好，只意味深长道："大色狼，还记得我们第一次见面的那天吗？"

边上却是一片沉默，我微怒转头望去，却见他紧闭双眼，似是睡着了。我火大，一脚踢去，他嘤咛了声，睁开一只眼，低语了句：“唉，你每天都要提关于第一次见面的事情，你不腻味，我也腻味了，我不腻味，老天爷听得也腻味了。”

我狠狠掐下他的手臂，他痛得闷哼一声。

“我只想，作为一个现代人，当你看到同为现代人的我出现在你面前时，你如何会隐藏那么深，下届奥斯卡我定推荐你当影帝。”

“那是你傻。”

……

“唉，霍去病，你说费连城会不会也是现代穿越而来的人呢。”

“想象力又开始作祟？”

“你听他说话作事，哪点像古代人？”

“现代人，古代人，有何不同？”

“其实若不是你先入为主，我还真想嫁他这样的男人。”

“韩真真，不许你嘴上挂着其他男人。当心我休了你。”

“休吧休吧，正好嫁给费连城去。唔……放开我。”

“就不放……”

“放手！”

……

“对了，今天我又遇到了那个山洞老人。”他忽然转了话题。

“那个在沐河源头的洞里迷路时遇到的老人？”

“是的。”

“呃，他说什么了？”

霍去病怔了怔，边从怀中摸出个物件来，月光下，森森地发出绿光。一见它，我大惊失色，差点从地上一跃而起。

眼前正是那个古色古香的青铜镯子，那个临死的叔叔给我的“宝物”，那个使我穿越过来的神秘古董！上面的熟悉的花纹和文字，与我穿越前见到它时，一模一样！

他未发现我的异常，嘴角扬起一个意犹未尽的笑：

“他说送我件礼物，还说，这是一个能量环，能让时光倒流。我原本以为他又来骗钱，却不料他只笑了笑，转身就走了。真是个有趣的老头。”

他说着，笑着，我的心里却是一股寒气嗖嗖直往上窜，刹那间，竟傻得不知所措。

“时光倒流也好，顺流也好，如今也不重要了，只在这一刻，有真真在身边就是最好的时光。”

他说着，笑着，拥我入怀，然后，悄悄在我的耳边低语。

“你说，我们把它当传家宝，一代一代传下去，好吗？”

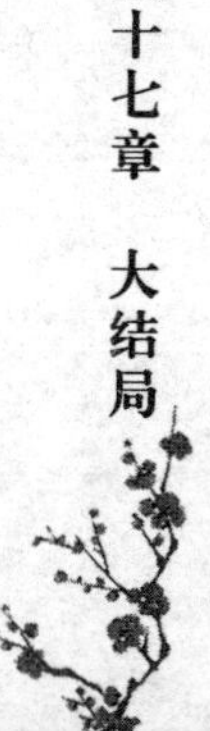

我的故事，在这一刻，画上了句点，但这个句点，只对这一刻而言。

明天会发生什么，我不知道，接下去的文字便只由得明天来书写，接下去的句点，也得待明天来画上。

人生有句点吗?

有吗?

没有吗?

我们妄图改变过去，操控未来，我们一直活在过去，或者未来，但那不是我们，那是另一个我们。

（全文完）